제13의 사나이

1

제13의 사나이 1

김성종

장편추리소설

도서출판 남도

제13의 사나이 1

김성종

장편추리소설

차례

한 사나이의 실종

한 사나이가 있었다. 그를 알고 있는 사람들 사이에서는 서기태(徐起泰)라는 이름으로 알려져 있는, 성실하고 근면하며 예의바르다고 평판이 나 있는 사나이였다.

그 해 12월 하순, 크리스마스도 지나고 그 해의 마지막도 며칠밖에 남지 않은, 쏜살 같이 지나가 버린 지난 한 해에 대한 그리움과 허망함, 그리고 다가오는 새해에 대한 희망으로 뒤숭숭하고 들뜬 어느 날 밤, 서기태는 술에 곤드레가 된 채 택시에서 내려 그가 살고 있는 아파트 단지로 통하는 골목길로 접어들었다. 그 때 시간은 자정도 지난 새벽 2시께였었다.

골목은 눈으로 덮여 있었다. 밤하늘에서는 눈이 내리고 있었다. 많은 눈은 아니었지만 내린 눈은 꽁꽁 얼어붙은 대지 위에 고스란히 쌓이고 있었다. 주택지에 가까운 골목이라고 하지만 그 시간에 더구나 추운 겨울밤에 나다니는 사람이 있을 리가 없었다. 가로등만이 외롭게 떨고 있는 골목길은 적막하다 못해 음산한 분위기까지 감돌고 있었다.

그해 겨울은 여느 해보다도 훨씬 더 추운 느낌이었다. 날씨가 급강하한 탓도 있었지만 그에 못지않게 얼어붙은 정국이 사람들의 숨통을 조이고 있었기 때문에 사람들은 더욱 심한 추위를 느끼고 있었던 것이다.

전국에 비상계엄이 선포되고 시베리아의 삭풍처럼 일대 검거 선풍이 불어 닥치자 사람들은 개미 목숨 같은 가냘픈 생존에 연민과 회한을 느끼면서 옆에서 결코 들을 수 없는 불안한 속삭임으로 끊임없이 자신의 존재를 확인해 나가고 있었다. 그것만이 언제 자신에게 닥쳐올지 모르는 그 정체불명의 검거 선풍을 막아낼 수 있는 최선의 방책이기라도 하듯이.

그것은 분명 눈부신 태양과 어머니의 품속 같은 대지에 거역하는 인간의 슬픈 몸부림이었다. 사람들은 자신들이 태어나 자란 이 대지 위에서 왜 저 눈부신 태양을 향해 기쁨의 함성을 지를 수 없는지 그 이유를 알지 못했다.

비틀거리며 걷던 서기태는 걸음을 멈추고 서더니 담벼락에다 대고 오줌을 누기 시작했다. 배가 터지도록 마신 맥주가 오줌이 되어 기세 좋게 쏟아져 나왔다.

—여기다 오줌을 누는 자는 개새끼다—

그 담벼락에는 붉은 글씨로 이와 같은 글귀가 쓰여 있었다. 그러나 그를 포함해서 많은 사람들이 주로 밤에 거기에다 소변을 갈기곤 했다.

그가 소변을 채 끝내기도 전에 자동차의 헤드라이트 불빛이 골목을 비쳤다.

그는 자신의 소변보는 모습이 불빛 속에 완전히 노출된 데 대해 조금은 겸연쩍은 생각이 들었지만 마지막 한 방울이 나올 때까지 그대로 버티고 서서 기다렸다. 자동차가 천천히 접근해 오는 소리가 들렸지만 그는 담벼락만 쳐다보고 있었다. 그의 입에서는 아까부터 계속 욕이 흘러나오고 있었다. 그 역시 다른 사람들처럼 속삭이는 데 익숙해져 있었다.

"개새끼들…… 자기들이 뭐라고…… 이게 자기들만의 나라인가…… 개새끼들…… 형편없는 자식들……"

더러워서 이민이라도 가 버려야겠다고 그는 생각했다. 그때 바로 뒤에서 자동차의 엔진 소리가 부드럽게 들려왔다.

"야, 개새끼!"

그것은 분명히 차 속에 탄 사람이 내뱉는 소리였다. 기태는 바지 지퍼를 올리면서 돌아섰다. 그의 몸뚱이는 금방이라도 쓰러질 듯 흔들리고 있었다. 그는 미간을 찌푸리면서 자동차를 노려보았다. 검은색의 승용차가 거기에 서 있었는데 차 안에는 서너 명이 앉아 있는 것 같았다. 그는 왼손에 들고 있던 서류 봉투를 오른손에 바꿔 들었다.

"방금 뭐라고 그랬어?"

"개새끼라고 그랬다."

운전석에 앉아 있는 사내가 말했다. 운전석 쪽의 창문이 밑으로 천천히 내려가고 있었다. 기태는 손가락으로 그 사내를 가리켰다.

"내가 왜 개새끼야?"

"거기다 오줌을 쌌으니까 개새끼지. 저거 읽어 봐."

사내가 담벼락에 쓰여 있는 글귀를 가리켰다.

기태는 코웃음 쳤다.

"웃기지 마. 개새끼는 바로 너야! 너희들 전부 개새끼야! 개새끼들! 형편없는 개새끼들!"

모든 것이 술기운 때문이었다. 예의바른 그가 그렇게 말할 수 있었던 것은 순전히 술기운 때문이었다. 그는 혀 꼬부라진 소리로 계속 그들을 욕하면서 뒷걸음질을 치다가 돌아서서 비틀비틀 걸어가기 시작했다.

"개새끼들……"

"어이, 이봐!"

뒤에서 짧고 날카롭게 부르는 소리가 들렸다. 그는 멈춰 서서 돌아보았다. 어느새 쫓아왔는지 세 명의 시커먼 사내들이 거기에 서 있었다. 그들의 모습은 시커멓다는 것 외에는 달리 표현할 말이 없을 것 같았다.

검은 색의 승용차는 소리 없이 미끄러져 오더니 그의 뒤에 가서 멈춰 섰다. 기태는 취중에서도 순간적으로 소름이 끼치는 것을 느꼈다. 그를 둘러싸고 있는 사내들의 모습에서 어떤 뚜렷한 목적의식이 느껴졌고 그들이 고도로 훈련된 전문가들처럼 생각되었던 것이다.

그의 그 같은 생각은 거의 맞아떨어지는 것 같았다. 상대방 사내들은 더 이상 그와 입씨름을 벌이는 것 같은 쓸데없는 짓은 하지 않았다. 그 대신 그들은 조용히, 그러나 재빨리 행동을 개시했다.

가장 가까이에 서 있던 자가 먼저 주먹으로 기태의 턱을 후려갈겼다. 그는 마치 강철 같은 것에 세게 얻어맞아 턱이 으스러지는 것 같았다. 연약한 체구인데다 만취된 상태였기 때문에 그는 단 한 방에 길바닥에 나가 떨어졌다. 고통을 느끼기도 전에 구둣발이 여기저기로 날아들었다.

그의 처지로서는 대항을 한다는 것은 생각지도 못할 일이었다. 오로지 절대적인 폭력 앞에 조금이라도 덜 얻어맞기 위해 자라처럼 목을 움츠리고 몸을 잔뜩 웅크렸을 뿐이었다. 떠들면서 때리는 것보다 조용히 기계적으로 행사하는 폭력이 더욱 가공스러웠다. 그는 자신의 입에서 흘러나오는 신음 소리가 마치 멀리서 다른 사람이 흘리는 소리 같다고 생각했다.

가슴을 파고드는 구두 끝에 그는 더 이상 신음 소리도 낼 수가 없었다. 그때 한 명이 그에게 결정적인 일격을 가했다. 구둣발로 그의 얼굴을 냅다 걷어찬 것이다. 얼굴이 으스러지는 충격을 느끼면서 그는 웅크렸던 사지를 길게 뻗었다. 뒤통수와 등에 와 닿는 땅바닥의 감촉이 시원하다고 생각했다.

이윽고 그의 몸뚱이는 위로 번쩍 쳐들렸다. 팔다리를 쳐들고 있는 사내들 사이에서 이런 말이 들렸다.

"가벼운데……"

몸에 걸려 있는 코트가 땅바닥에 끌리고 있었고, 코트 자락에는 눈이 허옇게 묻어나고 있었다. 따듯한 피가 눈으로 흘러드는 바람에 그는 눈을 뜰 수가 없었다. 그의 몸은 짐짝처럼 내던져졌다. 그들은 사정없이 그의 몸뚱이를 승용차의 뒷좌석에 밀어 넣었다.

"조용히 해! 떠들면 죽인다."

조용한 속삭임과 함께 차가운 감촉이 목덜미에 와 닿았다. 그는 바르르 떨면서 입을 꽉 다물었다.

그들은 서기태를 뒷좌석에 엎어놓은 다음 그의 몸뚱이를 깔고 앉았다. 세 명의 육중한 사나이들 밑에 납작하게 깔린 기태는 숨을 쉴 수가 없었다. 가슴과 배가 금방이라도 터져 나가는 것 같았다. 엔진 소리와 함께 차가 흔들리자 고통은 더욱 가중되었다. 몸부림쳐 보았지만 그들은 꿈쩍도 하지 않았다. 확실히 그들은 납치 같은 것에 익숙한 전문가들 같았다.

검은색의 승용차는 매우 빠른 속도로 골목을 빠져나가더니 차도에 이르러 왼쪽으로 급커브를 그은 다음 북쪽 방향으로 사라졌다.

그곳에 두 사람이 어둠 속에서 모습을 드러낸 것은 그 검은색 승용차가 골목 밖으로 자취를 감추고 난 뒤였다. 그들은 한 쌍의 남녀였다.

그들은 납치 장면을 목격하기 전에 남의 집 대문 앞의 어두운 처마 밑에서 뜨거운 입맞춤을 나누고 있었다. 늦게까지 데이트를 즐기다가 여자 쪽 집 부근까지 와서 헤어지기 직전에 작별의 키스를 나누고 있던 중이었다. 그들은 그 납치 장면을 처음부터 끝까지 숨을 죽이고 구경했다. 자신들에게 해가 돌아올까 봐 그렇게 할 수밖에 없었던 것이다.

겁에 질린 여자는 남자한테 매달리다시피 몸을 밀착시키고 있었다. 남자는 그녀의 손을 꼭 잡고 처마 밑에서 나와 20미터쯤 떨어진 곳으로 걸어가 보았다.

납치 사건이 일어났던 현장의 눈은 마구 짓이겨져 있었다. 여기저기 피가 흘려져 있었고, 담벼락 밑에 구두 한 짝이 나뒹굴고 있었다.

"어쩌면 사람을 그렇게 때릴 수 있어요. 정말 끔찍해요."

여자가 아직도 소름이 끼친다는 듯 어깨를 움츠려 보였다.

"좀 말리지 그랬어요."

그녀가 남자의 남자답지 못함을 책망하듯 말하자 남자는 얼굴을 붉히며 머뭇거렸다.

"저거 봐요."

여자가 저만큼 떨어진 곳을 가리켰다. 가로등 불빛이 미치지 않은 어두운 곳에 무엇인가 떨어져 있는 것이 보였다. 남자는 그쪽으로 걸어가 그것을 집어 들었다. 그것은 서류 봉투였다. 그는 눈을 털어 내고 봉투 안을 들여다보았다. 봉투 안에는 서류 같은 것들이 들어 있었다.

"그거 뭐예요?"

"서류인 모양이야."

"그 사람이 떨어뜨린 걸까요?"

"글쎄……"

남자는 그것을 난처한 듯 내려다보다가 코트 주머니 속에 구겨 넣었다.

"그 자동차 번호 알고 있어요."

여자가 다시 남자에게 매달리며 말했다. 그녀의 두 눈이 빛나고 있었다.

"나도 보긴 했는데 잊어 먹었어. 몇 번이지?"

"서울 1라 506X"

그녀는 한번 보거나 들은 것은 거의 기억해 낼 수 있을 정도로 머리가 비상했다. 사내는 볼펜을 꺼내 손바닥에다 여자가 일러준 자동차 번호를 적었다.

"경찰에 신고해야죠?"

"음, 내가 신고할 테니까 들어가 봐."

여자는 남자를 빤히 올려다보았다. 그녀는 남자에 비해 키가 아주 작은 편이었다. 남자는 여자의 까만 두 눈을 향해 고개를 숙였다. 그녀는 두 눈을 가만히 감으면서 남자의 입술을 기다렸다. 사나이는 그녀의 이마 위에 가볍게 입술을 대고 나서

"빨리 가 봐."

라고 말했다.

남자의 품에서 벗어난 여자는 그에게 미소를 보내고 나서 아파트 단지 쪽을 향해 뛰어갔다. 어둠 속으로 모습을 감추기 전에 그녀는 그에게 마지막으로 손을 흔들어 보였다.

그녀의 모습이 완전히 어둠 속으로 사라진 것을 확인하고 난 사내는 천천히 골목 밖으로 걸어 나왔다.

그의 차는 골목 입구에서 가까운 차도 한켠에 세워져 있었다. 데이트 끝에 여자를 집에까지 바래다줄 때에는 언제나 골목 입구 부근에 차를 세워 놓은 다음 아파트 단지 입구까지 함께 걸어서 가곤 했다. 여자가 호젓한 골목길을 걷는 것을 좋아하기 때문이었다.

그는 서른 안팎으로 보이는 깨끗한 인상의 젊은이였다. 그의 인상과 어울리게 가로등 아래에 세워져 있는 그의 자가용도 멋진 코발트색이었다.

차에 오르기 전에 그는 주위를 한번 휘둘러보았다. 차도 위를 달리는 차량들만이 띄엄띄엄 보일 뿐 주위에 사람의 모습은 보이지 않았다. 그는 조심스럽고 신중한 데가 있는 젊은이였다. 차 안으로 들어간 그는 계속 앞 창문과 백미러를 통해 주위를 살폈다. 그리고 미행자가 없는 것을 확인한 후에야 비로소 안도의 한숨을 내쉬면서 차의 속도를 빨리했다.

거의 30분쯤 그는 쉬지 않고 달려갔다. 눈은 더욱 많이 내리고 있었다.

시계를 보았다. 3시 8분 전, 그는 정지 신호를 보고 브레이크를 가만히 밟았다. 네거리 맞은편에 파출소가 보였다. 정지 신호가 끝나 길을 건너간 그는 파출소 앞에 일단 차를 세웠다.

파출소 안에는 불이 환히 켜져 있었다. 그 안에 정복 차림의 경찰관 몇 명이 있는 것이 보였다. 그는 옆자리에 놓아둔 서류 봉투를 집어 들었다. 볼펜을 꺼내 손바닥에다 적어 놓았던 자동차 번호를 봉투에다 옮겨 적었다.

봉투에는 한성산업주식회사(漢城産業株式會社)라는 상호가 인쇄되어 있었다. 상호 옆에는 회사의 주소와 전화번호, 팩시밀리 번호 같은 것들도 나와 있었다. 한성이라면 알아 줄만한 회사이다. 그는 봉투 안에 들어 있는 서류를 꺼내 보았다. 서류와 함께 그 안에는 조그만 편지 봉투도 하나 들어 있었다. 그는 먼저 그 봉투부터 살펴보았다. 그것은 흰 봉투로 앞뒤에 아무 것도 인쇄되어 있지 않았다. 봉투 안에 두툼하게 무엇인가 들어 있는 것 같아 꺼내 보았다.

그 안에는 수표가 여러 장 들어 있었다. 급한 마음에 먼저 한 장의 액면가만 들여다보았다. 1자 다음에 동그라미가 일곱 개 찍혀 있었다. 그는 그것들을 재빨리 봉투 속에 도로 밀어 넣은 다음 파출소 쪽을 얼른 쳐다보았다. 아무도 그의 차를 주시하고 있는 것 같지 않았다. 그는 가만히 차를 출발시켰다. 신고는 일단 뒤로 미루자는 생각이 들었다. 사정 여하에 따라서는 신고를 아예 안 해 버릴 수도 있다. 납치된 사나이와 내가 무슨 관계가 있단 말인가. 그는 도중에 차를 세우고 봉투 속의 수표액을 확인해볼까 하다가 일단 안전한 곳까지 가기로 했다.

10분쯤 지나 그는 어느 아파트 단지 안으로 들어갔다. 조그만 서민용 아파트들이 마치 닭장처럼 빽빽히 늘어서 있는 아파트 단지였다.

다급해진 그는 차에서 내리자마자 서류 봉투를 들고 아파트 건물 안으로 뛰어 들어갔다. 계단을 울리는 구둣발 소리가 요란스러웠다. 아파트는 모두 5층 높이였기 때문에 엘리베이터가 설치되어 있지 않았다.

한참 동안 차임벨을 눌러 대자 이윽고 인기척이 나더니

"누구세요?"

하는 잠에 취한 여인의 목소리가 들려왔다.

"나야. 빨리 문 열어!"

그는 신경질적으로 쏘아붙였다.

문고리가 벗겨지는 소리가 끝나자 그는 문손잡이를 확 잡아 당겼다.

안쪽 어둠 속에 서 있는 사람의 모습이 희끄무레하게 눈에 들어왔다.

"불 켜지 않고 뭐하는 거야?"

그는 현관 안으로 발을 들여놓으며 사납게 말했다. 어둠 속에서 여자가 조용히 움직였다. 현관에 불이 들어오고, 젊은 여자의 모습이 드러났다. 깡마른 젊은 여자가 표정 없이 서 있었다. 잠옷 바람이었고 머리가 헝클어져 있었다. 그녀는 말없이 그를 유심히 살펴보다가 벽에 걸린 시계를 한번 쳐다본 다음 방안으로 들어가 버렸다. 남자가 늦게 들어온 데 대한 무언의 항의가 너무 뚜렷이 느껴지는 행동이었다.

양두이(梁斗伊)는 그녀의 뒷모습을 쏘아보다가 출입문을 잠그고 거실로 들어섰다. 그의 깨끗하고 유복해 보이는 외모와는 달리 그가 살고 있는 아파트 내부는 너무 초라하고 지저분해 보였다. 그는 그 아파트가 아주 싫었다. 더 정확히 말한다면 그런 초라한 아파트에서 볼품없는 여자와 살고 있다는 것이 구역질이 날만큼 싫었다.

방안에서 아기 우는 소리가 들려왔다. 그는 눈살을 찌푸리면서 방 쪽을 쏘아보았다. 그 소리는 그를 미치게 만든다. 그는 그 소리가 너무나 듣기 싫어 귀를 틀어막고 싶은 심정이었다. 코트를 벗어 낡은 소파 위에 던져 놓고 담배를 한 대 뽑아 물고 난 그는, 안방과 나란히 붙어 있는 작은 방으로 들어갔다. 그리고 조그만 책상 앞에 앉아 서류 봉투 안에 들어 있는 작은 봉투 속의 수표를 막 꺼내 보려는데 문이 벌컥 열렸다.

"왜 그래?"

그는 고개를 돌리며 날카롭게 소리쳤다. 꺼내려던 수표를 황급히 도로 봉투 안에 쓸어 넣고 나서 봉투를 재빨리 책상 서랍 안에 집어넣었다.

"저 좀 봐요."

냉랭한 목소리가 들려왔다. 안방 쪽에서 아기의 자지러지게 울어대는 소리가 들려왔다.

"왜 그러는 거야?"

"몰라서 묻는 거예요?"

또 아내가 시작하는구나 하고 두이는 생각했다. 그는 새벽 싸움에 벌써부터 식은땀이 흐르는 것 같았다. 그는 새벽녘에 귀가하는 때가 많았고, 그럴 때면 아내와 어김없이 한바탕 싸움을 벌이곤 했다.

비쩍 마른 도미(覩美)의 얼굴은 창백하다 못해 푸른 기마저 도는 듯했다. 그를 쳐다보는 퀭한 두 눈에는 번득임이 비치고 있었고, 거기서 애정의 빛을 찾기란 어려울 것 같았다.

두 눈에서 애정의 빛이 사라진 것은 두이 쪽도 마찬가지였다. 두 사람 모두 상대방을 바라보는 눈에는 싸늘한 냉기만이 감돌고 있었다. 이미 감정이 식을 대로 식어 버린 사이인데도 그는 여자가 그를 붙들고 늘어지는 이유를 알 수가 없었다.

"지금이 몇 시 인줄 아세요?"

무거운 침묵을 깨고 그녀가 말라붙은 입술을 움직였다.

"가서 자."

그는 귀찮다는 듯 대꾸했다.

"몇 시냐고 물었잖아요?"

드디어 여자는 차분하게 나오고 있었다. 그녀는 그렇게 단계를 밟아 따져 드는 것이 특기였다. 그럴 때마다 두이는 진저리를 쳐 대곤 했다.

"말하기 싫어. 시간을 알고 싶으면 보라구."

그는 손목시계를 풀어 여자의 코앞에 들이밀었다. 도미는 그의 얼굴에서 눈을 떼지 않았다.

"새벽 네 시에요. 이렇게 늦게 들어와도 되는 거예요?"

아기의 울음소리가 귀속을 후벼대고 있었다. 그는 뛰쳐나가고 싶은 것을 가까스로 참았다.

"왜 말 안하세요? 이렇게 늦게 들어와도 되는 거예요?"

"이거 봐, 남자가 일이 있으면 늦게 들어올 수도 있는 거야. 얼마든지 늦게 들어올 수도 있는 거란 말이야!"

"당당하군요. 무슨 일이 그렇게도 많아서 거의 매일이다시피 새벽에 들어오는 거죠? 간부 사원도 아닌 말단 사원이면서 도대체 무슨 일이 그렇게 많죠. 회사에 전화 걸어 보면 퇴근한 지 오래됐다 하고…… 도대체 어디서 무슨 일을 하다가 이 시간에 돌아오는 거죠? 그 여자 누구에요?"

그는 코웃음 쳤다.

"오해하지 마. 여자 같은 건 없어."

"당신은 충분히 그러고도 남을 사람이에요."

"악담하지 마."

"빨리 나갈 준비나 해요. 병원에 가야 해요. 아기가 열이 많아요. 당신이 올 때까지 기다리고 있었어요."

"지금 이 시간에 어딜 가자는 거야? 금방 숨넘어갈 병도 아닌데 좀 기다렸다가 날이 샌 뒤에 가도 되잖아."

"안 돼요! 빨리 데려다 줘요! 밖에서 그렇게 노닥거릴 시간은 있어도 자기 자식 병원에 데려다 줄 시간은 없나 보죠?"

"뭐가 어째?"

그는 담배를 비벼 끄면서 벌떡 일어났다. 금방이라도 주먹을 휘두를 것 같았지만 그는 용케도 참아 냈다.

두 사람은 한동안 이글거리는 눈으로 서로를 노려보고 있었다. 그들의 표정에서는 양보할 기미라고는 조금도 보이지 않았다. 어떻게라도 상대방을 굴복시키고야 말겠다는 강한 집념 같은 것만이 밑바닥에 흐르고 있었다.

"어디가 아프다는 거야?"

침묵을 깨고 남자 쪽에서 일단 후퇴할 기미를 보이면서 부드럽게 물었다.

"난들 알아요? 밤중에 자꾸만 보채기에 머리를 짚어 봤더니 열이 펄펄 끓지 않아요?"

"감긴가 보군. 열 좀 난다고 해서 병원 응급실을 찾아가면 병원에서 웃을 거야."

"남들이 웃든 말든 무슨 상관이에요? 우리 애가 아픈데 그런 거 상관할 거 뭐 있어요? 빨리 나가요!"

"지금은 너무 일러. 9시 지나서 가자구."

그녀의 얼굴에 푸들푸들 경련이 이는 것 같았다.

"뭐라구요? 당신이라는 사람은 정말 구제불능이에요. 어쩌면 그럴 수가 있어요? 남의 자식이라도 그럴 수가 없을 거예요. 자기 자식이 너무 아파서 저렇게 울어대는데 어쩌면 그렇게 들여다보지도 않으세요? 바로 옆방인데 거기까지 가기가 그렇게 귀찮은가요?"

"시끄러!"

그는 책상을 주먹으로 치면서 다시 벌떡 일어났다. 그러나 도미는 물러서지 않고 그를 마주 노려본다.

"뭐가 잘났다고 소리치는 거예요?"

"이 쌍년이 왜 이 지랄이야! 누가 너보고 애 낳으라고 했어! 난 분명히 낳지 말라고 했어! 왜 내 말 안 듣고 네 맘대로 낳아 가지고 야단이야! 꼴도 보기 싫으니까 도로 집어넣어! 제발 부탁이니까 도로 뱃속에 집어넣으란 말이야!"

그의 말이 끝나기가 무섭게 도미의 오른손이 그의 뺨을 후려쳤다. 어떻게나 세게 후려쳤던지 철썩하는 소리가 방안을 울렸다. 남자로서는 여자한테 따귀를 얻어맞기는 난생 처음 있는 일이었다. 따귀를 얻어맞고 어리벙벙해 있던 표정이 차츰 무섭게 일그러졌다.

"이 개 같은 년이!"

신음처럼 내뱉으면서 그는 주먹으로 여자의 턱을 힘껏 갈겼다. 단 한방에 그녀는 걸레처럼 구겨져 방구석에 꼬꾸라졌다. 그러나 그렇지 않아도 손버릇이 나쁜 남자가 그 정도에서 그칠 리가 없었다. 그는 쓰러져 있는 그녀를 발로 사정없이 걷어찼다. 성이 풀릴 때까지 밟아대고 걷어차고 질러 댔다.

그들은 정식으로 결혼식을 올린 사이가 아니었다. 그렇다고 법적으로 부부가 되어 있는 사이도 아니었다. 그들은 3년 넘게 동거 상태로 살아오고 있는 터였다. 그동안 남자는 여자와 헤어지려고 해보았지만 여자는 찰거머리처럼 남자에게 달라붙어 떨어지려고 하지를 않았다.

그녀는 두이의 정식 아내로서의 역할을 톡톡히 해내려고 들었고 그에게도 한 가정의 가장으로서, 그리고 남편으로서의 역할을 다 하도록 강요해 왔다. 그녀는 그에게 결혼식을 올리도록, 그리고 결혼 신고를 해서 법적으로 정식 부부가 되도록 손을 써 줄 것을 줄기차게 주장해 왔지만, 그는 이 핑계 저 핑계를 대면서 지금까지 그녀의 요구를 피해 왔던 것이다.

그동안 그녀는 세 번이나 임신했는데 두 번까지는 병원에 가서 태아를 지우고 세 번째에야 가까스로 아기를 낳을 수 있었다. 그 아기를 낳기 위해 그녀는 한 달 동안 집에서 나가 있어야 했다. 두이가 한사코 아기를 낳는 것을 반대했기 때문에 그런 방법을 쓰지 않을 수가 없었던 것이다. 낳은 아기는 아들이었다. 아기는 낳은 지 1년이 지났는데도 아직까지 이름이 없었다. 두이가 이름을 지어 주는 것을 거절해 왔기 때문이었다.

그녀가 기를 쓰고 아기를 낳은 것은 두이와의 관계를 보다 확실하게 묶어 두기 위해서였는데, 그녀의 그 같은 생각은 오히려 두 사람 관계를 악화시켜 놓고 말았다. 두이는 아기를 거들떠보지도 않았고, 거의 생활비도 대주지 않았으며, 툭하면 그녀를 때리기 일쑤였고, 그전보다 더 집요하게 헤어질 것을 요구해 왔다. 이제 그들 사이는 돌이킬 수 없을 정도로 악화되어 있었다. 그러나 그럴수록 도미는 악에 받쳐 남자를 붙들고 늘어지는 것이었다. 상대방이 좋아서 붙잡는 게 아니고 악에 받쳐 움켜잡는 것이었다.

자라처럼 목을 움츠리고 새우처럼 등을 구부리고 있는 여자를 그는 냉혹한 표정으로 내려다보았다.

"네가 뭔데 나한테 이래라 저래라 하는 거야! 우리 사이는 이제 아무 것도 아니야! 알았어? 아무 것도 아니란 말이야! 네가 내 여편네라고 생각하면 큰 오산이야! 난 절대 결혼 안 해! 난 혼자 살 거야! 아기는 당장 고아원에 갖다 버려! 꼴도 보기 싫으니까 갖다 버리란 말이야!"

양두이는 다시 한 번 그녀를 걷어차고 나서 작은 방으로 들어가 문을 꽝하고 닫았다. 문이 잠긴 것을 확인하고 난 그는 다시 책상 앞에 앉아 서랍 안에 넣어 두었던 서류 봉투를 꺼냈다. 봉투 안에 들어 있는 것들을 모두 꺼내 놓은 다음 흰색의 편지 봉투를 먼저 집어 들었다.

그 안에 들어 있는 것은 모두 자기앞수표였다. 그는 그것들을 모두 헤아려 보았다. 모두 20장이었다. 그리고 각 장의 액수는 일정했다. 그가 처음 보았던 대로 하나하나 액면가 1천만 원짜리 수표들이었다. 수표를 들고 있는 그의 손이 자기도 모르게 부들부들 떨리고 있었다. 자그마치 2억이라는 거금이 지금 그의 눈앞에 놓여 있었다.

그것이 꿈인지 생시인지 알아보려는 듯 그는 마른 침을 삼키고 나서 담배를 피워 물었다. 일어나 창문을 열고 차가운 밤공기를 가슴 깊이 들이켜고 나서 다시 자리로 돌아와 앉았다. 그리고 수표 20장을 한 장 한 장 다시 자세히 들여다보았다. 끝까지 확인하고 난 그는 두 손으로 머리를 움켜쥐고 웃음 같기도 하고 울음 같기도 한 신음 소리를 냈다. 수표는 은행에서 발행한 지 얼마 안 됐는지 하나같이 빳빳한 새것들이었다.

2억을 가지고 할 수 있는 것은 너무 많을 것 같다. 생각만 해도 가슴이 터질 것 같다. 2억 원이 가지고 있는 구매력이란 아주 대단한 것이다.

납치 사건을 신고해야겠다는 처음의 생각 따위는 이미 사라진 지 오래였다. 그는 자기 손에 굴러 들어온 2억 원을 어떻게든 놓쳐서는 안 된다는 생각에 사로잡혀 있었다. 모든 사람들한테는 일생에 세 번의 기회가 주어지는데 자기한테도 마침내 그 기회가 주어진 것이 틀림없다고 그는 생각했다. 그 기회를 놓치지 않고 잘 이용하면 나는 성공할 수 있는 것이다. 정의니 양심이니 하는 따위는 배부른 자들의 잠꼬대일 뿐이다.

양두이는 수표 20장을 도로 편지 봉투 안에 집어넣었다. 그것은 모두 한 은행에서 발행한 것들이었다. 발행처는 G은행 H지점이었다. 내일 아침 은행 문을 열자마자 즉시 수표 전액을 현찰로 바꿔야겠다고 그는 생각했다. 은행에 분실신고가 접수되면 그 수표는 휴지가 되어 버린다. 그러니까 분실 신고가 접수되기 전에 일을 해치워야 한다. 그는 수표를 넣은 편지 봉투를 벗어 놓은 저고리 안주머니 속에 안전하게 넣은 다음 이번에는 서류를 집어 들었다. 그것을 들여다보기 전에 잠시 밖에 귀를 기울여 보았다.

밖에서는 아무 소리도 들려오지 않았다. 어느새 아기 울음도 그쳐 있었고, 집안에는 무거운 정적만이 감돌고 있었다. 아기는 지쳐서 잠들었을 테고 그녀는 구석에 처박혀 소리 없이 울고 있을 것이라고 그는 생각했다. 도미는 결코 소리 내어 우는 법이 없었다.

두이는 이윽고 서류에다 시선을 고정시켰다. 그런데 그것은 서류라기보다 어떤 인물에 대한 조사서 같은 것이었다. 거기에는 한 인물에 대한 일상의 움직임과 1개월에 걸친 스케줄이 비교적 소상히 나와 있었다. 두이는 호기심을 가지고 흰 종이에 타이핑되어 있는 내용을 읽어보았다.

〈신상 명세〉

1, 이름 : 한일성 (韓一城)

2, 생년월일 : 1918년 5월 7일

3, 직업 : 한성산업 회장

4, 주소 : 서울 강남구 D동 189의 8번지

5, 혈액형 : AB형

6, 키 : 169cm

7, 몸무게 : 58kg

8, 특징 : 왼쪽 다리를 약간 절고 있으며 지팡이를 짚고 다님.

〈하루일과〉

1, 아침 5시에 기상. 애견 제프(5년생 세퍼드 수컷), 경호원 1명과 함께 약수터까지 산 책.

2, 6시, 샤워 후 한 시간 동안 조간신문을 읽음.

3, 7시 30분, 아침 식사.

4, 8시 10분, 저택을 출발하여 8시 40분경 회사에 도착, 출근 시에는 주로 벤츠 500SL 을 이용하나 때때로 볼보 760을 이용하기도 함. 동승자는 운전사와 비서 1명으로 언제나 운전석 옆자리에 앉음.

그밖에 경호차 한 대가 뒤를 따름. 경호차는 미스비시 4WD 파제로, 또는 서독제 아우디 96 꽈트로. 경호차에는 경호원 2명이 탑승.

5, 9시 정각에 회장실에서 그룹 간부회의 주재. 간부 회의는 10시까지 계속되는데 이른 바 코피 타임으로 불리고 있음.

6, 10시, 한성 본관 출발. 계열사 방문. 비서 2명, 경호원 2명 동반.

7, 12시 30 분부터 2시까지 점심 식사. 식사는 주로 H호텔 귀빈실에서 초청 인사와 함께 함. 비서 2명, 경호원 2명 대동.

8, 본관 회장실에서 6시까지 집무.

9, 6시에서 9시까지 초청 인사와 저녁 식사. H호텔 귀빈실 또는 요정 강남, 고향, 이화 등을 이용.

10, 9시 30분, 귀가. 샤워 후 10시에 취침.

〈1개월간의 일정표〉

1, 12월 28일 상오 10시 15분, 대한항공 편으로 제주행. 연례적인 행차임. 서귀포에 있는 별장에서 연말연시를 보낼 예정임. 개인전용 헬리콥터 편으로 갈 예정이었으나 비상계엄 선포로 개인용 헬리콥터 운행이 불가능해짐.

2, 1월 3일 오후 6시 25분, 대한항공 편으로 제주를 출발하여 귀가.

3, 1월 4일 상오 10시, 한성 본관 대회의실에서 신년 하례식에 참석.

4, 1월 5일 오후 2시, 회장실에서 전 계열사 중역진 인사 개

편에 따른 임명장 수여.

5, 1월 9일 오후 1시, 아프리카 K국 살라 수상 접견 오찬.

6, 1월 12일 오후 1시, 전국 경제인연합회 회원들을 H호텔로 초정 오찬.

7, 1월 17일 오후 3시, 일본 NHK-TV 취재팀 접견, 한국 경제의 전망과 한성의 세계 전략에 관해 의견을 피력, 장소는 회장실.

8, 1월 21일 오후 12시 30분, 프랑스 R자동차 회사 회장 마르셀 페롱을 회장실에서 접견한 후 H호텔에서 오찬.

9, 1월 22일 오후 2시, 수원 시 M동에 건설한 한성페인트 공장 준공식에 참석.

10, 1월 24일 오후 7시, M그룹 고창석(高昌錫) 회장 고희기념 만찬회에 참석. 장소는 W호텔 대연회실.

11, 1월 27일 오후 3시, 일본 구매 사절단 접견 환담.

12, 1월 28일 오후 1시, 스페인 무역 사절단 접견. H호텔에서 환영 오찬.

13, 1월 30일 오후 1시. 포르투갈 경제계 대표 접견. H호텔에서 환영 오찬.

14, 1월 31일 오후 3시, S대학교 부속병원에서 축농증 수술 예정.

이와 같은 조사서와 함께 거기에는 한일성 회장을 여러 각도에서 찍은 컬러 사진들이 여러 장 있었다. 양두이는 그 사진들을 뚫어지게 들여다보았다.

사진에 나타난 모습은 인자한 노신사의 모습이었다. 얇은 금테 안경을 끼고 있는 두 눈은 부드러운 미소를 띠고 있었다. 여섯 장의 사진에 나타난 모습은 하나같이 미소를 띠고 있었다. 얼굴은 조금 여윈 듯 검어 보였고 머리는 반백이었다. 81년 현재 그는 64세였다. 그 나이에, 그리고 당대에 그는 대기업 군을 일으킨 입지전적인 인물이었다.

한일성 회장에 대해서는 세계 경제계에서도 주목하고 있었다. 아니, 주목하는 정도가 아니라 세계의 기업인으로 그를 인정하고 있었다.

사실 한국 시장은 한성 같은 대기업 군이 무한대로 뻗어 나가기에는 시장이 너무 좁았다. 인구 1억 2천만 명이 들끓고 있는 일본 시장과 비교해 보아도 그 절반도 못 되는 5천만 명의 한국 시장은 물건을 팔아먹기에는 한계가 있었다. 더구나 그 시장이라는 것이 미래에 대한 낙관론으로 확고하게 지배되고 있는 바도 아니었다. 언제 터질지도 모르는 남북 군사분계선에 대한 불안감이 항상 그 밑바닥에 안개처럼 깔려 있는데다 국내 정치 정세 또한 포니 자동차 수준에도 못 따라갈 정도로 야만적이어서 총소리 한 방에도 꽁꽁 얼어붙는 판국이라 그야말로 기업을 일으켜서 판로를 개척하기에는 아주 험하고 열악한 조건만을 구비하고 있는 터였다.

따라서 야망을 가진 기업가라면 해외시장으로 눈을 돌리는 것이 당연했다. 국내에서 어느 정도 재력과 인력, 그리고 기술 축적을 쌓은 뒤 그 힘으로 해외시장 공략에 나서는 것은 야망을 가진 기업가들에게는 정해진 코스처럼 되어 있었다.

한성의 한 회장은 그러한 일군의 기업가들 가운데 가장 빨리 의욕적으로 해외시장 개척에 나서서 한성을 세계적인 기업으로 키워 낸 인물이었다. 세계의 경제 전문가들이 한성을 세계의 기업으로 인정하고 세계의 기업 랭킹에 올려놓은 것은 한 회장이 아직 60세가 되기 전의 일이었고, 수년이 지난 지금은 한성과 한 회장은 움직일 수 없는 세계의 기업으로, 그리고 신흥공업국의 뉴리더로 그 이미지를 굳혀 놓고 있었다.

그러한 인물에 대한 일종의 조사서 같은 것이 자기 손에 들어와 있다는 것이 양두이는 아무래도 꺼림칙했다. 2억 원에 달하는 거액의 자기앞수표를 손에 거머쥐게 된 데 대해서는 기막힌 흥분을 느끼고 있었지만, 거대 기업의 주역에 대한 조사서 같은 것까지 손 안에 굴러 들어온 데 대해서는 어쩐지 마음이 편치 않았다. 더구나 그것을 손에 넣게 된 데에는 세상에 함부로 드러낼 수 없는 폭력이 개재되어 있었지 않은가.

"이걸 어떻게 해야지?"

그는 난처한 얼굴로 그것을 내려다보면서 갈가리 찢어발겨 쓰레기통에 버려 버릴까 하고도 생각했지만 생각과는 달리 그것을 행동에 옮기지는 않았다.

이윽고 그는 마지막 남은 한 장을 들여다보았다. 거기에는 '참고 사항' 이라는 제목이 붙어 있었다.

〈참고 사항〉

1. 경호 상태는 매우 치밀한 편임. 수차례에 걸쳐 테러를 당한 바 있기 때문에 본인 자신이 스스로 경호 문제에 몹시 신경을

쓰고 있음.

2, 경호원은 모두 10명. 그들은 통상 2인 1개조로 경호에 나서고 있으며 비번인 경호원들은 비서실에서 내근을 함.

3, 경호원들은 모두 무술 유단자들임. 그러나 무기는 휴대하고 있지 않음(국내법상 기업인들에 대한 경호 요원들의 무기 휴대는 엄격히 금지되어 있음).

4, 경호 상태가 가장 허술한 때는 아침 5시에서 6시 사이. 집에서 약수터가 있는 암자까지는 약 1.5킬로미터. 여름철에는 이른 새벽부터 산책객이 많으나 겨울철에는 7시가 지나서야 산책객이 나타나기 시작하며 그 수도 별로 많지 않음. 산책로는 폭 1미터 정도이며 길 양편에는 잡목이 자라고 있음. 집에서 약수터까지는 인가가 없음.

5, 경호원이 한 명인 때는 5시에서 6시까지의 산책 때이지만 애견 제프를 조심해야 함. 제프는 훈련이 잘된 맹견으로 경호원 이상의 역할을 수행할 수 있음. 주의 요망.

6, 12시 30분부터 2시까지의 점심시간도 고려의 대상이 될 수 있음. 비서 2명과 경호원 2명이 따라붙으나 점심시간은 경계가 가장 느슨한 때임. 사람의 출입이 많고 도주로가 많은 점을 최대한 이용할 수 있는 이점이 있음.

두이의 표정이 하얗게 변했다. 그는 비로소 그 조사서가 노리는 것이 무엇인지를 분명히 알 수 있을 것 같았다.

날이 밝았다.

간밤에 눈에 덮여 있던 거리는 순식간에 사람들과 차량의 홍수에 밀려 지저분한 거리로 변해 버렸다. 사람들과 차량들은 제각기 자기 일터를 찾아 아우성을 치며 전진하고 있었다.

요소요소에 총검을 든 채 서 있는 계엄군들은 아우성치는 샐러리맨들과는 달리 묵묵히 서서 시민들의 움직임을 지켜보고 있었다.

비상계엄이라고 하지만 한국을 방문하는 많은 외국인들을 고려해서, 그리고 국민들의 경제생활을 참작해서 며칠 전부터 통금령은 해제되어 있었다.

어떤 주검

사람들은 바쁘게 걸어가면서도 철모를 쓰고 있는 검게 탄 구릿빛 얼굴들을 두려운 듯 쳐다보곤 했다.

철모 밑에서 움직이고 있는 계엄군들의 두 눈은 검게 그을린 얼굴 때문인지 유난히도 반짝이고 있었다. 착검한 총을 들고 있는 그들의 모습은 이방인처럼 낯설어 보였고, 그 때문인지 부분적으로 도시의 조화를 깨트리고 있는 것처럼 보이고 있었다.

이제 시작된 겨울이 오래 계속되기를 바라는 사람은 아무도 없었다. 빨리 이 추운 겨울이 지나 따뜻한 봄이 오기를 가슴 속으로 열망하면서 사람들은 겨울이 지나면 계엄도 해제되겠지 하고 자기들 편리한 대로 생각하는 것이었다.

눈은 완전히 그쳐 있지는 않았다. 그것은 마치 바람에 날리는 꽃가루처럼 아주 조금씩 흩날리고 있었다. 하늘은 잔뜩 흐려 있었고, 북쪽 하늘은 흐리다 못해 컴컴해 보이기까지 했다. 아침부터 헬리콥터가 위협이라도 하듯 시민들의 머리 위를 선회하고 있었다.

고수머리의 사내는 잔뜩 눈살을 찌푸리며 도심의 상공을 선회하고 있는 헬리콥터를 올려다본 다음 골목으로 들어섰다. 무겁게 걸음을 옮기고 있는 모습이 몹시 피로에 젖은 모습이었다. 어깨는 조금 꾸부정했고 낡고 구겨진 코트를 걸치고 있었다. 콧잔등 위에는 검은 테의 안경이 무겁게 걸려 있었다. 턱 주위에는 며칠 동안 면도를 하지 못했는지 검은 수염이 텁수룩하게 자라 있었다.

길가에서 조간신문을 한 장 사든 그는 해장국집들이 늘어서 있는 청진동 골목 중간쯤에 이르자 한 단골 해장국집 안으로 들어섰다.

해장국집 안에는 많은 사람들이 북적거리고 있었다. 간밤의 숙취로 얼굴빛이 좋지 않은 사람들이 김이 무럭무럭 나는 해장국을 열심히 먹고 있었다. 비상 계엄령 하라고 하지만 오히려 그 때문에 술들을 더 마시는 것 같았다. 어느 지식인은 '이 시대가 나를 술 마시게 한다' 고 했는데, 사실 지각 있는 사람들은 거의가 그 말에 공감하고 있었다.

"해장국 하나하고 소주 한 병 주시오."

그는 부뚝뚝하게 주문하고 나서 식탁 앞에 웅크리고 앉아 신문을 펴 들었다.

신문을 훑어보는 그의 낯빛은 아주 좋지 않았다. 군데군데가 쥐어뜯긴 머리처럼 보기 흉하게 지워진 신문 지면이 우선 그의 기분을 상하게 했다. 지워진 부분을 사이에 놓고 앞뒤 기사를 연결해서 읽자니 꽤나 짜증이 났다.

많은 사람들이 체포되고 있었다. 정치인들은 물론 학자, 경제인, 문화인, 심지어 학생들까지도 밤새 사라지고 있었다. 선지덩어리 하나가 목에 걸려 넘어가지 않는다. 소주를 잔에 부어 단숨에 들이켰다. 목을 태우는 뜨거운 열기를 가슴으로 받아들이면서 불안과 절망감이 교차하는 것을 느낀다. 이어서 분노가 끓어오르는 것을 느끼면서도 시선은 계속 신문지면 위에 머물러 있다. 외면할 수가 없는 것이다. 무력감과 절망감, 그리고 분노가 뒤섞인 감정으로 다시 술잔을 든다.

'이 시대가 나를 술 마시게 하는구나.'

그 말뜻을 속에 품고 술을 마시면 술이 잘 넘어가곤 했다. 그는 그 말이 아주 마음에 들었다. 그러나 그 말을 밖으로 꺼내 중얼거려 본 적은 없었다.

지난 밤에도 그 말을 속에 품고 늦게까지 술을 마셨었다. 속에 쌓인 말들을 밖으로 발산시킬 수가 없으니까 사람들은 한숨을 내쉬면서 자꾸만 술잔만 기울인다. 그도 그랬고, 그와 함께 술을 마신 사람들도 그랬다.

석 잔을 마시고 나서 그는 소주병의 뚜껑을 닫았다. 아침부터 술 냄새를 풀풀 풍기면 좋지 않다. 그의 얼굴빛은 창백했다. 얼굴빛으로 봐서는 전혀 술을 마신 것 같지 않다.

"개새끼들……"

옆자리에 앉아 있는 사내들 사이에서 욕설이 들려온다. 그들도 신문을 보고 있었다.

"불쌍한 건 국민들이야."

"어떻게 이럴 수가 있어?"

"개새끼들……"

"말조심해."

그가 앉아 있는 쪽으로 시선이 몰려왔다가 흐트러지는 것이 느껴진다.

"뭘 조심하란 말이야. 틀린 말을 했나? 개새끼들…… 이게 자기들 나라인가?"

"이제 끝났어. 입 꾹 다물고 벌레처럼 사는 거야. 그래야 다치지 않는다구."

약속이나 한 듯 그들 사이에서 무거운 한숨 소리가 들려온다. 그들은 서른 안팎으로 보이는 청년들이었다.

그는 뚝배기를 두 손으로 받쳐 들고 뜨거운 국물을 꿀꺽꿀꺽 마셨다. 벌레처럼 살아야 한다는 말이 슬픈 미소처럼 가슴에 와 닿는다.

"아주 무섭게 생겼어. 처음 텔레비전에 나왔을 때 무슨 일인가 저지를 것 같은 느낌을 받았다구."

"영원한 것은 없어. 그도 언젠가는 죽어."

고수머리의 사나이는 국물 한방울 남기지 않고 깨끗이 그릇을 비운 다음 식탁에서 물러났다.

다음 차례는 따뜻한 찻집에 들어가 뜨거운 코피를 한 잔 마시는 일이다. 그래야만 일을 시작할 수 있으니까. 그는 '백화'라는 이름의 조그만 카페로 들어갔다. 예쁘게 차려진 그 카페의 주인은 노처녀였다. 실내에는 벌써 몇 사람이 앉아 있었다. 카페 여주인은 카페 이름처럼 백화라고 불리고 있었다. 그 이름이 본명인지 아닌지는 알 수 없었다.

백화가 그를 보고 미소를 지으며 목례를 보냈다. 그는 가끔씩 들르는 손님들 가운데 한 사람에 불과했다. 그는 코피를 주문한 다음 다시 신문을 펴 들었다. 그때 안주머니 속에 넣어 둔 무전수신기에서 삐삐하는 소리가 들려왔다. 그것은 본부에서 부르는 호출신호였다.

그는 무전수신기를 끄고 나서 천천히 일어났다. 마음 놓고 코피 한 잔 마실 수도 없는 처지라는 생각이 들었다. 전화기가 놓여 있는 카운터로 걸어가 본부로 전화를 걸었다.

"계장님, 과장님께서 찾으십니다. 바꿔드릴테니까 기다리십시오."

그의 전화를 받은 부하 직원이 말했다.

"오 계장이오?"

과장의 쉬어빠진 목소리가 들려왔다.

"네, 그렇습니다."

"사건이야. 목이 없는 시체가 발견됐어."

과장의 말이 끝날 때까지 그는 잠자코 듣기만 하고 있었다. 그가 한 말은

"알았습니다."

라는 한마디였다.

자리로 돌아오자 코피가 놓여 있었다. 백화가 맞은편 자리에 가만히 앉으면서 여윈 얼굴을 앞으로 내밀었다.

"앞으로 어떻게 될까요?"

앞으로의 시국을 묻는 말이었다.

"글쎄, 난들 알 수 있어야지."

그는 코피 잔을 입으로 가져갔다.

"참, 걱정이에요."

충분히 이해가 간다는 듯 그는 고개를 끄덕였다.

코피를 마시고 밖으로 나오니 눈발이 아까보다 조금 더 굵어져 있었다. 그는 택시를 잡아타고 목이 없는 시체가 발견된 장소를 향해 달려갔다.

연말이라 모든 일들이 마무리되거나 일시 중단되어 있었다. 그러나 수사 관계의 일이란 연말연시 같은 게 따로 없었다.

목이 없는 시체를 본다는 것은 생각만으로도 구역질이 나는 일이었다. 요즈음은 갈수록 사건이 흉포해지고, 살인 사건만 해도 엽기적인 경우가 많았다.

오병호는 시체가 발견된 현장 위치를 정확히 알 수가 없었기 때문에 그 부근에 있는 파출소에 먼저 들렀다.

"목이 없는 시체가 이 부근에서 발견됐다던데……"

"네, 따라오십시오."

젊은 경찰관이 그를 현장으로 안내했다.

"아주 끔찍합니다. 머리도 없고 팔도 없습니다. 그 바람에 아침도 못 먹었습니다."

젊은 경찰관은 빠른 걸음으로 걸어가면서 길바닥에다 침을 퉤하고 뱉었다.

"아침 산책길에 나섰던 주민이 발견해서 신고해 왔습니다.

"죽은 사람은 남자인가 여자인가?"

"남잡니다."

그들은 동네 가운데를 가로지르는 길을 따라 걸어갔다. 그 길은 동네 뒤쪽에 있는 야산으로 통하고 있었다. 길은 차 두 대가 비켜 갈 수 있을 만큼 넓어 보였고, 콘크리트로 포장이 되어 있었다.

"이 길은 저 산 밑에까지 이어져 있나?"

"산 위에까지 포장이 되어 있습니다."

"산 위에까지 차가 올라갈 수 있단 말이지?"

"네, 그렇습니다. 산 뒤로 넘어갈 수 있습니다."

"산 뒤로 넘어가면 어디로 통하지?"

"그쪽은 논밭입니다."

동네를 빠져나온 그들은 야산으로 올라가는 콘크리트길로 접어들었다. 그 길은 직선으로 나 있지 않고 차가 올라갈 수 있게 갈 짓자 형으로 이어지고 있었다.

야산은 보기보다는 꽤 높았다. 길 위에 쌓여 있는 눈 위에는 사람들의 발자국이 어지럽게 흩어져 있었다. 동네 사람들로 보이는 사람들이 내려오고 있었는데, 그들의 손에는 물통 같은 것이 들려 있었다.

"약수터가 있나 보지?"

"네, 요 너머에 있습니다."

한참을 올라가서야 그들은 비로소 제일 높은 곳에 이를 수가 있었다.

정상에는 넓은 공지가 있었고, 거기에는 의자와 운동기구 같은 것들이 설치되어 있었다.

병호는 심호흡을 한 다음 사람들이 몰려 있는 곳으로 내려갔다. 길에서 벗어나 앙상한 나뭇가지를 헤치며 내려가자 먼저 와 있던 경찰관이 호각을 불면서 사람들을 쫓는다.

병호는 멈춰 서서 시체를 내려다보았다.

시체는 가마니에 덮여 있었다. 보이는 것은 가마니 밑으로 나와 있는 두 다리였다. 정강이까지 나와 있는 것으로 보아 키가 꽤 큰 것 같았다. 한쪽 발에만 검정 구두가 신겨 있었고, 다른 쪽 발은 밤색 양말로만 가려져 있었다.

가마니 위에는 눈이 제법 쌓여 있었다. 시체가 발견되어 그 위에다 가마니를 덮어 놓은 지가 꽤 되는 것 같았다.

병호는 가마니를 들춰보기가 두려웠다. 시체를 본다는 것, 그것도 머리 없는 시체를 본다는 것은 매우 고통스러운 일이었다. 무엇보다도 그 참혹한 모습이 견디기 어려운 고통을 안겨 준다. 인간이 그렇게 죽을 수도 있다는 것, 또 그렇게 죽일 수도 있다는 것에 도무지 이해가 미치지 않는다. 때문에 더욱 고통스러운 것이다.

누구일까. 어떤 사나이가 무슨 일로 여기에 죽어 있는 것일까. 이 추운 겨울, 목까지 잘린 채 말이다. 그의 가족들은 그가 이제나저제나 돌아올까 하고 눈이 빠지게 기다리고 있겠지. 여기에 이렇게 누워 있는 줄도 모르고.

그는 손으로 가마니를 들추지 않아도 되었다. 현장을 지키고 있던 경찰관이 그를 대신해서 가마니를 걷어 냈다. 둘러서 있던 구경꾼들의 입에서 신음 소리가 흘러나왔다. 차마 볼 수 없다는 듯 고개를 돌리는 사람들도 있었다.

병호는 죽어 있는 사내가 마치 풍뎅이 같다는 생각이 들었다. 머리와 양쪽 팔뚝이 잘려 나가고 없기 때문에 그런 생각이 든 것 같았다.

목은 처참하게 잘려 있었다. 단번에 잘려 나가지 못하고 여러 번에 걸쳐 잘려진 듯 단면 부위가 거칠게 난도질이 되어 있었고 피가 엉겨 붙어 있었다. 썩은 냄새가 나지 않는 것으로 보아 죽은 지 그렇게 많은 시간이 흐른 것 같지는 않았다.

양쪽 팔뚝의 단면도 참혹해 보였다. 그러나 뼈는 마치 톱으로 자른 듯 수직으로 반듯하게 잘려 있었다.

개 짖는 소리가 나더니 중년의 사나이가 아래쪽에서 헐떡거리며 올라왔다. 가까이 다가온 개가 시체를 보고 으르렁거린다. 송아지만 한 누런 개였다.

"없어요."

개 주인이 개목에 걸려 있는 줄을 움켜잡으며 말했다.

병호가 의아해 하는 데 경찰관이 말했다.

"바로 이분이 경찰에 신고해 주었습니다. 혹시 주위에 머리나 팔이 없을까 해서 찾으려고 돌아다니신 것 같은데 아마 없는 모양입니다."

병호는 기름져 보이는 그 사내에게 미소를 지어 보였다.

"감사합니다."

"이 개가 맨 처음 시체를 발견했답니다."

경찰관이 말했다. 병호는 고개를 끄덕였다. 산책로를 걸어간다면 이쪽에 버려져 있는 시체가 보이지 않을 것이다. 라고 그는 생각했다.

시체가 누워 있는 곳은 정상을 지나 아래쪽으로 나 있는 길로부터 왼쪽으로 10여 미터쯤 떨어져 있는 곳으로 움푹 꺼져 있었고 그 주위에는 사람들의 시선을 가리기에 충분할 정도로 큰 나무들이 자라고 있었다.

"저 위에서 운동을 하는데 개가 갑자기 뛰어 내려가더니 짖어 대기 시작했습니다. 그래서 이상한 느낌이 들어 와 봤더니 여기에 시체가 있었습니다."

개 주인은 묻지도 않은 말을 한 다음 침을 탁하고 뱉었다. 그리고 자랑스러운 듯 개머리를 쓰다듬어 주었다.

"눈과 낙엽에 덮여 있어서 처음엔 뭔지 잘 몰랐습니다. 개가 눈과 낙엽을 발로 헤치면서 미친 듯 짖어 대기에 제가 나뭇가지로 헤쳐 봤지요. 그랬더니 처음에 목이 나타났지요. 하지만 그때까지도 목이 잘린 시체인 줄은 몰랐지요. 피가 엉겨 붙어 있기에 이상하다 생각하고 더 헤쳐 봤더니 어깨가 나오고 가슴이 나오더군요. 그때 놀란 생각을 하면……"

사내는 다시 침을 뱉은 다음 누구 담배 가진 거 있으면 한 대 달라고 당당히 말했다. 병호가 담배를 내밀자 그는 담배를 끊었는데 할 수 없이 지금은 한 대 피워야겠다고 말하면서 담배를 한 대 뽑아냈다.

병호는 신고자의 이름과 주소, 직업, 전화번호 등을 수첩에다 적은 다음 다시 시체를 내려다보았다. 기름져 보이는 그 사내는 동네에서 목욕탕을 경영하고 있다고 했다.

시체 위에는 눈과 낙엽이 아직 많이 남아 있었다. 마치 몸뚱이는 죽어 누워 있지만 머리통만은 따로 살아 돌아다니고 있는 것 같은 생각이었다. 어떻게 생긴 얼굴일까. 보통 체격의 건장한 남자답게 생긴 얼굴일 것 같다. 그러나 구체적인 모습은 그릴 수가 없다. 눈이 클까 작을까. 코는? 입술은 두텁게 생겼겠지.

눈썹은 짙을 것이고…… 아니, 눈썹이 거의 없을지도 모른다. 안경을 끼고 있을지도 모른다. 안경을 끼고 있다고 생각하자 인상이 갑자기 바뀌어 버린다.

죽은 사내는 짙은 감색 양복을 입고 있었다. 안에는 흰 와이셔츠 차림이었고 목에는 넥타이가 걸려 있었다. 검정 바탕에 자주색이 섞인 넥타이였다. 목의 절반 정도가 잘려 나갔는데도 남아 있는 목에 넥타이가 걸려 있는 것이 섬뜩하도록 소름끼치는 모습이었다.

양쪽 팔이 잘려 나간 부분도 소름이 끼치기는 마찬가지였다. 팔과 함께 양쪽 옷소매도 싹뚝 잘려 나가고 없었는데, 소매의 잘려 나간 부분을 살펴보니 예리한 도끼 같은 것으로 단번에 내려친 것 같았다. 뼈의 단면이 수직으로 반듯하게 잘려진 것으로 보아 처음에는 톱으로 자른 줄 알았는데 다시 살펴보니 그게 아닌 것 같았다.

"사람들을 멀리 좀 쫓아 주겠나? 그리고 이 주위에 새끼줄을 좀 쳐주면 좋겠어."

그의 지시를 받은 경찰관들은 몰려 서 있는 구경꾼들을 쫓아냈다. 그러나 그들은 길 있는 데까지 몰려가서는 더 이상 물러가려고 하지 않았다. 경찰관 한 명은 새끼줄을 구하러 동네 쪽으로 뛰어갔다.

병호는 무릎을 구부리고 가까이에서 시체를 살펴보았다. 시체도 표정이 있게 마련이다. 그러나 이 시체는 표정이 없다. 표정이 없는 시체를 보니 기분이 이상해졌다.

차림새로 보아 가난한 사람 같지가 않았다. 아니, 차림새에 꽤나 신경을 쓴 사람인 듯 몸에 걸친 하나하나가 외제 고급 브랜드 제품들이었다. 밤색 양말에는 플레이보이 상표가 붙어 있었고, 넥타이는 피에르카르댕, 와이셔츠는 입생로랑 제품이었다. 가죽 허리띠의 버클에는 던힐 상표가 새겨져 있었다. 되게 멋을 부렸구나 하고 병호는 생각했다. 외제가 아닌 것은 양복뿐이었다. 그러나 그것 역시 국내에서 최고의 옷감으로 치고 있는 J모직 제품이었다.

저고리 단추를 빼낸 다음 앞쪽을 양쪽으로 젖히고 안감을 살폈다. 맞춤 양복이라면 안쪽에 이름과 양복점 상호가 인쇄된 라벨이 붙어 있을 것이라고 생각했는데 그런 기대는 빗나가고 말았다. 안쪽에는 분명히 이름과 상호가 뜯겨 나간 흔적이 남아 있었다. 그는 실밥을 뜯어내면서 비린내를 느꼈다. 범인은, 또는 범인들은 피살자의 신원을 감추기 위해 세밀한 부분에까지 신경을 쓴 것 같다.

엎드려 있는 그의 머리와 어깨 위로 눈이 하얗게 쌓이고 있었다. 지문을 없애기 위해 팔뚝까지 잘라 버린 게 아닐까. 왜 하필 팔뚝을 잘랐을까.

손가락이나 손목쯤 잘라도 될 텐데……. 무자비한 놈들. 그는 단독 범행으로 보고 싶지 않았다. 무엇보다도 혼자서 처리하기에는 피살자가 건강해 보였다. 두 명이 처리하기에 무리가 없을 정도로 피살자는 건강해 보였다.

눈송이가 점점 굵어지고 있었다. 그는 문득 시체를 발견하여 신고해 준 사람이 야속한 생각이 들었다. 그런 사람은 하나도 반갑지가 않다. 신고자는 당연히 시민의 의무를 다한 것으로 생각하겠지만 문제를 떠맡은 입장에서는 가슴만 답답할 뿐이다.

피살자의 상의 주머니 속에 손을 집어넣어 보았다. 아무 것도 잡히는 것이 없다. 다른 쪽도 마찬가지였다. 안쪽 주머니를 뒤져보았다. 거기도 결과는 마찬가지였다. 이럴 수가 있을까. 그야말로 철저하게 청소했다.

피살자에 대해서 하나도 흔적을 남기지 않으려고 철두철미하게 청소를 한 것 같았다. 소지품은 먼지 하나라도 남겨 두어서는 안 된다고 범인은 생각한 것 같다. 그렇게 생각될수록 단서를 찾으려는 입장에서는 더욱 집요하게 파고든다. 그는 바지 쪽을 더듬었다. 바지 주머니는 안으로 손을 집어넣지 않고 겉에서 더듬어 보았다.

통나무처럼 단단하게 경직된 허벅지의 싸늘한 감촉이 손바닥에 전해져 왔다. 양쪽 주머니 모두 비어 있었다. 엉덩이 밑으로 손을 집어넣어 보았다. 밑에 낙엽이 깔려 있어서 손이 쉽게 밀려 들어갔다. 손을 도로 빼면서 머리와 팔뚝을 잘라 냈을 정도라면 소지품을 깡그리 없앨 만도 하겠다는 생각이 들었다. 그러나 아무리 그렇다 해도 어딘가에 흔적은 남기게 마련이다. 분명히 어딘가에 흔적이 남아 있을 것이다.

그는 상체를 일으켰다가 갑자기 다시 무릎을 구부렸다. 지나치기 쉬운 곳을 지나칠 뻔했다는 생각이 들었다. 바지 오른쪽 허리춤을 더듬어 조그만 주머니를 찾아냈다. 과거에는 거기에다 시계를 넣어 두곤 했는데 요즘에는 시계 대신 무엇을 넣어 두는지 모르겠다. 아무튼 형식적으로나마 시계 주머니는 없어지지 않고 달려 나오고 있었다. 겉으로 더듬어 보니 무엇인가 만져지는 것이 있었다. 그러면 그렇지. 손가락을 집어넣고 집히는 것을 끄집어냈다. 네모로 접힌 종잇조각이었다.

경찰관이 주위에다 새끼줄을 치기 시작했다. 병호는 접힌 종이를 펴 보았다. 그것은 자기앞수표였다. 앞면에 적힌 금액은 자그마치 1천만 원이나 되었다.

"수고하십니다."

뒤에서 낙엽을 밟아대는 소리가 들려왔다. 뒤돌아보니 수사요원들이 길에서 벗어나 내려오고 있었다. 두꺼비처럼 생긴 왕형사가 맨 앞에서 걸어오고 있었다. 병호는 허리를 펴고 일어섰다. 한참 동안 웅크리고 있었기 때문에 허리가 몹시 아팠다.

시체를 둘러싸고 멈춰선 수사 요원들은 그 참혹한 모습에 한동안 멀거니 서 있었다.

"골치 아프게 됐군."

누군가가 내뱉듯이 말했다.

"지독한데요."

왕 형사가 병호 곁에 붙어서면서 말했다.

"담배 가진 거 있나?"

왕 형사가 재빨리 담배를 꺼냈다.

"신원을 밝힐 만한 게 하나도 없어."

그는 담배에 불을 붙이기 위해 상체를 구부렸다. 왕 형사도 자기 담배에 불을 붙였다. 감식반원들이 움직이기 시작했다. 그들의 움직임은 기계적이다. 필요한 것들을 검사하고 채취하고 정리한다.

마치 달리기 경쟁이라도 하듯 남자들이 달려오는 것이 보였다. 그들은 거침없이 시체가 있는 곳으로 달려왔다.

"기자들입니다. 길이 미끄러워 요 밑에다 차를 세워 놓고 올라오는 겁니다. 알리려고 하지 않았는데 어느새 냄새를 맡고 쫓아왔습니다."

병호는 약간 미간을 찌푸리면서 그들을 쳐다보았다.

시체를 보면 엽기적인 살인 사건이라고 기자들이 흥분할 만도 하겠다고 병호는 생각했다. 단순 살인 사건은 이제 사건 축에도 못 낀다. 그런 것은 조그맣게 1단 기사로 처리되거나 아예 나오지도 않는다.

"이건 좀 크게 다루겠는데요. 요즘 좀 잠잠했지 않습니까?"

"계엄 중이니까 그렇지."

"계엄 중에 이런 사건이 일어나다니 특별하지 않습니까?"

"코피나 한 잔 했으면 좋겠군."

한 시간쯤 전에 코피를 마셨으면서도 그는 또 코피 생각이 나는 것 같았다.

카메라 셔터 소리가 여기저기서 요란스럽게 들려오기 시작했다. 기자들은 무법자들처럼 행동했지만 묘하게도 수사관들하고는 몸 하나 부딪치지 한고 매끄럽게 빠져나가고 있었다. 그것은 마치 기름과 물이 그릇 속에 함께 섞여 있으면서도 위아래로 따로 노는 것과 같은 현상과 비슷해 보였다. 양쪽이 언쟁을 벌이는 것도 없었다. 이율배반적인 그들은 함께 섞여 있으면서도 기묘하게 마찰을 피해 돌아가고 있었다.

"저건 풍뎅이 같은데요. 뭐 좀 발견했습니까?"

가끔 만난 안면이 있는 기자가 다가와 물었다. 다른 기자들도 몰려들었다. 오 형사는 주머니 속에 들어 있는 자기앞 수표를 만지작거렸다.

"아무 것도 없어요."

기자들은 이것저것 꼬치꼬치 캐물었지만 그는 아무 것도 알아낸 것이 없다고 냉정하게 대답했다. 사실 그는 죽은 사내에 대해서 하나도 알아낸 것이 없었다. 그러자 그들은 추측할 수 있는 점들에 대해서 물고늘어졌지만 그는 여전히 고개를 흔들었다. 그들은 추측 기사라도 쓰고 싶겠지만 그는 그들에게 아무 도움도 줄 수가 없었다. 그리고 지금은 그들에게 도움을 줄 수 있는 처지도 아니었다. 오히려 그는 그들로부터 도움을 받고 싶은 심정이었다.

닥치는 대로 이것저것 캐물어도 모른다고만 일관하자 기자들은 실망한 표정으로 물러났다.

"정말 아무 것도 알아낸 게 없습니까?"

기자들이 물러나자 왕 형사가 은근한 목소리로 물었다.

"하나 있어."

그들은 시체가 누워 있는 주위를 둘러보기 시작했다. 병호는 다른 형사들에게도 주위를 샅샅이 살펴보라고 지시했다.

"팔이나 머리가 있을지도 모르니까 주의해서 찾아봐요."

병호는 왕 형사와 함께 아래쪽으로 내려갔다.

"하나 알아낸 게 뭡니까?"

"허리춤에 있는 작은 주머니에서 자기앞수표를 한 장 발견했어. 1천만 원짜리 수표야. 주머니에서 발견한 건 그것뿐이었어. 깡그리 훑어갔는데…… 그것만은 모르고 빠뜨린 것 같아. 양복

안에 붙어 있는 양복점 상호와 이름표까지 떼어낸 것을 보면 아주 철저한 놈들 같아."

병호는 부러진 나뭇가지 하나를 집어 들고 눈과 낙엽을 헤쳐 나갔다.

"단독 범행이 아니라고 생각하십니까?"

"단독으로 저런 짓을 하기에는 힘들지 않겠어? 할래면야 할 수 있겠지. 하지만 일반적으로 말해서 말이야."

두꺼비처럼 생긴 왕 형사는 누르스름한 파카를 입고 있었기 때문에 그렇지 않아도 뚱뚱한 모습이 더욱 뚱뚱해 보였다. 병호는 수표를 꺼내 왕 형사에게 주었다.

"이걸 추적해 봐. 여러 장 복사를 해서 돌리고 원본은 나한테 돌려줘."

"탐나는데요."

1천만 원짜리 자기앞수표를 받아 든 두꺼비는 정말 욕심이 난다는 듯 말하면서 그것을 자세히 살폈다.

"욕심이 나면 가져도 좋아. 나만 알고 있을 테니까."

농담을 하면서도 병호의 표정은 진지해 보였다.

"G은행 H지점 발행인데요. 발행 일자는 12월 23일이구요."

"어디서 받은 모양이지. 그러니까 허리춤에다 숨겨 놨겠지. 액수가 적었으면 지갑 같은데다 넣어 두었을 텐데 말이야."

"지갑도 없었습니까?"

"아무 것도 없어. 그것밖에는……"

병호는 턱으로 수표를 가리켰다.

두꺼비는 오늘따라 유난히 계장의 얼굴이 지저분하다고 생각했다. 머리칼은 제멋대로 헝클어져 있었고 턱 주변은 며칠 동안 깎지 않은 수염으로 덮여 있었다. 아침부터 술을 마셨는지 술 냄새를 풍기고 있었지만 메마른 얼굴빛은 창백해 보였다. 지저분한 얼굴에 비해 두 눈빛은 호수처럼 맑고 조용해 보였다. 그는 사물을 볼 때는 주의 깊게, 그리고 사람을 대할 때에는 사려 깊게 쳐다본다. 왕은 상관의 그런 눈을 특히 좋아하고 있었다. 요즘은 시력이 약해졌는지 가끔씩 안경을 꺼내 쓰고 있었다.

두 사람의 구두가 눈과 낙엽, 흙 같은 것으로 금방 지저분해졌다. 그러나 그들은 상관하지 않고 더 멀리까지 샅샅이 살피고 다녔다.

"신원이 밝혀내기가 어려우면 처음부터 신문에 떠벌리는 게 나을지도 몰라. 언론에서 떠들면 떠들수록 신고가 들어올 가능성이 크니까."

왕은 계장의 누르스름한 코트가 때에 절어 있는 것을 보고 참지 못해 한마디 했다.

"요새는 즉석에서 드라이클리닝 해서 입는 세탁소가 많이 있습니다. 아까 오면서 보니까 이 아래에도 있는 것 같던데 코트를 잠시 맡기세요."

병호는 이상한 물건을 바라보듯 왕을 한 번 쳐다보고 나서 아무 말 없이 고개를 돌렸다.

마누라가 있으면 저런 옷을 입혀서 내보내지는 않을 것이라고 왕은 생각했다. 언제까지 그가 홀아비로 지낼 것인지는 알 수 없는 일이었다. 모두가 그것을 궁금해 했고, 그래서 그에게 중매를 서겠다고 나서는 사람도 있었지만 그는 여자에 대해서 별로 관심이 없는지 대꾸도 하지 않았다.

그는 오로지 수사에만 관심이 있는 것 같았다. 아주 평범한 것 같으면서도 어떻게 보면 이해하기 힘든 일면이 있는 괴상한 사람이었다.

"차는 어디다 뒀습니까?"

"공장에 들어가 있어."

그의 낡은 콜롬보 차는 사흘거리로 손을 봐야 한다. 그의 차에는 책만 잔뜩 실려 있었다.

"눈이 꽤 오겠는데요."

그들은 약속이나 한 듯 하늘을 올려다보았다.

미녀와 수표

12시 20분. 형사 두 명이 G은행 H지점 안으로 들어섰다. 두 사람 다 안경을 끼고 있었다. 두꺼비처럼 생긴 형사는 두툼한 파카를 입고 있었고 보통 키에 군살이 없어 보이는 앳되게 생긴 젊은 형사는 가죽점퍼 차림이었다.

은행 안은 사람들도 붐비고 있었다. 밖에서 눈을 털지도 않고 들어왔기 때문에 두 형사의 머리에 쌓여 있던 눈이 그대로 녹아 내리고 있었다. 그것을 보고 그들을 맞은 은행 대리가 눈살을 찌푸렸다. 그들이 신분을 밝히자 그제서야 대리는 굳었던 표정을 풀었다.

"이 수표 여기서 발행한 게 맞습니까?"

왕 형사는 대리 앞에 구겨진 수표를 내놓았다. 대리는 그것을 꼼꼼히 살펴보고 나서 고개를 끄덕였다.

"네, 맞습니다."

"지난 23일 누가 이 수표를 가져갔는지 알 수 없을까요?"

"알 수 있습니다. 잠깐 기다려 주십시오."

대리는 창구의 여직원을 부르더니 수표 대장을 가져다 달라고 말했다.

앳되게 생긴 문 형사는 부지런히 껌을 씹어 대면서 두리번거리고 있었다. 그는 수사에는 별로 관심이 없는 듯이 보였다. 조금 후 여직원이 수표 대장을 가져왔다. 대리는 그것을 펼쳐 보더니 이윽고 한 곳을 손가락으로 짚어서 왕 형사에게 보였다.

"여기 이분이 수표를 끊었습니다. 그날 2억 1천만 원을 끊었군요. 1천만 원씩 스물한 장을 끊어 갔습니다."

비로소 문 형사도 껌 씹는 것을 멈추고 대장 위로 시선을 돌렸다.

"2억 1천만 원이나 말입니까?!"

"네, 그렇습니다."

왕 형사는 뚫어지게 대장에 적혀 있는 이름을 노려보았다. 그러다가 생각난 듯 수첩을 꺼내 적기 시작했다.

〈수취인 김대용, 수표 발행 액수 2억 1천만 원, 1천만 원짜리 21장, 발행일 12월 23일, 수표 번호 아03158729 에서 아03158749 까지.〉

문 형사는 다시 껌을 씹어 대기 시작했다. 왕 형사는 땀내 나는 손수건을 꺼내 젖은 머리를 닦았다.

"이 사람의 은행 관계 자료를 좀 봤으면 하는데요."

대리가 직접 움직였다. 그는 컴퓨터 단말기를 두드려 본 다음 카드 함에서 카드를 한 장 뽑아 가지고 왔다. 여직원은 12월 23일자 김대용의 청구서를 찾아 가지고 왔다.

카드에는 김대용의 G은행 거래 관계가 날짜별로 소상히 나와 있었다. 김대용이 G은행과 거래를 튼 것은 5년 전인 1977년 3월 15일부터였다. 거래 내용은 보통예금 계좌 개설이었는데 인적 사항에는 그의 주민등록번호도 연락 전화번호도 나와 있지 않았다. 단지 연락처로 Y우체국 사서함 219번이라고 적혀 있을 뿐이었다. 그 점에 대해서 왕 형사가 지적했더니 대리는 이렇게 설명했다.

"거액 예금자 가운데는 신분 노출을 꺼려해서 신원을 밝히지 않는 사람들이 더러 있습니다. 굳이 싫다는 데야 은행 측으로서도 할 수 없는 일 아닙니까. 그런 사람들은 실명제 예금을 거부함으로써 생기는 불이익까지도 감수하는 거지요."

"그 불이익이란 뭡니까?"

"이를테면 그 사람들의 이자 소득에 대한 세금을 많이 물리게 되는 거지요."

"이렇게 거액을 예금하면서도 이자가 많이 붙는 예금을 하지 않고 보통예금 계좌를 계속 유지해 왔군요?"

"네, 그런 경우에는 입출금이 빈번하기 때문에 그럴 겁니다."

대리의 말대로 김대용의 계좌에는 입출금 상황이 어지러울 정도로 나타나 있었다.

그의 보통예금 계좌에는 현재 2백50만 원 가량이 남아 있었고, 마지막 거래 일자는 12월 23일이었다. 그날 그는 2억 1천만 원을 스물한 장의 자기앞수표로 끊어 간 것이다.

김대용의 인적 사항을 알 수 있을 것으로 기대하고 찾아갔던 형사들은 적이 실망하지 않을 수 없었다. 그러나 그들은 대리를 붙들고 늘어졌다. 이야기가 길어지자 지점장이 그들 쪽으로 다가왔다. 머리가 벗겨진 지점장은 형사들을 별실로 안내했다.

"우리는 김대용이라는 사람의 인적 사항을 알아내지 않으면 안 됩니다. 그 사람을 만나야 하니까요."

"그 사람한테 무슨 문제가 있습니까?"

지점장은 은행원답게 신중하고 조심스럽게 물었다.

"네, 하지만 수사 단계이기 때문에 자세한 것은 말씀드릴 수 없습니다."

잠시 침묵이 흘렀다. 카드를 들여다보면서 부지런히 껌을 씹어 대고 있던 문 형사가 침묵을 깨고 불쑥 입을 열었다.

"이거 혹시 검은 돈 아닙니까?"

그것이 무엇을 의미하는지는 대강 짐작이 가는 일이었다. 지점장은 미소를 지으면서 고개를 내저었다.

"글쎄요. 고객이 예금하는 돈이 검은 돈인지 흰 돈인지 저희로서야 알 수가 없지요. 저희는 그저 어떤 것이든 감사한 마음으로 받아들이고 있는 입장이니까요."

왕 형사는 카드에 찍혀 있는 입출금 상황을 다시 꼼꼼히 들여다보고 나서 물었다.

"여기에 보면…… 어림잡아 보기만 해도 수억대가 넘는 돈이 들락거렸는데……. 그렇다면 은행 측에서는 김대용이라는 사람을 VIP로 모셨을 법한데, 안 그렇습니까? 지점장께서는 그 손님을 만나 보셨을 거 아닙니까?"

그 말에 지점장은 곤혹스런 표정을 지으면서 머리를 저었다.

"그런 손님이야 말로 VIP중의 VIP지요. 하지만 그 손님을 지금까지 한 번도 만나 보지 못했습니다. 저희도 어떻게든 그 손님을 만나 인사라도 한 번 드릴까 했지만 그럴 수가 없었습니다. 본인이 얼굴을 나타내지 않으니 만날 수가 있어야지요. 저희 은행 측에서도 그 분이 누굴까 하고 몹시 궁금해 하고 있습니다."

이건 들어갈수록 안개 속이다, 라고 왕 형사는 생각했다.

"아무리 그렇다고 지난 5년 동안에 한 번도 얼굴을 드러내지 않았다는 겁니까? 그건 너무한데……"

문 형사가 고개를 갸우뚱했다.

"네, 믿어지지 않으시겠지만 사실입니다."

"베일에 싸인 인물이군. 그러면 돈은 누가 찾아갑니까?"

"대신 다른 사람을 시켜 찾아가곤 했습니다. 어쩌다가 가끔씩 다른 사람을 보내 돈을 인출해 갔고, 대부분의 경우에는 다른 지점에서 입출금을 했습니다."

"현금 자동 인출기에서 수시로 빼내 가기도 했습니다."

하고 대리가 덧붙여 말했다.

"대신 돈을 찾아간 사람은 누구였습니까?"

"젊은 여자였지?"

지점장이 대리를 돌아보며 물었다.

"네, 어떤 젊은 여자였습니다."

"그 여자가 항상 심부름을 다녔나요?"

"네, 똑같은 여자였습니다."

"예금주와는 어떤 사이였나요?"

거기서 은행 측 사람들의 대답이 또 막혔다.

"그건 잘 모르겠습니다. 알려고 했지만 그 아가씨가 대답을 하지 않아 알아낼 수가 없었습니다."

"아가씨라구요?"

문 형사가 갑자기 큰 소리로 물었다.

지난 12월 23일 김대용을 대신해서 온 아가씨에게 액면가 2억 1천만 원에 해당하는 자기앞수표를 직접 건네준 은행 여직원이 별실로 불려 왔다. 그날 그 청구서는 대리를 거쳐 지점장의 책상 위로 올려졌다. 거액이었기 때문에 대리 선에서 처리되지 않고 지점장의 결제를 받기 위해서였다. 청구서를 처음 받았던 여직원도 대리도, 그리고 지점장도 2억 1천만 원을 찾으러 온 그 아가씨를 눈여겨보았다. 목격자는 최소한 3명인 셈이었다.

12월 23일 아침 9시 30분.

청구액 2억 1천만 원이 적힌 청구서는 은행 문이 열리자마자 카운터 위에 놓여졌다. 온라인 예금계 여직원 한경미는 청구서와 통장을 집어 들고 청구서에 적힌 금액을 확인했다. 청구액이 의외로 거액인데 놀란 그녀는 앞에 서 있는 사람을 쳐다보았다.

"1천만 원짜리 수표로 주세요."

젊은 아가씨가 대수롭지 않다는 듯 말했다. 경미는 고객의 미모에 또 한 번 놀랐다. 얼굴에 여드름 같은 것이 벚꽃처럼 피어올라 피부과의원에 출입하는 것이 일과가 되다시피 한 그녀한테는 희고 깨끗한 피부를 가진 미모의 아가씨가 눈부시게 보일 수밖에 없었다. H지점에 온 지 얼마 안 된 그녀는 그 손님이 처음 보는 얼굴이었다. 얼른 통장에 적힌 이름을 보니 김대용이라고 적혀 있었다.

"본인이신가요?"

하고 말을 걸어 보았다.

"아뇨."

말씨가 빠르고 차갑고 건방진 느낌이 들었다. 차림새가 사치스러운 것으로 보아 오피스걸은 아닌 것 같았다. 경미는 반사적으로 거부감이 이는 것을 느꼈다.

"모두 1천만 원짜리로 드릴까요?"

"네, 빨리 좀 주세요."

그녀는 손목시계를 들여다보고 나서 번호표를 받아 들고 대기실 뒤편에 놓여 있는 의자에 가서 앉았다. 걸어가는 뒷모습도 세련되어 보였다.

조금 커 보이는 키에 옅은 회색의 밍크 반코트를 입고 있었다. 머플러는 눈처럼 흰 색깔이었고 코트 밑으로 흔들리는 스커트는 짙은 녹색이었다. 색의 배합이 고급스럽고 세련되어 있었다. 나이는 스물 댓 정도 됐을까. 웨이브 진 검은 머리는 풍성하고 길었다. 경미는 같은 여자로서 야릇한 질투심을 느끼지 않을 수 없었다.

경미는 우선 암호와 인장을 확인해 보았다. 틀림이 없었다. 이상이 없으면 돈을 내주어야 한다. 그러나 워낙 거액이었기 때문에 그녀는 청구서를 들고 대리에게 다가갔다.

청구서를 보고 놀란 대리는 그 아가씨를 찾았다. 그녀는 의자에 앉아 주간지를 들여다보고 있었다. 그 아가씨라면 몇 번 본 적이 있어 안면이 있었다. 김 대리는 청구서를 들고 조간신문을 읽고 있는 지점장에게 갔다.

문을 연 지 몇 분밖에 안 됐기 때문에 지점 안에는 손님이 별로 없었다. 자연 은행원들, 특히 여직원들의 시선이 미녀 방문객에게 쏠릴 수밖에 없었다. 눈에 띄게 그런 것은 아니었지만 여직원들 사이에는 그녀의 출현으로 하여 잔잔한 파문이 일고 있었다. 그녀들의 속삭이는 말이 순식간에 물결처럼 번져 갔다.

"전에도 왔었어, 저게 얼마짜리 코트 인줄 알아? 우리 1년 치 월급과 맞먹을걸."

한숨 소리가 흘러나왔다.

"눈이 예쁘게 생겼어. 피부도 희고."

"오피스걸은 아닌 것 같아. 키도 늘씬해."

"탤런트 해도 되겠어. 화장도 별로 안한 것 같지?"

여자들이 질투심 같은 것을 느끼고 있을 때 남자 직원들은 뜨거운 눈길을 보내고 있었다. 그런 미녀를 보기란 그렇게 쉽지가 않았던 것이다.

그때 김 대리의 목소리가 실내를 울렸다.

"저기, 이쪽으로 좀 들어오시겠습니까?"

김 대리가 카운터 안쪽에 서서 불렀지만 미녀는 주간지에 시선을 박고 있었다. 그녀의 이름을 모르는 대리는 하는 수 없이 예금주의 이름을 불렀다.

"김대용 씨, 이쪽으로 좀 들어오시겠습니까?"

그제서야 그녀가 주간지로부터 눈을 들었다.

"이쪽으로 와서 기다리시죠. 지점장님께서 차 한 잔 하시잡니다."

그건 비중이 있는 고객들에게 은행 측이 베푸는 일상적인 서비스의 하나라고 할 수 있는 것이었다. 그러나 미녀의 반응은 냉담했다.

"저 코피 마시고 왔어요. 빨리 좀 주세요. 어디 가야 해요."

그녀는 포갠 다리를 풀지 않은 채 대리를 빤히 쳐다보았다. 김 대리는 그녀의 건방진 태도와 보기 좋은 다리를 어떻게 조화시켜야 할지 몰라 조금 당황했다.

"잠깐이면 됩니다. 드릴 말도 있고 하니까 들어오십시오. 인삼차 한 잔 드십시오."

엄밀히 말해서 그녀는 예금주가 아니기 때문에 고객이라고 할 수 없었다. 그러나 예금주를 대신해서 왔기 때문에 은행 측에서는 깍듯이 예의를 갖췄다.

미녀는 주간지를 탁 놓더니 조금은 귀찮아하는 표정을 지으면서 카운터를 돌아 대리가 안내하는 소파에 가서 털썩 앉았다. 어떻게 보면 기품이 있어 보이기도 하고 또 어떻게 보면 막돼먹은 것 같기도 한 태도였다.

지점장이 웃으면서 맞은편 자리에 다가 앉았다. 그는 명함을 꺼내 주면서 자기 이름을 말한 다음

"바쁘신데 이렇게 오시라고 해서 죄송합니다."

하고 덧붙였다.

명함을 받아 든 그녀는 그것을 힐끗 들여다보고 나서 탁자 위에 내려놓는다.

그런 것은 하도 많이 받아 봤기 때문에 지점장 따위의 명함은 눈에도 들어오지 않는다는 그런 태도였다.

"비행기 타러 가야 하니까 빨리 좀 해주세요."

그녀의 말에 지점장은 곤혹스러워 하는 표정을 지었다.

"네, 곧 나올 겁니다. 몇 시 비행기인가요?"

거기에는 대답하지 않고 그녀는 창밖으로 고개를 돌렸다. 밖에는 완전 무장한 군인들을 가득 태운 트럭들이 차도를 울리며 질주하고 있는 것이 보였다. 마치 무력시위하고 하는 것 같은 광경이었다.

지점장도 그녀가 올 때마다 거액을 찾아가곤 했기 때문에 몇 번 눈여겨 봐준 적이 있었다. 그러나 2억이 넘는 돈을 이렇게 한꺼번에 찾아가기는 처음 있는 일이었다. 그래서 예외적인 일이지만 그녀의 신원을 확인해 둘 필요를 느끼고 있었다. 본인이 거절하면 할 수 없는 일이지만.

"실례지만 김대용 씨하고는 어떻게 되시는 사이입니까?"

그녀가 시선을 거두고 그를 쳐다본다. 아름답지만 차가운 눈이었다.

"그런 걸 꼭 아셔야 되나요?"

"꼭 그렇다는 건 아니지만 워낙 거액이다 보니까……"

그때 여직원이 김이 모락모락 피어오르는 찻잔을 탁자 위에 내려놓았다.

"자, 인삼차 한 잔 드시죠."

그녀는 별로 달갑지 않다는 듯 찻잔을 내려다보다가 마지못해 그것을 들어 입에다 대보더니 질겁하고 도로 내려놓는다. 뜨거운지 혀로 입술을 핥는다.

그녀는 두 번 다시 그 찻잔에 손을 대지 않았다.

"김대용 씨하고의 관계를 좀 말씀해 주시겠습니까?"

지점장이 다시 한 번 정중하게 요청했다. 그는 이번만은 두 사람 사이의 관계를 좀 알아 놓아야겠다고 생각했다. 그동안 은행 측에서는 그녀가 나타날 때마다 그것을 알아보려고 했었지만 그녀가 불쾌한 반응을 보이곤 했기 때문에 굳이 캐묻지를 못했었던 것이다.

이번에도 그녀의 얼굴 표정에는 불쾌한 빛이 노골적으로 드러나고 있었다. 그러나 그녀는 더 이상 숨기려 들지 않고 내뱉듯이 말했다.

"형부예요."

"아, 그렇습니까. 실례지만…… 형부 되시는 분은 무슨 일을 하시는가요?"

지점장은 무엇을 물을 때마다

"실례지만……"

하고 시작하는 버릇이 있었다. 고객을 상대하다 보니까 그런 버릇이 생긴 것 같았다.

"사업하시는가 봐요."

"무슨 사업을 하시는가요?"

"잘 모르겠어요."

조금 구체적으로 물어보고 싶은데 그녀는 허락지 않았다.

"실례지만…… 존함하고 연락처 전화번호를 좀 알려주시겠습니까? 주민등록증을 가져오셨으면 그것도 좀 보여주시면 고맙겠습니다."

대리가 지점장을 대신해서 말했다. 그러자 미녀의 안색이 확 변했다.

"왜 그런 게 필요하죠? 제가 의심이 가면 관두세요. 통장 주세요. 가겠어요."

당돌하게 말하고 나서 발딱 일어서는 바람에 지점장과 대리는 당황했다.

"아, 아닙니다. 그게 아니고 협조해 달라는 뜻으로 말씀드린 거니까 이해하시고 앉으십시오. 절대 의심이 가거나 그래서 그런 게 아닙니다. 앉으십시오. 곧 해 드리겠습니다. 기분 나쁘시다면 용서하십시오."

지점장이 간곡히 만류하는 바람에 그녀는 못 이기는 체하고 다시 자리에 앉는다. 그때 전화벨이 울렸고 여직원이 지점장한테 전화를 받으라고 말했다.

"잠깐 실례하겠습니다."

지점장은 미녀에게 양해를 구하고 나서 자기 자리로 돌아가 전화를 받았다. 어떤 남자가 걸어온 전화였는데 이름을 듣고 그는 깜짝 놀랐다.

"네, 누구시라구요?"

"김대용이라고 합니다."

지점장은 자신의 귀를 의심했다.

정확히 때 맞춰 전화를 걸어온데 대해 그는 적이 놀라지 않을 수 없었다.

"저희 지점 고객이신 김대용 사장님이십니까?"

사장님이라고 덧붙인 것은 미녀한테서 그가 무슨 사업인가를 하고 있다고 들었기 때문이었다.

"네, 그렇습니다. 다름이 아니고 내 처제를 거기에 보냈는데……"

"아, 네네, 지금 여기 계십니다. 여기서 차 한 잔하고 계십니다. 바꿔 드릴까요?"

지점장은 소파에 앉아 있는 미녀를 흘끗 쳐다보았다. 그녀는 찻잔에는 손도 대지 않고 있었다.

"아니, 바꿔 줄 필요는 없고…… 에 또, 금액이 좀 커서 내 처제가 좀 걱정이 돼서 전화를 걸었습니다."

말투가 아주 점잖았다. 말투에는 위엄 같은 것이 서려 있었는데, 목소리로 보아 사오십 대 쯤 될 것 같았다.

"저희 경비원이 있으니까 함께 동행을 시켜 드릴까요?"

"아니, 그렇게까지 할 필요는 없고 차를 가지고 갔으니까 차 타는 데까지 만이라도 동행해 주시면 고맙겠습니다."

"네네, 그렇게 해 드리겠습니다. 그 점은 걱정하지 않으셔도 됩니다."

"그리고 좀 빨리 보내 주시면 고맙겠습니다."

"네네, 즉시 보내드리겠습니다. 항상 이렇게 저희 지점을 이용해 주시는데 아직 인사도 드리지 못해 죄송합니다. 전화상으로나마 인사드리겠습니다. 저는 지점장 강상범(姜相範)이라고 합니다."

지점장은 전화에다 대고 꾸벅 고개를 숙였다.

"아, 그렇습니까. 그렇지 않아도 한 번 은행에 간다고 하면서……"

"한번 방문해 주시면 식사라도 한 끼 대접해 드리고 싶습니다. 직접 찾아뵈어야 하는데…… 정말 미안합니다."

"아, 천만에…… 자, 그럼…… 부탁합니다."

상대방이 전화를 끊은 것을 확인하고 나서 지점장은 수화기를 내려놓았다. 그는 더 이상 시간을 끌 필요가 없다고 생각했다. 그래서 김 대리에게 빨리 수표를 끊으라고 재촉했다.

수 분 후 김 대리는 봉투와 함께 1천만 원짜리 자기앞수표 스물한 장을 미녀 앞에 내놓았다.

“늦어서 미안합니다. 확인해 보시죠.”

“확인해 보십시오.”

지점장이 곁에서 말했다. 그러나 그녀는 헤아려 보지도 않은 채 그것들을 반으로 접더니 백 속에 집어넣었다. 은행 이름이 박힌 봉투는 그대로 탁자 위에 놓여 있었다.

탁자 위에는 그 밖에도 식은 찻잔과 지점장의 명함이 놓여 있었다. 지점장의 시선이 탁자 위에 놓여 있는 자신의 명함 위에 얼핏 머물렀다. 그는 모욕감을 느끼면서 미녀를 쳐다보았다. 그렇다고 쑥스럽게 자신의 그것을 집어서 그녀에게 다시 줄 수도 없는 노릇이었다.

“안녕히 계세요.”

그녀는 아무도 쳐다보지 않은 채 형식적으로 고개를 까딱해 보인 다음 홱 돌아섰다.

“방금 김대용 사장님한테서 전화가 왔었는데 좀 걱정이 되시는 모양입니다. 차 있는 데까지 저희 경비원하고 함께 가시죠.”

지점장은 모욕감을 누르고 끝까지 정중하게 말했다.

“괜찮아요.”

그녀는 머리를 가볍게 흔들고 나서 재빨리 대기실 쪽으로 걸어 나갔다.

"안녕히 가십시오."

그녀의 뒤에다 대고 지점장과 대리는 공손히 인사했다.

"저 아가씨, 차타는 데까지 바래다 줘요."

지점장의 지시를 받고 경비원이 미녀의 뒤를 따라 나갔다.

"저 아가씨, 되게 건방진데요."

김 대리가 탁자 위에 놓여 있는 명함을 집어 들어 지점장에게 건네면서 투덜거렸다. 지점장은 명함을 집어넣으면서 아무 말도 하지 않았다.

"명함을 놓고 가다니 젊은 여자가 어떻게 그런 실례를 범할 수 있습니까? 얼굴이 반반하니까 얼굴 값을 제대로 하는데요. 성질 같아서는……"

대리가 분을 참지 못하고 씩씩거리는 것을 잠자코 듣고만 있다가 지점장은 보던 신문을 다시 집어 들었다.

미녀의 차는 바로 은행 정문 앞에 세워져 있었다. 그것은 새파란 젊은 아가씨가 몰고 다니기에는 너무 사치스러운 최신형 스포츠카였다. 피닉스라는 이름의 그 차는 2천만 원대가 넘는다는 말을 경비원은 들은 적이 있었다. 그래서 그는 그 미녀가 굉장히 돈 많은 집안의 따님이겠거니 하고 생각하면서도 자신의 처지와 비교되어 한숨이 절로 나왔다. 미녀가 차 안으로 들어가 시동을 걸었다. 하늘처럼 파란색의 스포츠카 안에 앉아 있는 그녀의 모습은 아주 멋져 보였다. 경비원이 거수경례를 하자 그녀는 거들떠보지도 않았다. 경비원이 민망해서 머무적거리고 있는데 차가 앞으로 튕겨 나갔다. 스포츠카는 스포츠카답게 아주 빠른 속도로 다른 차들을 헤치고 달려가더니 이윽고 시야에서 사라졌다.

지난 23일 그 미녀를 차타는 데까지 바래다주고 온 경비원이 별실로 불려 왔다. 대리가 그에게 불려 온 이유를 설명하자 그는 자못 긴장해서 형사들을 바라보았다.

"그때 그 아가씨가 타고 간 차번호를 기억할 수 있어요?"

왕 형사가 물었다. 경비원은 모자를 벗더니 멋쩍은 듯 머리를 긁었다.

"모르겠는데요."

"대강이라도 좋으니까 생각해 봐요."

"신경 써서 보지 않았기 때문에 기억이 안 납니다. 번호판은 보지도 않았습니다."

"좋을려다 말았군."

문 형사가 껌을 씹어 대면서 빈정거렸다. 왕 형사는 그를 흘겨보고 나서 다시 경비원에게 시선을 돌렸다.

"그 차에는 누가 또 타고 있었나요?"

"그 아가씨 혼자 타고 있었습니다."

"그 차의 이름하고 색깔을 다시 한 번 말해 봐요."

"저는 잘 모릅니다만 그 차를 보고 스포츠카라고 하더군요. 차 이름은 피닉스이고 파란 색깔이었습니다. 텔레비전에 광고 나오는 거 여러 번 봤기 때문에 알고 있습니다. 우리 애도 하나 사줬습니다. 피닉스 장난감 차 말입니다."

사람들의 얼굴에 웃음꽃이 피었지만 왕 형사는 웃지 않았다. 그는 부지런히 메모하고 있었다. 증언을 해준 경비원의 이름까지 적고 나서 그는 그를 내보냈다. 그리고 지점장과 대리를 쳐다보았다.

"그날 그 아가씨가 일을 마치고 은행에서 나간 시간이 몇 시쯤이었습니까?"

"그러니까 문을 열자마자 들어와서 신청했으니까…… 수표를 찾는 데까지 한 20분 걸렸다면 9시 50분에서 10시쯤에 은행에서 떠났다고 보면 될 겁니다."

김 대리가 신중하게 말했다.

"그날 그 아가씨가 분명히 비행기를 타러 가야 한다고 말하면서 빨리 달라고 재촉했습니까?"

"네, 그랬습니다."

지점장이 지친 듯 한 표정으로 대답했다. 그러나 그는 정확히 증언해 주는 것을 잊지 않았다.

"몇 시 비행기를 탈 거냐고 물었더니 거기에는 대답하지 않았습니다."

"하여간 그렇게 건방지고 당돌한 아가씨는 처음 봤습니다."

김 대리가 지금도 그 아가씨 생각을 하면 화가 난다는 듯이 말했다.

왕 형사는 주머니에 챙겨 넣었던 1천만 원짜리 수표를 다시 꺼냈다. 그것의 수표 번호는 아03158734 였다.

"이것과 함께 발행한 나머지 수표 스무 장이 돌아왔는지 알아봐 주시겠습니까?"

"네, 잠깐 기다려 주십시오."

일어서는 대리에게 왕 형사가 다시 덧붙여 부탁했다.

"김대용 씨가 계좌를 처음 텄을 때 거래 신청서를 제출했을 텐데 그것도 좀 보여 주시겠습니까?"

김 대리는 5분쯤 지나 돌아와서 이렇게 말했다.

"저희 은행에는 아직 돌아온 게 없습니다. 다른 지점에도 알아보라고 했으니까 곧 결과를 알 수 있을 겁니다. 거래 신청서는 여기 있습니다."

왕 형사는 거래 신청서를 찬찬히 들여다보았다. 거기에는 아까 카드에서 보았던 것처럼 주민등록번호도 연락 전화번호도 적혀 있지 않았다. 김대용이라는 이름과 함께 주소 란에 '서울 Y우체국 사서함 219' 라고만 적혀 있었고 직업란에도 막연히 '사업' 이라고만 기록되어 있었다.

"이 신청서는 본인이 직접 쓴 겁니까?"

"아마 그럴 겁니다."

"그렇다면 김대용 씨 얼굴을 한 번쯤은 봤겠군요."

지점장과 대리는 머리를 가로 저었다.

"보지 않았습니다. 이건 5년 전에 작성한 것인데 당시에 저희들은 이 지점에 근무하지 않았습니다."

"그렇겠군요."

왕 형사는 2억 1천만 원을 청구했던 청구서와 보통예금 통장 거래 신청서를 탁자 위에 나란히 놓고 양쪽에 적힌 글씨들을 비교해 보았다. 양쪽의 기록에는 약 5년의 시차가 있었다. 그런데 양쪽의 글씨가 서로 비슷했다. 그것은 조그맣고 동글동글한 글씨였다.

"비교해 보라구, 비슷하지 않아?"

왕 형사가 문 형사 쪽을 돌아보자 껌 씹는 소리가 딱 멎었다.

"네, 비슷한데요."

이번에는 지점장과 대리가 그것들을 들여다보았다.

"비슷하군요."

"그렇다면 이 신청서는 그 아가씨가 적은 겁니다. 신청할 때부터 김대용이라는 사람은 나타나지도 않았습니다."

김대용이라는 인물은 이 은행과 거래를 시작할 때부터 베일에 가려 있었다.

그는 처음부터 얼굴을 드러내지 않았던 것이다. 그리고 5년이 지난 지금까지도 철저하게 베일 뒤에 숨어 있다. 김대용이라는 인물은 과연 실재하는 인물일까. 여러 가지 의문이 꼬리를 물고 일어난다.

"혹시 김대용이라는 인물이 가공인물이 아닙니까? 그 아가씨가 가짜로 내세운 사람이 아닐까요?"

은행 측 사람들은 수사관의 질문에 고개를 갸우뚱했다. 지점장이 입을 열었다.

"글쎄요. 가공인물을 내세울 수도 있겠지요. 하지만 그때 김대용 씨한테서 직접 전화가 걸려 왔었습니다."

"전화야 아무나 걸 수 있는 거지요."

문 형사가 빈정거리듯 말했다.

그때 여직원이 별실로 들어섰다.

"알아봤어요?"

지점장이 일어서며 물었다.

"네, 어제 모두 찾아갔습니다."

여직원이 내미는 종이를 지점장이 낚아채듯 받아 들고 들여다보았다. 그것은 컴퓨터 단말기를 통해 확인된 내용이었다. 프린터에 찍혀 나온 내용이 종이 위에 가지런히 배열되어 있었다.

"다른 지점을 통해 모두 찾아갔군요. 어제 하루 사이에 모두 찾아갔습니다."

지점장이 굳은 표정으로 종이를 왕 형사에게 넘겨주었다. 왕 형사는 숨을 죽이고 그것을 들여다보았다. 거기에는 수표 번호, 액수, 찾아간 날짜, 지불 은행의 이름 등이 찍혀 있었다.

"찾아간 사람의 인적 사항을 알 수 있을까요?"

"찾아간 사람의 인적 사항은 수표 뒤에 이서하는 것 정도에 불과합니다. 대개 이름하고 전화번호 정도만 적어 놓지요. 대개 찾아가는 사람이 적어 놓는데 주민등록증을 확인하는 경우는 거의 드뭅니다."

"그렇다면 가짜로 적어 놓아도 모르겠군요?"

"그런 셈이지요."

은행 측으로서는 자기앞수표를 제시하는 사람한테는 무조건 돈을 내줄 수밖에 없다는 말이었다. 그것이 사고 수표가 아닌 이상에는…….

"수표 뒤에 이서해 놓은 이름만이라도 알 수 없을까요?"

"네, 알아볼 수는 있습니다만 각 지점에 전화를 걸어 보아야 하기 때문에 시간이 좀 걸립니다."

"좀, 부탁하겠습니다."

형사들은 적이 실망하는 표정이었다. 그러나 그들은 질기게 은행에 눌어붙어 있었다. 어제, 그러니까 12월 26일, G은행 H

지점에서 발행한 문제의 그 1천만 원짜리 자기앞수표를 접수하고 돈을 내준 지점은 모두 12개 지점이었다. 한 사람이 각 지점을 돌아다니면서 찾아갔는지 아니면 여러 사람이 찾아갔는지는 아직 알 수 없었다. 수표 뒤에 써 놓은 이름들을 보면 그것은 자연 알 수 있는 일이었다.

은행에서 각 지점에 전화를 거는 동안 형사들은 은행에서 제공한 자료들을 챙겼다. 원본은 은행에 보관해 두어야 하기 때문에 그것들은 은행에 있는 복사기에다 복사시킨 사본들이었다.

마침내 10분쯤 지나 각 지점에다 알아본 결과가 나왔는데 12개 지점 모두 돈을 찾아간 사람의 이름이 제각기 달랐다. 전화번호도 물론 모두 틀렸다.

1. A지점 : 2천만 원 김태수(756-783X)
2. S지점 : 2천만 원 임명재(387-794X)
3. B지점 : 1천만 원 김철민(652-429X)
4. W지점 : 2천만 원 염민제(557-219X)
5. D지점 : 2천만 원 김남수(255-754X)
6. J지점 : 1천만 원 강민호(956-321X)
7. P지점 : 1천만 원 이용구(689-554X)
8. E지점 : 2천만 원 최인식(843-675X)
9. Y지점 : 2천만 원 박신범(942-671X)
10.K지점 : 1천만 원 오광섭(298-497X)
11.N지점 : 2천만 원 황종수(365-423X)
12.R지점 : 2천만 원 조건상(684-856X)

12명 가운데 아무리 봐도 김대용이라는 이름은 없었다. 문 형사가 참을 수 없다는 듯 그 가운데서 한 명에게 전화를 걸어 보았다.

"거가 뭐하는 곳입니까?"

"여기 목욕탕인데요."

젊은 여자가 대답했다.

"거기 혹시 염민재 씨라고 계십니까?"

"그런 사람 없는데요. 손님을 찾으시는가요?"

"아뇨."

문 형사는 수화기를 내려놓고 신경질적으로 머리를 좌우로 흔들었다.

"이 이름하고 전화번호는 가짜인 것 같은데요."

"그럴 줄 알았어요."

문 형사는 야단스럽게 껌을 씹어 대기 시작했다. 왕은 그를 쏘아보다가 이번에는 자신이 박신범이라는 사람한테 전화를 걸어 보았다.

"여보세요."

굵은 남자 목소리가 들려왔다.

"거기 942국에 671X번입니까?"

"네, 그렇습니다. 누구 찾으십니까?"

중년의 아주 점잖은 목소리였다.

"여기 양복점입니다. 박신범 씨 좀 바꿔 주시겠습니까?"

"박신범 씨라구요? 그런 사람은 없는데요."

"이상하군요. 박 선생님께서 양복을 맞춘 게 있는데 찾아가지 않아서 전화했습니다."

"그래요? 그거 이상하군요. 여기에는 박씨라고는 없습니다."

"실례지만 거기는 뭐하는 곳인가요?"

"여긴 주유소입니다."

점잖은 목소리가 사라졌다.

형사들은 풀이 죽어 은행에서 나왔다. 문 형사는 차에 오를 때까지 투덜거렸다.

"시끄러. 제발 껌 좀 그만 씹어."

왕 형사한테서 면박을 받고서야 그는 잠잠해졌다.

문 형사가 운전하는 차는 은행 앞을 출발하여 50미터쯤 가다가 건널목 앞에서 멈춰 섰다. 그의 차는 새로 뽑은 신형으로 할부로 구입한 것이었다. 빨간 색의 그 차는 주인이 워낙 열심히 닦아대는 바람에 항상 반들반들 윤이 나는데 요 며칠 동안은 눈 때문에 닦지를 못해 약간 지저분해져 있었다. 그래서 주인은 차를 닦지 못해 안달하고 있는 형편이었다. 처음 그가 그 차를 몰고 나타났을 때 동료들은 계집애도 아니고 형사가 그 차 색깔이 뭐냐고 비아냥거렸었다.

"저 건물 보십시오. 어마어마하죠?"

왼편에 하늘을 찌를 듯이 우뚝 서 있는 건물을 그가 턱으로 가리켰다. 두꺼비처럼 생긴 왕 형사는 묵묵히 그 건물을 올려다보았다.

35층의 위용을 자랑하는 그 빌딩은 한성그룹의 본부가 들어있는 건물로서 준공 테이프를 끊은 지 이제 두어 달밖에 되지 않았다. 백색의 이탈리아 산 대리석으로 도배된 그 빌딩은 준공되자마자 장안의 화젯거리가 되었고 현대 건축미의 걸작이라는 찬사를 받기도 했다. 한쪽으로부터는 돈으로 처발랐다고 비판을 받기도 했지만 아무튼 걸작품임에는 틀림없었다.

그 건물은 앞의 금싸라기 땅을 광장으로 조성함으로서 거대한 빌딩이 주는 삭막함을 부드럽고 로맨틱한 분위기로 바꾸어 놓고 있었다. 광장의 중앙에는 연못과 함께 분수대가 설치되어 있었고 그 주위에는 사람들이 앉아서 쉴 수 있게 대리석 좌대들이 놓여 있었다. 그리고 여기저기에는 유명한 조각가들의 청동 조각품들이 세워져 있었고, 그런 모든 것들을 에워싸듯이 하면서 소나무와 느티나무들이 가지를 뻗고 있었다. 지금은 연못도 분수대도 얼어붙어 제구실을 못하고 있지만 날이 풀리면 멋진 가로등과 함께 로맨틱한 분위기를 다시 찾게 될 것이다.

"아, 나는 언제 저런 걸 한번 지어 볼까. 세상에 태어났으면 저런 거라도 한번 지어 놓고 죽어야 할 텐데 말이야."

문 형사가 탄식조로 말하자 뒤에서 클랙슨 소리가 들려왔다.

"쓸데없는 소리하지 말고 빨리 출발해!"

왕 형사는 건물 같은 것에는 관심이 없었다. 그는 오로지 사건에만 관심이 있었다. 차가 건널목을 건너갔다.

"어디 가는 겁니까?"

"공항에……"

"공항에는 왜 갑니까? 공항에 가려면 차를 돌려야겠는데요. 미리 말씀하실 것이지……"

그는 차를 골목 쪽으로 꺾었다. 골목 어귀에서 차를 돌려 반대 방향으로 진입했다.

조금씩 내리던 눈은 어느새 함박눈으로 변해 있었다. 윈도 브

러시가 차창에 부딪치는 눈송이들을 부지런히 훑어 내고 있었다. 시야가 환상적으로 보이고 있었다.

"근사한데요. 저기 보세요."

강변 차도로 접어들면서 문 형사가 들뜬 목소리로 말했다. 두꺼비처럼 생긴 형사는 시야를 가득 채운 눈보라 사이로 끝없이 이어져 있는 거대한 강의 흐름을 묵묵히 바라보았다. 강을 가로지르고 있는 철제 교량이 눈 때문인지 오늘따라 멋져 보인다고 생각했다.

확인해 봐야겠지만 20장의 수표 뒤에 써 놓은 12명의 이름들은 모두 가짜일 것이다. 12명 모두 가짜라는 것은 무엇을 의미하는 것일까?

눈 때문에 차의 속도가 점점 떨어지고 있었다. 문 형사는 드라이브를 즐기는 듯 천천히 차를 몰았다.

"공항에는 왜 갑니까?"

"아직도 거기 가는 이유를 모르나?"

"모르겠는데요."

문 형사가 고개를 갸우뚱하면서 라디오를 켰다. 때 맞춰 라디오에서는 샹송 '눈이 내리네' 가 흘러나오고 있었다. 어느 여가수가 그것을 아주 정감 있게 부르고 있었다.

"지난 23일 그 미녀가 H지점에 돈을 찾으러 왔을 때 비행기를 타러 가야 하니까 빨리 수표를 끊어 달라고 했어."

"네, 두 번이나 그런 말을 하면서 재촉했다고 했습니다."

"그래서 공항에 가서 그날 출발한 비행기의 탑승객들을 알아보려는 거야. 그 미녀가 무심코 한 말일지 모르지만 그건 사실이었을 거야. 난 사실로 믿고 싶어."

"하지만 그 여자의 이름도 모른데 어떻게 찾는다는 겁니까?"

"탑승자의 명단만 입수하면 그 여자는 그 안에 들어 있는 거야. 그 안에서 찾아내면 되는 거야."

"적어도 어느 비행기에 탔는지를 알아야 할 게 아닙니까? 국제선을 탔는지 국내선을 탔는지조차 모르지 않습니까?"

"우선 국내선부터 조사해 보는 게 좋겠지. 그리고 국제선을 탈 아가씨가 그렇게 바쁘게 거액을 은행에서 인출해 갔을 리가 있겠어?"

차는 다리를 건너갔다. 다리 한쪽에 사고 차량 두 대가 서 있는 것이 보였다. 앞서가는 승용차를 트럭이 뒤에서 받았는지 승용차의 뒷부분이 푹 찌그러져 있었다.

"수표 뒤에 적어 놓았다는 이름들은 모두 가짜 같아."

"네, 그런 것 같습니다."

"김대용이라는 인물이 묘령의 아가씨를 시켜서 찾아간 1천만 원짜리 수표 스물한 장 가운데 한 장은 피살체에서 발견되고 나머지 수표 스무 장은 최종적으로 12명에게 넘겨졌다고 봐야겠지. 그런데 그 12명 모두가 가공인물이라면 그건 무얼 의미하는 거지?"

"글쎄요. 그 아가씨…… 아니면 김대용이라는 인물이 수표를 도난당했든가 강탈당한 게 아닐까요?"

"그렇다면 은행에 신고가 들어왔을 텐데 그렇지가 않았어."

"그럼 살해당한 게 아닐까요?"

그 말에 왕문수(王文洙)는 아무 대꾸도 하지 않았다.

"그 아가씨나 김대용이가 현찰로 찾아갔을 리는 없을 테고 말입니다."

공항 입구에는 총에 대검을 꽂은 계엄군들이 삼엄한 경계망을 펴고 있었다. 형사들은 그들과 시선이 마주치는 것을 일부러 피했다. 왕 형사는 광장에 서 있는 탑시계를 보았다. 시계 바늘은 오후 2시 25분을 가리키고 있었다.

"여기까지 오는데 45분 걸렸어."

"눈 때문에 시간이 좀 더 걸렸어요. 보통 30분이면 올 수 있습니다."

문 형사는 주차장에 차를 세운 다음 엔진을 껐다.

"그날 그 미녀가 은행에서 나온 시간이 9시 50분에서 10시 사이라고 한다면…… 은행에서 곧장 공항으로 달려왔을 경우 10시 30분쯤에는 공항에 도착했을 거란 말이야. 23일에는 눈이 오지 않았거든. 그러니까 10시 30분 직후에 떠나는 비행기를 탔을 가능성이 있어."

"그러면 범위가 상당히 축소되겠군요."

"그렇지. 우선 김포에서 출발하는 국내선 비행기 시간을 알아봐야겠어."

그들은 차에서 내려 길을 건너갔다.

공항 광장 위에는 함박눈이 펑펑 쏟아지고 있었다. 눈을 허옇게 뒤집어 쓴 채 움직이고 있는 사람들의 모습이 어쩐지 희극적으로 보인다.

여인의 행방

공항으로부터 왕 형사가 걸어온 전화를 받고 난 오병호는 새로 설치된 수사본부에 대기하고 있는 부하 형사들에게 지시를 내렸다.

한 팀에게는 서울 시내에 산재해 있는 G은행 12개 지점을 찾아가 문제의 수표 20장을 모두 수거해 오라고 지시했다. 4명의 형사가 12개 지점을 찾아 즉시 뿔뿔이 흩어졌다. 또 한 팀에게는 AB자동자 회사를 찾아가 그동안 판매한 스포츠카 피닉스 가운데 파란 색깔의 차를 구입한 사람들의 명단을 빠짐없이 뽑아오라고 명령했다.

형사 두 명이 AB자동차 회사를 향해 눈 오는 거리로 사라지는 것을 지켜보면서 병호는 목과 팔이 절단된 그 얼굴 없는 남자 시체를 다시 머릿속에 떠올렸다. 생각할수록 그것은 끔찍한 모습이었다. 어쩌다가 무슨 이유로 그런 참혹한 죽음을 당했을까. 사람이 그렇게 죽을 수 있다는 것, 또 사람을 그렇게 죽일 수 있다는 것이 그는 도무지 이해가 되지 않았다.

1. 나이: 45세 안팎
2. 혈액형: AB
3. 키: 175cm 정도
4. 몸무게: 65kg 정도
5. 오른쪽 엄지발가락 발톱 검은색
6. 복부에 맹장염 수술 자국
7. 사망 시간: 1981년 12월 26일 오전 3시에서 6시 사이.

이것이 얼굴 없는 시체에서 알아낸 것들이었다. 키나 몸무게는 없는 부분을 대강 보태서 계산한 것이었다.

병호는 실종신고에 신경을 쓰고 있었다. 피살체의 신원을 밝혀내기가 어려울 경우 경찰에 접수된 실종신고 내용을 통해서 신원을 알아낸 경우가 허다했기 때문이다. 그래서 중년 남자에 대한 실종신고가 접수되는 대로 수사본부로 빠짐없이 알려 달라고 단단히 부탁해 놓고 있었다. 서울 뿐 아니가 전국 지방 경찰에도 그 지시가 내려가 있었다.

신문에 그 엽기적인 살인 사건이 대서특필되는 바람에 상부에서는 그 사건에 큰 관심을 가지고 있었고, 벌써부터 빨리 범인을 체포하라고 독촉을 보내고 있을 정도였다. 병호는 앞으로 많은 수의 상관들로부터 시달림을 받을 생각을 하니 일을 벌이기도 전에 피곤해지는 것 같았다. 상부에서 관심을 가져 주기 때문에 한 가지 도움이 되는 점도 없지 않아 있었다. 그것은 수사력을 손쉽게 보강 할 수 있다는 점이었다.

수사본부는 시체가 발견된 곳에서 가까운 한길 가에 세워져 있는 어느 낡은 건물의 2층에 임시로 마련되어 있었다. 2층의 창가에는 피아노 학원의 간판이 큼직하게 걸려 있었다. 피아노 학원을 열었던 어떤 아가씨가 운영이 안 돼 몇 개월 만에 문을 닫는 바람에 간판만 댕그라니 걸려 있었다. 간판을 떼 가라 해도 떼 가지도 않고 해서 건물 주인은 이러지도 저러지도 못한 채 그냥 놔두고 있는 형편이라고 했다.

그곳에 수사본부를 차리게 된 것은 그 일대를 관할하고 있는 파출소 소장의 소개 덕분이었다. 그 파출소는 바로 길 건너 맞은편에 자리 잡고 있었다. 처음에는 그곳에다 수사본부를 차리려고 했었는데 너무 비좁아 난색을 표하자 소장이 길 건너 피아노 학원 간판이 걸려 있는 낡은 건물을 가리켰던 것이다. 지금 비어 있는데 당분간 세들어 올 사람도 없을 것 같으니 자기가 잘 알고 있는 주인한테 말해 관리비 정도 내고 당분간 사용하면 어떻겠느냐고 해서 병호는 두말 않고 응낙했던 것이다.

학원으로 사용했던 곳이라 꽤 넓었고 밖에서 보기보다는 깨끗하게 보존되어 있었다. 소장이 임시로 변통해다 준 낡은 철제 책상 몇 개와 새로 재빨리 설치한 일반 전화기 세 대, 그리고 경찰 통신센터와 직통으로 연결되는 비상 전화기 한 대 등을 갖추어 놓자 수사본부는 그런대로 사무실 분위기를 풍기게 되었다. 이웃 다방 마담이 멋도 모르고 사무실 개업을 하는 줄 알고 성냥통 몇 개와 화분 1개를 갖다 놓은 바람에 사무실 분위기는 더욱 그럴듯했다.

창가에 서서 함박눈이 쏟아지는 것을 바라보고 있다가 그는 옆에 가만히 다가와 서는 아가씨를 돌아보았다. 여형사 유화시한테서는 여성 특유의 냄새가 났다. 그것은 성숙한 여성한테서 만 나는 독특한 냄새였다. 그것을 맡자 병호는 갑자기 여자를 안고 싶은 충동을 느꼈다. 남자를 미치게 하는 그 냄새를 놓치지 않으려고 그는 숨을 깊이 들이마셨다.

"어머나, 함박눈…… 밖에 나가 걷고 싶어요."

그녀가 안에 갇혀 있기가 답답하다는 듯 말했다.

병호는 몸을 돌려 책상 위에 놓여 있는 석간신문 위로 고개를 숙였다.

"얼굴 없는 남자 시체 발견"

대서특필된 살인 사건 기사의 제목이었다. 피살체의 사진은 너무 끔찍하기 때문에 게재되지 않았다. 그 대신 그 모양의 그림으로 대강 그려져 있었다.

거리에 땅거미가 지기 시작했을 때쯤 내리던 눈도 멎었다. 그러나 그 대신 한파가 밀려왔다. 거리는 금방 꽁꽁 얼어붙었고, 거리에 쌓인 눈은 빙판이 되어 그렇지 않아도 혼잡한 러시아워의 거리를 거의 마비 지경에까지 이르게 만들었다.

계단을 올라오는 발짝 소리가 요란스럽게 들려오더니 문이 벌컥 열렸다. 왕 형사와 문 형사가 어깨를 웅크린 채 들어섰다. 그들의 얼굴은 추위로 퍼렇게 얼어붙어 있었다.

"날씨가 굉장히 추워지는데요. 공항에서 여기까지 오는데 꼭 두 시간이 걸렸습니다."

문 형사가 냄새나는 석유난로를 껴안을 듯이 하면서 말했다.

왕 형사는 급조된 수사본부 안을 무표정하게 훑어보고 나서 유 형사에게 미소를 보냈다.

"미스 유, 일거리가 생겼어요."

"뭔데요?"

미녀 형사는 달갑지 않다는 듯 두꺼비처럼 생긴 왕 형사를 힐끗 쳐다보았다.

그녀는 두 사람을 위해 잔에다 뜨거운 보리차를 따랐다.

두꺼비는 들고 온 서류 봉투 속에서 종이 뭉치를 꺼냈다.

"이걸 모두 정리해야 해요."

"그게 뭔데요?"

"이제부터 설명할 테니까 잘 들어요."

그는 유 형사가 따라 준 뜨거운 보리차를 후후 불어 가며 맛있게 마셨다.

오 경감은 담배를 꼬나문 채 유 형사 곁으로 다가가 담배 연기 때문에 한쪽 눈을 찡그리면서 종이 뭉치를 내려다보았다. 그것은 이를테면 수사가 시작되면서 손에 들어온 첫 번째 수사자료라고 할 수 있는 것들이었다.

1981년 12월 23일 오전 · 10시 30분부터 1시간 사이에 김포공항을 출발하는 국내선 항공편은 모두 두 편 뿐이었다. 한 편은 11시 정각에 출발하는 부산 행 항공편이었고, 토 한 편은 11시 30분에 떠나는 제주행 항공편이었다. 공항에 나갔던 왕 형사와 문 형사는 그 두 편에 탑승했던 승객들에게 가장 많은 관심을 쏟았다. 그 미녀가 그날 정말 은행 문을 나서는 즉시 국내선 비행기를 타러 갔다면 공항에 도착했을 10시 30분에서 1시간 이내에 출발하는 비행기를 탑승했을 가능성이 제일 크기 때문이었다.

그 다음 항공편 시간은 부산행이 12시 정각, 그리고 제주행이 무려 두 시간이나 뒤인 오후 1시 30분이었다. 그밖에 오후 1시 30분에 출발하는 대구행 항공편도 있기는 있었다. 그러나 그 세 편의 출발 시간은 공항 도착 시간인 10시 30분을 기점으로 생각해 볼 때 너무 멀리 떨어진 시간이었다.

12월 23일 오전 11시 정각에 김포를 출발하는 부산행 항공편에 탑승한 사람은 모두 1백48명이었다. 그 가운에 여자는 22명이었다.

같은 날 오전 11시 30분에 떠나는 제주행 항공편에 탑승한 사람은 2백25명이었다. 그 가운데 여자는 73명이었다.

제주행 탑승객이 그렇게 많은 것은 세상이야 어떻게 돌아가든 비상계엄 같은 것에 신경 안 쓰고 크리스마스와 연말연시를 제주도에서 즐기려는 부유층 사람들이 상당수 탑승했기 때문이었다.

양쪽 항공편에 탑승한 승객 수는 모두 해서 3백73명, 그중 95명이 여자였다.

그 미모의 여인 이름을 X라고 한다면 X가 베일에 싸인 김대용이라는 인물과 함께 비행기에 탑승했을 가능성도 배제할 수 없었다. 그러나 승객들 가운데 김대용이라는 이름은 없었다. 김대용이라는 이름은 가짜 이름일까, 아니면 진짜 이름일까. 경찰은 아직 그것조차 파악하지 못하고 있는 형편이었다.

책상 위에 널려 있는 수사 자료는 공항의 컴퓨터 프린터를 통해 뽑아낸 두 장의 탑승객 명단과 3백73장의 여행자 신고서 사본들이었다. 탑승객 명단은 영어로 표기되어 있었다. 수사관들은 마치 그 안에 '풍뎅이 사건'의 키를 쥐고 있는 인물이 숨어 있기라도 한 듯 눈을 부릅뜨고 그것들을 들여다보고 있었다.

오병호 경감이 그렇게 명명한 것도 아니고 누가 그렇게 부르자고 한 것도 아닌데 머리와 팔이 잘려 나간 그 엽기적인 살인 사건은 수사관들 사이에 어느새 '풍뎅이 사건'이라고 불리고 있었다. 발견된 시체가 마치 풍뎅이를 연상시켰기 때문에 그렇게 불리게 된 것 같았다.

여형사 유화시 앞에는 95장의 여행자 신고서가 놓여졌다. 왕 형사가 말했다.

"이건 모두 여자들 거예요. 이 가운데서 그 문제의 여인을 찾아 내봐요. X라는 여인을 말이에요. 그 여자는 유 형사처럼 예쁘게 생겼어요."

유 형사는 피식 웃었다.

"이 신고서에 예쁘게 생겼다는 표시라도 있나요?"

"있지. 있고말고."

왕 형사가 빙그레 웃었다.

"어디에 있어요?"

"글씨가 예쁜 걸 찾으면 되지. 예쁜 여자는 글씨도 예쁘게 쓰니까."

유 형사는 미소를 지었다. 사내들의 얼어붙은 가슴을 녹일 것 같은 아름다운 미소였다.

"전 글씨가 엉망인걸요."

사내들이 기다렸다는 듯이 소리 내어 웃었고 유화시는 그만 얼굴을 붉게 물들였다.

"그 여자가 X라면 김대용이라는 인물은 Y라고 해도 되겠지."

오 경감의 말에 그때부터 김대용은 일명 Y로 불리게 되었다.

"이제부터 X와 Y가 한 비행기에 탔는지 알아내야 돼요. 미스 유는 후각이 예민하니까 이중에서 Y를 찾아낼 수 있을 거야."

그렇게 말하면서 왕 형사는 남자들만의 여행자 신고서 2백 78장을 또 유 형사 앞에 쌓아 놓았다.

"이 안에 X와 Y가 틀림없이 있나요?"

"틀림없이 있다고 생각하고 찾아내야 해요."

유 형사는 타이프라이터를 끌어다 놓고 컴퓨터 프린터에서 뽑아낸 영문자로 표기된 탑승객 명단과 여행자 신고서를 대조해 가면서 차례대로 타이핑해 나갔다. 탑승객 명단에는 각자의 좌석번호도 기록되어 있었다. 남녀별로 구분해서 일련번호를 매겨 가면서 이름과 인적 사항, 탑승한 항공편과 좌석번호 등을 하나하나 정리해 나갔다.

일단 그 작업이 끝나자 타이핑된 것을 들고 밖으로 나가 문방구에 가서 그것들을 여러 장 복사해 가지고 돌아왔다. 남자들은 약속이나 한 듯 복사물을 한 부씩 들고 책상 앞에 다가앉아 들여다보기 시작했다.

"먼저 X쪽을 살펴보지."

병호가 여자 쪽 명단을 들여다보면서 말했다.

"외국인들은 어떻게 할까요?"

문 형사가 물었다.

"일단 외국인은 제외시키는 게 좋겠지. 외국인까지 포함시키면 수사 범위가 너무 넓으니까."

여자 승객 가운데 외국인 여인이 9명 있었다.

4명은 부산 행 항공편에, 나머지 5명은 제주행 항공편에 탑승한 것으로 되어 있었다. 그들을 제외시키자 여자 탑승객 숫자는 86명으로 줄어들었다. 왕 형사가 입을 열었다.

"목격자들의 증언에 따르면 X는 스물다섯 정도 되는 아가씨였다고 합니다. 아무튼 20대 아가씨는 분명한 것 같습니다."

"여자는 화장을 진하게 하거나 하면 나이를 알아보기 힘들지. 40대가 20대로 보일 수도 있지."

"그건 너무 과장된 말씀이에요."

유 형사가 이의를 제기했다.

"그런가. 그렇다면 40세 이하만 포함시키고 그 이상은 일단 제외시키지."

"네, 그 정도면 무리가 없을 겁니다. 여기에 보면 10대 소녀들도 있는데 어떻게 할까요? 10대 가운데 제일 나이가 많은 애가 17세 입니다."

"제외시키지."

승객들 가운데 40세 이상인 여자는 35명이었다. 그리고 18세 이하의 소녀는 19명이었다. 그들을 대상에서 모두 제외시키자 남은 인원은 32명으로 줄어들었다. 이제 그들이 수사 대상인 셈이었다.

"이 사람들을 모두 한 곳에 모이게 할 수는 없을까요?"
하고 유 형사가 물었다. 오 경감은 머리를 흔들었다.

"그건 불가능해요. 그래서도 안 되고. 시간이 좀 걸리겠지만 일일이 찾아보는 수밖에 없어. 그 방법이 제일 확실해. 보다 확실한 방법은 그 여자의 얼굴을 똑똑히 기억하고 있는 목격자한테 그 여자들을 보여주는 거지. 사진을 얻어다가 보여주는 것도 불완전해. 실물을 보여주어야만 확실해."

"그럴 경우 목격자라고는 은행 측 사람들뿐인데 사람들을 데리고 32명을 일일이 확인시키기 위해 서울 시내를 누비고 다닌다는 게 아무래도 너무 무리가 아닐까요? 여기 보니까 32명 가운데는 주소가 서울이 아닌 지방으로 되어 있는 사람들도 있는데요."

이것은 왕 형사의 말이었는데 듣고 보니 일리가 있었다. 병호는 고개를 끄덕였다.

"협조해 달라는 것도 어느 정도지 직장에 다니는 사람들을 마냥 데리고 다닐 수야 없겠지. 그럼 어떻게 하지?"

"제가 한번 한 곳에 모이도록 해 보겠습니다. 같은 시간에 모이기가 어려우면 두 번이나 세 번에 나누어 모이도록 해 보겠습니다. 여기에 전화가 다 나와 있으니까 전화를 걸어 최대한 협조를 구해 보도록 하겠습니다. 협조를 구해도 안 되는 사람은 우리가 직접 찾아가는 수밖에 없겠죠. 제 생각에는 이쪽에서 사정을 잘 이야기하면 웬만하면 협조해 줄 것 같은데요."

"일단 시도를 해 보지. 하지만 잘 이해시켜야 할 거야. 계엄하이기 때문에 경찰에서 보자고 하면 잔뜩 겁을 집어먹을지도 모르니까. 더구나 모두가 젊은 여자들이거든."

"알겠습니다. 전화는 저보다도 문 형사가 거는 게 낫겠습니다. 제 목소리는 아무래도 좀 투박스러워서요."

"그건 그래요. 왕 형사님 목소리를 들으면 모두 도망가 버릴 거예요."

유화시의 말에 문 형사는 웃었고 두꺼비는 입을 다물었다.

모이는 장소는 그들이 근무하고 있는 H경찰서 형사계 사무실로 정했다. 그 편이 수사본부로 오는 것보다는 찾기가 수월하기 때문이었다.

X는 목격자가 있어서 그런대로 수사 범위가 축소될 수 있었다. 그러나 김대용 즉 Y는 그렇지가 못했다. Y는 목격자가 한 사람도 없을 뿐 아니라 예측조차도 허용될 수 없는 인물이었다. 그만큼 그는 철저히 베일 속에 가려 있는 인물이었다.

그에 관한 단서를 굳이 찾는다면 지난 23일 X가 2억 1천만 원을 찾으러 G은행 H지점에 나타났을 때 그로부터 지점장에게 전화가 걸려 왔었던 점이라고 할 수 있었다. 강 지점장이 그와 유일하게 전화 통화를 했었고, 그래서 강 지점장이 그의 목소리를 기억하고 있었다. 그러나 아주 간단한 통화였기 때문에 그 목소리에 대한 기억이라는 것이 그렇게 기대할 만한 것은 되지 못했다. '저음에 40~50대의 점잖은 남자 목소리' 라는 것이 강 지점장의 증언이었다.

그러나 엄밀히 따진다면 강 지점장에게 전화를 걸어온 그 남자가 바로 Y라고 단정할 수도 없는 일이었다. 그 남자는 자기를 김대용이라고 소개했지만 그것은 얼마든지 꾸며댈 수 있는 것이었다. 그렇게 보면 Y가 과연 남자인지 여자인지조차도 불분명해진다. 한 걸음 더 나아가 Y가 과연 존재하는지 허구의 인물인지조차도 알 수 없게 된다.

"따라서 Y에 대한 수사에는 다음과 같은 가정을 달아야 할 거야. 첫째 Y가 존재한다는 것, 둘째 Y가 남자일 거라는 것, 셋째 지난 23일 강 지점장에게 전화를 걸어온 사람은 Y가 틀림없을 것이라는 것……. 이 세 가지를 일단 가정으로 받아들인다면 이 명단에서 어느 정도 수사 범위를 축소시키는 것은 가능하겠지. 그렇게 하지 않는 한 Y에 대해서 한 걸음도 앞으로 나아갈 수가 없을 것 같아."

병호의 말이 끝나자 형사들은 남자 승객들의 명단을 일제히 들여다보기 시작했다.

남자 승객들 가운데도 외국인들이 끼어 있었다. 그들은 주로 일본인들로 모두 해서 34명이었다. 12명이 부산 행 항공편의 탑승객들이었고 나머지는 모두 제주행 비행기에 탄 것으로 되어 있었다. 그들을 제외시키자 남자 수사 대상자는 2백44명으로 줄어들었다. 그 가운데서 다시 20세 이하의 탑승객들을 가려내자 그 범위는 2백19명으로 축소되었다. 20세 이하를 제외시킨 것은 그들이 '저음에 40, 50대의 점잖은 남자 목소리'에 해당되지 않기 때문이었다.

남자 승객들에 대한 수사 범위는 2백19명에서 더 이상 축소시킬 수가 없었다. 2백19명 모두를 조사한다는 것은 결코 쉬운 일이 아니다. 그러나 그 숫자가 천 명 아니라 만 명이라도 필요하다면 한 명도 빠짐없이 조사해야 한다는 것이 수사관들의 임무인 것이다.

"Y에 대한 목격자도 없기 때문에 2백19명 가운데서 그를 찾아낸다는 것은 매우 어려울 거야. 수사 범위도 2백19명이나 되기 때문에 X를 찾는 것과는 비교도 안 될 정도로 힘들 거야. 하지만 이 명단을 이대로 처박아 둘 수는 없어. 2백19명 모두를 시간이 오래 걸리더라도 일대일로 만나서 장밀 조사를 펼치도록 해봐요. 그러다 보면 뭔가 걸리는 게 있을지도 모르니까. 특히 실종 여부, 그리고 12월 26일 새벽 3시에서 6시 사이의 알리바이를 집중적으로 캐 봐요. Y는 풍뎅이 사건의 피해자일 수도 있고 아니면 반대로 가해자일 수도 있으니까 말이야."

병호가 수사 지시를 내리고 있을 때 문이 열리면서 4명의 형사가 수사본부 안으로 들어섰다. G은행 12개 지점을 찾아 나섰던 팀이었다. 그들의 몸에는 냉기가 서려 있었지만 눈들은 하나같이 충혈 되어 있었다.

"날씨가 너무 추워서 한 잔하고 왔습니다."

키가 멀대 같이 큰 조 형사가 G은행 12개 지점에서 거두어 온 수표 20장의 사본을 책상 위에 꺼내 놓으며 말했다.

"뒤에 써 놓은 이름들은 다르지만 글씨는 한 사람 글씨 같던데요."

병호는 잠자코 스무 장의 수표 사본 뒤에 나와 있는 12명의 이름과 전화번호를 세밀하게 들여다보았다. 그것들은 왕 형사가 낮에 H지점에서 알아 온 명단과 일치했는데, 조 형사의 말대로 12명이 제각기 다르게 쓴 것이 아니라 한 사람이 쓴 글씨임을 쉽게 알아볼 수 있었다.

"이건 틀림없이 한 사람이 쓴 건데요."

왕 형사가 곁에서 말했다.

"한 사람이 쓴 것이라면…… 결국 한 사람이 돈을 모두 찾아갔다는 말이 아닌가."

중얼거리는 오 경감을 보고 조 형사가 다시 입을 열었다.

"수표를 현찰로 바꾸어 간 사람의 인상착의를 알아 왔습니다. 몇 군데 지점에서 그 사람을 기억하고 있었습니다."

조 형사는 수첩을 꺼내더니 거기에 적어 놓은 내용을 들여다보며 말했다.

"몇 군데 지점에서 말해 준 인상착의가 서로 비슷했습니다. 나이는 30대 초반이었고 남자였습니다. 옷을 세련되게 입은 미남이었답니다."

나이 30대 초반, 키 175cm 정도, 짙은 감색 저고리에 회색 바지 차림, 미남 형, 전체적으로 세련되고 깨끗한 인상, 검은 색 007가방 휴대.

이상이 12개 지점에서 돈을 찾아간 남자에 대한 대강의 인상착의였다.

병호가 그동안 수표 뒤에 적힌 12명의 전화번호에 대해 일일이 전화를 걸어 확인해 본 결과 그들은 존재하지 않았다. 그들은 모두 가짜였다.

"한 인물이 하루 사이에 12개 지점을 돌면서 2억을 챙겨 갔어. 그냥 챙겨 간 게 아니고 가짜 이름을 사용해 가면서 챙겨 갔어. 어떻게 생각해?"

왕 형사가 두꺼비 같은 얼굴을 쳐들고 열심히 생각해 보는 표정을 짓고 있다가 입을 열었다.

"그 돈을 찾아간 인물이 Y는 아닐 겁니다. Y라면 여자를 시켜 H지점에서 찾아간 2억 원어치 수표를 굳이 가명을 써 가면서까지 다시 현찰로 바꾼다는 것이 아무래도 이상하지 않습니까? 그럴 필요 없이 아예 처음부터 그 여자를 시켜 여러 지점에서 얼마든지 예금을 현찰로 인출할 수 있는데 왜 굳이 그런 불필요한 짓을 했겠습니까? 제가 보기에는 어떤 다른 인물이 정상적이 아닌 방법으로 X 혹은 Y로부터 그 수표를 손에 넣었기 때문에 12개의 가명을 써 가면서 하루 사이에 그것을 모두 현찰로 바꿔 가지 않았나 생각됩니다. 바로 그 인물이 이번 사건의 가장 유력한 용의자일 가능성이 많습니다."

병호도 그와 비슷한 생각이었기 때문에 동감이라는 듯 크게 고개를 끄덕였다.

"그건 그렇다 하고……. 스물한 장의 수표 가운데 왜 한 장만이 따로 피살자의 몸에서 발견되었을까?"

"만일 피살자가 Y라고 한다면 Y는 X로부터 스물한 장의 수표를 전해 받은 다음 그중 한 장을 필요에 의해서 따로 시계 주머니 속에 깊이 숨겨 놓았다고 볼 수 있겠지요."

"만일 피살자가 Y가 아니라고 한다면?"

"피살자가 X나 Y한테서 받았을 수도 있지요. 한 장만 받았는지 아니면 스물한 장 모두를 받았는지는 모르지만……"

그런 질문에는 더 이상 자신 있게 대답할 수 없다는 듯 왕 형사는 말끝을 흐렸다.

"수표를 현찰로 바꾸어 간 그 30대 미남을 Z라고 부르면 어떨까요?"

수사 상황을 정리하고 있는 유 형사가 타이프라이터를 앞에다 끌어다 놓으며 말했다.

모두가 잠자코 있었다. 그들은 약속이나 한 듯이 갑자기 침묵을 지켰다.

자꾸만 넓어지고 있는 수사 범위를 망망한 바다라고 한다면 그 바다를 앞에 두고 항해할 일을 마음속으로 걱정하고 있는 선원들 같은 그런 표정들이었다.

병호는 수표를 현찰로 모두 바꾸어 간 그 30대 초반의 미남을 생각하고 있었다. 유화시의 말대로 그를 Z라고 치자. X와 Z는 목격자가 있으니까 몽타주를 만들 수가 있다. 그런데 X + Y + Z라는 등식이 이 풍뎅이 사건의 경우에도 해당될 수 있을까. X와 Y는 한통속일 가능성이 많다. 그들 때문에 Z라는 새로운 인물이 탄생하게 된 게 아닐까.

구름 잡는 생각을 거두고 그는 창문을 흔드는 바람소리에 귀를 기울였다. 한파를 몰고 오는 바람소리가 점점 크게 들려오고 있었다.

형사 두 명이 때맞춰 안으로 들어섰다. AB자동차 회사를 찾아 갔던 팀이었다. 그들의 얼굴은 추위에 얼어붙어 있었고, 몸에는 냉기가 감돌고 있었다.

그들은 전리품이나 되는 것처럼 말없이 봉투 속에서 종이 뭉치를 꺼내 놓았다. 그것은 스포츠카인 피닉스를 구입한 사람들의 인적 사항을 적어 놓은 카드를 복사한 것들이었다.

"23일까지 공장에서 나간 피닉스 구입자들의 카드입니다. 하나도 빼놓지 않고 복사해 왔습니다."

"수고했어. 그런데 이렇게 많나?"

"인기가 많아서 지금도 주문이 밀리는 실정이랍니다."

2천만 원 대의 스포츠카가 주문이 밀려 미처 출고를 못하고 있다니 이건 뭔가 잘못된 게 아닐까. 지금이 어느 때인데 그런 호화 사치품을 사려는 사람들이 그렇게도 많을까.

피닉스가 출고되기 시작한 것은 3개월 전부터였다.

지난 23일까지 출고된 차량 수는 모두 해서 1,425대. 단일 차종으로는 놀라운 판매 기록이었다. 세련된 외양과 지붕을 뒤로 젖힐 수 있는 점, 고급 소비층을 공략한 점 등이 폭발적인 인기를 끌고 있는 것 같았다. 회사 측에서는 피닉스의 대중화를 막고 희소가치를 유지하기 위해 출고를 줄일 계획이라고 했다. 판매 전략치고는 교묘하고 배부른 전략이라고 할 수 있었다. 그들도 비싼 차가 그렇게 폭발적인 수요를 불러일으킬 것이라고는 미처 생각지도 못했던 것 같았다.

카드에는 임시 출고 번호와 차량 색깔 등이 기록되어 있었다. 출고되는 차량의 색깔은 여덟 가지로 제한되어 있었다. 지난 12월 23일 X가 G은행 H지점 앞에서 몰고 간 피닉스를 목격한 사람은 은행 경비원 한 사람뿐이었다. 그의 증언에 따르면 그 차의 색깔은 파란색이었다고 했다. 하지만 파란색도 여러 가지다.

사람에 따라서는 녹색을 파란색으로 보는 수도 있다. 피닉스에 입혀지는 파란색 계통의 색은 녹색, 코발트 색, 감청색 등이었다. 지난 2일까지 출고된 1천4백25대 가운데 그 세 가지 색깔을 지닌 차량은 모두 6백9대였다. 그리고 6백9대 가운데 여자 명의로 구입된 차량은 54대였다. 54명의 여자 명단과 32명의 비행기 탑승자 명단이 일차적으로 대조되었다.

그러나 같은 이름은 보이지 않았다. 여기서 수사진은 곤경에 빠진다.

"용의자가 그렇게 쉽게 드러날 리가 없겠지. 좀 더 고생을 해야 할 거야."

오 경감은 부하들을 위로했다. 유화시가 두드려 대는 타이프 소리가 요란스러웠다.

병호는 어둠에 가린 창문에 비친 자신의 모습을 바라보고 나서 다시 말했다.

"구입자와 사용자가 다를 수가 있다는 걸 알아야 해. 이를테면 A라는 사람이 차를 사서 B라는 사람한테 선물할 경우 이 명단에는 B의 이름이 오를 리가 없지. 차를 구입해서 등록하기 전에는 차 주인을 바꾸는 것은 아주 쉬워요. 판매 센터에서 착실히 바뀐 주인까지 정리해 둔다는 보장은 없어요. 그러니까 다른데 가서 조사를 해야 해. 차량 등록소에 가서 조사해 보면 정확한 것이 나올 거야."

왕 형사가 기다렸다는 듯이 병호의 뒤를 이어 입을 열었다.

"그러려면 여자 명의로 구입된 54대를 무시하고 6백9대를 전부 조사해야 할 겁니다."

"아니지. 54명을 무시하면 안 되지. 여기 54명 가운데 X가 끼어 있을 수도 있으니까.

그러니까 등록소에 등록되어 있는 6백9명 가운데서 54명의 명단에 없는 여자들을 골라내면 되는 거야. 그 여자들은 구입자한테서 차를 선물 받았다고 보면 거의 맞을 거야. 54명과 피닉스를 선물로 받은 여자들을 합친 숫자가 곧 우리가 조사해야 할 대상들이야. 그 가운데서 X를 찾아내야 해."

답답해 오는 머리를 식히려는 듯 병호는 담배를 피워 물고 창가로 다가가 밖을 내다보았다.

"X가 피닉스를 자기 이름으로 구입하지 않았고 그렇다고 누구한테 선물로 받지도 않았다면 어떻게 하지요? 잠깐 빌어서 이용했을 수도 있지 않을까요?"

그렇게 말한 사람은 유화시였다. 그 말에 모두가 그녀를 쳐다보았다. 병호도 고개를 돌려 그녀를 무표정하게 바라보았다. 표정은 그랬지만 그녀는 그가 가장 걱정하고 있던 점을 지적해 주고 있었다.

"그렇게 되면 수사를 할 수 없는 거지 뭐."

그렇게 간단히 말해 버린 사람은 문 형사였다. 그는 포장지를 뜯어낸 껌을 입속에 집어넣고 막 씹기 시작하고 있었다.

"제 생각에는……"

유 형사는 남자들의 눈치를 보고 나서 조심스럽게 다시 입을 열었다.

"……그러니까 X가 피닉스를 몰고 갔다는 것은 운전 면허증이 있다는 거 아니겠어요? 운전 면허증 없이 차를 운전하는 경우는 거의 없을 거예요. 간혹 있기는 있겠지만 남자도 아닌 여자가 면허증도 없이 서울 도심에서 차를 운전하고 다닌다는 것은 거의 있을 수 없는 일일 거예요. 그렇게 생각지 않으세요?"

동의를 구하듯이 그녀는 남자들을 둘러보았다. 아무도 그녀의 말에 이의를 달려고 하지 않았다. 그녀의 말에는 무리가 없었던 것이다.

"그건 그래. 그래서?"

병호는 그녀의 다음 말을 짐작은 하면서도 재촉하듯 물었다.

"운전 면허증을 조사해 보는 것도 하나의 방법이라고 생각해요. 면허 기관에서 그녀의 서류만 찾아낼 수 있다면 거기에는 그녀의 사진은 물론 인적 사항도 상세히 기재되어 있을 테니까요. X가 운전 면허증을 가지고 있다면 관계 기관에 틀림없이 그녀에 관한 서류가 보관되어 있을 거예요."

실내는 갑자기 조용해졌다. 그녀는 다른 사람들이 미처 생각지도 못한 가능성을 지적해 내고 있었던 것이다. 그런데 거기에 반발이라도 하듯 문 형사가 찬물을 끼얹는 말을 꺼냈다.

"그 많은 운전 면허증 소지자를 전부 조사한단 말이야? 남자는 그만두고 여자만 조사해도 수만 명, 아니 수십만 명은 될 텐데 그걸 어떻게 일일이 조사한단 말이지?"

"수십만 명까지는 안 갈 거야. 골라내면 수천 명 선으로 줄어들 수도 있어."

왕 형사가 유 형사를 두둔하는 쪽으로 말했다.

"하지만 그 수천 명 중에서 X를 찾아내려면 서류에 붙어 있는 사진을 일일이 확인해야 하는데 그 여자 얼굴도 모르는 우리가 어떻게 찾아낸단 말입니까?"

문 형사가 계속 반발 조로 말했다. 거기에 오 경감이 끼어들었다.

"목격자들…… 그러니까 은행 사람들한테 사진을 보이는 수밖에 없겠지. 그 사람들한테 도움을 요청할 수밖에 없어. 그 대신 일을 빨리 처리하기 위해서는 우리가 할 수 있는 데까지 먼저 그 서류를 정리할 필요가 있어. 제일 먼저 20대 여자들 것만 골라내는 거야. 그 여자들 사진을 보인 다음 거기에 없으면 30대로 올라가는 거야. 거기에도 없으면 40대로 올라가는 식으로 조사를 진행시키는 거야. 내일 아침부터 즉시 시작해요. 기대를 걸어 볼 만한 일이니까."

경감이 그렇게 말하는 데는 문 형사도 더 이상 거부감을 보이는 말을 할 수 없었다.

"먼저 서울을 중심으로 조사해야겠죠?"

왕 형사가 물었다.

"물론이지. 서울에서 실패하면 지방 쪽으로 내려가야지. 전국을 뒤져서라도 찾아내야 해."

아마 찾아낼 수 있을 거야, 하고 말하려다가 병호는 참았다.

문 형사가 다시 여자들을 찾는 전화를 걸기 시작했다. 그는 상대방이 놀라지 않게 부드럽고 세련된 목소리로 이야기를 풀어 나갈 줄을 알았다.

"김인자 씨 되십니까? ……아, 네 이거 밤늦게 전화 걸어 죄송합니다. ……H서 형사계 문 형사입니다. ……다름이 아니고 지난 12월 23일 오전 11시 30분, 비행기로 제주도에 가시지 않았습니까? ……바쁘시겠지만 경찰 수사에 좀 협조해 주시면 고맙겠습니다. ……뭐 대단한 일은 아닙니다. 걱정하실 필요는 없습니다. ……다름이 아니고 어떤 사건 때문에 그때 그 비행기에 탔던 탑승객들을 전부 조사하고 있습니다. ……그건 말씀드릴 수 없습니다. 수사 비밀에 속하는 문제이니까 이해해 주십시오. ……저희 경찰서에 나오셔서 확인만 해주시면 됩니다. ……오래 걸리지는 않습니다. 금방 끝납니다. ……에 또, 점심시간이면 어떨까요? 12시 30분쯤이면 어떨까요? ……네, 좋습니다.

H경찰서 형사계로 나와 주시면 됩니다. 기다리고 있겠습니다. 아, 참 나오실 때 주민등록증을 지참해 주시면 고맙겠습니다. 그래야만 본인인지 아닌지 알 수 있지 않겠습니까. ……H경찰서 위치도 모르십니까? 에 또……"

12월 28일 아침.

밤새에 모든 것들은 꽁꽁 얼어붙어 있었다. 아침이 되자 기온은 더욱 떨어지는 것 같았다. 눈은 내리지 않고 있었다.

수사본부에서 밤을 샌 병호는 코피 한 잔만 마시고 나서 8시쯤 본부를 나와 자동차 수리공장으로 향했다. 그가 자주 이용하는 그 공장에서는 그의 콜롬보 차가 고장 날 때마다 염가로 고쳐 주곤 했다. 공장에서 차를 끌어내 Y우체국에 도착한 것은 9시 40분쯤.

G은행 H지점 보통예금 거래 신청서에 적혀 있는 김대용의 주소지는 Y우체국 사서함 219번이었다. Y우체국 사서함을 맡고 있는 우체국 직원은 서류를 뒤적여 보더니 사서함 219번의 주인은 최세환이라고 했다. 사서함을 개설하고 있는 사람들 가운데 김대용이라는 이름은 보이지 않았다. 기록 카드에는 219번 주인의 인적 사항이 기록되어 있었다.

김대용이 우체국 사서함을 개설하면서 이름을 바꾼 것을 보면 매우 주도면밀한 사람임이 틀림없다. 은행에도 그는 흔적을 남기지 않았다. 전면에 X가 있었고, 그는 그 뒤에 숨어 있었다. 김대용과 최세환 가운데 어느 이름이 그의 진짜 이름일까? 그는 혹시나 해서 가져온, X의 글씨가 적혀 있는 G은행 청구서 용지를 꺼내 우체국 기록 카드에 적혀 있는 글씨와 비교해 보았다. 두 가지 서류는 필체가 아주 달라 보였다. 병호는 안도의 한숨을 가만히 내쉬면서 그 가느다란 실마리에 매달렸다. 그는 기록 카드에 적힌 글씨들을 손가락으로 가리키면서 우체국 직원에게 물었다.

"이건 최세환 씨가 직접 작성한 건가요?"

"네, 그렇습니다. 이용자가 직접 작성하도록 되어 있습니다."

기록 카드에 적혀 있는 필체는 남자가 쓴 것처럼 달필이면서 거칠어 보였다.

최세환이라는 인물이 사서함 219번의 주인이 된 것은 5년 전인 1977년 1월 20일부터였다.

두 달 뒤인 3월 15일에 그는 G은행 H지점에 보통예금 구좌를 개설한다. 그때 은행에 직접 찾아가 신청서에 인적 사항을 써넣은 사람은 X였다.

"이 두 사람을 한번 봐주시겠습니까?"

경감은 두 사람의 몽타주를 직원에게 보였다. 될 수록 여러 사람들한테 보여주고 싶었기 때문에 그는 다른 직원들도 불러 모았다.

몽타주 하나는 X의 것이었고 다른 하나는 Z의 것이었다. 목격자가 없어 Y의 몽타주를 작성할 수 없는 것이 병호는 몹시 유감스러웠다.

"사서함 이용자 가운데 이런 사람들을 본 적이 있습니까?"

직원들은 두 장의 몽타주를 유심히 들여다보고 나서 천천히 고개를 흔들었다.

"본 적이 없습니다."

사서함 담당 직원은 분명한 어조로 말했다.

"사서함 이용자가 우편물을 찾으러 오면 이곳에서는 어떻게 내주는 건가요?"

"각 이용자는 열쇠를 가지고 있습니다. 사서함 출입문이 열려 있는 시간에는 언제라도 들어와서 박스를 열고 우편물을 가져갈 수 있습니다."

사서함 출입문이 열려 있는 시간은 보통 아침 9시에서 저녁 6시까지. 열쇠를 가지고 있으면 아무나 들어와서 박스를 열고 우편물을 가져갈 수 있다. 그러나 중요한 우편물일 경우에는 사정이 좀 다르다.

"등기 같은 경우에는 사서함 안에 표지를 해 둡니다. 등기 우편물이 왔으니까 찾아가라는 표지를 해 둡니다. 그런 우편물은 따로 보관해 둡니다. 찾으러 온 사람은 신고 된 도장을 제출해야 합니다. 담당 직원은 수령증에 확인 도장을 찍고 나서 우편물을 내줍니다.

"처음 사서함을 이용하려면 어떤 절차를 밟아야 합니까?"

"인감증명 한 통과 도장을 가지고 오시면 됩니다. 그리고 소정의 비용만 내시면 이용할 수가 있습니다."

그 말에 병호는 귀가 번쩍 뜨였다.

"그렇다면 최세환이라는 사람도 인감증명을 제출했겠군요?"

"네, 물론이죠."

"진작 말씀하실 것이지. 그 인감증명 좀 보여주시겠습니까?"

담당 직원이 최세환의 인감증명을 찾으러 간 동안 병호는 초조하게 담배를 피우면서 최세환의 기록 카드를 들여다보았다.

최세환(催世煥)은 1937년생이었다. 37년생이면 1981년 현재 44세로, 중년 사내였다. 주소는 서울 종로구 P동 175의 6번지. 전화는 732-516X번. 직업은 사업이라고만 막연하게 적혀 있었다.

인적 사항은 그것이 전부였다.

담당 직원이 최세환의 인감증명을 가지고 왔다. 경감은 인감증명 내용과 기록 카드의 내용을 비교해 보았다. 양쪽 서류의 내용은 서로 일치했다. 문득 우체국 직원이 가짜 인감증명을 알아볼 수 있을까 하는 의문이 들었다. 그 점을 묻자 직원은 멋쩍게 웃었다.

"그런 것까지 조사하지는 않습니다. 이용자가 제출하면 그대로 받아둡니다. 저희들로서는 진위를 판독할 수 있는 능력도 없을 뿐 아니라……"

오 경감은 알겠다는 듯 고개를 끄덕이고 나서 최세환의 인감증명을 손가락으로 가리켰다.

"이 사람 기억할 수 있겠습니까? 5년 동안이나 여기를 이용했는데 기억할 수 없겠습니까?"

"글쎄요. 얼굴을 보면 알 수 있겠는데 이름만 가지고서는……. 그리고 본인이 직접 오지 않고 다른 사람을 시켜 우편물을 찾아 갔다면 저희로서는 본인의 얼굴을 알 수가 없죠."

"219번 박스를 좀 열어볼 수 없을까요?"

다른 사람이라면 몰라도 경찰 수사관이 공무 집행을 위해 사서함 내부를 들여다보겠다는 데에야 우체국으로서는 거절할 수 없는 노릇이었다. 담당 직원은 우체국에 따로 보관해 두고 있는 열쇠로 219번 함을 열었다. 그 안에는 두 통의 편지가 들어 있을 뿐이었다. 두 통 다 발신자의 이름과 주소는 적혀 있지 않았고 단지 수신자의 주소만이 '서울 Y우체국 사서함 219번' 이라고 씌어 있을 뿐이었다.

"이걸 좀 개봉해서 봐야겠습니다. 모든 책임은 제가 지겠습니다."

우체국 직원이 당황해 하고 있는 사이 경감은 대답을 기다리지도 않고 봉투 하나를 찢었다.

안에서는 흰 종이가 한 장 나왔는데 거기에는 다음과 같은 내용이 볼펜 글씨로 휘갈겨져 있었다.

〈제 1 신〉

먼저, 내 이름을 밝힐 수 없음을 유감으로 생각한다. 하지만 위험이 목전에 닥치면 내 이름을 밝힐 것이다. 그리고 그 음모의 전모도 공개할 것이다.

내 생각에는 그들은 그 음모를 영원히 비밀에 부치기 위해 그것을 알고 있는 나를 제거할 수밖에 없을 것이다. 그들은 아주 무서운 존재이니까. 나는 그들의 음모에 협력했고 그 결과를 기다리고 있다. 그 결과는 피로 남을 것이다. 그가 쓰러지는 것과 동시에 나도 쓰러질지 모른다. 나에게 서서히 다가오는 위험과 함께 나는 그 음모를 공개해야 할 절박함을 느낀다. 누가 나를 구해 줄 수 없을까. 누구에게 나의 이 처지를 하소연할 수 있단 말인가! 이 어리석은 자의 행동을 누가 이해할 수 있단 말인가! 이 자료가 그들의 손에 들어가면 그들은 즉시 행동에 들어갈 것이고, 그리고 어느 날 아침 세상을 깜짝 놀라게 하는 사건이 발생하겠지. 내 이름의 영문 첫 글자는 K임을 밝혀 둔다. 내 이름의 영문 마지막 글자를 밝힘과 동시에 이 편지도 끝나게 될 것이다.

사서함 담당 직원은 40대 수사관의 얼굴 표정이 납덩이처럼 굳어지는 것을 똑똑히 볼 수 있었다. 그는 말을 걸고 싶었지만 그의 표정이 너무나도 살벌해 보였기 때문에 감히 입을 뗄 수가 없었다.

수사관은 첫 번째 편지를 읽고 나더니 그것을 봉투와 함께 코드 주머니 속에 집어넣었다.

담당 직원은 그저 당황해서 수사관의 움직임을 말없이 지켜보기만 했다.

무슨 내용인지는 몰라도 꽤나 심각한 내용이 적혀 있는 모양이라고 그는 생각했다. 하지만 그것을 읽어보겠다고 말할 용기가 나지 않았다.

수사관이 두 번째 편지 봉투를 잡아 찢었다.

〈제 2 신〉

내가 만일 죽게 되면 누군가가 이 편지들을 보게 될 것이다. 나는 그에게 이 편지들을 공개해 줄 것을 부탁한다. 경찰에 전해 주는 것이 가장 좋은 길이라고 나는 생각한다. 이 편지들을 최초로 보게 될 사람을 내가 선정할 수도 있고, 아니면 언젠가 공개될 것이라 보고 그대로 내버려둘 수도 있다. 어떤 방법을 택할 것인가는 마지막 편지를 쓰고 나서 생각해 보겠다.

조직은 마침내 나에게 한 사나이를 소개시켜 주었다. 나는 그 사나이를 보지도 못했고 그의 이름도 모른다. 단지 그의 암호명만을 알 수 있을 뿐이다. -제3의 사나이-이것이 그의 암호명이다. 그의 연락처를 모르니 나는 그에게 연락할 수도 없다. 그와 연결될 수 있는 시간은 그로부터 전화가 걸려 올 때뿐이다. 그는 아주 간결하게 말을 끝내고는 전화를 끊는다. 불필요한 말은 일절 하지 않는다. 그의 그 간결한 말투에서 나는 살인자의 완벽함과 비인간성을 느낀다. 그는 그 일을 해낼 것이다. 나의 육감이 그의 성공을 이미 말해 주고 있다. 그 조직에서 파견한 인물이니 틀림없는 놈이겠지. 정확히 오늘 아침 9시에 제3의 사나이한테서 전화가 걸려 왔었다. 그는 H-64에 관한 자료를 요청했다. H-64의 정체는 밝히지 않을 수도 있다.

12시 정각에 나는 그가 지정하는 어느 빌딩의 10층 화장실에 들어가 변기 위에 앉아 있었다. 그 화장실 안에는 세 개의 칸막이가 나란히 설치되어 있었다. 그가 지정한 곳은 맨 오른쪽 칸이었다. 변기 위에 앉아 있으려니 누군가가 옆 칸에 들어오는 기척이 났다. 나는 긴장해서 귀를 기울였다. 조금 있자 아주 가느다랗게 음악 소리가 들려왔다. 소형 녹음기에서 흘러나오는 소리였다. 프랑스 샹송인 '눈이 내리네.' 였다. 그것이 신호였다. 나는 무릎 위에 올려놓은 자료 봉투를 집어 들었다. 옆 칸과 갈라놓은 칸막이 아래에는 10cm쯤의 공간이 있었다. 나는 봉투를 칸막이 밑에 내려놓고 구둣발로 그것을 옆으로 밀었다. 봉투가 반쯤 밀려갔을 때 갑자기 그것이 사라졌다. 이어서 옆 칸 문이 열리는 소리가 났고 음악 소리가 차츰 작아지다가 사라졌다. 나는 감히 뛰쳐일어나 따라가 볼 용기가 나지 않았다. 숨을 죽인 채 한참 동안 앉아 있다가 밖으로 나왔다. 옆 칸 문은 반쯤 열려 있었다. 조심스럽게 안을 들여다보니 사람도 봉투도 보이지 않았다.

제3의 사나이는 전화를 걸어올 때 언제나 나에게 '눈이 내리네.'를 먼저 들려준다. 그러면 나는 내 암호를 말해야 한다. 내 암호는 '빠삐용'인데 제3의 사나이가 지어 준 암호명이다. 제3의 사나이가 어느 나라 사람인지도 나는 알지 못한다. 그는 한국말도 썩 잘한다. 그러나 그가 한국인이라고 단정을 내릴 수는 없다. 아마 재일교포일 수도 있고 재미교포일 수도 있다. 일본인일 수도 중국인일 수도 있고, 홍콩 사람일 수도 있다. 발음상으로 보아 동양계인 것만은 틀림없는 것 같다.

인형도 제3의 사나이를 한 번도 보지 못했다고 했다. 그녀도 제3의 사나이가 누구인지 궁금한 모양이다. 인형은 나의 애인이자 나를 파멸로 끌어간 여자다. 물론 근본적인 책임은 나에게 있지만 나를 이 지경으로까지 몰고 간 데는 그녀의 영향력이 아주 지대하다. 나는 그녀를 인형이라 부른다. 인형은 예쁜 것 같지만 그것이 인간과 다른 것은 피도 눈물도 감정도 없기 때문이다. 인형에는 차가운 무표정만이 있을 뿐이다. 그래서 나는 그녀를 인형이라 부르기로 했던 것이다. 그녀는 정말 인형처럼 예쁘다. 그러나 지금 나는 그녀를 결코 예쁘다고 보지 않는다. 그녀의 인형 같은 얼굴 뒤에는 악마를 닮은 또 하나의 얼굴이 숨어 있기 때문이다. 나에게 보이는 것은 그 악마의 얼굴뿐이다. 운명의 날이 시시각각 다가오고 있다. 나는 노출되어 있고 감시받고 있다. 내가 안전하게 숨을 수 있는 공간이 이 지구상에는 과연 없는 것일까?

1981. 12. 17. K I로부터

두 통의 편지는 사서함 219호의 주인이 자기의 사서함에다 보낸 것 같았다. 수신자의 이름은 물론 당신이라는 지칭조차도 거기에는 전혀 없었고 누군가가 자신의 편지들을 보게 되는 것을 기대하는 내용이 들어 있는 것으로 보아 사서함의 주인이 자기 사서함에다 편지들을 보낸 것 같았다. 그 같은 생각은 필적을 대조해 보자 사실로 나타났다.

우체국에 비치되어 있는 사서함 219호의 이용자의 기록카드에 적혀 있는 필체와 편지의 필체를 대조해 보니 그것들은 한 사람이 쓴 것임을 쉽게 알아볼 수가 있었다.

"219호에 온 편지가 더 없을까요? 등기가 와 있는지 알아봐 주시겠습니까?"

"없습니다."

"요즘 우편배달 사정은 어떻습니까?"

"연말이라 정신을 차릴 수 없을 정도로 말리고 있습니다."

"배달이 지연되겠군요?"

"네, 이삼 일 정도 늦어지는 것은 보통입니다. 인원은 부족한데 우편물은 엄청나게 늘어나고 있으니 그럴 수밖에 없습니다. 그 편지를 어떻게 하시겠습니까?"

"제가 보관했으면 좋겠는데요. 이건 수사에 아주 큰 도움이 될 것 같군요."

담당 직원은 자기 선에서 결정할 수 없는 문제이기 때문에 우체국장의 허가를 받아야 한다고 말하면서 병호에게 우체국장을 소개시켜 주었다.

얼마 후 그는 보관증에 사인하고 나서 수사본부에 전화를 걸어 필요한 사항을 지시하고 난 다음 우체국을 나왔다.

별로 기대를 걸지 않고 우체국에 들렀던 것인데 의외로 수확이 많았던 것 같았다. 빠삐용이라는 암호명을 가진 인물이 자기 사서함에 보낸 편지가 두 통, 그리고 최세환의 인감증명 사본 한 통이 그의 주머니 속에 들어 있었다. 편지 내용은 괴이쩍고 피의 살인을 예고하는 것 같은 것이었다.

H-64는 누구이며 제3의 사나이는 또 무엇인가? 인형은 누구이고, 빠삐용이라는 인물한테 닥치고 있는 위험의 정체는 무엇인가? 도대체 무슨 음모일까? 빠삐용은 무엇인가 엄청난 음모를 예고하고 있었다. 인형이라는 여자는 X를 말하는 게 아닐까? 그렇다면 Y는 김대용 · 최세환 · 빠삐용으로 이어지는 게 아닐까?

이미 두 팔과 머리가 잘린 시체가 발견됐다. 예고된 피의 살인은 이미 시작된 게 아닐까?

두 번째 편지를 보낸 날짜는 12월 17일이었다. 그리고 살인 사건이 발생한 것은 26일이었고 피살체가 발견된 것은 그 다음 날이었다.

12월 17일과 26일 사이에는 8일간의 공백이 있었다. 그 기간 동안에 보낸 편지는 아직 도착되어 있지 않았다. 만일 빠삐용이 그 기간 동안에 편지를 썼다면 그것은 곧 도착하게 되겠지. 지난 8일간의 공백 기간 동안에 과연 무슨 일이 있었을까?

Y우체국에는 두 명의 형사를 잠복시켜 놓기로 우체국 측과 합의를 보았다. 사서함 219호의 우편물을 찾으러 오는 사람은 누구든지 간에 잠복 형사들에게 체크될 것이다. 필요하다면 체포해도 좋다고 그는 일러 놓았다.

두꺼비 왕 형사는 이미 약속 장소에 나타나 기다리고 있었다. 누빈 오리털 파카를 입고 있는 그의 모습이 멀리서도 보였다. 그는 어느 호텔 앞에서 추운지 몸을 잔뜩 웅크리고 있다가 콜롬보 차를 발견하고는 급한 걸음으로 다가왔다.

"어디 가는 겁니까?"

차에 오르자마자 왕 형사가 물었다.

"이제부터 빠삐용을 만나러 가는 거야."

"빠삐용이라니요?"

오 경감이 이 세상에서 가장 신뢰하는 사람이 있다면 바로 왕 형사였다. 그는 왕 형사에게 Y우체국에서 있었던 일들을 하나도 빠짐없이 이야기해 주었다. 그리고 이야기 끝에 최세환의 인감증명 사본을 보여주었다.

"거기에 나와 있는 주소지를 찾아가는 거야."

왕 형사는 감정이 좀처럼 얼굴에 드러나지 않는 편이었다. 그는 두 눈을 껌벅거리고 있다가 말했다.

"갑자기 환상적인 사건 속으로 빠져드는 기분인데요. 지금까지 현실로 느껴졌던 풍뎅이의 죽음이 그 이야기를 듣고 나니까 갑자기 비현실적으로 느껴지는데요."

"풍뎅이 사건은 이미 편지에 나타난 대로 예고된 살인 사건인지도 몰라."

"그렇다면 이 편지야말로 결정적인 단서가 되겠군요?"

"다음 편지를 받아 보지 않으면 안 돼. 그리고 빠삐용을 만나 보지 않으면 안 돼. 그런데 어쩐지 빠삐용을 쉽게 만날 것 같지 않은 예감이 들어. 그 인감은 벌써 5년 전에 발행한 거야."

그것은 5년 전의 주소를 찾아간다는 뜻이었다.

"최세환이 Y일까요?"

"그럴 가능성이 많아. 난 Y가 실재하지 않는 인물이면 어쩌나 싶었는데 이제 실재하는 인물이라는 것을 확인하게 됐어."

오 경감의 콜롬보 차는 중앙청 앞에서 왼쪽으로 방향을 바꾸었다.

덕수궁 찻집

전화벨이 울린 것은 정확히 오전 10시 35분경이었다. 외출에서 돌아온 그녀는 어떤 불길한 예감 같은 것을 느끼면서 그 전화를 받을까 말까 망설이다가 그것을 묵살하기로 했다. 전화벨은 여섯 번인가 울리다가 멎었다. 그녀는 옷을 훌훌 벗고 욕실로 들어갔다.

가볍게 샤워를 끝내고 나서 거울 앞에 서서 눈부시게 빛나고 있는 자신의 육체를 정신없이 바라보고 있는데 다시 전화벨 소리가 들려왔다. 그녀는 고개를 갸우뚱하면서 거실로 나왔다.

요즘 들어 그녀는 주위의 움직임에 대해, 그리고 걸려오는 전화에 대해 잔뜩 경계심을 품고 있었다. 아주 자연스럽게 행동해야 한다는 것을 알고 있었지만 마음먹은 대로 그렇게 뜻대로 되지가 않았다.

전화벨은 한참 동안 울려대고 있었다. 그것은 좀처럼 끝날 것 같지 않게 울려대고 있었다.

그녀는 망설이다가 마침내 가만히 수화기를 집어 들었다.

"여보세요!"

반가워하는 듯 한 남자의 목소리가 들려왔다. 누구일까? 처음 듣는 남자의 목소리에 그녀는 신경을 곤두세웠다.

"여보세요!"

그녀가 가만히 있자 상대방 남자가 다시 이쪽을 불렀다.

"네, 말씀하세요."

그녀는 쌀쌀맞게 대꾸했다.

"실례지만 거기 하길라 씨 댁입니까?"

"네, 그런데요?"

"아이구, 어제부터 전화를 걸었는데 이제 겨우 통화가 됐군요. 실례지만 하길라 씨 되십니까?"

반색을 하며 묻는 말투가 붙임성이 있고 부드러운 것이 마음을 놓아도 될 것 같은 생각이 들었다.

"네, 그런데 누구신가요?"

"아이구, 이거 반갑습니다. 정말 반갑습니다. 하길라 씨하고 통화 좀 하려고 여러 번 전화를 걸었습니다."

한숨 놓았다는 듯이 호들갑을 떠는 바람에 그녀는 조금 어리둥절했다.

"누구신가요?"

"아, 저는 H경찰서 형사계에 있는 문 형사라고 합니다. 직접 찾아뵙고 말씀드려야 하는 건데 이렇게 전화로 말씀드리게 돼서 미안합니다. 다름이 아니고……"

그녀는 자신이 뭔가 잘못 들었다고 생각했다. 그래서 수화기를 놓아 버릴까 하다가 그래서는 안 된다는 것을 알고 더 들어보기로 마음먹었다.

이미 자신의 이름이 하길라 임을 밝히고 나서 전화를 끊어 버리면 상대방의 의심을 사게 되는 것은 뻔한 일이다. 더구나 상대는 형사라고 하지 않았는가. 형사가 무슨 일로 전화를 걸었을까? 그녀는 가만히 귀를 기울였다.

"다름이 아니고 에 또…… 지난 12월 23일 오전 11시 비행기로 부산에 내려가시지 않았습니까? 여기에 그 기록이 남아 있어서 전화를 걸었습니다만……"

"네, 내려간 적 있어요."

그녀는 일부러 명쾌하게 대답했다. 그쪽이 차라리 낫겠다 싶었던 것이다.

"감사합니다. 에 또, 다름이 아니고……"

젊은 형사 같은데 영감처럼

"에 또, 다름이 아니고……"

라는 말을 자주 사용한다. 그가 말하는 용건은 수사에 좀 협조해 달라는 것이었다. 형사가 수사에 협조해 달라는데 거절할 수야 없는 일이다.

"무슨 일인데 제가 협조해야 하나요?"

"뭐 대단한 일은 아닙니다. 다름이 아니고 에 또…… 그날 하길라 씨가 탔던 그 비행기 탑승객 가운데 한 분이 실종됐다는 신고가 들어와서 지금 조사 중에 있습니다. 나이 먹은 할머니인데 옆자리에 탔던 어떤 젊은 아가씨와 함께 비행기에서 내린 뒤에 행방불명이 됐다는군요. 혹시 그날 하길라 씨 옆자리에 할머니 한 분이 타고 계시지 않았나요?"

"아니요. 제 양옆에는 남자들만 앉아 있었는데요."

그녀는 조금은 안심하면서 대답했다.

"알겠습니다. 실례지만 내일 시간 좀 내주실 수 있겠습니까? 좀 더 자세한 것을 알아봐야 하기 때문에 그럽니다. 바쁘시겠지만 시간을 좀 내주시면 고맙겠습니다."

함정일지 모른다고 생각한 그녀는 얼른 대답하지 않고 머뭇거렸다.

"글쎄요. 전화로 물어보면 안 되나요? 전 내일 할 일이 많아서 시간을 내기가……"

"잠깐이면 됩니다. 한 5분 정도만 시간을 내주시면 됩니다. 외출하시는 길에 H경찰서 형사계로 잠깐 들러 주시면 됩니다. 미안합니다. 직접 찾아뵈야 하는데 워낙 일이 밀려서 이렇게 전화로 부탁드리는 겁니다."

하도 간곡히 부탁하는 바람에 그녀는 마지 못하는 체하고 형사의 제의를 받아들이고 말았다. 형사는 출두 시간이 내일 낮 12시 30분이라고 못 박았다. 그리고 주민등록증을 반드시 휴대해 달라고 말했다.

전화를 끊고 난 하길라는 한동안 여러가지 생각에 잠겨 멍하니 침대 맡에 걸터앉아 있었다. 충격이 가라앉을 때까지 그렇게 앉아 있었다.

형사로부터 전화가 걸려 왔다는 것은 현재의 그녀의 입장에서는 확실히 충격적인 일이 아닐 수 없었다. 생각지도 못한 곳으로부터 갑자기 기습을 당한 기분이었다.

이윽고 정신을 가다듬고 난 그녀는 창가로 가서 커튼 사이로 밖을 내다보았다. 10층 아래의 주차장 부근을 자세히 살펴보았지만 수상해 보이는 사람의 모습은 눈에 띄지 않았다. 그녀는 고개를 갸우뚱하면서 창가로부터 떨어져 소파에 몸을 던졌다. 고급 가죽소파에 그녀의 나체가 푹 파묻히는 것 같았다. 그녀는 다리를 포개면서 테이블 위에 놓여 있는 담뱃갑에서 양담배 한 개비를 꺼내 입으로 가져갔다.

경찰에서 전화가 걸려 왔다는 것을 그에게 알려야 할까. 아니면 묵살해 버려도 되는 것일까. 담배 한 대를 모두 피울 때까지 그녀는 결정을 내릴 수가 없었다.

실종된 할머니를 찾고 있다는데 내가 왜 겁을 집어먹을까. 너무 신경과민 상태에 빠져 있는 게 아닐까. 그 부드럽고 상냥한 목소리의 젊은 형사가 거짓말을 했을 것 같지는 않았다. 나에게 문제가 있다면, 나를 노리고 있다면 굳이 내일 경찰서에 출두해 달라는 말도 할 필요 없이 지금 당장이라도 나를 연행해 갈 수 있지 않은가. 나에게는 문제가 없는 것이 분명하다.

그러나 막상 내일 경찰서에 출두하는 문제에 생각이 미치자 그녀의 표정은 다시 굳어졌다. 거의 본능적으로 거부감이 이는 것을 그녀는 느꼈다. 이유야 어떻든 자진해서 경찰서에 가서는 절대 안 된다. 어쩌면 함정일지도 모르니까. 하지만 출두하겠다고 약속해 놓고 가지 않으면 오히려 의심을 받지 않을까. 그때 가서는 경찰이 달려올지도 모른다.

결국 그녀는 자신이 이럴 수도 저럴 수도 없는 딜레마에 빠졌음을 깨달았다. 그녀는 다시 담배 한 개비를 입으로 가져갔다.

그녀는 인형처럼 예쁘게 생긴 얼굴에다 희고 매끄러운 피부를 가지고 있었다. 유난히 잘록한 허리로 연결되어 있는 상체와 하체 가운데, 젖가슴과 엉덩이는 그야말로 뇌쇄적일 정도로 풍만해 보였다.

그 몸의 깊이를 맛본 남자치고 지금까지 미치지 않은 남자가 없었고, 마지막에 가서는 큰 낭패를 보고 물러나지 않은 남자가 없었다. 그녀는 자신의 아름다운 미모와 풍만한 육체를 최대한 활용하여 이 세상을 아주 수월하고 사치스럽게 살아갈 줄을 아는 여자였다. 얼굴만 보면 아직도 10대 소녀처럼 앳되고 청순해 보이는데 바로 거기에 함정이 있었다. 남자들, 특히 중년의 사나이들은 처음에는 그 소녀 같은 얼굴에 반해 버리고 그 다음에는 그녀의 풍만한 육체의 쾌락에 빠져든다. 얼굴만 보아서는 도무지 육체가 그토록 풍만하게 발달되어 있을 것 같지 않은데 일단 벗겨 보면 그게 아니다. 그 상반된 모습이 남자들을 미치게 하고 있었다.

그녀의 실제 나이는 스물다섯이었다. 그러나 얼굴만 보면 17, 18세 정도로 보였고, 몸뚱이는 한창 무르익은 여인의 농염한 모습을 보여주고 있었다.

젖은 듯이 보이는 크고 검은 두 눈은 맑게 빛나고 있었고, 그것은 그녀의 영리함을 그대로 드러내주고 있었다. 그러나 그 뒤에 숨겨져 있는 다른 모습은 결코 밖으로 드러나는 법이 없었다. 결정적인 순간 외에는. 그것을 모르고 달라붙은 남자들은 막판에 가서 고배를 마시지 않을 수 없었다.

그녀는 생각난 듯 몸을 일으켜 어디론가 전화를 걸었다. 전화벨이 몇 번 울린 뒤에 신호가 떨어졌다.

"경리부입니다."

여직원의 목소리가 들려왔다.

"손 부장님 부탁합니다."

하길라는 되도록 상대방에게 부드러운 느낌을 주려고 애쓰면서 말했다.

그 전화는 손 부장 테이블에 바로 통하게 되어 있는 직통 전화였다.

"네, 손 부장님 좀 바꿔 주세요."

"손 부장님은 나오시지 않으셨는데요."

"여보세요. 누구시라고 할까요?"

하길라는 대답하지 않고 전화를 끊었다.

그녀는 급히 옷을 챙겨 입었다. 이러고 있을 때가 아니라는 생각이 들었다. 형사로부터 전화가 걸려왔고, 손명기 부장이 종적을 감추었다. 매우 중요한 시기에 좋지 않은 일이 생기고 있었다. 혼자만 알고 있기에는 어쩐지 벅차다는 생각이 들었다.

손명기 부장은 지난 5년 동안 그녀의 품에서 빠져나가지 못한, 다시 말해 그녀가 사육해 온 인물이었고, 지금은 그녀의 중개로 조직을 위해서 일해 오고 있었다. 그런데 그런 그가 연락도 없이 사라져 버린 것이다. 코트를 입고 난 그녀는 다시 어디론가 전화를 걸었다.

"사사키 입니다."

남자가 일본말로 말했다.

"저…… 국화예요. 문제가 생겼어요."

그녀는 한국말로 말했다. 그러자 상대편 남자도 한국말로 바꾸었다.

"문제라니?"

"만나서 말씀드리겠어요."

"전화로 말할 수 없나? 난 지금 바쁜데……"

바쁘다기보다는 만나는 자체를 꺼리고 있는 것이다.

"잠깐 차 한 잔할 수 있잖아요."

"좋아."

"덕수궁 안에 있는 그 찻집에서 만나요. 낮 12시 정각이면 어때요?"

"알았어."

그가 무뚝뚝하게 말하고 전화를 끊었다.

덕수궁 찻집은 지난번 그와 만났을 때 이용했던 장소였다. 그녀는 사람이 별로 없는 그 찻집의 조용함이 마음에 들어 그곳을 택한 것이다. 그곳은 또한 사람 눈에 별로 띄지 않아 사람을 은밀히 만나기에는 안성맞춤이었다.

그녀는 거울 앞으로 다가가 머리를 손질했다. 값비싼 화장대 위에는 고급 화장품이 가득 놓여 있었다. 머리 손질을 끝낸 그녀는 가볍게 얼굴을 매만진 다음 돌아섰다.

그녀의 아파트는 혼자 사는 젊은 여자의 아파트치고는 너무 넓었고 실내는 그야말로 사치스럽게 꾸며져 있었다. 가구는 물론 조그만 소품 하나라도 최고급 외국 제품이 아닌 게 없었다. 그러나 사치품에 대한 그녀의 욕구는 그칠 줄을 몰라 계속 새것으로 대체되고 있었다.

밖으로 나온 그녀는 주차장에 세워 둔 코발트색의 피닉스를 끌어내 바쁜 듯이 아프트 단지를 빠져나갔다. 단지 안으로 들어오려던 승용차가 충돌을 피해 급정거하면서 운전석의 중년 사나이가 눈을 부라렸다.

"병신 같은 새끼!"

그녀는 욕설을 내뱉으면서 쏜살같이 달려 나갔다.

오르막길은 빙판을 이루고 있었기 때문에 더 이상 차를 몰고 간다는 것은 어려웠다. 오병호와 왕 형사는 콜롬보 차를 버리고 비탈길을 조심스럽게 올라갔다.

오는 길에 관할 파출소에 들러 최세환의 집 위치를 이미 자세히 알아두었기 때문에 그들은 어렵지 않게 그 집을 찾아낼 수가 있었다.

그 집은 붉은 벽돌로 지은 2층 양옥으로 지은 지 오래된 듯 꽤 낡아 보였다. 녹슨 철대문 한편에는 나무로 된 명패가 걸려 있었는데 명패의 이름은 김일동으로 되어 있었다.

"잘못 찾아온 것 같은데요."

두꺼비가 낭패한 표정으로 말했다. 병호는 무표정한 눈으로 명패를 바라보다가 초인종을 눌렀다.

그들을 맞은 사람은 중년의 깡마른 부인이었다. 경찰에서 왔다는 말에 그녀는 잔뜩 의혹과 경계가 뒤섞인 표정으로 그들을 맞아 들였다. 좁은 마당도 집안의 거실도 손질이나 정돈이 되어 있지 않아 지저분하고 어수선해 보였다.

알고 보니 그녀는 그 집에 전세 들어 살고 있는 사람으로 세 들어 산 지 1년이 조금 넘었다고 했다. 명패의 주인공인 김일동은 그녀의 남편으로 철도청에 나가고 있었다. 전세 계약서를 보니 집주인의 이름은 안명자였다. 깡마른 부인은 집주인의 집 전화번호를 알고 있었다. 병호는 그 자리에서 안명자의 집으로 전화를 걸어 보았다.

안명자라는 여인은 마침 집에 있었다. 경찰을 대하는 그녀의 태도는 의외로 쾌활하고 활달한 느낌이었다. 목소리로 보아 중년 여인인 듯했다.

"실례지만 부인의 남편 되시는 분의 성함을 좀 말씀해 주시겠습니까?"

"애들 아빠는 돌아가셨는데요."

"아, 그렇습니까? 아, 이거 미안합니다. 혹시 성함이 최세환 씨가 아니었나요?"

"네, 맞아요."

그녀는 시원스럽게 대답했다.

"언제 돌아가셨나요?"

"6년 전 심장마비로 돌아가셨는데요."

"잘 알겠습니다. 지금 좀 찾아뵙고 물어볼 게 있는데 댁의 위치 좀 가르쳐 주시겠습니까?"

"네, 그러세요."

그녀는 자기 집 위치를 선선히 가르쳐 주었다.

"참, 혹시 Y우체국 사서함을 이용하고 계십니까?"

"사서함을요?"

"네, 사서함 말입니다."

"아 아뇨. 그런 건 이용하지 않는데요."

김일동의 집을 나와 비탈길을 내려오면서 형사들은 강한 의혹 속에 빠져 들었다. 6년 전에 이미 죽었다는 사람의 우체국 사서함이 아직까지 그대로 살아 있다는 것은 아무래도 이해될 수 없는 일이었다.

"최세환의 인감증명이 우체국에 제출된 것은 5년 전인 77년 1월 20일이었어. 그 날짜에 사서함이 개설됐으니까 그렇게 봐야겠지. 그런데 부인 말이 남편은 6년 전에 죽었다는 거야. 그렇다면 최세환은 죽은 후에 사서함을 개설했다는 말이 돼. 이럴 수도 있는가?"

"다른 사람이 최세환의 이름을 도용한 게 아닐까요?"

"인감증명이 발행된 것은 76년 9월 19일이야."

병호는 걸어가다 말고 걸음을 멈추고 서서 최세환의 인감증명 사본에 나와 있는 발행 날짜를 들여다보며 말했다.

"최세환의 정확한 사망 일자를 알아야겠군요."

하고 왕이 말했다.

그들은 차 안으로 들어갔다. 병호는 차의 시동을 걸었다. 차창 아래로 잿빛 속에 잠겨 있는 도시의 지붕들이 한눈에 들어왔다. 차는 천천히 굴러가기 시작했다.

"만일 다른 사람이 최세환의 이름을 도용해서 사서함을 개설했다면 그 사람은 왜 그런 짓을 했을까?"

"자기 이름을 숨기고 싶어서 그랬겠지요."

"왜 숨기고 싶었을까?"

왕은 대답할 수가 없었다.

"아마 그 사람은 최세환의 인감증명에 손을 댈 수 있을 정도로 그와 가까운 사람이겠지. 가족이나 형제, 또는……"

오 경감은 뭔가 분명한 말을 지껄일 수 없다는 것이 몹시 답답했다. 답답해져 오는 가슴을 열고 싶은 듯 그는 차창을 반쯤 내렸다. 그때부터 그는 막연한 말을 지껄이고 싶지 않아 입을 다문 채 운전하는데 만 생각을 집중하려고 했다. 그러나 눈과 생각은 일치되지 않고 따로따로 놀고 있었다.

그는 마침내 참지 못하고 입을 열었다.

"Y는 대단히 신중하고 교활한 자인 것 같아."

"네, 그런 것 같습니다."

왕 형사는 빠삐용의 편지들을 다시 들여다보고 있었다.

"이렇게 되다가는 6년 전부터 더듬어 나가야 할 것 같아. 심장마비로 세상을 떠났다는 최세환의 죽음을 시발점으로 해서 말이야."

낡은 콜롬보 차는 한강 위를 달리고 있었다.

덕수궁 찻집 안에는 손님이라고는 젊은 남녀 한 쌍이 구석진 창가에 앉아 있을 뿐이었다. 큼직한 연탄난로에서 발산되는 열기로 실내는 따뜻했다. 난로 가에 앉아 있던 하길라는 코트를 벗어 빈자리에 올려놓고 나서 코피가 나오자 잔을 입으로 가져갔다. 턱까지 올라오는 회색 털 셔츠가 검정 스커트와 썩 잘 어울려 보인다. 그녀는 빨리 일을 끝내고 나서 안전한 곳으로 떠나고 싶었다. 그런데 그녀는 그 일이란 것을 정확히 모르고 있었다. 그녀는 단지 비밀스럽게 시키는 대로 행동하라는 지시만 받고 있었던 것이다.

창 너머로 한 남자가 걸어오고 있는 것이 보였다. 12시 10분, 약속 시간보다 10분이나 늦어 있었다. 그녀의 시선은 그 남자를 따라 계속 움직였다.

찻집을 향해 걸어오는 남자는 적당한 키에 세련된 모습을 보여주고 있었다. 베이지색 코트는 벨트로 허리께가 조여져 있었고 그 위에 짙은 녹색 머플러의 양끝이 흘러 내려와 있었다.

머플러의 양끝이 바람에 날리는 것이 멋있어 보였다. 선글라스에 가려진 얼굴은 희고 깨끗한 인상이었고, 머리는 기름을 발라 중간에서 가지런히 양쪽으로 넘겨져 있었다. 중간에서 가르마를 탄 그의 머리는 좀 특이해 보였다.

30대의 그 사나이가 찻집 안으로 들어서는 것과 동시에 그녀는 자리에서 일어났다. 그리고 사람이 없는 창 쪽으로 자리를 옮겨 앉았다.

"왜 이렇게 늦었어요?"

남자가 자리에 앉자마자 길라가 물었다.

"일이 좀 있었어."

사사키는 선글라스를 벗어 탁자 위에 올려놓았다.

그는 일본말로 말했다.

"미안해."

"무슨 일이에요?"

길라가 일본말로 물었다. 그녀의 일본말은 능숙하지 못했다.

"그럴 일이 있어."

사시키는 조심스런 눈길을 그녀에게 던져 왔다. 짙은 눈썹 밑에서 빛나고 있는 두 눈은 차가우면서도 열정을 간직하고 있는 듯이 보였다. 그는 코피를 주문하고 나서 담배를 피워 물었다.

"무슨 문제가 생겼다는 거야?"

"빠삐용이 연락이 안 돼요. 그저께부터 연락이 안 돼요."

그녀가 걱정스럽게 말했지만 사사키는 조금도 놀라는 기색이 없었다.

한동안 무엇인가 생각하는 듯 침묵하고 있던 사사키가 무겁게 입을 열었다.

"빠삐용은 앞으로 찾지 않는 게 좋아. 연락이 안 될 거야."

"아니, 왜요? 어디 갔나요?"

그렇게 반사적으로 물은 길라의 얼굴에 차츰 짙은 의혹의 그림자가 드리워지고 있었다.

"어디 갔어. 그렇게만 알고 있어."

남자는 변명조로 말했다. 그러나 여자는 멈추지 않고 계속 질문을 던졌다.

"어디로 갔다는 거예요? 저한테 아무 말도 없이 떠날 사람이 아닌데 어디로 갔다는 거예요? 어디에 가든 전화 연락은 할 수 있잖아요?"

"더 이상 알려고 하지 마. 그 정도로 해 두는 게 좋아. 그를 찾으려고 해서는 안 돼."

"무슨 말씀을 하시는 거예요? 찾으면 안되다니, 혹시 그 사람 죽은 거 아니에요?"

사사키는 머리를 흔들었다. 그는 종업원이 가져온 코피를 얼굴을 찡그리며 마셨다.

"왜 대답을 안 하시는 거예요?"

길라의 질문은 집요했다.

"확실한 건 나도 잘 몰라. 그는 위험 인물이었어. 그래서 조직에서 데려갔어. 그 뒤 어떻게 됐는지는 나도 잘 몰라."

"도대체 조직조직 하시는데…… 그 조직이란 게 뭐예요? 뭐 하는 조직이에요?"

"쉿! 목소리가 너무 커!"

사내는 안색이 홱 변하면서 손가락을 입에다 갖다 댔다.

"함부로 지껄이지 마!"

남자의 기세에 눌린 그녀는 잠시 굳은 표정으로 상대방을 쳐다보기만 했다.

"내가 시키는 대로 한다고 했잖아. 이러면 정말 곤란해. 이번 일만 끝나면 우리는 결혼해서 세계일주 여행을 떠나는 거야. 그때까지만 참아줘. 궁금한 것이 있더라도 알려고 하지 말고 내가 시키는 대로 해줘. 부탁이야."

결혼식을 올린 다음 세계일주 여행을 떠난다는 말은 그녀의 굳은 마음을 녹여 주기에 충분한 말이었다. 처음 그 말을 들었을 때 그녀는 얼마나 황홀했었는지 모른다. 그러나 지금은 왠지 그 말이 허황되게 들린다. 이 남자의 말을 과연 믿어도 되는 것일까. 순간 그녀는 공포가 엄습하는 것을 느꼈다. 그것은 죽음에 대한 공포였다. 사사키의 표정에서 그녀는 분명하지는 않았지만 빠삐용의 죽음을 느낄 수가 있었던 것이다.

"한 가지만 묻겠어요. 빠삐용은 죽었나요?"

"몰라. 모른다니까."

"그 사람은 저하고 특별한 관계에 있는 사람이에요. 저한테 한마디도 하지 않고 그 사람을 어떻게 했다는 것은 말도 안 돼요. 그럴 수가 없는 일이에요."

그녀는 분노를 삼키며 말했다. 사내는 그녀의 눈치를 살피며 달래듯이 말했다.

"조직에서 하는 일이니까 이해 해줘. 조직은……"

"제발 그 조직이라는 말 좀 안할 수 없나요? 말끝마다 조직조직 하니까 나도 이젠 듣기에 신물이 나요. 도대체 그게 무슨 조직이에요?"

"그건 말할 수 없어."

"너무 비밀이 많아요. 결혼할 사이에 그렇게 비밀이 많아서야 어떻게 마음 놓고……"

"미안해. 이 일은 모르는 게 서로를 위해 좋으니까 그런 거야. 이해 해줘."

"아까 경찰에서 전화가 왔었어요."

"경찰에서?"

그가 놀라서 펄쩍 뛰는 바람에 오히려 여자 쪽에서 더 놀라고 말았다.

"왜, 왜 전화가 왔지?"

그녀는 오전에 경찰과 통화한 내용을 조심스럽게 모두 이야기해 주었다. 굳은 표정으로 이야기를 듣고 난 사내는 몹시 당황해 하면서 담배를 꺼내 입으로 가져갔는데 손끝이 가늘게 떨리는 것 같았다.

"그래서 뭐라고 했어?"

"경찰이 만나자는데 거절할 수 있어요? 할 수 없이 가겠다고 그랬죠 뭐."

"언제까지 오라고 했지?"

"내일 낮 12시 30분까지 오라고 했어요."

그는 초조하게 담배를 빨았다.

"경찰이 시키는 대로 거기 가서는 안 돼. 함정이니까. 절대 가서는 안 돼."

"그렇다면 경찰한테 쫓기고 있다는 건가요?"

"그렇게까지 단정할 수는 없지만…… 안전을 위해 가지 않는 게 좋아."

그녀가 갑자기 그의 손가락에서 타 들어가고 있는 담배를 빼내 재떨이에 비벼 껐다. 그리고 사내를 뚫어지게 응시했다.

"무슨 일을 하고 있는지…… 지금 꾸미고 있는 일이 무엇인지 말해 줘요. 저도 알고 싶어요. 무슨 일인지도 알지 못하고 무턱대고 도와줄 수는 없잖아요."

사내는 세차게 머리를 흔들었다.

"안 돼! 그건 말할 수 없어!"

"그럼 저도 협조할 수 없어요!"

그녀는 난호하게 쏘아붙였다.

당황해 하던 빛이 사라지고 그 대신 차가운 냉소가 사내의 얼굴에 나타났다.

"국화…… 함부로 말하는 게 아니야. 그렇게 멋대로 그만둘 수 있는 게 아니야. 조직은 그런 걸 용서하지 않아."

"웃기지 말아요. 내가 하기 싫으면 그만두는 거지 강제가 어디 있어요?"

그녀는 냉큼 몸을 일으키더니 코트를 집어 들고 밖으로 나가 버렸다. 다급해진 사내는 카운터로 가서 계산을 치른 다음, 급히 그녀를 따라 나섰다. 걸어가면서 코트를 입고 있는 그녀를 뒤에서 붙잡았다.

"화낼 일이 아니야. 어린애 장난 같은 짓은 그만 둬."

"장난이 아니에요. 제가 장난치고 있는 줄 아세요?"

토라진 그녀는 걸음을 빨리했다. 사내는 그녀의 팔을 움켜잡고 호젓한 곳으로 걸어갔다. 그리고 벽에다 그녀를 세워놓고 사납게 쏘아보면서 말했다.

"넌 말이야, 이미 조직에 들어와 있는 몸이야. 조직을 위해서 협조해 온 이상 멋대로 빠져나가는 건 용납될 수 없어."

그녀가 갑자기 깔깔거리고 웃었다. 그녀는 재미있다는 듯 깔깔거리다가 남자의 뺨을 어루만졌다.

"그렇게 무서운 얼굴 하지 말아요. 그런다고 제가 겁먹을 줄 알아요? 이래 뵈도 전 산전수전 다 겪은 몸이에요. 조직이 다 뭐예요? 그게 다 무슨 말라비틀어진 수작이에요? 분명히 말해 두지만 전 조직 같은 데 들어간 적 없어요. 당신을 사랑하기 때문에 당신의 부탁을 들어준 것뿐이에요. 당신도 잘 알잖아요? 제가 언제 조직에 들어갔다는 거예요?"

사사키는 그녀의 어깨를 두 손으로 꽉 잡아 흔들었다.

"내말 잘 들어. 나를 도와준 것은 곧 조직을 도와준 것이나 다름없어. 국화는 이미 조직에 발을 깊이 들여놓았다는 걸 알아야 해. 그러니까 내가 시키는 대로 하기만 하면 되는 거야. 조직에 항거하면 남는 것은……"

그는 말끝을 흐리면서 그녀의 입술을 바라보았다. 촉촉이 젖은 입술이 조금 열려 있었고 그 사이로 하얀 치열이 조금 보이고 있었다.

"키스해 줘요."

그녀가 턱을 치켜들었다.

"사람들이 본단 말이야."

"보라죠 뭐."

그들이 서 있는 주위에 다른 사람은 보이지 않았다. 사내가 두 팔로 여자의 어깨를 끌어안자 그녀는 기다렸다는 듯이 그의 목에 매달렸다.

격렬한 입맞춤이 고궁의 한쪽 뜰 구석진 곳에서 한동안 계속되었다. 젊은 남녀 한 쌍이 모퉁이를 돌아 나오다가 그 광경을 목격하고는 민망해서 오던 길을 되돌아간다. 잠깐잠깐 입을 뗀 틈을 타서 길라는 숨 가쁜 목소리로 물었다.

"만일 조직의 뜻을 거역하면 난 어떻게 되는 거죠? 나도 죽는 건가요?"

남자는 슬픈 눈빛으로 여자를 한동안 내려다보다가 고개를 끄덕인다.

"부인하지는 않겠어."

"사사키 씨, 당신이 나를 죽이나요?"

길라가 몸을 밀착해 왔다. 여자의 육체가 옷 속에서 안타깝게 꿈틀거리는 것이 느껴졌다.

사사키는 옷 위로 솟아오른 한쪽 젖가슴을 움켜잡았다. 여자는 아픈 듯이 얼굴을 조금 찡그렸지만 손을 뿌리치지는 않았다.

"내가 어떻게 너를 죽이겠어? 나는 그런 짓 못해. 그런 짓하는 사람은 따로 있어."

"제3의 사나이가 바로 그런 사람인가요?"

"몰라. 그런 건 묻지마. 거기까지는 나도 몰라. 난 그 사람을 본 적이 없어."

"한번 만나고 싶어요. 어떻게 생긴 사람인지. 목소리를 들으니까 여자보다 더 가냘프게 들려요. 힘이 하나도 없는 병자 같은 목소리예요."

사사키는 입으로 그녀의 입을 막았다. 다시 뜨거운 키스가 시작되었다. 이번에는 처음처럼 격렬하지는 않았지만 더 오래 계속되었다. 그녀는 한 손을 밑으로 내려 남자의 다리 사이를 만져 보았다. 두 다리가 만나는 부분이 단단하게 부풀어 있었다.

그녀는 그 부분을 움켜잡으면서 입을 빼냈다.

"여기서 이러고 있을 거예요?"

"일이 끝날 때까지 참아야 한다고 했잖아."

"싫어요! 난 참을 수 없어요! 당신이 날 사랑해 주지 않으면 아무나 붙잡고 해 버릴 거예요."

그녀가 충분히 그럴 수 있는 여자라는 것을 남자는 알고 있었다. 그녀는 격정적이고 대담한 데가 있는 여자였다. 그리고 하고 싶은 것은 꼭 하고야 마는 성미였다.

"좋아. 가지. 하지만 시간을 오래 끌면 안 돼. 난 몹시 바빠."

"알아요."

여자는 몸을 돌려 남자의 팔짱을 끼었다. 그녀의 표정은 눈부실 정도로 밝아져 있었다. 사사키는 자신이 위축되는 것을 느꼈다. 지금이 어느 때라고 아가씨와 데이트를 즐긴단 말인가. 만일 조직에서 알면 가만있지 않을 것이다. 그는 현재 대기 상태에 있었고 그 누구와도 만나는 것이 금지되어 있었다. 그런데 그녀를 만난 것이다.

H경찰서 수사과 형사계 12시 30분.

살벌하기만 하던 형사계 사무실에 남자들의 코끝을 자극하는 향내가 퍼지고 있었다.

그것은 갑자기 몰려든 젊은 여자들이 풍기는 향그러운 냄새였다. 잘 차려 입은 아름다운 여성들 때문에 실내는 눈부시게 밝아진 듯했다.

여자들을 구경하느라고 형사들은 일손을 놓고 있었고, 안에 갇혀 있던 피의자들은 철장 쪽으로 몰려와 있었다.

"이 새끼들, 저리 가서 무릎 꿇고 앉아 있지 못해! 손들고 앉아 있어!"

문 형사가 10대로 보이는 남자들이 갇혀 있는 철장 쪽을 향해 소리치자 그들은 일제히 우르르 뒤로 물러나 마룻바닥 위에 무릎을 꿇는다.

본드 냄새를 맡고 환각 상태에서 연행되어 온 그들은 마약 사범으로 분류되어 있었다.

문 형사는 시간 맞추어 나타나 준 여자들을 맞이하느라고 신바람이 나 있었다.

32명 가운데 약속대로 출두해 준 여자들은 모두 25명이었다. 나머지 7명 가운데 6명은 내일 12시 30분까지 출두하기로 약속되어 있었고 남은 1명은 외국에 나갔기 때문에 당장 출두한다는 것이 어려웠다.

25명의 여자들은 모두 2층에 있는 강당으로 안내되었다. 그녀들은 하나같이 조심스럽고 조금은 두려워하는 것 같은 표정들을 하고 있었다.

강당의 연단 앞에는 G은행 H지점 직원들이 긴장된 표정으로 이미 자리를 잡고 앉아 있었다. 그들은 강 지점장과 김 대리, 그리고 여직원 등 세 명이었다.

문 형사가 여자들에게 모두 연단 위로 올라가 일렬횡대로 서 달라고 하자 그녀들은 군소리 하나 없이 연단 위로 올라가 한 줄로 늘어섰다. 연단 위를 또각또각 걸어가는 구둣발 소리가 유난히도 선명하게 들려왔다.

이윽고 여인들의 구둣발 소리도 사라지고 긴장과 침묵이 찾아들자 문 형사가 마이크를 집어 들고 제법 점잖은 목소리로 입을 열었다.

"에 또, 바쁘신데 이렇게 나와 주셔서 감사합니다. 여러분들은 지난 23일 오전 11시 비행기 편으로 부산에 가셨거나 또는 11시 30분 비행기 편으로 제주도에 가셨던 분들입니다. 저와 개별적으로 전화를 통해 그 사실을 모두 인정하셨습니다. 혹시 이 가운데 그 사실을 부정하시는 분계십니까?"

여자들은 얼어붙은 듯 미동도 하지 않고 서 있었다.

"네, 좋습니다. 눈이 부시겠지만 그 자리에 움직이지 말고 서 계십시오. 잠깐이면 됩니다."

스포트라이트가 연단 위에 서 있는 여자들의 얼굴 위로 쏟아져 내렸다. 여자들의 표정이 일제히 흔들렸고, 몸도 흔들리는 듯싶었다. 갑자기 쏟아져 내리는 강렬한 불빛에 그녀들은 너무 눈이 부신 나머지 어쩔 줄 모르며 당황해 하는 것 같았다. 몇 명의 여자들은 손으로 빛을 가리기까지 했다.

"손을 내리고 가만히 서 계십시오. 잠깐이면 됩니다."

문 형사가 주의를 주자 그녀들은 움직임을 멈추면서 자세를 바로 했다.

문 형사는 은행원들 뒤로 가서 앉았다. 그리고 작은 목소리로 물었다.

"잘 보입니까?"

"네, 잘 보입니다."

지점장이 대답했다.

"그 아가씨 있습니까?"

"없는데요."

김 대리가 머리를 흔들었다. 강 지점장과 여직원도 고개를 가로저었다. 문 형사는 껌을 입 속에 집어넣고 씹기 시작했다.

"비슷하게 생긴 여자도 없습니까?"

세 사람은 약속이나 한 듯 또 머리를 흔들었다. 문 형사는 마이크를 입에다 갖다 댔다.

"됐습니다. 정말 고맙습니다. 자, 이제 수고스럽지만 모두 벽쪽으로 돌아서 주십시오."

여자들은 천천히 몸을 돌렸다. 수평을 이루고 있는 둥근 엉덩이들이 어쩌면 저렇게도 넉넉한 대지를 연상시킬까 하고 문 형사는 생각했다.

"어떻습니까?"

이미 가능성은 사라졌다. 쓸데없는 질문인 줄 알면서도 그는 은행원들에게 또 물었다.

은행원들은 탐스러운 엉덩이들을 감상하기만 할 뿐 아무런 대꾸도 하지 않았다.

문 형사는 연단 위로 뛰어 올라갔다. 그리고 X의 몽타주를 몇 장 테이프로 벽에다 붙여 놓은 다음 여자들을 돌아보며 말했다.

"그날 함께 비행기를 탄 승객들 가운데서 이렇게 생긴 여자를 보지 못했습니까? 자세히 좀 봐주십시오."

여자들은 앞으로 가까이 다가서서 X의 몽타주를 들여다보기 시작했다.

문 형사는 숨을 죽인 채 그녀들을 쳐다보고 있었지만 그녀들한테서는 아무런 반응도 나타나지 않고 있었다. 그래서 이번에는 Z의 몽타주를 붙여 보았다. 그러나 반응이 없기는 역시 마찬가지였다.

"좋습니다. 이제 돌아가셔도 좋습니다. 협조해 주셔서 고맙습니다."

여자들을 쳐다보는 그의 얼굴 표정은 잔뜩 성이 나 있었지만 목소리만은 부드러웠다.

여자들이 모두 빠져나간 뒤 은행원들한테는 내일 다시 한 번 나와 협조해 달라고 부탁했다.

횡령 29억 원

안명자는 전화 목소리에서 느꼈던 대로 첫인상이 쾌활하고 활달해 보였다. 6년 전 남편이 갑자기 세상을 떠난 후 그동안 재혼도 하지 않고 혼자 살아온 과부치고는 놀라울 정도로 밝은 면을 지니고 있었다. 거기에는 슬픔을 극복하고 생활을 개척해 나가는 중년 여인의 강한 의지가 엿보이고 있었다. 그녀는 집에서 가까운 곳에다 미장원을 차려놓고 있었다.

"이미 세상을 떠난 지 오래된 분에 대해서 새삼스레 뭘 조사할 게 있나요?"

찾아온 형사들을 거실로 안내하여 자를 내놓은 다음 그녀는 서슴없이 물었다. 후덕스러워 보이는 그 둥그스름한 얼굴 모습에 병호는 마음이 푸근해지는 것을 느꼈다.

"어떤 사건을 조사하다 보니까 여기까지 오게 됐습니다. 부군께서 세상을 떠나신 게 정확히 언제였습니까?"

"76년 11월 10일에 돌아가셨어요."

그날 최세환은 아침 일찍 일어나 뒷동산에 산책을 다녀온 다음 욕실에 들어가 샤워를 하다가 쓰러졌다고 했다. 한참을 기다려도 나오지 않기에 욕실 문을 열어봤더니 바닥에 쓰러져 있었다고 했다.

"병원에 데리고 갔을 때는 이미 숨이 끊어진 뒤였어요. 평소에는 감기 한번 안 걸릴 정도로 건강하셨거든요. 술이 좀 과하신 편이긴 했지만……"

그녀는 남의 이야기하듯 술술 말하고 나서 병호에게 미소를 던졌다. 병호는 최세환의 인감증명을 꺼내 보였다.

"이거 한번 봐주시겠습니까?"

안명자는 그것을 자세히 살펴보고 나서 조금은 놀란 듯한 표정으로 물었다.

"이거…… 어디서 나셨어요?"

"기억나십니까?"

"아뇨. 여기 날짜를 보니까 그이가 돌아가시기 두 달 전에 발급받은 것 같은데요. 전 기억이 없어요. 그런데 이건 어디서 나셨어요?"

"Y우체국에 비치되어 있었습니다."

"아까 참 사서함 말씀을 하시던데……"

"네, Y우체국 사서함 이용자 명단에 최세환 씨 이름이 있었습니다. 이 인감증명은 사서함 이용 신청을 할 때 제출한 것입니다. 제출 날짜는 77년 1월 20일이었습니다. 그러니까 남편께서 돌아가신 뒤 2개월 남짓 지나서 제출된 것이지요. 전 부인께서 제출하시지 않았나 생각했습니다만……"

"아 아뇨, 전 그런 적 없어요. Y우체국이 어디에 있는지도 모르는 걸요."

비로소 처음으로 그녀의 얼굴에 곤혹스럽고 의혹에 찬 표정이 나타났다.

"부군을 대신해서 부군의 이름으로 사서함을 이용할 만한 사람이 혹시 없을까요?"

"없어요. 저희 집에서 그런 짓할 만한 사람이 없어요."

병호는 빠삐용이 보낸 편지 한통을 꺼냈다. 내용이 뭔지 모르게 편지를 접어 마지막 부분만 보여줬다.

"이 편지를 한번 봐주십시오. 최세환 씨의 글씨가 아닌지 확인해 주십시오."

안명자는 편지 글씨를 한번 쓱 훑어보고 나서 완강하게 고개를 흔들었다.

"우리 그이 글씨는 이렇지가 않고 아주 정갈해요. 여자 글씨처럼……"

"부군께서 생전에 써서 보냈던 편지가 있으면 좀 보여 주시겠습니까?"

안명자는 그의 말이 떨어지기가 무섭게 방안으로 들어가더니 이윽고 편지 하나를 가져왔다. 그것은 일본에서 최세환이 아들한테 보낸 엽서였다. 그것을 보낸 날짜는 1976년 4월 18일이었는데, 안명자의 말대로 글씨가 여자처럼 예쁘고 또박또박 정성들여 쓰여 있었다.

"부군께서는 무슨 일을 하셨습니까?"

"한성산업에 나가셨어요."

"한성그룹 말입니까?"

"네, 처음부터 그 직장에만 다니셨어요."

"무슨 부서에서 일하셨나요?"

"경리부에서 일하셨어요."

그때까지 잠자코 있기만 하던 왕 형사가 병호에게 속삭이듯 말했다.

"G은행 H지점과 한성빌딩과는 서로 가까운 거리에 있습니다."

"그래?"

병호는 대수롭지 않다는 반응을 보였다.

최세환과 생전에 가까웠던 직장 동료, 또는 사이가 나빴던 동료에 대해서 물어보았지만 안명자는 누구라고 딱 이름을 박아 말해 주지는 않았다.

그녀는 거기에 대해서는 잘 모르는 것 같았다. 그러나 마지막에 가서 자신 없는 투로 말한 것이 병호의 귀에 걸렸다. 그녀는

"부장님을 좋아하신 것 같았는데…… 잘 모르겠어요."

라고 말했던 것이다.

"부장님이라고요?"

"네, 같은 부서에 있는 부장님 이야기를 많이 하셨어요. 그분 칭찬을 많이 하셨어요. 사람이 좋고 포용력이 크다는 말씀을 여러 번 하는 것을 들었어요."

"그분 성함을 알고 계십니까?"

"이름은 모르고 손 부장님이라고 들었어요."

한편 풍뎅이 사건의 수사진 거의는 방대한 서류더미 속에 파

묻혀 시간을 보내고 있었다. 수십만 장이나 되는 서류를 필요에 따라 분류해 낸다는 것은 결코 쉬운 일이 아니었다. 그들은 필요에 따라 서류를 분리해 내고 있는 동안에도 한편으로는 X를 찾아 동분서주 하고 있었다.

여자 명의로 구입한 파란색 계통의 피닉스 54대는 차량 등록소에 알아본 결과 모두 구입자 명의로 등록되어 있었다. 그밖에 남자 명의로 구입되었다가 등록 시에 차주가 여자 이름으로 바뀌어 등록된 차량이 9대 있었다. 앞의 54대의 차주 명단 가운데 32명의 비행기 탑승자 명단과 겹치는 이름이 하나도 없음은 이미 확인된 바 있었다.

그런데 뒤에 추가된 9대의 차주들 이름을 점검하던 수사관의 눈이 날카롭게 빛났다. 9명의 이름 가운데 32명의 비행기 탑승자 명단에서 보았던 이름 하나가 들어 있었던 것이다. 그는 함께 온 동료 수사관한테 그 이름을 보였다.

"이것 보라구. 비행기 탑승자 명단에서 본 이름이야, 확인해 보라구."

그들은 수첩에 적어 놓은 32명의 탑승자 명단을 재빨리 훑어보았다.

"여기 있어! 바로 이 여자야!"

"하길라……"

수사관은 그 이름 밑에다 선을 그었다.

하길라라는 여인은 12월 23일 오전 11시, 서울발 부산행 여객기 탑승자 가운데 한 사람이었다.

"틀림없어! 주민등록번호도 같잖아!"

흥분한 수사관들은 전화통 앞으로 달려가 다이얼을 돌려 대기 시작했다.

병호와 두꺼비는 설렁탕집에서 점심을 먹고 있다가 무전기에서 흘러나오는 신호음을 들었다.

"수사본부로 급히 전화해 달라는데요."

왕이 몸을 일으키면서 말했다. 병호는 김이 피어오르는 뚝배기 위에 고개를 숙인 채 끄덕이기만 했다. 왕은 카운터 쪽으로 걸어가 수사본부로 전화를 걸었다.

병호는 두꺼비가 수사본부로 전화를 걸고 있는 모습을 바라보다가 그가 수화기를 내려놓고 돌아오자 도로 뚝배기 위로 고개를 숙였다.

"X를 찾았답니다."

왕의 목소리는 조용했다. 그러나 그가 흥분을 누르고 있음을 병호는 느낌으로 알 수가 있었다.

그는 입으로 가져가던 숟가락을 다시 내려놓고 얼굴을 쳐들고 물었다.

"누구래? 이름이 뭐야?"

"하길라라고 합니다. 피닉스 구입자 명단에는 없었고 등록된 차주 명단에 있었답니다."

병호는 재빨리 수첩을 펴놓고 거기에 적혀 있는 이름들을 들여다보았다.

"부산행 탑승자였군. 그럼 하길라는 그 차를 누구한테선가 선물로 받아 등록했다는 건가?

"그렇겠죠."

"그 차를 구입해서 그 여자한테 선물한 사람이 누구야?"

"미처 알아보지 못했습니다."

"빨리 알아봐. 그리고 하길라의 주소도 알아봐. 지금 바로 하길라의 주소지로 출동하라고 해. 자네도 그쪽으로 가서 합류하는 게 좋겠어."

설렁탕은 그릇 속에 반 이상이나 남아 있었다. 그러나 그들은 배를 채우고 앉아 있기에는 너무 마음이 다급해져 있었다.

왕이 전화를 걸고 있는 동안 병호는 식대를 치르고 밖으로 나와 식당 앞에 서 있었다.

잠시 후 두꺼비가 식당 문을 열고 나왔다.

"애초의 그 차 구입자는 손명기라는 사람이었답니다. 그 사람 주소는 여기 있습니다."

병호는 왕이 내주는 메모지를 받아 들었다. 거기에는 손명기의 주소와 함께 전화번호, 그리고 주민등록번호도 적혀 있었다. 그 뒷면에는 하길라에 관한 것도 적혀 있었다.

"손명기라고?"

병호는 고개를 갸우뚱했다. 문득 안명자의 말이 생각났던 것이다. 죽은 최세환이 생전에 자기 직장의 상관을 좋아했는데 그 사람의 정확한 이름은 모르고 다만 손 부장이라고만 알고 있다고 했었다. 병호가 고개를 갸우뚱한 것은 두 사람의 성이 같은 손가였기 때문이었다.

왕은 메모지에 적어 놓은 것을 수첩에다 급히 옮겨 적었다.

"문 형사는 어떻게 됐어?"

"소득이 없는 모양입니다. 내일 나머지 여자들을 만나 보겠답니다. 하길라라는 여자는 내일 출두하기로 되어 있답니다. 아까 아침 10시 좀 지나서 그 여자와 전화 통화를 했었답니다."

"실수를 했군. 문 형사가 그 여자한테 전화를 하지 말았어야 했는데……"

"문 형사한테 운전면허계에 비치되어 있는 서류 가운데서 그 여자의 것을 찾아오라고 했습니다. 거기에 보면 사진이 붙어 있을 겁니다."

"면허증을 취득하지 않았을 수도 있잖아?"

"네, 하지만 사진이 있으나 없으나 하길라라는 여자 실물을 직접 확인해 보면 됩니다. G은행 H지점에 가서 은행원을 한 사람 데리고 가겠습니다. 데리고 가서 그 여자를 확인시키면 가장 정확하겠지요."

"좋은 생각이야. 한성빌딩 부근에 H지점이 있다고 했나?"

"네, 그렇습니다."

"그럼 함께 가지. 난 한성빌딩에 들러 볼 생각이니까."

"문 형사한테 차를 가지고 H지점으로 오라고 했습니다."

오후가 되면서 거리는 사람들과 차량으로 큰 혼잡을 이루고 있었다. 그것은 여느 때의 혼잡보다는 훨씬 더 큰, 마치 홍수에 휩쓸리는 것 같은 광경이었다.

아무리 계엄령하라고는 하지만 연말의 들뜬 분위기에 제동을 걸 수는 없는 것 같았다. 계엄도 너무 오래 지속되다 보니 사람들은 거기에 면역이 된 듯싶었다.

차가 너무 밀리는 바람에 H지점에 도착하는데 40분 이상이나 걸렸다.

G은행 H지점 앞에는 문 형사의 빨간색 차가 이미 와서 기다리고 있었다.

차 안에는 문 형사 외에 다른 형사 두 명도 앉아 있었다. 병호와 왕이 차에서 내리자 문 형사도 밖으로 나왔다.

"그 서류 가져왔나?"

"네, 가져왔습니다."

왕은 문 형사가 내주는 서류를 받아 들었다. 그것은 하길라의 운전면허 관계 서류였다.

"굉장한 미인인데요."

서류에 붙어 있는 명함판 컬러사진을 들여다보면서 왕이 말했다. 병호는 그것을 받아들고 은행 문 앞에서 한참 동안 그 아름다운 얼굴을 감상했다. 거기서 발길을 돌려 한성빌딩 쪽으로 갈까 하다가 은행 목격자들의 증언을 듣고 싶어서 그는 왕 형사와 문 형사를 따라 은행 안으로 들어갔다.

"또 왔습니다. 바쁘신데 미안합니다."

문 형사의 인사말에 지점장과 대리는 질렸다는 듯 머리를 흔들었다.

"형사분늘한테는 정말 못 딩하겠습니다."

"미안합니다. 이 여자를 한번 봐주시겠습니까?"

형사가 내미는 서류 위에 붙어 있는 사진에 은행원들의 시선이 집중되었다.

"네, 바로 이 여잡니다."

그렇게 말한 사람은 김 대리였다.

"지점장님은 어떻습니까?"

문 형사가 강 지점장 코앞에다 사진을 들이댔다. 강 지점장은 두 눈을 깜박이고 나서 크게 고개를 끄덕였다.

"네, 은행에 왔던 그 아가씨가 틀림없습니다!"

목격자들의 증언이란 많으면 많을수록 좋은 것이다. 문 형사는 은행 여직원들한테 그 사진을 보였다. 여직원들은 하나같이 김 대리와 강 지점장의 증언을 보다 확실하게 해주는 역할로 일관했다.

"감사합니다. 다시 또 연락드리겠습니다. 더 이상 귀찮게 해드리지 않아도 될 것 같습니다만……"

문 형사는 지점장과 대리한테 꾸벅 고개를 숙이고 나서 자신에 찬 모습으로 은행 문을 나섰다.

병호는 은행 앞에서 부하들과 헤어졌다. 그들은 X, 즉 하길라의 집으로 달려갔다.

병호는 콜롬보 차를 은행 앞에 그대로 세워 둔 채 차도를 따라 50m쯤 천천히 걸어갔다. 거리에 넘쳐흐르는 사람들 속에 섞여 걸어가면서 그는 자신도 그들처럼 연말의 들뜬 분위기에 휩쓸리고 싶은 충동을 느꼈다.

오른쪽 코트 주머니 속에 들어가 있던 손이 무엇인가 동글동글한 것을 집어냈다. 언제 들어가 있었는지도 모르지만 때가 까맣게 낀 땅콩이었다. 건널목 앞에 다다른 그는 멈춰서서 손가락 끝으로 땅콩 껍질을 비벼서 벗겨 냈다. 껍질 부스러기들을 입으로 후 불어 날려 보낸 다음 땅콩 알을 입 속으로 던져 넣었다. 그리고 얼굴을 쳐들고 길 건너 맞은편에 하늘을 찌를 듯이 우뚝 서 있는 백색의 거대한 빌딩을 올려다보았다. 바로 그가 지금부터 방문해야 할 한성그룹의 본부 빌딩이었다.

이탈리아산 백색의 대리석으로 포장되어 있는 그 빌딩은 높이가 자그마치 35층이나 되었다. 그런 빌딩에 들어가 어떤 부서를 찾아 간다는 것이 그는 제일 싫었다. 거대한 빌딩이 주는 위압감에 주눅이 들면서 자신의 왜소함을 다시 한 번 확인하는 것 같은 그 기분이 어쩐지 마음에 들지 않았기 때문이었다. 그런 거대한 빌딩 속에서 움직이는 사람들은 하나같이 깨끗한 옷차림에 똑똑하고 영리해 보이지만 그의 눈에는 그들이 한낱 거대한 기계의 부속품으로 끊임없이 똑같은 레일 위를 움직이고 있는 것처럼 보였다.

신호가 바뀌고 사람들이 움직이기 시작했다. 그도 차도로 내려서서 건널목을 건너가기 시작했다.

한성빌딩 앞에는 넓은 광장이 조성되어 있었다. 그 광장은 오가는 사람들이 누구나 쉬어 갈 수 있도록 휴식공간으로 이용되고 있었다. 재벌 기업이 도심에다 거대한 빌딩을 지으면서 시민들에게 그와 같은 공간을 제공해 준다는 것은 아주 바람직한 일이라는 생각이 들었다. 건물 자체를 위해서도, 도시 미관을 위해서도 그와 같은 여유 공간을 확보해 준다는 것은 멋진 일이라고 여겨졌다.

광장의 바닥에는 대리석이 깔려 있었고 군데군데 대리석 좌대가 놓여 있었다. 추운 날씨 탓인지 광장에서 휴식을 취하고 있는 사람은 아무도 없었다. 그는 광장 안으로 들어가 대리석 좌대 위에 쌓여 있는 눈을 털어내고 그 위에 걸터앉았다. 엉덩이가 시려웠지만 그는 그대로 눌러앉은 채 담배에 불을 붙였다.

한낮에 초라해 보이는 중년 사내가 그런데 멍하니 앉아서 담배를 피우고 있는 모습은 잿빛의 겨울 날씨와 함께 더없이 을씨년스러워 보이는 장면이 아닐 수 없었다. 할일 없는 실업자가 아니라면 그 시간에 거기에 그러고 있을 리가 없었다.

수많은 사람들이 힐끗거리며 그를 지나가고 있었지만 그는 그런 것에는 아랑곳하지 않은 채 물처럼 흘러가는 사람들을 바라보고 있었다.

안명자가 말한 손 부장이라는 사람이 바로 손명기가 아닐까? 하지만 그녀의 말은 6년 전의 일을 말한 것이다.

X는 Y의 심부름으로 G은행 H지점에 드나들었다. 그런데 H지점은 한성빌딩과 가까운 거리에 있다. 한성에 근무하다가 사망한 최세환이라는 인물의 인감증명이 Y에 의해 도용당했다.

Y가 X에게 차를 사준 손명기라면…… 손명기는 혹시 한성과 관계가 있는 인물이 아닐까? 손명기와 최세환이 같은 곳에 근무한 사이라면 손이 최의 인감증명을 도용하기는 별로 어려운 일이 아닐 것이다. 아직 확실하지는 않지만 연결된 하나의 고리가 존재하지 않을까?

그는 다시 담배에 불을 붙이려다 말고 몸을 일으켰다. 기관총을 설치한 군용지프 몇 대가 시위를 하듯 헤드라이트를 켠 채 천천히 지나가고 있었다. 철모를 쓴 군인들은 미동도 하지 않은 채 돌처럼 앉아 있었다. 그 광경을 바라보는 시민들의 얼굴도 돌처럼 굳어 있었다.

병호는 몸을 홱 돌려 빌딩 입구를 향해 걸어갔다.

빌딩 내부는 엄중히 경비되고 있었다.

경비원들의 눈에 초라한 차림의 사내가 걸려들지 않을 리가 없었다. 대리석처럼 반들반들하게 생긴 사람들은 그대로 통과되고 있었지만 병호는 그렇지가 않았다.

"어디 가십니까?"

제복 차림의 중년의 경비원이 수상쩍다는 표정으로 그의 위아래를 훑어보며 물었다.

"경리과에 볼 일이 있어서 왔습니다."

병호는 공손히 말했다.

"신분증 좀 보실까요?"

병호는 신분증을 꺼내 경비원에게 주었다. 신분증을 들여다본 경비원은 안색이 바뀌었다.

"아, 미안합니다. 됐습니다. 그런데 무슨 일로……?"

"혹시 경리부에 손 부장…… 지금은 손 부장이 아닐지 모르겠는데……. 손 뭐라고 하는 사람 있습니까?"

"손명기 부장님 말씀인가요?"

"아, 네 손명기 씨 말입니다. 그분이 지금도 경리부에 계시는가요?"

"네, 부장 겸 이사 대리이시죠."

"감사합니다. 경리부는 몇 층에 있나요?"

"15층에 있습니다."

엘리베이터를 타고 올라가면서 병호는 심한 현기증을 느꼈다. 부하를 한 명 데리고 올 걸 잘못했다고 생각했을 때 엘리베이터 문이 열렸다. 그는 15층 복도로 나왔다. 먼저 코트를 벗어 팔에 걸쳤다. 일단 전화를 걸고 나서 근무처가 아닌 찻집 같은

데로 불러 낼 걸 잘못했다고 생각하면서 그는 경리부를 찾아 긴 복도를 걸어갔다. 대 회사의 간부에게 연락도 없이 불쑥 찾아간다는 것이 실례되는 짓이라는 것을 그는 잘 알고 있었다.

남들이 눈치 채지 않게 조용히 언질을 주고 그를 밖으로 데리고 나와야겠다고 그는 생각했다.

경리부 간판이 보였다. 문은 닫혀 있었다. 문이 열리더니 제복 차림의 예쁘게 생긴 여직원이 밖으로 나왔다. 병호는 웃으며 그녀에게 접근했다.

"실례지만 손명기 부장님 안에 계십니까?"

"오늘 안 나오셨는데요. 어디서 오셨는가요?"

"아, 네. 친구입니다."

화장실 쪽으로 사라지는 여직원의 발랄한 뒷모습을 바라보다가 그는 문을 노크했다. 그리고 반응을 기다리지 않고 문을 밀고 안으로 들어섰다.

넓은 실내에는 많은 직원들이 앉아 있었는데 모두가 놀라울 정도로 조용하고 차분한 분위기 속에서 일에 열중하고 있었다. 그 많은 직원들이 그렇게 조용하게 앉아 있다는 것이 그는 이상하게 느껴졌다.

깨끗한 사무실 분위기에 어울리게 깨끗한 차림으로 앉아 있는 남녀 직원들의 모습과 비교해 볼 때 오 경감의 모습은 너무 초라하고 지저분해 보였다. 텁수룩하게 자란 수염과 땟국이 흐르는 구겨진 코트하며 헝클어진 머리, 한 번도 닦지 않은 것 같은 더러운 구두 등이 그 사무실 분위기에는 영 어울리지가 않아 보였다. 자연 그의 그런 모습이 직원들의 시선을 끌 수밖에 없었다. 회사 일에 전혀 도움이 될 것 같지 않아 보이는 불청객에 대해 경계심을 보이며 얼굴에 여드름이 잔뜩 피어난 여직원이 따지듯 물었다.

"어떻게 오셨습니까?"

"손명기 부장님을 만나러 왔습니다만……"

"손 이사님은 오늘 안 나오셨는데요. 어디서 오셨나요?"

손명기를 이사로 부르고 있는 모양이라고 그는 생각했다. 이사 대리라고 하니까 이사라고 불러 주면 기분이 좋겠지. 나도 이사라고 불러야지.

"경찰입니다. 손 이사님에 대해 좀 알아볼 게 있어서 왔습니다만……"

그는 다른 사람들이 듣지 않게 될 수록 낮은 소리로 말했다.

여드름의 안색이 갑자기 변했다. 그녀는 조심스럽게 그를 쳐다보았다.

"안 나오셨는데 어떡하죠?"

"그럼 여기 다른 책임자와 이야기를 좀 나누고 싶은데 안내를 좀 해주시겠습니까?"

"잠깐 기다려 보세요."

여드름은 창쪽에 비스듬히 앉아 있는 남자한테 다가가더니 조금 후 돌아왔다.

"우리 차장님한테 가보시죠. 저기 창가에 조끼 입고 계신 분입니다."

병호가 그쪽으로 다가갔을 때 차장이라는 사람은 막 걸려 온 전화를 받고 있었다. 병호는 그가 통화를 끝낼 때까지 그 곁에 우두커니 서 있었다. 차장은 한참 후에야 통화를 끝내고 병호에게 소파를 가리켰다.

"경찰에서 오셨다구요?"

차장은 목소리가 큰 사람이었다. 마흔 안팎의 깡마른 남자로 흰 와이셔츠 위에다 감색 조끼를 받쳐 입고 있었다.

병호가 명함을 한 장 건네주자 그도 명함을 꺼내 주었다.

"손 이사님 때문에 오셨습니까?"

명함을 들여다보고 난 권 차장은 태도를 바꾸어 부드럽게 물어 왔다.

"네, 그 전에 먼저 물어볼 게 있습니다. 6년 전엔가 최세환이라는 사람이 여기에 근무했었습니까?"

"최세환 씨 말입니까? 네, 근무했었죠."

"그분 좀 만날 수 없을까요?"

권 차장은 한심하다는 표정으로 머리를 흔들었다.

"최세환 씨는 6년 전에 이미 돌아가셨습니다."

"아, 그렇습니까. 왜 돌아가셨나요?"

"에 또, 집에서 돌아가신 모양인데…… 심장마비로 돌아가신 걸로 알고 있습니다."

안명자의 말과 일치하고 있었다.

6년 전 세상을 떠날 당시 최세환의 직위는 차장이었다. 그는 매우 성실한 편이었기 때문에 부장으로의 승진이 보장되어 있었다고 했다.

"그 당시 부장은 누구였습니까?"

"손명기 씨였습니다."

안명자가 말한 손 부장이라는 사람의 이름이 손명기라는 것은 이제 밝혀진 셈이다.

"손명기 씨는 그때부터 지금까지 부장 직을 맡아 오셨나요?"

"네, 그렇습니다."

"이사 대리라는 말을 들었는데 아닙니까?"

"이사 대리가 아니고 이사 대우죠. 얼마 전에 부장 겸 이사 대우로 승진되셨죠."

"아, 그렇습니까?"

병호는 얼굴을 붉히며 고개를 끄덕였다.

"손 이사님을 만나러 오셨습니까?"

권 차장이 눈을 반짝이며 물었다. 그가 냄새를 맡으려고 신경을 곤두세우고 있음을 알 수 있었다.

"네, 그분을 좀 만났으면 해서 왔는데 오늘 안 나오셨다고 하더군요."

"네, 오늘 회사에 나오시지 않았습니다. 헌데 무슨 일로 만나시려고 하십니까?"

"뭘 좀 물어볼 게 있어서 그럽니다."

"사건입니까?"

"뭐 대단한 건 아닙니다. 언제부터 안 나오셨나요?"

"에 또, 그러니까……"

권 차장은 벽에 걸려 있는 달력을 힐끗 돌아보고 나서

"……지난 26일부터 안 나오셨습니다."

라고 대답했다. 그의 얼굴 위로 불만스런 표정이 잠깐 스쳐가는 것을 병호는 감지할 수 있었다.

"그렇다면 오늘까지 사흘째 안 나오셨군요."

"네, 그런 셈이지요."

"집안에 무슨 일이라도 생겼습니까?"

"그건 자세히 모르겠습니다. 아무런 연락도 없이 결근하고 있으니까요."

이번에는 좀 더 노골적으로 불만감이 얼굴에 드러났다.

부장 겸 이사 대우라는 사람이 아무런 연락도 없이 사흘간이나 결근하고 있다면 이상한 일 아닌가.

"그렇다면 그분 댁에 연락해 보시지 않았습니까?"

"이미 연락해 봤죠. 그런데 여러 번 전화를 걸어도 전화를 받지 않았습니다. 그래서 오늘쯤 우리 직원을 부장님 댁에 보내 볼 생각입니다."

"그분 자리는 어디 있습니까?"

"바로 저깁니다."

권 차장은 따로 떨어져 있는 대형 책상을 가리켰다. 그 책상은 나무로 되어 있었고, 가죽으로 된 회전의자가 그 앞에 덩그러니 놓여 있었다.

"전에도 아무 연락 없이 결근한 적이 있습니까?"

"제가 알기로는 그런 적이 없습니다."

아무래도 이상하다는 듯 그는 고개를 갸우뚱했다.

"이상한 일이군요. 회사 간부로 계시는 분이 아무 연락도 없이 사흘씩이나 무단결근을 하다니 말입니다."

"네, 저희도 이상하게 생각하고 있습니다만…… 더 기다려 볼 수밖에 없지요."

"그분에 대한 인사 기록카드를 좀 볼 수 없을까요?"

"잠깐 기다려 보십시오. 여기에는 없고 인사과에 알아봐야 하니까요."

권 차장은 자신이 직접 인사 부장한테 전화를 걸어 조용히 용건을 이야기했다. 그러고 나서 여직원을 인사과로 보냈다.

그때 병호처럼 그 사무실 분위기에는 어울리지 않게 거칠어 보이는 사내 두 명이 나타났다. 그중 한 명은 병호도 안면이 있는 장승화라고 하는 J서의 수사과 형사였다.

"아이구, 계장님이 여기 웬일이십니까?"

"아, 볼 일이 있어서…… 장 형사는 여기 웬일이지?"

"고발이 들어왔어요."

그들은 반갑게 악수를 나누었다. 알고 보니 손명기에 대한 회사 측의 고발이 접수되어 조사차 왔다는 것이었다. 병호는 귀가 번쩍 뜨이는 것을 느꼈다. 그러나 서둘러 묻지는 않았다. 결코 서두르지 않는 것이 그의 특징이라면 특징이었다.

"계장님은 무슨 일로 오셨습니까? 그쪽에도 고발이 들어왔습니까?"

"아니, 그게 아니고……"

그는 목소리를 낮추어 장 형사만 들을 수 있게 말했다.

"풍뎅이 사건을 조사하다가 여기까지 오게 됐지."

"그렇군요. 경리과라 말썽이 많은 덴가 보죠."

"나도 손명기란 사람을 만나러 왔지."

"그래요?"

장 형사는 자못 놀라는 표정을 지었다.

양쪽 수사팀이 쫓고 있는 표적이 일치하고 있다는 점에서 수사관들이 놀라는 것도 무리는 아니었다.

"그게…… 벌써 고발이 되었던가요?"

이번에는 권 차장이 놀라는 표정을 지으며 물었다. 말하는 것으로 보아 그는 손명기를 둘러싼 모종의 사건을 알고 있는 것 같았다. 그러나 그 사건이 이미 경찰에 고발된 사실은 모르고 있었던 것 같았다.

"모르고 있었습니까? 어제 비서실을 통해 고발이 들어왔습니다. 횡령액수가 많더군요."

하고 장 형사가 말했다.

"비서실에서 직접 고발을 했군요. 그렇게 빨리 고발하리라고는 미처 생각지 못했습니다."

권 차장은 고개를 끄덕이며 어두운 표정을 짓는다.

"지금 비서실에 들렀다 오는 길입니다. 아무래도 경리과에서부터 수사를 시작해야 할 것 같습니다. 협조 바랍니다."

그때 전화벨이 울렸다. 여직원이 전화를 받더니 바꿔주었다. 권 차장은 수화기를 재빨리 귀에다 갖다 댄 채

"네네, 알겠습니다…… 네네……, 알겠습니다. 네…… 네……"

어쩔 줄 모르며 네,네,만 연발하더니 전화를 끊는데 보니 안색이 몹시 창백하다

"손명기라는 사람…… 무슨 일로 고발이 되었지?"

병호는 장 형사에게 나직이 물었다.

"회사 공금을 횡령한 혐의입니다."

"얼마나?"

"자그마치 29억 원이나 됩니다. 5년 동안 해먹었는데 이렇게 빈틈없이 틀이 잡힌 대회사에서 어떻게 그런 일이 있을 수 있었는지 이해가 되지 않습니다. 회사가 발칵 뒤집혔더군요. 겉으로는 평온해 보이지만 내부적으로는 말이 아닌가 봅니다."

손명기는 얼마 전에 부장 겸 이사 대우로 승진되었다고 했다. 회사에서는 그가 29억 원이나 해먹을 줄도 모르고 그를 승진시킨 것 같았다.

"사원들이 눈치 채지 못하게 조용히 해결했으면 하는 게 회사측의 방침이니까 그렇게 알고 되도록 조용히……"

권 차장의 말에 장 형사와 함께 온 젊은 형사가 불쑥 끼어들었다.

"그거야 말씀을 안 하셔도 우리가 잘 알아서 할 겁니다. 걱정하지 마십시오."

병호는 잠시 멍청한 기분에 싸여 허공만 바라보고 있었다.

29억 원이라는 숫자가 도무지 현실감 있게 받아들여지지가 않는다. 그런 거액을 경리 부장이라는 자가 횡령해 먹었다는 사실에 그는 흡사 몽둥이로 뒤통수를 한대 얻어맞은 것 같은 충격을 느끼고 있었다. 그것은 자신이 추적의 목표에 와 닿는 순간 29억 원이라는 숫자가 갑자기 크게 확대되어 눈앞에 등장했기 때문에 더욱 증폭되어 그의 뒤통수를 후려쳤던 것이다.

29억 원 횡령…… 아름다운 여인…… 2천만 원이 넘는 스포츠 카…… 회색의 밍크 반코트……. 그런 것들이 연관이 되어 머릿속을 스쳐 간다. 29억 원을 횡령했다면 아름다운 정부에게 고급 스포츠카를 사주고 밍크 코트쯤 선물해 줄 수도 있겠지. 손명기가 자신의 명의로 피닉스를 구입했음은 이미 드러난 사실이다. 그리고 그 차는 하길라 명의로 등록소에 등록이 되었고, 그녀가 직접 그 차를 몰고 은행에 나타났었다. 전후 사정으로 보아 손명기가 그 차를 사서 하길라에게 주었음이 분명하다.

하나의 공식이 자연스럽게 도출되는 것을 느낀다. 으레 거액의 회사 공금을 횡령한 사건 뒤에는 아름다운 여인이 개재되어 있고, 그 많은 돈은 여자의 치맛자락 속으로 흘러 들어간다. 손명기도 그런 케이스일 가능성이 크겠지. 그런데 이것은 단순한 횡령 사건이 아니고 살인 사건과 관련이 있다는데 문제의 심각성이 있는 것이다.

풍뎅이 사건만을 놓고 볼 때 손명기는 과연 그 사건과 어느 정도 관계가 있는 것일까. 관계가 없을 수도 있다. 그러나 경찰의 수사가 여기까지 온 이상 관계가 있음을 전제로 하고 수사를 전개해야 할 것이다. 관계가 있다고 할 때, 그리고 그 관계란 것이 아주 결정적인 것이라고 할 때 손명기는 살인자일까, 아니면 피살자일까.

문득 아까 권 차장이 손명기의 집에 여러 번 전화를 걸었지만 받지 않았다고 한 말이 생각났다. 그래서 오늘쯤 직원을 그 집에 보낼 생각이라고 그는 말했었다. 거액의 회사 공금이 증발되었는데 아직까지 그 집에 직원들을 보내지 않았다는 말인가. 그건 말이 안 된다. 병호가 그 점을 추궁하자 권 차장은 자기가 거짓말을 했음을 쉽게 인정했다.

"……회사에서 고발이 들어간 줄 모르고 그렇게 말했습니다.

사건을 확대시키는 게 좋지 않을 것 같아서……"

병호는 권 차장을 가만히 응시하다가 다시 질문을 던졌다.

"누가 손명기 씨 집에 가 보았나요?"

"제가 직원 한 명을 데리고 갔었습니다."

"거기서 누구를 만났습니까?"

"아무도 만나지 못하고 돌아왔습니다. 아무리 벨을 눌러도 응답이 없었습니다. 집안에 아무도 없는 것 같았습니다."

"아파트였나요, 아니면 주택이었나요?"

"아파트였습니다."

병호는 J서의 장 형사를 쳐다보았다.

"손명기 씨, 해외로 빠져나간 거 아닌가?"

횡령범들은 으레 외국으로 도망치기 때문에 한 말이었다.

"그렇지 않아도 알아봤는데 최근에는 외국에 나간 흔적이 없습니다. 출국 금지 조처를 신청해 놨습니다."

그건 잘한 짓이라고 병호는 생각했다.

그때 인사과에 갔던 여직원이 손명기의 인사기록카드를 가지고 왔다. 카드 위에는 손명기의 명함판 컬러사진이 붙어 있었다. 이마가 시원스럽게 넓은 중년의 중후한 모습의 사나이였다. 그의 인적 사항은 다음과 같았다.

1. 이름: 손명기

2. 생년월일: 1936년 5월 9일생

3. 주소: 서울 마포구 M동 231번지 S아파트 10동 905호

4. 주민등록번호: 360509-1084036

5. 본적: 대구시 동구 P동 176의 8번지

6. 학력: 1959년 2월 S대학교 경영학과 졸업

7. 입사 년월일: 1964년 3월 17일

형사들이 빨리 돌아가지 않고 이것저것 캐물으며 머무적거리고 직원들이 따가운 시선을 보내자 권 차장은 수사관들을 옆에 있는 별실로 안내했다. 거기에는 여러 사람들이 회의 같은 것을 가질 수 있게 장방형의 대형 탁자가 놓여 있었다.

"횡령사건을 알게 된 것은 정확히 언제였습니까?"

"12월 24일이었습니다."

"그날은 손명기 씨가 출근했나요?"

"네, 아침 일찍 출근했습니다. 하지만 일찍 말도 없이 퇴근해버렸습니다. 그리고 그 이후부터 출근하지도 않고 소식도 없습니다."

별실에서는 형사들이 담배도 피우면서 보다 자유스럽게 이야기 할 수가 있었다.

"맨 처음 그 횡령 건을 알아낸 사람은 누구인가요?"

장 형사가 물었다. 권 차장은 얼른 대답하지 못하고 머뭇거리다가 각오한 듯 입을 열었다.

"제가 알아냈습니다."

"그래요?"

형사들은 자못 놀라는 표정이 되어 그를 일제히 쳐다보았다.

"그랬었군요. 어떻게 해서 알게 되었는지 좀 자세히 말씀해 보시겠습니까? 좀 자세히 말입니다."

장 형사의 요구에 권 차장은 괴로운 표정을 지으며 한참 동안 무엇인가 생각하더니 마침내 말문을 열었다.

"이유야 어떻든 결과적으로 제가 상사를 내쫓은 결과가 되어 마음이 편치 않습니다. 하지만 숨겨둘 수도 없는 일이었기 때문에 상부에 보고를 올렸던 겁니다."

"그거야 당연한 일이지요. 그런 어마어마한 횡령사건을 회사 모르게 숨겨둘 수는 없는 일이지요. 회사에 보고한 것은 아주 잘한 일입니다."

장 형사가 맞장구를 쳐주자 권 차장은 갑자기 열을 내어 말하기 시작했다.

"너무 컴퓨터를 믿었기 때문에 그와 같은 횡령이 감사에 걸리지 않고 5년 동안이나 계속되어 오지 않았나 생각됩니다. 컴퓨터를 너무 과신하면 안 된다는 것을 이번에 절감했습니다. 우리 한성산업은 국내 대기업 중에서 가장 먼저 컴퓨터를 도입해서 업무에 이용해 왔었지요."

한성그룹 산하에는 종합무역회사 형태인 한성산업을 모체로 해서 반도체 · 통신 · 전기 · 전자 · 정밀기계 · 증권 · 보험 · 건설 · 섬유 · 스포츠 · 호텔 · 병원 · 식품 · 백화점 · 학원 등에 걸쳐 계열 회사가 무려 스물두 곳이나 있다. 그리고 거기서 일하는 종업원 수는 10만 명이 넘는다.

한성빌딩에 자리 잡고 있는 그룹 모체 회사인 한성산업만 해도 임직원 수가 1천 명이 넘는다. 거기서 일하는 직원들은 생산직 근로자가 아닌 사람으로 말하자면 두뇌에 해당하는 화이트칼라들이기 때문에 평균 임금 수준도 다른 계열회사들보다 월등히 높다.

한성산업은 종합무역뿐만 아니라 그룹을 총괄 지휘하고 조정 감독하는 역할까지 맡고 있으므로 1천 명이 넘는 인력을 가지고도 빠듯하게 움직인다.

1천여 명의 직원들은 아침 8시 30분에 출근, 기획 · 조사 · 홍보 · 제작 · 무역 · 총무 · 인사 · 전산 · 자금 · 해외관리 · 경리 · 국제금융 · 운송 · 화학 · 자재 · 상품개발 · 식품사업 · 수입 · 유통 · 감사 · 토목 · 설계 등 무수히 세분화된 부문에서 밤늦게까지 개미처럼 일한다.

모든 일들은 기계처럼 빈틈없이 돌아가고 있었고 컴퓨터처럼 정확히 집행되고 있었다. 그러나 그 컴퓨터처럼 정확한 집행 속에 커다란 함정이 도사리고 있었던 것이다. 그 함정은 눈에 보이는 곳에서 크게 입을 벌리고 있었지만 사람들은 그것을 보지 못하고 그냥 지나쳤던 것이다. 심지어 감사 부서에 있는 직원들조차 그것을 보지 못했던 것이다.

한성산업 임직원들의 평균 임금은 81년 당시 50만 원 수준이었다. 임직원 수를 1천 명으로 잡는다 해도 한 달 임금 총액은 5억 원, 그 돈을 주무르는 사람이 바로 손명기 부장이었다. 그는 지난 5년 동안 그 돈을 주무르면서 거기에다 함정을 파고 횡령한 돈을 계속 그 속에다 던져 넣었지만 사람들은 그것을 보고서도 전혀 눈치 채지 못했던 것이다. 물론 그가 주무른 돈은 그것만이 아니었다. 직원들 급료뿐만 아니라 그 밖의 모든 경비가 그의 손을 통해서 나가기 때문에 그는 매일 엄청난 돈을 만지고 있었던 것이다. 그러나 그가 함정을 파 놓은 곳은 직원들의 급료 부분이었다.

그렇다고 해서 그가 직원들의 급료를 쪼개서 갉아먹은 것은 아니었다.

직원들의 급료를 쥐새끼처럼 야금야금 갉아먹는다는 것은 아무리 교활한 자일지라도 도저히 불가능한 일이다. 매월 25일 직원들은 월급봉투를 받아 들면 일단 그 봉투에 적힌 · 내용을 꼼꼼히 살펴본다. 계산이 잘못 되지 않았나 해서이다. 그런 다음 봉투 속에서 돈을 꺼내 헤아려 본다. 자신의 수입금에 대해서 이처럼 눈에 불을 켜고 확인하기 때문에 그들의 월급봉투를 갉아먹는다는 것은 불가능한 일이다. 손명기는 그런 어리석은 짓은 하지 않았다.

"급료 지불은 이렇게 해 왔습니다. 각 부서별로 개인별 급여 명세서를 인쇄하고 부서별로 합계 금액을 내어 그 금액을 각 부서에 나누어 주면 각 부서에서는 개인별 리스트대로 돈을 지불해 왔습니다. 각 부서에 합계 금액을 나누어 줄 때는 물론 개인별 명세서가 인쇄된 봉투에 일일이 돈을 넣어서 주었습니다. 그러니까 A라는 부서의 직원이 20명이라면 월급날 20명분의 봉투가 그 부서로 전달되는 것이지요. 거기까지는 문제가 없었습니다. 문제는 부서별 실제 합계 금액과 장부에 기입되는 합계 금액 사이에 함정이 도사리고 있었던 것이지요."

처음에는 말하기를 주저하던 권 차장은 시간이 흐름에 따라 제법 열을 내어 말을 이어나갔다.

각 부서별 책임자는 물론 부장이다. 월급날인 매월 25일이 되면 각 부서의 부장한테는 그 부서 직원들의 월급봉투만이 전달될 뿐 그 부서 직원들의 봉급 총액이 적힌 서류 따위는 전달되지 않는다. '당신 부서의 봉급 총액은 얼마이니 그리 알고 직원들에게 나누어 주시오.' 하는 친절 같은 것은 존재하지 않는다. 부장은 굳이 자기 부서의 급료 총액 같은 것을 계산해 볼 필요를 느끼지 않는다. 직원들에게 월급봉투를 던져 주고 나서 자신의 봉투를 살펴보기에 바쁜 것이다.

손명기는 좋게 말하면 머리가 아주 비상하고 나쁘게 말하면 매우 교활한 인물이라고 할 수 있었다. 그의 교활한 점에 대해 권 차장은 다음과 같이 이야기 했다.

"……지난 24일은 그 다음날이 크리스마스이기 때문에 하루 앞당겨 직원들에게 월급이 지급되었습니다. 그날은 크리스마스 이브이기 때문에 모두가 들떠 있었고, 그래서 오후 두세 시쯤에는 거의가 퇴근들을 했습니다. 연말 보너스까지 지급되었기 때문에 모두가 두툼한 월급봉투를 받아 들고 퇴근했지요. 그날 월급은 대개 점심 식사 후인 1시에서 2시 사이에 지급되었습니다.

그런데 2시 조금 지나서 홍보 부서의 차장한테서 전화가 걸려 왔는데 봉급이 제일 적게 나가는 부서와 제일 많이 나가는 부서를 알고 싶다고 했습니다. 그와 함께 그 총액도 알고 싶다고 했습니다. 홍보 부서는 아시다시피 기업 홍보를 위해 사보도 만들고 있기 때문에 계열 회사와 각 부서에 대해 수시로 취재를 합니다. 홍보 차창은 저와 입사 동기이기 때문에 친구나 다름없이 허물없게 지내는 사이입니다. 저는 그가 요구한 대로 가르쳐 주었습니다. 그런데 잠시 후에 그한테서 다시 전화가 걸려 왔는데 좀 이상하다는 것이었습니다.

자기네 부서의 인원이 제일 적기 때문에 봉급 총액도 제일 적을 줄 알았는데 그렇지 않다는 것이었습니다. 그때 봉급 총액이 제일 적은 부서는 인사과였습니다. 저는 컴퓨터로 찍혀져 있는 내용대로 알려줬을 뿐이었습니다. 그런데 홍보 차장의 말을 듣고 보니 그의 말에도 일리가 있는 것 같았습니다. 홍보팀은 인원이 15명인데 인사과는 19명입니다. 봉급 수준도 거의 비슷합니다. 그런데 인사과가 홍보과보다 봉급 총액이 적다는 것이 좀 이상했습니다."

권 차장은 잠깐 기다리라고 하더니 별실 밖으로 나갔다가 두툼한 파일을 하나 들고 들어왔다. 그것은 손명기의 횡령 내용을 입증해 주는 서류들이었다. 권 차장은 그 서류를 들여다보며 이야기를 계속했다.

"보너스를 제외한 12월분 인사과의 봉급 총액은 약 1천1백2십만 원이었습니다. 그런데 홍보과의 봉급 총액은 그보다 많은 1천1백8십만 원이었습니다. 홍보 차장은 자신이 계산해 본 자기 부서의 실제 총액은 약 8백3십만 원이라고 했습니다. 그래서 저는 계산기를 가지고 직접 홍보과의 봉급 총액을 합산해 보았습니다. 그 결과는 홍보 차장의 말 대로였습니다.

그런데 컴퓨터로 처리된 경리과의 장부에는 실제 총액보다 3백50만원이 더 많게 그 합계액이 인쇄되어 있었습니다. 잘못 실수로 그렇게 기재되었을지도 모른다고 생각하면서 혹시나 해서 인사과의 봉급 총액도 합산해 보았습니다. 그랬더니 인쇄된 합계 금액보다 약 1백20만 원이 적은 1천만 원이었습니다. 결국 홍보과에는 실제 총액보다 3백50만 원이 더 많게 그리고 인사과에는 1백20만 원이 더 많게 정리를 해 두었던 것입니다. 두

군데의 초과 액수만 해도 4백70만 원이나 됩니다. 저는 그 사실을 즉시 손 부장한테 보고했습니다. 손 부장은 안색이 창백해지면서 손을 떨기까지 했습니다. 그러면서 하는 말이 자기가 직접 작성한 것이 아니기 때문에 어떻게 해서 그런 미스가 발생하게 됐는지 알아봐야겠다고 했습니다. 그 자리에서 손 부장은 계산을 맡았던 미스 하를 불렀습니다. 미스 하는 컴퓨터 전산 처리의 전문가입니다.

지난 6년 동안 저희 부서에서 일해 왔는데 일을 아주 정확히 처리하기 때문에 상사들의 총애를 받아왔습니다. 손 부장은 각 부서의 급료 계산을 그 아가씨한테만 맡겨 왔을 정도입니다. 미스 하가 불려오자 손 부장은 제가 보는 앞에서 잘못된 계산을 지적하면서 호되게 질책했습니다. 이건 사표 감이라고 하면서 어떻게나 질책하던지 제가 오히려 듣기에 민망할 정도였습니다. 미스 하는 그 길로 울면서 뛰쳐나갔습니다. 그리고 오늘까지 출근하고 있지 않습니다."

"그 아가씨도 무단결근하고 있다는 겁니까?"

병호가 놀라는 표정을 지으면서 물었다.

"네, 그렇습니다."

"혹시 그 아가씨 이름이 하길라 아닙니까?"

"네, 맞습니다. 어떻게……?"

이번에는 권 차장이 의아한 표정을 짓는다. 병호는 거기에는 대답하지 않고 다시 물었다.

"그 아가씨 집에도 가 봤나요?"

"네, 가 봤습니다. 하지만 비어 있었습니다. 알아봤더니 큰 아파트에서 혼자 살고 있었습니다. 오랫동안 횡령해 먹었으니 그런 호화 아파트에서 혼자 따로 살만하겠지요."

"그 아가씨도 횡령을 했나요?"

"합작품이겠지요. 혼자서는 할 수 없는 일이니까요. 미스 하가 컴퓨터로 합계 금액을 조작해 놓으면 손 부장이 그 차액을 인출해 냈을 겁니다. 그 다음에 두 사람이 따로 만나 돈을 나누어 가졌으리라는 것은 뻔한 일 아닙니까? 주역은 손 부장이고 미스 하는 보조역이었을 겁니다."

"아가씨는 왜 고발하지 않았지요?"

장 형사가 물었다.

"함께 해먹긴 해먹었지만 그 여자는 컴퓨터 계산을 조작했을 뿐이지 직접 회사 공금을 빼내지는 않았습니다. 손 부장의 결재 없이는 단 한 푼도 돈을 빼낼 수 없습니다. 결국 그 많은 차액을 직접 빼내 간 사람은 손 부장이라고 밖에 볼 수 없습니다. 손 부장이 붙잡히면 미스 하와의 관계도 소상히 밝혀지겠지요. 그때 가서 그 아가씨를 고발해도 늦지 않을 것 같아 보류해 두고 있는 것 같습니다. 하지만 조금 전에 비서실에서 연락이 왔는데 그 아가씨도 수배해 달라는 부탁이었습니다."

"한성에서 부탁하지 않아도 경찰 입장에서는 그 아가씨를 수배하지 않을 수 없습니다. 그 아가씨의 인사기록카드를 좀 보여 주십시오."

권 차장은 여직원을 불러 하길라의 인사기록카드를 가져다 달라고 지시한 다음 다시 이야기를 계속한다.

"미스 하가 손 부장한테 야단맞고 나서 울면서 뛰쳐나가자 손 부장도 잠깐 다녀올 데가 있다고 하면서 밖으로 사라졌습니다. 하지만 아무리 기다려도 손 부장은 돌아오지 않았습니다. 아무래도 이상해서 저는 각 부서별로 12월분 급료 내용을 조사해 보았습니다. 결과는 홍보과와 인사과처럼 나왔습니다. 33개부서 모두가 실제 봉급 합계 금액과 장부상의 합계 금액 사이에 많은 차이가 났습니다."

병호는 입속이 바짝 마르는 것을 느꼈다. 권 차장의 말을 듣고 있는 동안 그는 그 계획적인 횡령 수법에 속으로 몹시 놀라고 있었다.

33개부서의 12월분 급료 총액을 조작해서 손명기가 횡령해 먹은 금액은 7천만 원이나 되었다. 계획적으로 돈을 빼돌렸다고 확신한 권 차장은 11월분 급료에 대해서도 조사해 보았다. 예상대로 11월분 급료 총액도 조작되어 있었고 횡령액이 12월 횡령액과 같은 수준이었다. 놀란 권 차장은 그 사실을 상부에 보고했고, 회사에서는 즉시 비상이 걸렸다.

모든 장부들이 비서실로 옮겨졌고, 감사반 직원들이 투입되어 감사에 착수했다. 경리과에서는 권 차장과 과장 한 명만이 그 감사에 참가할 수가 있었다.

"다음날은 25일 크리스마스였지만 밤을 꼬박 새운 감사반은 감사를 계속했습니다. 그리고 감사가 끝난 것은 25일 저녁때였습니다. 지금까지의 횡령 총액은 29억 원으로 밝혀졌습니다."

권 차장과 감사 부장, 경리 이사 등이 책임을 느끼고 회사에 사표를 제출했다. 사표는 수리될 것으로 안다고 권 차장은 어두운 표정으로 말했다.

급료의 실제 총액과 장부에 기입된 총액 사이에 차이가 나기 시작한 것은 1976년 12월부터였다. 그러니까 손명기는 그때부터 돈을 빼돌리기 시작했던 것이다.

처음의 횡령 액수는 아주 소액이었다. 그리고 전산 부서의 급료 총액에 대해서만 틀리게 조작해 놓았다. 그것은 반응을 살펴보기 위해 시험적으로 시도해 본 것이라고 할 수 있었다. 그런 것은 발각 되더라도 어쩌다가 잘못 계산해서 그럴 수도 있으려니 하고 그대로 넘어갈 수 있는 것이었다. 그러나 첫 번째 감사에 걸리지 않고 그대로 통과되었다.

이듬해 1월 손 부장은 2개 부서에 대한 급료를 조작한다. 그리고 그것도 발각되지 않고 무사히 통과되자 자신을 가지게 되었는지 횡령의 규모를 점차 늘려 나간다. 횡령의 범위가 전 부서에 걸치게 되었을 때 횡령 액수 또한 놀라울 정도로 거액에 이르게 되었다. 그리고 그것이 만 5년 동안이나 발각되지 않고 계속되어 왔던 것이다.

그렇게 계속될 수 있었던 이유를 권 차장은 사람들이 컴퓨터를 너무 믿었기 때문이라고 말했다. 컴퓨터로 처리된 결산액에 대해서 그 누구도 확인해 보지 않았고 의심을 품지 않았기 때문에 그런 일이 오랫동안 가능할 수 있었다는 것이었다.

"5년 동안이나 그렇게 해먹었는데 한 번도 걸리지 않았다는 게 이상하군요. 아무리 컴퓨터를 과신했다 해도 그렇지 어떻게 그런 일이 있을 수 있었는지 난 이해가 안 가는군요. 그렇지 않습니까, 경감님?"

장 형사가 동의를 구하듯 병호를 쳐다보며 물었다. 병호 역시 같은 생각이었기 때문에 고개를 끄덕였다. 권 차장이 다시 이야기를 계속했다.

"네, 그렇게 의심이 가시는 건 당연할 겁니다. 하지만 그건 사실입니다. 그건 손 부장 혼자서는 할 수 없는 일이었습니다. 컴퓨터를 맡고 있는 아가씨의 도움 없이는 불가능한 일이었습니다. 그래서 우리는 손 부장이 미스 하를 끌어들여 그 일을 공모했다고 보는 것입니다. 두 사람이 일을 꾸미면 경리부서에서는 문제될 것이 없습니다. 우리 부서의 최종 결재자는 손 부장 이었으니까요. 물론 그 위에도 사람이 있긴 하지만 그 위에 있는 사람들은 보고 내용을 그저 형식적으로 훑어보고 도장을 찍는데 불과하니까 문제될 것이 없죠. 가장 문제가 되는 것은 감사 부서의 직원들 눈을 속이는 일이었을 겁니다. 그들은 거의 매월 결산 보고를 검사하는데 그들 역시 컴퓨터가 토해낸 계산 결과를 너무 과신한 오류를 범하고 말았습니다. 이건 조사 결과 나타난 것입니다. 그래서 감사 부장은 일이 터지자 책임을 지고 제일 먼저 사표를 제출했죠."

감사과 직원들은 각 부서의 개인별 급료를 일일이 합산해 보지 않았다. 일일이 합산해 보았더라면 실제 합계 금액을 알 수 있었을 것이고, 그것이 장부상 나타나 있는 합계액과 많은 차이가 나고 있음을 발견했을 것이다.

그러나 그들은 그런 수고를 하지 않았다. 그들은 언제나 해오던 관행대로 컴퓨터로 인쇄되어 철해진 장부상의 합계 금액을 추호도 의심 없이 그대로 받아들였던 것이다. 미스 하가 미소를 지으면서 내놓는 장부를 형식적으로 훑어보고 나서 각부서의 합계 금액만을 모두 합산해 보는 것이 그들이 벌인 감사의 전부였던 것이다. 32개부서의 부서별 합계 금액을 계산기로 합산해 보고 나서 이상이 없으면 그때부터 아름다운 미스 하와 농담을 주고받는 것이 그들이 한 달에 한 번씩 가질 수 있는 즐거움이었던 것이다.

"감사 부장님은 사표를 제출하면서 컴퓨터를 너무 믿었다. 컴퓨터가 거짓말하리라고는 미처 생각지도 못했다고 말씀하셨습니다."

예고된 죽음

권 차장이 말을 마쳤을 때 여직원이 하길라의 인사기록카트를 들고 들어왔다.

병호는 흥분해 오는 감정을 누르면서 그 카드 위에 붙어 있는 사진을 뚫어지게 들여다보았다. 그것은 아주 앳된 모습을 지닌 얼굴 사진이었다.

너무 아름답고 깨끗한 얼굴이었기 때문에 형사들은 한참 동안 넋을 잃은 채 그것을 들여다보고 있었다. 아까 은행 앞에서 보았던 운전면허 관계 서류 위에 붙어 있던 얼굴 사진은 눈부시도록 화려하고 성숙된 아름다움을 지니고 있었다. 확실히 양쪽의 아름다움에는 연륜이 가져다 준 차이점이 뚜렷이 드러나 있었다. 그러나 그 두 개의 아름다움은 분명히 한 사람의 것이었다. 그것은 서로 다르면서도 너무도 닮아 있었다.

"이 사진은 아주 어려 보이는군요?"

병호의 물음에 권 차장은 이렇게 대답했다.

"네, 고등학교를 갓 졸업하고 나서 찍은 사진일 겁니다. 입사 때 제출한 사진이니까요."

1. 이름: 하길라
2. 생년월일: 1957년 8월 24일
3. 주소: 서울 영등포구 K동 176번지 (18통 5반)
4. 전화: 605-756X
5. 주민등록번호: 570824-302521X
6. 본적: 서울 성북구 D동 113번지
7. 학력: 1976년 2월 서울 S여자상업고등학교 졸업
8 입사 연월일: 1976년 3월 10일
9 가족 관계: 염점례(외조모 · 72세)

가족 관계 란에 조모 한 사람의 이름만이 적혀 있는 것이 병호의 시선을 끌었다.

"하양한테는 가족이 할머니 한 분 뿐이었나요?"

"자세한 건 잘 모르겠지만 그런 걸로 알고 있습니다. 외할머니 밑에서 자란 걸로 알고 있습니다. 그 카드는 입사할 때 작성된 것인데…… 하양의 외할미니는 하양이 여기에 입사하던 가을에 사망했습니다. 하양의 집에 손 부장하고 함께 문상을 갔기 때문에 알고 있습니다."

"그렇다면 무척 외로운 처지의 아가씨군요?"

"네, 그렇다고 볼 수 있죠. 이런 말을 해서 괜찮을지 모르지만…… 미스 하는 외할머니가 세상을 떠나고 완전히 혼자 몸이 되면서부터 급격히 변하기 시작하지 않았나 생각됩니다."

그때부터 그녀는 얼굴에 화장을 진하게 하기 시작했고 옷차림도 화려해지기 시작했다고 권 차장은 덧붙여 말했다.

병호는 권 차장의 말을 들으면서 하길라의 급격한 변신을 이해할 수 있을 것 같은 기분이 들었다.

어떤 영문 때문인지는 모르지만 어린 소녀는 부모의 손을 떠나 외할머니의 보살핌 아래서 자랐다. 어린 소녀의 가슴 속에는 부모에 대한 그리움이 사무쳐 있었을 것이고, 항상 외로움이 호수처럼 잠겨 있었을 것이다. 그런 터에 그녀를 보살펴 주던 외할머니마저 세상을 떠났다. 아직 사춘기를 못 벗어난 지극히 감상적인 소녀는 자신이 이제 완전히 혼자가 되었다는 사실에 해방감보다는 더 짙은 고독감과 절망감을 느꼈을 것이고, 그때부터 갈피를 잡지 못하고 방황하기 시작했을 것이다. 누군가의 보호와 사랑을 절실히 갈구하면서.

바로 그때 손을 뻗어 온 사람이 가까이에 있는 손명기가 아니었을까? 중년의 간부가 입사 1년도 안 된 햇병아리 여사원 하나쯤 요리하는 것은 식은 죽 먹기보다 쉬운 일이다. 더구나 교활한 사나이라면 더더욱 손쉬웠을 것이다. 자기를 지킬 능력도 없고 방황의 나날을 보내던 그녀는 구세주나 만난 듯 그에게 매달렸을 것이고, 계획대로 그녀를 손에 넣은 사내는 악의 스케줄에 그녀를 끌어들였을 것이다. 내가 잘못 생각한 것일까?

"하양과 손 부장이 함께 공모해서 일을 저질렀다면 두 사람 사이가 보통 사이가 아니었을 텐데…… 평소에 두 사람 사이가 심각하다는 것을 알고 있었습니까?"

"전혀 몰랐습니다."

권 차장이 딱 부러지게 대답했다.

5년 동안 횡령이 계속되었다면 두 사람의 관계도 5년 동안 지속되어 왔다고 볼 수 있다.

"이 카드에 나와 있는 주소와 전화번호는 지금도 맞나요?"

"틀립니다. 그것은 5년 전의 것입니다."

"그럼 새 주소와 전화번호는 어디 있나요?"

"주소와 전화번호가 바뀌면 즉시 회사에 보고하도록 되어 있는데 하양은 그렇게 하지 않았습니다. 우리도 이번에야 그걸 알게 됐습니다."

"그럼 어떻게 지금 주소와 전화번호를 알게 되었나요?"

"일이 터지고 나서 미스 하한테 연락이 되지 않아 애를 먹던 차에 그녀한테 온 우편물을 발견하게 됐습니다. 그녀가 종적을 감추는 바람에 미처 개봉도 되지 않은 우편물이었죠."

그 우편물이란 외환은행에서 되돌아온 것이었다. 개봉해 보니 봉투 안에는 비자카드 신청 용지가 들어 있었고 각 난에는 하길라의 인적 사항이 적혀 있었다. 그것은 하길라가 그 신청서를 제출하면서 직접 써넣은 내용 같았다. 거기에는 물론 그녀의 현 주소와 전화번호, 그리고 직장 주소도 적혀 있었다. 은행 측에서는 신원보증 란에 두 사람의 보증이 필요한데 한 사람만 되어 있다고 하면서 한 사람 더 보증을 세워 서류를 꾸며달라고 요구하고 있었다.

권 차장은 외환은행에서 하길라 앞으로 보내온 우편물을 형사들에게 꺼내 보이면서 설명해 나갔다.

"여기 보증인 란을 보시면 알겠지만 두 사람이 보증을 서도록 되어 있는데 한 사람만 되어 있지 않습니까? 그런데 보증을 선 그 한 사람이 바로 손명기 부장이란 말입니다. 바로 여기서 두 사람의 관계를 읽을 수 있으리라 생각합니다."

과연 보증인 란에는 손명기의 이름이 적혀 있었다. 그리고 그의 인감도장이 선명하게 찍혀 있었다.

"여기에 적혀 있는 하길라의 주소와 전화번호가 현재 그 여자가 살고 있는 곳이 맞습니까?"

"네, 맞습니다. 제가 직접 가서 확인했습니다. 물론 미스 하는 집에 없었습니다만 아파트 경비원과 이웃 사람들을 통해 미스 하가 거기에 살고 있다는 것을 확인했습니다."

병호는 수첩에 적어 놓은 하길라의 주소와 전화번호를 비자카드 신청 용지에 적혀 있는 것들과 비교해 보았다. 양쪽의 주소와 전화번호는 서로 일치했다. 하길라의 집으로 몰려간 왕 형사 일행은 지금쯤 허탕을 치고 있겠지. 하길라가 이미 종적을 감춘 것도 모르고…….

병호는 창가로 다가서서 아래를 내려다보았다. 하늘은 잿빛이었고, 건물들의 지붕 위에는 눈이 쌓여 있었다. 차도 위를 달리는 차량들이 마치 장난감처럼 보인다. 그는 갑자기 돌아서서 생각난 듯 물었다.

"하양의 외할머니가 돌아가셨을 때 손 부장과 함께 문상을 갔다고 했는데 그때 본 집안 형편은 어땠습니까?"

"그렇게 가난하게 살고 있는 줄은 정말 몰랐습니다. 문간에 있는 단칸 셋방이 생활공간의 전부였고, 거기에 할머니의 시신이 누워 있었습니다. 일가친척 하나 없이 하양 혼자 울고 있었습니다. 그때 봐서는 정말 측은했습니다."

5년 전만해도 외할머니와 함께 단칸 셋방에서 찢어지게 가난한 생활을 하던 하길라는 5년이 지난 지금은 호화 맨션아파트에서 혼자 살고 있다. 그것은 5년 동안에 많은 돈을 벌었다는 이야기가 된다. 손명기의 횡령에 협조했다면 29억 원에 달하는 횡령액 중에서 얼마쯤은 그녀의 몫으로 받았을 것이다. 그렇다면 호화 아파트 정도가 문제겠는가.

병호는 손명기의 인사기록카드를 집어 들었다.

"그럼 여기에 나와 있는 손 부장의 집주소와 전화번호는 어떻습니까?"

"그건 맞습니다. 하지만 전화도 받지 않고 집에는 아무도 없었습니다."

손명기의 가족 관계는 부인 이길자와 어린 아들 딸 두 명이 전부였다.

손명기가 하길라와 짝이 맞아 그렇게 돌아갔으니 가정생활이 온전할 리가 있을까 하는 것이 병호의 생각이었다.

"손 부장의 글씨를 좀 볼 수 있을까요?"

병호의 요구에 권 차장은 밖으로 나가더니 근무 일지를 한 권 들고 들어왔다.

"이건 근무 일지인데 손 부장이 지금까지 주로 적어 왔습니다. 마지막에 기록자의 이름이 나와 있습니다."

병호는 Y우체국 사서함 219호에서 가져온 빠삐용의 편지 한 통을 꺼냈다.

"그게 뭡니까?"

장 형사가 호기심을 보이며 들여다보려고 했지만 병호는 아무 대답도 하지 않은 채 다른 사람이 알아보지 못하게 반으로 접어 손명기가 기록한 일지에다 갖다 대 보았다.

"글씨가 같군요."

하고 권 차장이 말했다.

병호가 보기에도 휘갈겨 쓴 양쪽의 글씨 모양이 놀라울 정도로 비슷해 보였다. 병호는 편지를 도로 주머니 속에 집어넣으면서 가만히 심호흡을 했다.

이제야 Y의 정체가 밝혀졌다는 생각이 들었다. Y—김대용—최세환—빠삐용으로 이어지는 추적의 선은 마침내 손명기에 이르러 그 정체를 드러낸 셈이었다. 손명기는 자신의 정체를 숨기려고 했지만 결국은 그 모습을 드러내고 말았다. 이제 남은 것은 그를 찾아내는 일이다. 그는 가해자일까 피해자일까? 그것도 저것도 아니라면 그는 단지 업무상 횡령범으로서 장 형사의 추적을 받아야 한다.

병호는 이번에는 최세환의 인감증명을 꺼냈다. 그것을 권 차장에게 보이자 그는 의아한 표정으로

"이거 어디서 나셨습니까?"

하고 물었다.

병호는 굳이 그것을 Y우체국에서 가져왔다는 말을 하기 싫어 권 차장의 질문을 묵살한 채 되물었다.

"혹시 이 인감증명…… 여기에 있었던 게 아닙니까?"

권 차장은 그것을 찬찬히 살펴보았다.

그것이 발급된 날짜는 1976년 9월 19일이었다. 9월 19일이

면 최세환이 사망하기 두 달 전쯤이다. 용도 란에는 〈신원보증용〉이라고 적혀 있었다.

"최 차장이 회사에 제출했던 게 확실합니다. 경리과 직원들은 인감증명을 제출하도록 되어 있습니다. 금전 관계를 취급하기 때문이죠. 신원보증용이라고 쓰여 있는 것으로 보아 최 차장이 회사에 제출했던 게 분명합니다."

"그런데 왜 사망하기 보름 전에 이걸 회사에 제출했지요? 이런 건 입사 때 제출하는 게 아닌가요?"

"그렇지 않습니다. 이를테면 1년 전에 제출한 인감증명은 효력이 없으니까 해마다 새로 인감증명을 제출하도록 되어 있습니다. 아마 그래서 그때 제출했을 겁니다."

"그럼 하양도 매년 새 인감증명을 제출해 왔나요?"

"하양의 경우는 달랐습니다. 손 부장이 특별히 하양만은 제외시켜 준 걸로 알고 있습니다. 당시 단칸 셋방에 살고 있는데다 보호자인 외할머니마저 돌아가셨기 때문에 재산하나 없는 하양으로서는 인감증명 같은 것을 제출할 처지가 못 됐기 때문에 그녀만은 특별히 제외시켜 준 걸로 알고 있습니다."

손병기는 최세환이 죽자 그의 인감증명을 빼내 그것으로 Y우체국에다 사서함을 하나 개설했다. 거기에 대해서는 더 이상의 확인이 필요 없을 것 같다고 병호는 생각했다.

그때 병호를 찾는 전화가 걸려 왔다. 하길라의 집으로 달려간 왕 형사한테서 걸려온 전화였다.

"하길라의 집에는 아무도 없는 것 같습니다. 빈집인데 어떻게 할까요?"

오병호의 예상대로 하길라의 집을 급습한 형사대는 허탕을 친 것 같았다.

"경비원 말이 약 두어 시간 전에 어떤 젊은 남자하고 아파트에 들어가는 걸 본 이후로는 그 여자가 밖으로 나가는 걸 보지 못했답니다."

불길한 예감이 병호의 머리를 스치고 지나갔다.

"그렇다면 집안에 있는 거 아니야?"

"아무리 초인종을 눌러도 대답이 없습니다."

"문을 부수고라도 들어가 봐."

"알겠습니다."

전화를 끊고 난 병호는 권 차장을 바라보았다. 그때까지 부드럽기만 하던 그의 시선은 굳어져 있었다.

"수고스럽지만 시간을 좀 내주시면 고맙겠습니다. 저와 함께 경찰병원에 가서 시체 한 구를 확인해 주셔야 합니다."

"네? 시체라구요? 아이구, 그런 일은 아무리 많은 돈을 준다해도 싫습니다."

권 차장은 고개를 절레절레 흔들었다.

"당연히 싫으시겠죠. 하지만 그 시체가 아무래도 손명기 씨 같아서 그럽니다. 아직 뭐라고 확실하게 단정을 내릴 수는 없습니다만……"

시체가 손명기 같다는 말에 권 차장은 더 이상 싫다는 말을 하지 못했다.

"만일 그 시체가 손명기 씨가 맞는다면 횡령사건은 굳이 수사할 필요가 없겠군요. 주인공이 죽었으니까 말입니다."

장 형사가 병호를 따라 붙으면서 권 차장이 들으라는 듯이 큰 소리로 말했다.

"그렇지 않죠. 미스 하가 아직 살아 있으니까요."

권 차장이 반발하듯 대꾸했다.

병호는 만일 손명기가 살해당했다면 하길라도 무사하지는 못할 것만 같은 생각이 들었다. 그들이 한통속이었기 때문에 그런 생각이 든 것이다.

한성빌딩을 빠져나온 그들은 길을 건너 병호가 차를 세워 둔 G은행 H지점 앞으로 걸어갔다. 병호의 낡아빠진 콜롬보 차를 본 장 형사가

"아이구, 계장님, 아직도 이 차를 타십니까?"

하고 호들갑을 떨었다.

"이거 봐. 교통경찰관들이 거수경례를 보낼 정도로 이 차는 대접을 받고 있다구."

시동이 걸리지 않아 쿨럭 거리던 차는 한참만에야 가까스로 엔진 소리를 내기 시작했다.

차량들로 차도가 홍수를 이루는 바람에 20분이면 갈 수 있는 거리가 그들이 병원에 도착했을 때는 힌 시간 이상이 지나고 있었다.

시체 안치실로 안내되어 가는 동안 권 차장의 그렇지 않아도 창백한 얼굴은 더욱 핼쑥해지는 것 같았다.

마침내 안치실로 들어가 시신 앞에 다가선 그는 시신을 가리고 있는 비닐 시트가 젖혀지는 순간

"억!"

하면서 손으로 얼굴을 가렸다. 그리고 비틀거리며 뒤로 물러섰다. 머리통과 양쪽 팔이 잘려 나간 시체를 보았으니 아무리 심장이 강한 남자라 하더라도 충격을 받을 수밖에 없었다. 그 전에 미리 그런 시체라는 것을 그에게 귀띔이라도 해주었다면 그렇게 놀라지는 않았을 것이다. 그러나 병호는 아무런 언질도 주지 않았던 것이다.

"어떻습니까? 알아볼 수 있겠습니까?"

병호가 권 차장의 뒤로 다가가 물었다. 권 차장은 말하기 싫다는 듯 머리를 세차게 흔들었다.

"모르겠습니다."

권 차장은 홱 돌아서더니 성난 눈으로 병호를 쏘아보았다. 그리고

"머리가 없는데 어떻게 알아볼 수가 있겠습니까?"
하고 말했다.

"그러니까 차림새 같은 것을 자세히 봐 주십시오. 함께 근무하셨으니까 차림만 봐도 어느 정도 알 수 있지 않습니까?"

"다시 자세히 보라는 겁니까? 난 도저히 두 번 다시 못 보겠습니다."

생각만 해도 끔찍하다는 듯 그는 다시 머리를 흔들었다.

그러나 먼저 와 있던 장 형사가 핀잔을 주었고, 다른 형사들이 버티고 서서 위압적인 분위기를 보이자 권 차장은 금방 주눅이 든 표정을 지으면서 다시 시체 쪽으로 다가섰다. 처음보다는 다소 안정된 자세를 취하고 있었지만 한 손으로 코와 입을 싸쥐고 있기는 마찬가지였다.

“그러지 말고 자세히 좀 살펴봐 주십시오. 이건 아주 중요한 일이니까요.”

병호는 두 번째 보는 것이지만 그 피살체가 참혹해 보이기는 전보다 더한 것 같았다.

한동안 말없이 피살체를 살펴보던 권 차장이 마침내 입을 열었다.

“손 부장이 맞습니다.”

“어떤 점이 맞습니까?”

병호는 긴장해서 권 차장을 쳐다보았다.

“우선 양복이 손 부장 것과 같습니다. J모직 제품이고 색깔도 비슷합니다.”

“감색 양복은 흔히 볼 수 있는 것 아닙니까? J모직 제품도 흔한 편이구요.”

“네, 하지만 저 피에르까르댕 넥타이는 손 부장이 애용하던 것입니다.”

권 차장은 검정 바탕에 자주색 무늬가 있는 넥타이를 가리키고 나서 이번에는 한쪽 발에만 신겨 있는 검정 구두를 가리켰다.

“저 구두도 손 부장 것과 비슷합니다. K사 제품인 것으로 압고 있습니다. 손 부장은 발에 땀이 많이 나고 무좀이 심해서 구두 안에 깔개를 깔아 놓고 구두를 신습니다.”

병호는 시체의 오른발에서 구두를 잡아 뽑았다. 권 차장의 증언대로 구두 안에는 플래스틱으로 만든 깔개가 들어 있었다. 그것을 뽑아내자 K사 마크가 바닥에 선명하게 부착되어 있는 것이 보였다.

"저 혁대는 아마 던힐 제품일 겁니다. 제가 지난번에 선물한 것 같습니다."

상표가 붙어 있는 버클은 옷에 가려 보이지 않는데도 권 차장은 정확히 지적해 내고 있었다.

"손 부장은 특히 외제를 좋아했습니다. 국산은 거들떠보지도 않았습니다."

하고 권 차장은 덧붙여 말했다. 그는 여유를 찾아 이렇게 말하기도 했다.

"머리도 없는데 목에 넥타이가 걸려 있으니까 아주 이상해 보이는데요."

"키는 어떻습니까?"

"키도…… 머리가 없어서 좀 이상해 보이지만…… 손 부장과 비슷한 것 같습니다."

권 차장의 구체적인 증언들은 그 피살체가 분명히 손명기 임을 말해 주고 있었다.

"손명기가 틀림없군요. 쯧쯧쯧…… 그 돈 다 써 보지도 못하고 이렇게 죽을 것을 횡령은 왜 했어."

혀까지 차며 이렇게 말한 사람은 장 형사였다.

그러나 병호는 어쩐지 꺼림칙한 것이 확신이 서지 않는다. 권 차장의 증언이 아무리 구체적이고 정확하다 해도 그것이 얼굴 없는 피살체의 신원을 입증할 수 있는, 움직일 수 없는 증거라고 단정을 내릴 수는 없다. 차림새만 가지고 누구라고 단정을 내린다는 것은 무리한 생각이다. 다른 피살체에다 손명기의 옷을 입힐 수도 있고 구두도 신길 수가 있으니까, 얼굴이 없는 시체라면 손이라도 남아 지문이라도 채취할 수 있으면 좋으련만.

형사들 가운데 그래도 가장 겁이 없는 사람은 두꺼비처럼 생긴 왕문수 형사였다.

하길라의 아파트 출입문을 여는데 실패한 그는 비상계단을 타고 올라가 베란다로 넘어 들어가는 수밖에 없다고 말했지만 그 일을 하겠다고 자청하는 형사는 아무도 없었다. 비상계단으로부터 발을 올려 베란다로 넘어 들어가는 것이 너무 위험해 보였기 때문이다. 잘못해서 발이라도 헛딛게 되면 12층 아래로 곤두박질치게 된다.

왕 형사는 문 형사를 데리고 비상계단을 통해 12층까지 올라갔다.

문 형사를 엎드리게 하고 그 위에 올라서자 베란다 쪽으로 다리를 뻗는 것이 훨씬 쉬워 보인다.

"아이구, 죽겠습니다! 빨리 좀 하십시오!"

두꺼비의 육중한 체구에 눌린 문 형사가 금방이라도 무너져 내릴 것처럼 말했다.

"잠자코 있어."

왕 형사는 구둣발로 문 형사의 잔등을 두어 번 더 짓밟아 대고 나서 콘크리트 벽 모서리를 단단히 껴안고 균형을 잡았다. 그리고 베란다의 철제 난간에 한쪽 발을 올려놓고 나서 몸을 위로 끌어올렸다.

몸을 일으킨 문 형사가 재빨리 뒤에서 그를 받쳐 주자 두꺼비는 난간 안쪽으로 쿵하고 뛰어내렸다.

"괜찮습니까?"

비상계단 쪽에서 문형사가 고개를 내밀며 물었다.

"괜찮아."

두꺼비는 먼저 집안의 동정을 살피기 위해 베란다 끝까지 가 보았다.

베란다가 꽤나 긴 것으로 보아 아파트 내부도 상당히 넓을 것 같았다.

거실을 사이에 두고 양편에 방이 있었는데 안방으로 보이는 오른쪽 방의 창문에는 커튼이 쳐져 있었다. 왼쪽 방에는 커튼이 쳐져 있지 않았지만 안쪽 창문의 유리가 투명 유리가 아니라서 안이 베란다 쪽에서는 들여다보이지 않았다. 거실에는 반쯤 커튼이 쳐져 있었는데 전면이 투명 유리문이기 때문에 내부가 잘 들여다보였다.

왕 형사는 거실 내부를 찬찬히 살펴보았다. 값비싸 보이는 대형 가죽 소파가 먼저 그의 시선을 끌었다. 화려한 무늬의 카펫과 썩 어울려 보이는 소파였다. 소파 위에는 예쁜 방석들이 놓여 있었다.

장식장 위에는 갖가지 소품들이 아기자기하게 배열되어 있었고, 그 앞에는 너무 커서 어울리지 않는 대형 텔레비전 수상기가 놓여 있었다. 그밖에도 비디오 · 오디오세트 · 가습기 같은 것들이 눈에 띄었다.

모든 문들은 안으로 잠겨 있었다.

왕 형사는 왼쪽 방 창문 앞으로 다가섰다. 그것은 이중 창문이었는데 바깥쪽 창문에만 문을 고정시키는 고리가 설치되어 있는 것 같았다. 팔꿈치로 창문을 가볍게 치자 유리창에 금방 금이 갔다.

다시 한 번 힘을 가하자 쨍그랑 소리를 내면서 유리조각들이 쏟아져 내렸다. 깨진 틈으로 손을 넣어 고리를 벗겨 낸 다음 바깥 창문을 밀어젖히고 안쪽 창문을 밀어 보았다. 예상했던 대로 그것은 부드럽게 밀려갔다.

창틀을 넘어 방안으로 들어갔다. 그 방안에는 대형 그랜드 피아노가 한 대 놓여 있었다. 느닷없이 그는 피아노 뚜껑을 열고 건반을 두드려 보았다. 피아노 소리가 방안에 가득 울려 퍼졌다. 그는 가끔씩 아주 긴박한 순간에 엉뚱한 짓을 하는 버릇이 있었다. 그는 피아노를 전혀 칠 줄 몰랐다.

이윽고 밖으로 나선 그는 거실과 주방 쪽을 휘둘러보고 나서 안방 쪽으로 다가갔다.

안방 문은 닫혀 있었다. 도어록을 잡아 비틀면서 안쪽으로 밀자 문이 열렸다.

먼저 그의 눈에 들어온 것은 실오라기 하나 걸치지 않은 벌거벗은 여자의 몸뚱이였다. 순간적으로 보기에는 눈부시게 흰 싱싱한 육체라는 생각이 들었다.

그녀는 검붉은 피로 물들여진 침대 위에 옆으로 비스듬히 누워 있었는데 두 눈은 문 쪽을 향해 열려 있었다.

왕은 숨이 막혀 가슴이 답답했다. 피비린내 때문에 숨쉬기가 거북했다.

그는 뒷걸음질로 몇 발짝 물러나 숨을 깊이 들이쉰 다음 다시 방안으로 들어섰다.

그때 전화벨이 울렸다. 두꺼비는 침대 앞으로 바싹 다가가 보았다. 전화벨이 계속 울려 대고 있었다.

그는 침대 위의 여자를 내려다보았다. 좀 더 자세히 보려는 듯 흘러내린 안경을 밀어 올렸다.

여자는 사슴처럼 길고 아름다운 목을 가지고 있었다. 그 목의 절반 정도가 잘려 있었고, 잘린 부위가 입을 벌리고 있었다. 초점 없이 떠 있는 두 눈과 절반쯤 잘려 나간 목 부위가 입을 벌리고 있는 모습이 마치 전위예술가가 일부러 그렇게 꾸며놓은 것처럼 보였다. 전화벨이 끊어지지 않고 계속 울려대고 있었다. 초인종 소리도 들려오고 있었다.

왕 형사는 안방에서 나와 전화벨이 울리고 있는 테이블 쪽으로 다가갔다

그것은 오 경감한테서 걸려온 전화였다.

"어떻게 됐어?"

경감의 추궁하는 듯한 물음에 두꺼비는 조금 뜸을 들이다가 대답했다.

"죽었는데요."

그의 목소리는 심드렁했다. 이번에는 오병호 쪽에서 아무 말 없이 뜸을 들였다.

"사진에서 본 하길라가 맞습니다. 목이 반쯤 잘려 나갔습니다. 마치 풍뎅이 같이……"

"뭐라구? 풍뎅이가 어쨌다는 거야?"

길가의 공중전화를 이용하고 있는지 자동차 소리가 꽤나 시끄럽게 들려오고 있었다.

"하길라의 목이 반쯤 잘려 나갔다구요! 죽었어요!"

"빌어먹을!"

"그쪽은 어떻게 됐습니까?"

"하길라와 손명기는 한성 경리부 직원이었어! 지금 그쪽으로 갈 테니까 기다려!"

"빨리 오십시오!"

두꺼비는 얼굴을 찡그리면서 수화기를 내려놓았다. 계속 초인종 소리가 집안을 울리고 있었다. 그는 현관 쪽으로 걸어가 문을 열어 주었다. 밖에 대기하고 있던 형사들이 문을 빨리 열어 주지 않은데 대해 투덜거리며 들어섰다.

그러나 그들은 안방으로 들어가 피살체를 보는 순간 그만 입을 다물고 말았다. 문 형사가 껌을 짝짝 씹어 대는 소리만이 유난히도 크게 들려오고 있었다.

"이 기막힌 육체를 만져 보지도 못했는데…… 어쩌면 이럴 수가……"

문 형사가 억울하다는 듯이 말하자 비로소 분위기가 조금 풀리는 것 같았다. 문 형사는 손을 뻗어 피살체의 엉덩이를 슬슬 쓰다듬었다.

"별로 차갑지가 않은데요."

이상한 편지

병호가 방안으로 들어섰을 때 방안에는 담배연기가 자욱이 괴어 있었다. 형사들은 마구 담배연기를 뿜어대고 있었다. 살인 사건 현장, 특히 피비린내가 물씬 나는 현장에서는 계속 줄담배를 피워대기 마련이다.

하길라의 참혹한 시체를 보는 순간 그는 이미 그녀의 죽음을 알고 왔으면서도 충격을 느끼고 그 자리에 우뚝 서 버렸다. 두 피살체가 참혹하고 끔찍하기는 마찬가지였다. 그러나 남자와는 달리 아름다운 여체에 그렇게 무자비하게 칼질을 했다는 사실에, 그것도 목을 반쯤이나 잘라 놓았다는 사실에, 그는 풍뎅이 사건의 피살체를 보았을 때와는 또 다른 새로운 충격을 느꼈던 것이다.

"여자의 목을 저렇게 자르다니 잔혹한 놈이구나!"

범인을 생각하면서 그는 속으로 이렇게 중얼거렸다. 그의 생각을 읽은 듯 두꺼비가

"아주 잔혹한 놈입니다."

하고 중얼거렸다. 그의 목소리는 분노에 차 있었다.

"목에 칼질을 한 것으로 보아 풍뎅이 사건 범인의 솜씨하고 비슷해 보입니다."

어쩌면 그럴지도 모른다고 병호는 생각했다. 입을 벌리고 있는 상처 부위를 보니 조금만 더 깊이 칼질을 했다면 풍뎅이 사건 피살체처럼 목이 완전히 잘려나갔을 것 같았다.

살인범들을 보면 상대방의 목을 완전히 잘라 내거나 그것이 거의 잘라질 정도로 칼질을 하는 자는 거의 없다. 목을 노릴 경우 그곳을 찌르거나 2, 3cm 정도 깊이로 상처를 낼 뿐이다.

그 행위는 거의 순간적으로 이루어지게 마련이어서 목을 잘라낼 정도까지는 가지 않는다. 피 냄새를 좋아하는 아주 잔인한 자가 아니고는 그런 식의 살인은 하지 않는다.

눈을 뜨고 있는 여자의 모습은 사진에서 보았던 하길라의 모습과 비슷했다. 그녀의 모습을 찬찬히 살피면서 그는 정말 아름다운 육체라는 생각이 들었다.

"죽은 지 얼마 되지 않은 것 같습니다. 시트가 아직 젖어 있습니다."

문 형사가 껌을 짝짝 씹어대며 말했다. 피에 젖은 침대 시트는 아직 젖은 그대로 있었다.

여자는 옆으로 비스듬히 누워 있었기 때문에 둔부의 선이 둥글게 원을 그리면서 다리 쪽으로 흘러내리고 있었다. 탐스러워 보이는 두 개의 젖가슴은 아래쪽으로 묵직하게 내려와 있었고, 음부 부위는 유난히도 검은 음영을 드리우고 있었다. 약간 벌어져 있는 입술은 잠에 취해 있는 여자의 입술처럼 훔치고 싶은 욕망을 불러일으키고 있었다.

"남자하고 섹스를 끝내고 나서 살해된 것 같습니다."

문 형사가 껌을 씹어대면서 말했다. 그는 자랑스러운 듯이 손바닥 위에 무엇인가 올려놓고 있었다. 자세히 보니 그것들은 음모였다. 몇 개의 까만 음모들이 그의 손바닥 위에 나란히 놓여 있었다.

"침대 위에서 주운 것들입니다. 아직도 많이 널려 있습니다. 보십시오. 까맣게 떨어져 있지 않습니까."

과연 그의 말대로 침대 위에는 음모가 유난히도 많이 떨어져 있었다.

"얼마나 여기서 열심히 했으면 이렇게 많이 음모가 빠졌겠습니까?"

문 형사의 그 말을 왕이 받아서 이렇게 말했다.

"개 눈에는 뭐만 보인다더니 문 형사 눈에는 그런 것만 보이는 모양이지. 난 그런 것 보지도 못했는데 말이야."

형사들이 모두 웃었다. 참혹한 모습의 시체가 곁에 누워 있는 데서 그렇게 웃을 수 있다는 것은 그들이 아니고는 힘든 일이었다. 문 형사는 얼굴을 조금 붉혔지만 물러나지 않고 병호한테 손바닥 위에 놓여 있는 음모들을 가리키며 말했다.

"보십시오. 뚜렷이 두 가지로 분류되지 않습니까? 보드랍고 가늘고 많이 꼬부라진 것은 여자 것이 틀림없습니다. 이것 보십시오. 이건 남자 것이 틀림없습니다. 뻣뻣하고 굵지 않습니까. 그리고 별로 꼬부라지지가 않았습니다."

병호는 손바닥 위에 양쪽으로 나뉘어져 있는 음모들 가운데서 여자의 것을 집어 들고 손가락으로 비벼보았다. 문 형사의 말대로 그것은 아주 촉감이 부드러운 느낌이었다.

문 형사는 자기 의견을 입증해 보이고 싶은지 시체 위로 상체를 굽히더니 음부에서 직접 음모를 채취해서는 그것을 병호에게 건네주었다.

"만져 보십시오. 아주 보드랍지 않습니까."

병호는 그것을 받아 손가락으로 비벼본 다음 처음 것과 비교해 보았다.

"비슷하군."

그는 고개를 끄덕이면서 그것들을 문 형사한테 돌려주었다.

"이 여자 질 속에는 남자의 정액이 아직 들어 있을 겁니다. 그것을 빨리 채취해서……"

그때 감식반원들이 안으로 들어섰다.

"경비원을 불러오게."

병호는 문 형사한테 지시한 다음 거실로 나와 한성 경리과로 전화를 걸었다.

이윽고 권 차장이 나오자 그는 하길라의 아파트로 급히 좀 와달라고 부탁했다.

"여자가 한 사람 죽어 있는데 하양인 것 같으니까 빨리 와서 확인을 좀 해주시면 감사하겠습니다. 누구하고 함께 오십시오. 여러 사람이 와주시면 더욱 좋겠습니다."

한 사람한테 확인시키는 것보다는 여러 사람한테 피살체를 보이는 것이 더욱 확실하기 때문에 그렇게 말한 것이었다.

"또 시체를 확인하라는 겁니까?"

권 차장이 볼멘소리로 물었다. 조금 전에 머리와 두 팔이 없는 풍뎅이 사건의 피살체를 두 눈으로 확인하고 난 그로서는 그 말을 할만도 했다.

"괴로우시겠지만 한번만 더 부탁합니다. 시신이 다른 사람도 아니고 하양 같으니까 부탁드리는 겁니다."

"알겠습니다. 지금 가겠습니다."

아무리 시체를 본다는 것이 끔찍한 일이겠지만 경찰의 요구는 거절할 수도 없는 내용이었다.

병호가 수화기를 내려놓자 아파트 경비원이 문 형사의 안내를 받고 거실로 들어왔다. 아파트 경비원은 40대 중반의 바짝 마른 남자로 잔뜩 주눅이 들어 있었다. 그는 문 형사를 따라 안방으로 들어갔다가 잠시 후에 거실로 도로 나왔다. 병호는 그에게 자리를 권했다.

"죽은 여자…… 여기에 살고 있던 여자가 맞습니까?"

"네, 맞습니다."

경비원은 무릎 위에 두 손을 모은 채 벌벌 떨며 말했다.

"아까 두 사람이…… 그러니까 죽은 여자하고 어떤 남자하고 여기에 들어오는 것을 보셨다고 하셨는데 그게 몇 시쯤이었습니까?"

"두, 두 시쯤이었습니다."

"그 뒤에는 나가는 것을 보지 못했습니까?"

"네, 못 봤습니다."

범인은 경비원이 한눈파는 사이에 몰래 빠져나간 모양이라고 병호는 생각했다.

"그 남자는 여기에 자주 오는 사람이었나요?"

"아닙니다. 처음 보는 사람이었습니다."

"어떻게 생긴 사람이었습니까? 생김새하고 옷차림을 말씀해 보십시오."

"자세히 보지를 않아서……"

경비원은 그 사나이의 인상착의에 대해서 별로 뚜렷하게 아는 것이 없었다.

"색안경을 끼고 있었고…… 키는 중간 정도였습니다. 나이는 한 삼사십 됐을까…… 코트를 입고 있었습니다."

"얼굴 모습을 알고 싶은데…… 기억할 수 있겠습니까?"

"색안경을 끼고 있었기 때문에 얼굴은 잘 알아볼 수가 없었습니다. 주의 깊게 보지를 않아서 잘 모르겠습니다."

"코트는 무슨 색깔이었나요?"

"입고 계신 그런 색깔 같았습니다."

경비원은 병호의 지저분한 베이지 색 코트를 가리켰다.

경비원으로부터 얻어들을 수 있는 것은 그것이 전부였다. 그 밖에는 더 이상 참고가 될 만한 것을 얻어들을 수가 없었다. 병호는 손명기의 사진을 꺼내보였다.

"이 사람 혹시 기억납니까?"

"네, 이 사람은 기억납니다. 이 아파트에 자주 찾아오던 남자입니다."

"이 사람 말고 또 찾아오는 남자가 있었나요?"

"기억나는 사람으로는 이 사람밖에 없습니다. 자주 남자들이 찾아오곤 했는데…… 그 중에서 이 사람이 제일 뻔질나게 왔기 때문에 기억하고 있습니다."

하길라가 그 아파트에 입주한 것은 1년쯤 전이었다. 그녀는 입주할 때부터 혼자 들어왔다고 했다. 그래서 처녀가 호화 아파트에 혼자 입주해서 사는 것을 의아하게 생각해 왔다고 경비원은 말했다. 하지만 그녀에 대한 경비원의 감정은 아주 호의적인 것이었다. 그도 그럴 것이 그녀는 경비원들한테 자주 담뱃값 정도를 쥐어준 모양이었고, 그래서 그들한테 인기 있는 주민이었던 것 같았다.

"아주 인정이 있는 아가씨였습니다. 때가 되면 저희들한테 꼭 인사를 치렀고…… 그런 때가 아니더라도 자주……"

"알겠습니다."

병호는 경비원을 데리고 뒤쪽 베란다로 나갔다. 12층 아래 주차장에는 차들이 몇 대 주차해 있었다.

"죽은 아가씨가 타던 차가 어떤 겁니까?"

"저쪽 끝에 세워져 있는 파란색 차입니다."

경비원이 가리키는 쪽에 코발트색의 스포츠카가 서 있는 것이 보였다.

"피닉스입니다. 아가씨가 저 차를 몰고 나갈 때는 모두 쳐다보곤 했죠. 아가씨한테는 아주 잘 어울리는 차입니다."

경비원이 부러운 듯이 말했다.

"아주 멋진 차군요."

"네, 이제 주인이 없으니 누가 저 차를 타게 될지……"

경비원의 눈시울이 금새 붉어지는 것을 보고 병호는 고개를 돌렸다.

한성 경리과의 권 차장이 부하 직원 두 명을 데리고 나타난 것은 날이 어두워질 무렵이었다.

피살체를 본 그들은 죽은 여자가 하길라가 틀림없다고 증언했다.

"믿을 수가 없습니다. 어떻게 이런 일이 있을 수 있는지 전 도무지 믿어지지가 않습니다. 그 아름다운 아가씨가……"

권 차장은 얼굴빛이 노래진 채 머리를 흔들다가 갑자기 두 손으로 입을 틀어막으면서 화장실로 달려갔다. 조금 있자 화장실 쪽에서 토하는 소리가 들려왔다.

"어때요? 거기 검사해 봤어요?"

문 형사가 감식반원에게 물었다. 감식반원은 고개를 끄덕이면서 조그만 병을 쳐들어보였다. 그 안에는 죽처럼 묽은 것이 들어 있었다.

"그게 뭡니까?"

"남자의 정액이지. 꽤나 많이 발사한 모양이야. 질 속에 흥건히 괴어 있더라구."

나이 들어 보이는 감식반원은 그렇게 말하고 나서 뭐가 우스운지 누런 이를 드러내면서 소리 없이 웃었다. 문 형사도 따라 웃었다.

감식반원이 또 말했다.

"젊은 남자 것이야. 색깔만 봐도 알 수 있거든. 젊은 녀석이 힘차게 발사한 정액은 맑아 보이지."

"여자의 것과 혼합되어 뒤죽박죽되는 거 아닙니까?"

"섞이긴 섞이지. 하지만 어느 정도까지는 기름과 물처럼 따로 노는게 뚜렷이 구분되어 보이지. 젊은 녀석 것은 냄새도 싱그럽다구."

병호는 그들의 대화를 귓가로 흘리면서 종잡을 수 없는 생각 속으로 빠져들고 있었다.

만일 풍뎅이 사건의 피살자가 손명기가 틀림없다면, 29억 원에 달하는 거액의 회사 공금을 함께 공모해서 횡령해 먹은 한 쌍의 남녀가 이틀 사이에 연달아 피살된 셈이다.

피살체의 모습으로 보아 그들은 동일범의 손에 살해되었을 가능성이 크다. 그들 두 사람을 참혹하게 살해한 그 범인은 과연 누구일까? 피살체의 참혹한 모습은 그렇게 살해당할 수밖에 없는 어떤 이유가 거기에 분명히 있음을 소리 없이 말해주고 있는 듯했다.

집안은 난장판이 되고 있었다. 수사관들은 단서를 찾기 위해 혈안이 되어 집안을 샅샅이 뒤지고 있었다. 병호는 집안을 뒤지느라고 정신이 팔려 있는 왕 형사를 한쪽으로 불렀다.

"여기 오기 전에 한성의 권 차장한테 풍뎅이 사건의 피살체를 보였었지."

"그래 뭐라고 하던가요?"

"차림새로 봐서는 손명기가 틀림없다는 거야. 손 부장은 외제를 특히 좋아했는데 삐에르 까르뎅 넥타이는 손 부장이 애용하던 것이래. 손 부장은 발에 땀이 많이 나고 무좀이 심해서 구두바닥에 깔개를 깔아놓고 구두를 신고 다녔는데 구두를 벗겨보니까 권 차장 말대로 깔개가 들어 있었어. 피살체의 허리띠는 던힐 제품으로 권 차장이 손 부장한테 선물한 것이래. 그의 증언으로 봐서는 손명기가 틀림없어."

"풍뎅이는 손명기가 틀림없을 겁니다. 그래야 설명이 되지 않겠습니까?"

왕이 당연하다는 듯이 말했다.

"설명이라니 그게 무슨 말이야?"

"횡령범 두 명이 똑같이 살해되지 않았습니까? 결론적으로 말해서 대가를 치른 것이라고 봐야겠죠. 살인범이 누군지는 모르지만……"

"그들이 살해된 게 하등 이상할 게 없다는 건가?"

"29억 원이나 횡령해 먹었으니 온전할 리가 있겠습니까. 마가 끼어도 단단히 끼게 마련이죠. 거액을 아무 탈 없이 먹어치울 수 있다고 생각했다면 큰 오산이죠."

어쩌면 왕 형사의 생각이 내 생각과 비슷할까 하고 병호는 생각했다.

그 비슷하다는 생각이 병호는 싫었다. 그는 왕으로부터 좀 더 다른 생각을 기대했던 것이다.

"이제 X와 Y는 밝혀진 셈이군요. 문제는 Z인데…… 바로 그자가 범인일 가능성이 제일 높지 않습니까?"

"글세…… 그럴까?"

"지난 23일 X는 G은행 H지점에서 1천만 원짜리 수표로만 2억1천만 원을 찾아갔습니다. 그 가운데서 수표 한 장만이 Y의 몸에서 발견되고 나머지는 Z가 모두 찾아갔습니다. 은행으로 돌아온 20장의 수표 뒷면에 적힌 글씨는 Z 한 사람의 글씨였습니다. 그는 26일 하루 사이에 수표 20장을 모두 현금으로 바꾸어 갔습니다. 그러니까 Y가 피살된 다음 날이죠. 시간상으로도 맞아 떨어지지 않습니까?"

"Z가 Y를 살해하고 수표를 모두 탈취해 갔다는 건가?"

"그래야 설명이 되지 않겠습니까? Z가 마지막으로 2억 원을 찾아갔다는 것이 그것을 말해 주는 것 아닙니까?"

"그럼 X가 죽은 것은 어떻게 설명하지?"

"Z가 Y를 죽였다는 것을 X가 알았겠지요. 그래서 입을 막기 위해 X까지 죽인 게 아닐까요?"

아주 그럴듯한 말이라고 병호는 생각했다. 왕 형사의 말에는 별로 무리가 없었고, 그것은 논리적으로도 맞아떨어지고 있었다. 그것은 현재로서는 가장 충분한 가능성을 지닌 이야기라고 할 수 있었다. 하지만 어쩐지 사건이 너무 쉽게 맞아떨어지고 있다는 생각을 지울 수가 없었다. 그렇게 쉽게 단정해 버릴 수만도 없는 그 무엇인가가 거기에는 분명히 있는 것 같이 생각되고 있었던 것이다.

"그렇다면 말이야. Y우체국 사서함 219호 안에 들어 있던 그 괴편지는 어떻게 해석해야지? 그 편지는 그렇게 단순한 내용이 아니던데……"

병호는 조용한 눈길로 왕 형사를 바라보았다.

"그거야 뭐 장난질한 게 아닐까요? 수사의 초점을 흐리기 위해 장난으로 그런 게 아닐까요?"

왕은 대수롭지 않게 말했다. 그러나 병호는 그렇게 받아들이고 싶지가 않았다.

"그렇게 단정을 내릴 수는 없지. 단정은 금물이란 말이야. 단정을 내릴 만한 증거가 없는 한은 말이야."

"그건 그렇습니다만…… 꼭 증거에 입각해서 설명할 수 없는 것도 있지 않습니까?"

병호는 자기도 모르게 천천히 머리를 흔들었다. 그러나 얼른 입을 열지는 않았다.

그 괴편지들이 수사의 초점을 흐리게 하기 위해 일부러 꾸민 게 아니라면, 손명기는 어떤 조직의 손에 의해 참살 당했을 가능성이 크다. 그는 그 편지 속에서 자신이 쫓기고 있음을 말하고 있었다. 그의 말대로라면 그 조직은 어떤 무서운 음모를 꾸미고 있고, 그 음모가 계획대로 실행된다면 그 결과는 피로 남을 것이라고 했다. 그는 그것을 세상이 깜짝 놀라게 될 대사건이라고 했다. 그는 그 계획에 협조했지만 그것을 알고 있기 때문에 자신의 목숨이 위태롭다고 아주 절박하게 말하고 있었다.

조직에서는 암호명 제3의 사나이를 내세워 그 음모를 실천에 옮기려 하고 있는데, 손명기는 제3의 사나이를 직접 만나지는 않았지만 그의 말투에서 비정한 암살자의 완벽함을 느꼈다고 했다. 제3의 사나이는 암살자임이 분명하다. 조직이 암살자를 내세웠다면 그것은 누군가를 죽이라는 뜻이다. 빠삐용은 제3의 사나이에게 H-64에 관한 자료를 제공했다고 했다. 제3의 사나이는 왜 그 자료가 필요했을까? 암살자가 누군가를 노린다면 그에 대한 자료가 반드시 필요할 것이다.

제3의 사나이가 H-64에 관한 자료를 필요로 했다는 것은 그가 H-64를 노리고 있다는 뜻이 아닐까? 그는 암살자이기 때문에 사람의 목숨을 노린다. 따라서 H-64를 제거하는 것이라면,

그리고 그것이 세상에 충격을 줄 정도로 큰 사건이라면, H-64는 사람들 사이에 널리 알려져 있고 이 사회에 영향을 끼칠 수 있는 중요한 인물임에 틀림없을 것이다. 그렇다면 H-64는 누구일까? 암살자의 표적이 되고 있는 그는 과연 누구일까? 이것은 앞으로 일어나도록 되어 있는 예정된 음모인가, 아니면 가공의 음모인가? 예정된 음모라면 그 시기는 언제인가? 예정된 음모의 시기가 박두했다면 그것을 기필코 저지하지 않으면 안 된다. H-64가 암살자의 손에 쓰러지는 것을 막지 않으면 안 된다. 두 사람을 살해한 것으로 봐서는 암살자가 H-64를 쓰러뜨리는 것은 시간문제일 것 같다. 놈은 별 문제 없이 H-64를 제물로 삼을 것이다.

하지만 H-64가 누구인지도 모르는 상태에서는 그것을 저지한다는 것이 불가능하다. H-64는 누구일까? 그의 정체를 알아야만 그를 보호할 게 아닌가? 병호는 너무 답답한 나머지 가슴이 터질 것만 같았다.

"Z가 범인이라면…… 어디 가서 그를 찾아내지?"

"범인이든 아니든 그를 찾아내야만 합니다."

"글쎄, 어디 가서 찾아내느냐 말이야."

그것은 질문 아닌 질문이었다. 오 형사의 그 물음에 얼른 대답하지 못하고 잔뜩 불만스러운 표정으로 서 있다가 왕 형사는 이렇게 말했다.

"아무리 그렇다해도 언젠가는 밝혀지게 될 겁니다. 어디엔가 단서가 있을 겁니다."

그런 말은 누구나 할 수 있는 말이다. 이번에는 병호가 불만스러운 표정으로 왕을 쳐다보았다.

“손명기의 가족들을 만나 봐. 주소지에 없다면 친정이나 어디 다른 곳에 가 있을 거야.”

“알겠습니다.”

“손명기가 하길라와 오랫동안 깊은 관계를 유지해 왔다면 아마 모르면 몰라도 가정 파탄이 일어났을 거야. 부부관계가 벌써 끝났는지도 모르지. 손명기 부인을 만나보면 새로운 사실을 발견하게 될지도 모르니까 빨리 찾아보도록 해요.”

병호는 그때까지 거실에서 엉거주춤 거리고 있는 경비원에게 다가가 Z의 몽타주를 꺼내보였다.

“오늘 오후 죽은 여자하고 이 집에 들어왔던 남자가 혹시 이 사람 아니었나요? 한번 잘 봐주십시오.”

경비원은 그 몽타주를 요모조모로 뜯어보고 나서 머리를 흔들었다.

“글쎄요. 잘 모르겠는데요.”

병호는 몽타주의 신빙성을 믿지 않는다. 따라서 경비원한테서도 시원스런 대답을 기대한 것은 아니었다.

전화벨이 울리더니 전화를 받은 형사가 병호를 향해 수화기를 쳐들어 보인다.

“오 계장님, 본부에서 전화입니다.”

그것은 본부의 유화시한테서 걸려온 전화였다.

“잘 돼 가세요?”

그녀가 코가 조금 막힌 듯한 목소리로 물어왔다.

“엉망이야, 하길라가 살해됐어.”

"어머나, 어떻게 그럴 수가……"

"무슨 일이야?"

"Y우체국에서 전화 왔어요. 빠삐용의 편지가 도착했대요."

"알았어."

"그 여자 어떻게 살해됐어요?"

"아주 참혹해."

"어떻게 생겼어요? 정말 미녀예요?"

"기막힐 정도야. 내가 좀 젊다면 프러포즈하고 싶은 그런 예쁜 여자야."

"어머나, 그래요?"

"그래도 유 형사 보다는 못해."

병호는 수화기를 내려놓고 나서 다시 시체가 있는 안방으로 들어가 보았다.

하길라의 시신은 마치 정육점의 고깃덩이처럼 다루어지고 있었다. 조금 전만 해도 아름다운 육체라고 생각되었던 감정은 눈 녹듯이 사라지고 그 대신 역겨운 느낌이 치밀어 오르고 있었다. 감식반원들은 그녀의 시신을 마치 정육점의 고기 다루듯 만져대고 있었다.

"경동맥을 노리고 단숨에 목을 잘라버렸는데요. 칼 솜씨가 대단한 놈이 아니고는 이런 것은 보기 힘듭니다. 솜씨로 보아서는 전문가예요."

경찰의가 잘린 몸 부위를 가리키면서 말했다. 그는 시체를 제일 많이 만지는 사람으로 소문이 나 있는 사람이었다. 60이 넘은 나이에 비쩍 마른 그는 키가 유난히 작은데다 머리까지 벗겨져 정말 볼품없는 늙은이였다. 하지만 그는 검시에 뛰어난 솜씨를 자랑하고 있어서 살인 사건 현장에는 으레 자주 나타나곤 했다. 홀쭉한 턱에 돋보기안경을 끼고 있는 그의 모습이 꼭 복덕방 영감 같다고 생각하면서 병호는 고개를 끄덕였다.

날은 완전히 어두워 있었다. 한파가 몰아치고 있는 거리는 을씨년스럽기 짝이 없었다. 그런 거리에서 추위도 무릅쓰고 어슬렁거리고 있는 사람들이란 없었다. 사람들은 모두 귀가를 서두르고 있는 것 같았다.

러시아워의 혼잡 속에 빠져들면서 병호는 마치 거기서 연속 살인 사건에 빠져 허우적거리고 있는 자신을 발견하는 듯했다. 해를 넘기기 전에 사건을 해결하기는 어려울 것 같다고 그는 생각했다. 이제 금년도 3일밖에 남지 않았다. 그 안에 범인을 붙잡는다는 것은 거의 불가능한 일이다. 범인의 윤곽조차 파악하지 못하고 있는 상태에서 어떻게 범인을 잡는다는 말인가.

3일 안에 범인의 윤곽만이라도 알 수 있다면 다행이다.

클랙슨 소리에 그는 앞을 쳐다보았다. 앞에 서 있던 차들이 달리고 있었다. 병호의 낡아빠진 골롬보치도 쿨럭 거리며 그 차들을 따라가기 시작했다.

Y우체국에 도착했을 때는 거의 한 시간이나 지나 있었다. 그 우체국에 잠복하고 있는 형사 한 명이 지친 표정으로 병호에게 우편물을 내놓았다. 그것은 두 통의 편지로 지난번의 편지와 마찬가지로 발신자의 주소와 이름이 적혀 있지 않았다.

"5시 20분경에 도착했습니다."

하고 젊은 형사가 말했다.

퇴근시간이 훨씬 지났는데도 우체국 직원들은 산더미처럼 쌓인 우편물들을 처리하느라고 눈코 뜰 새 없이 바쁘게 움직이고 있었다.

병호는 두 통의 편지를 뜯어보았다. 그것들은 빠삐용이 보낸 것들로 제3신과 4신이었다. 편지를 보낸 날짜는 제3신이 12월 23일, 제4신이 그 다음날인 24일이었다.

〈제 3 신〉

세 번째 쓰는 편지. 이 편지가 과연 언제까지 계속될 수 있을지 내 자신도 모른다. 요즘은 하루 종일 뉴스에 촉각을 곤두세우고 있다. 뉴스에 그 음모의 결과가 나오지 않을까 해서 이제나 저제나 하고 기다리고 있지만 아직 그것은 터지지 않고 있다.

나는 마치 시한폭탄을 보고 있는 것만 같은 기분이다.

나는 만일의 경우에 대비해서 제3의 사나이한테 주었던 H-64에 관한 자료의 사본을 가지고 있다. 제3의 사나이한테 주기 전에 복사해 두었던 것이다. 내가 궁지에 몰렸을 때 써먹기 위해 따로 챙겨두었던 것이다. 나는 조직을 믿을 수가 없다. 그들이 언제 나한테 기습을 가해올지 모르기 때문에 나는 항상 경계하고 있어야 한다. 그러자니 내 몸은 항상 식은땀으로 젖어 있다.

내가 가장 경계하고 있는 인물은 〈제3의 사나이〉이다. 그는 나의 얼굴을 알고 있겠지만 나는 그의 얼굴을 모른다. 때문에 나는 항상 위험 속에 노출되어 있다. 그가 나를 공격해 온다면 나는 꼼짝없이 당할 수밖에 없다. 더구나 그는 살인 전문가이다. 나 같은 것은 그의 상대가 되지 못한다. 마음만 먹으면 그는 언제라도 나를 해치울 수가 있다. 그는 뒤끝을 깨끗이 하기 위해 결국 나를 제거할 수밖에 없을 것이다. 나는 거기에 대비하지 않으면 안 된다. 필요하다면 경찰에 모든 것을 사실대로 털어놓고 도움을 청해야 한다. 하지만 그 방법 역시 내 인생을 끝장내기는 마찬가지다.

제3의 사나이의 모습을 한 번만이라도 볼 수 있는 기회를 노리고 있던 참에 드디어 어제 오후에 그로부터 연락이 왔다. 외출했다가 돌아와 보니 전화기에 그의 목소리가 녹음되어 있었다. 남자 목소리치고는 가냘프고 억양이 없는 목소리가 이렇게 말하고 있었다.

"국화의 사진과 집 주소, 약력, 하루의 스케줄 등이 필요합니다. 지난번의 그 화장실에 오후 6시까지 가져다주십시오. 전달 방법은 그때와 같습니다."

국화는 인형의 암호명이다. 왜 그녀의 사진과 신상명세가 필요한 것일까.

나는 불길한 예감을 느끼지 않을 수 없었지만 그의 요구를 거절할 수 있는 입장도 아니었고, 그의 모습을 볼 수 있는 기회를 놓치고 싶지 않아 그가 요구하는 것을 준비해 가지고 시간에 맞춰 약속 장소로 나갔다.

내가 어느 빌딩의 10층에 있는 화장실에 들어가 변기 위에 앉았을 때의 시간이 6시 5분 전, 그리고 잠시 후 옆 칸에 누군가가 들어오는 기척이 나고 이어서 샹송 '눈이 내리네'가 녹음기를 통해 가느다랗게 흘러나오기 시작한 것이 6시 3분쯤이었다. 나는 준비한 봉투를 바닥에 내려놓고 나서 그것을 구두 끝으로 밀었다. 그것이 옆 칸으로 밀려들어가는 것을 보고 나는 그래서는 안 되는 줄을 알면서도 쓸데없는 말을 던져보았다.

"국화의 스케줄은 일정하지가 않습니다. 그리고 사진도 큰 것은 구하지 못했습니다. 시간을 주시면 구해 놓겠습니다. 미안합니다."

화장실에는 두 사람밖에 없다는 것을 알고 있었기 때문에 나는 그런 말을 꺼낼 수가 있었던 것이다.

봉투는 이미 사라지고 없었다. 수초 동안 무거운 침묵이 벽을 통해 전해져오고 있었다. 나는 숨을 죽인 채 상대방의 반응을 기다렸다. 그 수초 동안이 무척이나 길게 느껴졌다. 나는 입안이 바짝 타들어가는 것 같은 갈증을 느꼈고, 그 침묵이 조금만 더 계속되다가는 숨이 막힐 것만 같았다. 그러나 아무 반응도 없었다.

'눈이 내리네' 도 어느새 그쳐 있었다. 옆 칸으로부터 무슨 말인가 흘러나올 줄 알고 가슴을 졸이며 잔뜩 귀를 기울이고 있었지만 끝내 그쪽에서는 아무 말도 들려오지 않았다. 그대신 문을 열고 나가는 소리만이 들려왔다. 절대 놓쳐서는 안 된다고 생각한 나는 구두 발자국 소리가 화장실 밖으로 사라지기가 무섭게 재빨리 일어나 밖으로 나왔다.

화장실 안에는 아무도 없었다. 화장실 밖으로 나가려면 또 하나의 문을 통과해야만 했다. 하지만 나는 그 문을 열고 밖으로 나가기가 두려웠다. 문 밖에 제3의 사나이가 서 있을 것만 같이 생각되었기 때문이다. 한참을 망설이다가 가까스로 용기를 내 마침내 문을 열었다. 밖에는 아무도 보이지 않았다. 나는 안도의 숨을 내쉬면서도 뒤늦게 그자를 놓쳐서는 안 된다는 생각에 허둥지둥 걸어갔다.

복도를 오른쪽으로 꺾어 돌자 엘리베이터가 보였다. 그 앞에 두 사람이 서 있었다. 남자와 여자였는데 두 사람 다 젊어 보였다. 나의 구두 발자국 소리가 하도 요란스러웠던지 두 사람이 거의 동시에 내 쪽으로 고개를 돌려 나를 쳐다보았다. 나는 그 자리에 그만 멈칫하고 서버렸다. 그렇다고 그들이 빤히 쳐다보고 있는 앞에서 뒷걸음질 칠 수도 없는 노릇이었다.

또 그 자리에 서 있는 다는 것도 우스운 일이었다. 나는 하는 수 없이 그들 쪽을 향해 걸어갔다. 그들은 더 이상 나를 쳐다보지 않았다. 나는 여자보다도 남자 쪽을 주시하면서 다가갔다. 제3의 사나이는 남자일 것이기 때문이었다.

남자는 자그마해 보였다. 옆모습으로 보아 30대에서 40대 사이로 보였다. 굵은 테의 안경을 끼고 있었는데 얼른 보기에도 나약해 보이는 모습이었다. 가까이 다가갈수록 그러한 느낌은 더했다. 훅하고 불면 날아가 버릴 것만 같은 그런 사내였다. 그것은 내가 상상하고 있던 모습과는 너무도 다른 모습이었다.

적어도 조직이 H-64를 노리고 보낸 살인자라면 저런 모습일 수가 없다. 제3의 사나이는 강인하고 잔인해 보이는 얼굴과 근육질의 건장한 몸뚱이를 지니고 있어야 한다. 저 난장이 같은 사내가 제3의 사나이일 수가 없다. 내가 화장실 안에서 지체하는 사이에 놈은 이미 엘리베이터를 타고 사라져버렸음이 틀림없다.

그렇게 생각하자 안도감과 함께 일말의 아쉬움이 일었다. 나약해 보이는 사내는 한손에 검정색 007가방을 들고 있었다. 그리고 두 손에는 가죽장갑을 끼고 있었다. 몸에 걸치고 있는 코트는 흔히 볼 수 있는 베이지색 바바리였다.

나는 마침내 엘리베이터 앞에까지 이르렀다. 나약해 보이는 사내 뒤에서 걸음을 멈추고 여자 쪽을 잠시 쳐다보았다. 여자는 화려하게 차려입고 있었다. 잿빛 밍크코트에 감싸인 몸매는 여자치고는 조금 커보였는데, 옆얼굴 모습으로 보아 30대 초반쯤 될 것 같았다. 귀에는 번쩍거리는 귀걸이가 무겁게 매달려 있었고, 뒤엉킨 파마머리를 쓸어 올리는 손가락 끝에는 빨간 매니큐어가 칠해져 있었다. 코트 아래에서는 밤색 가죽으로 된 긴 부츠가 반들반들 빛을 내고 있었다.

그녀한테서는 싸구려 화장품 냄새가 역겨울 정도로 물씬 풍겨왔다.

그녀의 얼굴은 마치 탈을 쓴 듯 두껍게 화장이 되어 있었고, 하얀 얼굴과는 대조적으로 립스틱을 바른 입술은 유난히도 빨갛고 두꺼워 보였다. 그녀는 한쪽 어깨에 큼직한 숄더백을 걸치고 있었다. 화장을 아무리 진하게 하고 화려하게 차려입긴 했지만 본래의 못생긴 얼굴이 가려지지는 않고 있었다. 그녀는 두 번 다시 거들떠 볼 필요도 없는 아주 못생긴 여자였다.

엘리베이터는 두 대였다. 오른쪽 엘리베이터의 문이 열렸다. 그것은 아래로 내려가는 엘리베이터였다. 여자는 그대로 서 있었고, 나약해 보이는 조그만 사내가 그 안으로 들어갔다. 순간 나는 공포에 휩싸였다. 도저히 제3의 사나이 같지 않지만 혹시 모르지 않는가. 만일 저자가 제3의 사나이라면 나는 엘리베이터 안에서 살해당할지도 모른다.

내가 머뭇거리고 있을 때 사내가 엘리베이터 안에서 나를 쳐다보았다. 정면으로 보니 더욱 왜소한 체구의 사내였다. 그가 꽤나 도수 높은 안경을 끼고 있다는 것을 비로소 알 수가 있었다. 두 눈은 두꺼운 안경알에 가려 마치 안개가 낀 듯 뿌옇게 흐려보였다. 그래서 얼굴 표정과 생김새가 정확히 보이지가 않았다. 사내는 멍청한 모습으로 엘리베이터 안에 서 있었다. 그러나 그런 모습도 잠깐이었다. 곧 문이 닫혔고 사내의 모습도 시야에서 사라져버렸다.

이제 복도에는 화장을 짙게한 못생긴 여자와 나 두 사람만이 남아 있었다.

조금 후에 위로 올라가는 엘리베이터 문이 열렸다. 안에서 젊은 남녀 한 쌍이 내렸다. 못생긴 여자가 안으로 들어갔다. 내가 그대로 있자 그녀는 고개를 갸우뚱하면서 나를 쳐다보았다. 이윽고 문이 닫히는 순간 그녀가 나한테 야릇한 미소를 던진 것 같았다. 하지만 분명하지는 않았다.

나는 엘리베니터가 올라간 뒤에도 그 자리에 한동안 멍하니 서 있었다. 제3의 사나이를 내가 과연 보았는지 보지 못했는지 알쏭달쏭하기만 했다.

담배를 한 대 모두 태우고 나서도 나는 움직일 줄 모르고 그 자리에 여전히 못 박힌 듯 서 있었다. 연달아 담배에 불을 붙이고 나서 그것을 다 피울 때까지도 움직일 수가 없었다. 마치 무엇엔가 홀린 듯한 기분이었다.

그 나약해 보이는 사내의 모습이 자꾸만 내 머리 속을 혼란에 빠뜨리고 있었다. 그 왜소한 체구의 사내가 H-64를 노리는 무서운 암살자라고는 도무지 생각되지 않는데도 불구하고 그의 모습은 이상하게도 끊임없이 나를 괴롭히고 있었다. 그런데 그의 모습은 시간이 흐를수록 뚜렷해지기는커녕 자꾸만 흐릿해지고 있었다. 마치 그가 쓰고 있던 그 두꺼운 안경처럼.

두꺼운 안경알에 가려져 마치 안개가 서린 듯 뿌옇게 흐려 보이는 얼굴 모습에서는 도무지 그 생김새와 표정을 읽을 수가 없다. 어떻게 생겨먹은 사나이인지 인상이 흐려서 감이 잡히지 않는다. 그같이 생긴 사내가 제3의 사나이일 리 없다고 생각은 하면서도 그에 대한 생각이 머리에서 떠나지 않는다. 그의 흐릿한 모습이 머리에서 떠나지 않는데 반해 그 못생긴 여자의 모습은 별로 생각나지 않았다. 그 여자가 제3의 사나이일 리는 없기 때문이었다.

결국 나는 그날 제3의 사나이를 보는데 실패했다고 결론을 내리지 않을 수 없었다. 그 난장이 같은 사내도, 그 못생긴 여자도 제3의 사나이가 아니라고 결론지었다. 그렇게 결론은 내렸지만 왠지 마음이 개운치가 않았다.

1981년 12월 23일 KIS로부터

KIS라고? 병호는 고개를 갸우뚱했다. 빠삐용은 편지 말미에 언젠가는 자신의 이름 마지막 글자를 적겠다고 했었다. 병호는 편지를 봉투에 넣고 제4신을 꺼내보았다. 그것을 읽기 전에 편지 마지막에 적혀 있는 이름부터 보았다. 거기에는 S자가 하나 더 붙어 〈KISS〉라고 적혀있었다. KISS로부터? 키스라는 영어 단어는 흔히 입맞춤이라는 뜻으로 사용된다. 그밖에 또 다른 뜻이 있는지는 몰라도.

이 편지에서는 KISS는 무엇을 뜻하는 것일까? 이름은 아니고 암호일 가능성이 많다. 손명기라는 자는 계속 사람을 혼란시키는데 특기가 있는 모양이라고 병호는 생각했다. 그의 편지는 무엇인가 시원스럽게 밝히기는커녕 문제를 더욱 복잡하고 아리송하게 만드는 것 같다. KISS는 또 뭐란 말인가? 병호는 제4신을 펼쳐들었다.

〈제 4 신〉

하루가 지나자 불안감이 더욱 고조되어 참을 수 없는 지경에 까지 이르렀다. 나는 발작이라도 일으킬 것만 같았다.

내가 없는 사이에 또 제3의 사나이가 전화를 걸었다. 전화기에는 그의 목소리가 녹음되어 있었다.

"빠삐용, 당신은 약속을 어겼어. 내 얼굴을 본 이상 그대로 둘 수는 없어요."

그 한마디만 들린 다음 전화는 끊겨 있었다. 그 가냘프고 억양이 없는 목소리에 나는 소름이 쭉 끼쳤다. 그렇다면 그 나약해 보이는 사내가 제3의 사나이란 말인가! 제대로 보긴 보았구나! 나는 어깨를 추스르면서 몸을 떨었다. 나약해 보이는 사내가 갑자기 커다랗게 보이기 시작했다. 두꺼운 안경에 가려진 그 흐릿한 표정이 더없이 무시무시하게 생각되었다. 어떻게 그렇게 조그만 사내가 살인자가 될 수 있을까? 훅 불면 날아가 버릴 것 같은 그런 몸으로 과연 사람을 죽일 수가 있을까?

도무지 믿어지지 않는다. 그러면서도 그 사내에 대한 두려움을 떨쳐버릴 수가 없었다. 그는 약속을 어기고 자기 얼굴을 본 나를 그대로 둘 수 없다고 선언했다. 그대로 둘 수 없다는 것은 무엇을 의미하는가. 그것은 나를 죽이겠다는 말이 아닐까. 그가 나를 죽인다는 것이 현실감 있게 받아들여지지가 않는다. 그렇게 조그만 사내한테 내가 당한다는 것이 말도 안 되는 소리라고 생각하면서도 나는 그에 대한 두려움을 떨쳐버릴 수가 없었다. 솔직히 말해 그가 무섭다.

오늘은 나에게 있어서 정말 가장 재수 없는 날로 기록될 것 같다.

제3의 사나이로부터 협박 전화가 걸려오더니 회사에서는 나의 오랜 플레이가 마침내 들통이 나고 말았다. 5년 동안 해먹었으니 들통이 날만도 했다. 꼬리가 길면 잡힌다는 속담을 알고 있으면서도 5년 동안 플레이를 멈추지 않고 계속해 왔으니 발각되지 않을 리가 있겠는가. 그것을 발견해 낸 자는 여우같은 차장 놈이었다.

그놈은 언제나 나의 자리를 노리고 있었는데 마침내 결정적인 증거를 잡고 나에게 칼을 휘두른 것이다. 5년간의 플레이를 통해 내가 얻은 소득은 약 29억 원쯤 될 것이다. 꽤 많은 액수인 것 같지만 나에게 남은 것은 거의 없다. 그동안 생기는 대로 모두 써버렸고, 인형한테도 많은 액수가 흘러들어갔기 때문에 내 손에 남아있는 것은 1억 원도 못 된다. 나는 1백억 원쯤 돌파할 생각이었는데 겨우 29억 원 선에서 끝나고 말았다.

이제 나에게 남은 것은 도주밖에 없었다. 그 여우같은 차장 놈이 나의 5년간에 걸친 플레이의 단서를 포착하자마자 나는 슬그머니 회사를 빠져나왔다.

약속장소에 가서 30분쯤 기다리고 있자 인형이 나타났다. 인형 역시 회사에서 도망쳐 나온 길이었다. 그 플레이의 주역은 물론 나지만 그것이 성공할 수 있게 옆에서 도와준 사람이 바로 인형이었다. 인형이 도와주지 않았다면 나의 플레이는 성공할 수 없었을 것이다.

컴퓨터를 다루는 그녀의 도움 없이는 처음부터 성공할 수가 없는 것이었기 때문이다. 그러니까 우리 두 사람은 공모를 한 셈이다.

내가 잔뜩 불안에 떨고 있는데 반해 그녀는 별로 겁에 질려 있는 것 같아보이지 않았다. 이미 각오하고 있었는지는 몰라도 내가 머쓱할 정도로 나보다도 오히려 표정이 침착해 보였다.

권 차장이 단서를 포착하고 그것을 나에게 들이대자 나는 급한 김에 모든 것을 인형한테 덮어씌웠었다. 그리고 권 차장이 보는 앞에서 그녀를 몹시 나무랐다. 그녀는 울면서 사무실을 뛰쳐나갔는데 물론 그것은 연극이었다. 그 이후 그녀는 회사에 다시 돌아가지 않았다고 말했다. 돌아갈 수가 없었을 것이다.

"권 차장한테 밖에서 전화를 걸어봤어요."

"뭐라구? 전화는 뭐 하러 걸었어?"

나는 그녀의 천연덕스러운 말에 어이가 없었다.

"궁금해서 견딜 수가 있어야죠. 상황이 어떤지 알아보고 싶어서 걸었어요."

"그래. 뭐라구 그래?"

"모든 것이 속속 밝혀지고 있대요. 회사에서는 지금 난리가 났으니까 빨리 들어와서 해명을 하라는 거예요. 그러니까 안심하고 들어오래요. 그러면서 부장님 숨어 있는 곳을 알려 달라고 했어요. 회장님까지 알게 돼서 회사가 발칵 뒤집혔는데 지금 바로 회사에 돌아와서 용서를 빌고 해명하지 않으면 경찰에 고발할 수밖에 없대요. 경찰이 수배하면 금방 붙잡힌다고 했어요."

이렇게 말하면서 그녀는 재미있다는 듯 미소를 짓기까지 했다.

"여우같은 자식, 그놈 말을 믿으면 안 돼. 넌 회사에 돌아가는 즉시 경찰에 구속된다는 걸 알아야 해."

"알고 있어요."

"돌아다니지 말고 당분간 은신하고 있어. 한국을 빠져나갈 때까지 말이야. 돌아다니다가 눈에 띄어 붙잡히기라도 하는 날에는 곧바로 감옥행이야. 시내에 형사들이 쫙 깔렸을 거야."

그녀가 잠시도 앉아 있지 못하고 싸돌아다니는 성격임을 잘 알고 있는 나는 그녀한테 주의를 주었지만 그녀는 코웃음만 쳤다.

"내 걱정은 말고 부장님이나 조심하세요."

조금 있다가 외국으로 빠져나가게 되면 두 번 다시 한국으로 돌아오기 어려울 텐데 그 전에 많이 봐두어야 하지 않겠느냐고 그녀는 장난스럽게 말하기까지 했다.

우리는 외국으로 가기로 되어 있었다. 외국이라야 가까운 일본이다. 일단 일본으로 건너간 다음 거기서 기회를 보아 나는 다른 데로 갈 생각이다. 일이 끝나는 대로 조직에서는 나와 인형을 일본으로 빼내주겠다고 약속했다. 하지만 내가 전적으로 그 약속을 믿는 것은 아니다. 솔직히 말해 나는 그것을 믿을 수도 안 믿을 수도 없는 딜레마에 빠져 있다.

나는 조직에 정식으로 가입했고, 피로써 조직의 명령에 따를 것을 서약했다. 아울러 조직도 내가 숨이 끊어질 때까지 나를 보호해 줄 것을 약속했다. 하지만 원래가 의심이 많은 터여서 그런지 나는 그들의 약속을 반신반의한다. 불법적인 단체의 약속이란 것을 과연 어디까지 믿을 수가 있단 말인가! 필요에 따라 조직의 이익을 위해서라면 어떤 약속도 저버리는 것이 그들의 생리가 아닌가.

내가 비밀결사단체인 백군(白軍)에 가입한 것은 1년 전이었다. 암호명 R45로 통하는 백군은 국제적인 성격을 띠고 있기는 하지만 주력 멤버는 일본인들이다. 그것은 일본 적군파의 테러에 대항해서 결성되었는데 정치적 색채가 극우 일색인 것이 특징이다. 그리고 재벌을 비롯한 상류계급의 지원을 받고 있기 때문에 적군보다는 훨씬 강력한 지원세력을 확보하고 있다. R45는 그러나 적군파만큼은 세상에 알려져 있지 않다.

아직은 베일에 가려져 있지만 적군파 이상으로 과감하게 일을 처리하고 무자비한 테러도 서슴지 않는다. 적군파가 기우는 태양이라면 백군은 떠오르는 태양이다. 백군은 적군을 박멸하는데 전력을 기울이고 있다. 공권력으로는 그것을 박멸하는데 한계가 있기 때문에 백군 같은 비밀결사가 팔을 걷어붙이고 나선 것이다.

그러나 백군의 목표는 단지 적군파를 박멸하는 데만 있는 것이 아니다. 그것은 백군이 처리해야 할 목포 중 한 가지 사항일 뿐이다. 백군의 목표는 일본이 1945년 이전 상태로 돌아가려는 것이다.

1945년 이전 상태로 돌아간다는 것은 원대한 이상이자 야망이다. 그리고 그것은 결코 무모한 야망도 아니다. 그것은 실현 가능성이 있는 야망인 것이다.

그것은 역사의 후퇴도 아니다. 45년에 중단되었던 역사를 계승 발전시키는 것일 뿐이다. 만일 2차 대전에서 연합군이 패배하고 태평양 전선에서 일본이 승리했다면 역사는 지금

과는 전혀 다른 쪽으로 발전했을 것이다. 한국으로서는 남북 분단 같은 것도 없었을 것이고, 오늘처럼 이렇게 좁은 땅덩이에서 복작거리며 살지 않아도 될 것이다. 한국이 일본에 합병되어 그러한 사태가 오늘까지 계속되었다면 일본과 한반도는 오늘날 초강대국으로서 세계를 지배하게 되었을 것이다. 압록강 너머 만주벌도 우리 땅이 되어 우리는 광활한 대지 위를 마음대로 달릴 수 있는 여유 있는 국민이 되었을 것이다.

이 상태에서는 한국은 아무리 발버둥 쳐도 강대국은커녕 선진국도 될 수 없고, 멀지 않아 자연 붕괴되고 말 것이다. 한국이 살아날 수 있는 길은 1945년 이전 상태로 돌아가는 수밖에 없다. 남한의 5천만과 일본의 1억2천만 명이 뭉치는 날, 북한은 자연 괴멸될 것이고 새로운 시대가 도래할 것이다. 그러기 위해서는 우선 고개를 쳐들고 있는 좌파세력을 깡그리 도려내야만 한다. 그런 다음 극우파에 의한 완전한 힘의 지배만이 이 난세의 천하를 평정할 수 있다. 이 단순명쾌한 논리에 대한 거역은 모두 좌파로 매도되어야 한다. 현재 이 나라에는 사상의 자유니 어쩌니 해서 그야말로 백가쟁명의 소리가 드높다. 이러한 소리들은 그야말로 국가발전을 위해 백해무익한 것이다. 그들을 잠재우는 길은 힘에 의한 완전한 지배밖에 없다.

나는 한국과 일본이 하나의 국가가 되어 아시아를 지배하고 세계를 지배할 수 있는 강력한 국가가 되는 것이 소원이다. 지금 같은 남북분단의 상태로는 언제 어느 강대국의 지배하에 들어가 민족 자체가 말살될지 알 수 없다. 이제 작은 단위의 국가관이나 민족주의에 얽매여 연연하던 시대는 지나갔다. 지구라는 혹성 위에 존재하는 1백 수십 개의 국가들은 언젠가는 몇 개의 그룹으로 통합되어 치열한 경쟁을 벌이며 아귀다툼을 하게 될 것이다. 그때 살아 남기 위해서는 미리 일본과 통합하여 강력한 리더가 되어야 하는 것이다. 민족과 민족, 국가와 국가 사이에는 약육강식의 논리밖에 존재하지 않기 때문이다.

백군은 나에게 첫 번째 임무를 부여했는데 그것은 제3의 사나이와 협조하여 H-64를 제거하라는 것이었다. 그 일을 위해 나는 제3의 사나이에게 H-64에 관한 자료를 전해 주었던 것이다.

H-64는 한국 경제가 일본에 예속되는 것을 가장 앞장서서 반대하는 경제인이다. 그는 기회 있을 때마다 한국 경제인이 제일 경계해야할 대상으로 일본을 지적한다. 그의 말에 따르면 일본은 경제를 무기로 한국을 식민화하려 하고 있으며 현재의 무역 역조가 계속 심화되면 멀지 않아 한국은 일본의 식민지로 전락하고 말 것이라는 것이다. 한국 국민들은 무력으로 짓밟혀 예속되는 것은 식민화로 보면서도 경제 예속화로 지배당하는 것은 대수롭지 않게 보고 있다고, 한국국민들에게 계속 주의를 환기시키고 있다.

한국은 다른 나라에서 벌어들인 달러를 몽땅 일본에다 쏟아 붓고 있으며 그것도 모자라 계속 일본에서만 상품을 사들이고 있다는 것이 그의 주장이다. 그것을 보고 한국 국민은 자존심도 없는 국민이라면서 과거 일제 식민지시대를 잊었느냐고 외치면서 그는 계속 경종을 울리고 있다. 그는 경제의 일본 예속화를 저지하는 방법으로 일본으로부터 과감히 탈피하여 수입선을 다변화할 것을 제의하고 있다. 그는 유럽 쪽으로 수입선을 돌려야 하며, 특히 자유화 물결이 일고 있는 사회주의 블록과도 손을 잡고 교역을 추진해야 한다고 역설하고 있다.

사상적으로 그는 사회주의 색채가 강한 진보주의자라고 할 수 있다. 재벌그룹 회장이 어떻게 그럴 수 있느냐고 자신은 완강히 부인하고 있지만 그의 일련의 발언과 행동을 보면 사상적으로 위험인물임에 틀림없다. 국내 재벌그룹 가운데서 노동조합이 최초로 결성된 곳도 그의 회사이고 그것이 회사의 비호 하에 활성화되고 있는 곳도 그 그룹이다. H-64 때문에 다른 회사들이 골탕을 먹고 있음은 물론이다.

그는 눈의 가시로 비난의 화살을 한 몸에 받고 있지만 계속 자신의 주장을 굽히지 않고 있다. 노동자들은 그런 그를 영웅처럼 떠받들고 있다. 영웅이라니, 말도 안 되는 것이다. 대학생들도 그를 많이 따르고 있다. 계엄이 해제되면 국내의 많은 회사들은 노동문제로 큰 홍역을 치르게 될 것이다. 그는 그것을 기다리고 있다. 그는 정치적인 발언도 서슴지 않고 있다. 비상계엄이 더 이상 계속되면 한국 경제는 치명상을 입게 될 것이라고 말해 대통령의 노여움을 샀다는 말도 들려오고 있다.

아무튼 H-64는 경제인치고는 확실히 별난 데가 있는 사람이다. 그는 여느 경제인들과는 확실히 다르다. 그 다르다는 점 때문에 주위에 적이 많다. 그가 주위의 눈총을 묵살하고 그렇게 강성발언을 계속할 수 있는 것은 노동자와 대학생들, 특히 하층민들의 폭넓은 지지를 받고 있기 때문일 것이다. 그는 거기서 큰 힘을 얻고 있음이 틀림없다. 만일 그가 제거되면 그를 좋아하던 사람들은 큰 충격을 받게 될 것이고, 크나큰 슬픔을 맛보게 될 것이다. 나는 그들이 슬퍼하는 모습을 보고 싶다.

그는 국내 지식인들로부터도 지지를 받고 있다. 까다롭기 이를 데 없는 지식인들의 지지를 받는다는 것은 지극히 어려운 일인데도 불구하고 그는 국내 경제인들 가운데 유일하게 그들의 지지를 획득하고 있다. 지식인들의 지지는 곧 국민적 지지로 발전한다. H-64가 국민적 지지를 획득하는 것은 시간문제다. 그가 국민적 지지기반 위에 서게 되면 한국 경제인들은 그의 주장에 따르지 않을 수 없게 될 것이고 그렇게 되면 모든 회사들은 근로자들이 노동조합을 설립하도록 도와주지 않으면 안 될 것이다. 그 문제를 놓고 모든 경제인들이 전전긍긍하고 있음은 너무도 당연한 일이다.

그들이 H-64를 눈의 가시로 여기고 있음도 역시 당연한 일이다.

이런저런 이유로 해서 H-64가 제거당하면 내심 좋아하게 될 사람들이 너무 많다. 그들은 사실 H-64가 없어지기를 은근히 바라고 있는지도 모른다. H-64에 대한 암살기도는 그야말로 시기적으로 아주 적절한 때에 나왔다.

H-64는 멀지 않아 〈한 · 일 경제백서〉라는 것을 발표할 것이라고 한다. 거기에서 그는 한국 경제가 어느 정도 일본에 예속화되어 있는지 그 실상을 밝힐 것이라고 한다. 특히 한국 기업들이 차관이라는 명목으로 일본에서 빌어다 쓴 기업별 차관 액수는 물론 지하로 흘러들어와 자리 잡은 경제규모도 속속들이 밝혀질 것이라고 한다. 만일 폭탄 같은 위력을 지닌 그것이 발표되는 날에는 한국 국민들은 크나큰 충격을 받을 것이고, 일본 경제에 의존해 온 한국 기업들은 돌이킬 수 없는 큰 상처를 입게 될 것이다.

현재 극비사항으로 되어 있는 기업별 일본 차관 액수도 엄청나지만 차관 형식을 빌지 않고 불법적으로 흘러들어와 자리 잡은 일본 자금이 지하경제에서 차지하고 있는 규모는 더욱 엄청나다. 그러나 한국의 지하경제를 주름잡고 있는 일본의 검은 돈은 이중삼중으로 위장되어 있기 때문에 좀처럼 그 정체가 드러나지 않는다. 검은 돈의 명목상 주인은 한국인이지만 그를 뒤에서 조종하는 것은 일본인인 것이다.

한국 경제인들 가운데는 뒤에서 일본인들한테 조종당하면서 그들의 검은 돈을 가지고 허세를 부리는 사람들이 상당수 있다.

그들은 자금 사정이 나쁜 기업들에 일본의 검은 돈을 고리의 사채로 빌려주면서 그것이 마치 자기 돈인 양 생색을 내고 허세를 부리는 것이다. 일본의 검은 돈을 끌어다 쓴 경제인들은 결국 울며 겨자 먹기 식으로 일본인들과 밀착될 수밖에 없고 그들의 조종대로 움직일 수밖에 없다.

일본은 그동안 돈으로 한국을 무차별 폭격해 왔고, 지금까지 심어둔 그 엄청난 자산을 지키기 위해서 앞으로 무슨 짓을 할지 모른다. R45의 활약이 기대되는 것은 바로 이런 것 때문일 것이다.

H-64의 경제백서가 발표되는 날 내로라하는 한국 기업들의 빈껍데기뿐인 허상은 백일하에 드러날 것이고, 그것을 알게 된 한 국민들의 분노는 하늘을 찌르게 될 것이다. 일본 자금이 막혀 도산하는 기업들이 속출할 것이고, 일본에 대한 국민감정은 최악의 상태로 치달아 국교단절의 위기로까지 발전될 가능성이 있다.

H-64가 작성하고 있는 〈한 · 일 경제백서〉의 내용을 탐지한 한국 경제인들과 일본인들이 그것이 발표되는 것을 저지시키기 위해 여러 경로를 통해 그에게 압력을 가하고 있지만 도무지 먹혀 들어가지 않고 있는 것 같다.

H-64는 워낙 바위처럼 강한 인물이기 때문에 타협이나 후퇴라는 것을 모른다. 더구나 그의 배후에는 노동자 · 학생 · 지식인들의 지지가 있다. 그리고 들리는 소문에 의하면 그는 미국 정부의 강력한 지지도 받고 있기 때문에 한국의 권력층에서도 그를 함부로 다루지 못한다고 한다. 미국이 그를 한국의 차기 대통령후보로 내세우기 위해 이미 공작을 개시했다는 극비 정보도 흘러나오고 있는데 아직 확실한 것은 알 수 없다.

아무튼 여러모로 따져볼 때 H-64는 우리 나라에서 가장 위험한 인물임에 틀림없다. 〈한 · 일 경제백서〉가 발표되는 것을 저지하기 위해서도 그를 제거하는 것은 아주 시급히 요청되는 일임에 틀림없다.

암살정보가 새나갔는지는 몰라도 그는 요즘 들어 자신에 대한 경호를 부쩍 강화시키고 있다. 그리고 예정에 없던 짓도 자주하고 있다.

그러나 저러나 내 자신이 현재 위험에 처해 있기 때문에 이 상황에서 벗어나는 것이 급하다. 조직의 도움 없이는 위험으로부터 탈출하는 것이 어려운 일이라는 것을 나는 잘 알고 있다. 조직의 도움을 청할 수도 안 청할 수도 없는 이 기묘한 입장을 과연 누가 이해해줄 수 있을까?

1981년 12월 24일 KISS 로부터

제주도의 밤

편지를 모두 읽고 난 병호는 한동안 멍하니 창밖을 바라보고 있었다.

편지는 아주 길었고, 충격적인 내용을 담고 있었다. 편지 내용이 사실이라면 그야말로 어마어마한 음모가 꾸며지고 있다고 볼 수 있었다. 지금 당장 급한 것은 H-64라는 인물을 찾아내 이 위기를 알려주는 일이다.

H-64는 누구일까? 편지 내용에는 그에 대한 많은 암시가 내포되어 있었다. 우선 그가 한국 경제인 가운데 한 명이라는 사실은 분명하다. 그리고 매우 진취적인 사고를 지니고 있고 그것을 서슴없이 실천에 옮기고 있는 인물이라는 점이다. 그 외에도 그는 자기 회사 내에 국내에서는 처음으로 노동조합을 설립하도록 허용했다고 했다. 그런 인물이라면 의외로 쉽게 찾아낼 수 있을지도 모른다.

그러나 병호는 한국 경제계에 대해서는 거의 아는 바가 없었다. 우체국을 나온 그는 그 앞에 설치되어 있는 공중전화 박스

안으로 들어가 시 경찰국으로 전화를 걸었다.

수사과 내에는 경제계가 따로 독립되어 있다. 증가하는 경제사범을 단속하기 위한 전담부서다. 전화는 경제계장 앞으로 연결되었다. 병호는 자신의 신분을 밝힌 다음 용건을 이야기했다. 시경의 경제계장과는 우연히 마주친 적도 없는 사이이기 때문에 대화는 좀 딱딱하게 사무적으로 이루어졌다.

"한국 경제인 가운데 한 사람을 찾아내야하기 때문에 전화를 걸었습니다. 그 사람의 인적사항에 대해서는 아는 게 하나도 없습니다. 경제인 가운데 한 명이라는 것밖에는 아는 게 없습니다. 하지만 좀 막연하지만 몇 가지 알고 있는 사실은 있습니다. 한국 경제인들 가운데 아주 진취적인 사고를 지닌 사람이라는 것, 그래서 사회주의 성향을 지녔다고 의심을 받고 있을 가능성도 있는 사람입니다. 그밖에도 국내에서는 처음으로 자기 회사내에 노동조합을 설립하도록 허용했고, 한국 경제가 일본에 예속되는 것을 앞장서서 반대하는 사람입니다. 최근에는 수입선을 일본으로부터 벗어나 구미제국으로 돌려야 한다고 역설했다고 하는데…… 그런 사람이라면 누가 있습니까?"

병호의 질문이 끝난 뒤에도 상대방은 한동안 침묵을 지키고 있었다.

이윽고 상대방이 입을 열었다.

"그 사람은 왜 찾는 거죠?"

이번에는 병호가 침묵했다. 상대방은 이미 H-64의 정체를 알고 있는 듯 했다.

"살인 사건을 수사하다 보니까…… 그 인물한테까지 선이 닿게 됐습니다."

"어떤 살인 사건인가요?"

"두 사람이 연달아 살해된 아주 중요한 살인 사건입니다. 남자는 목과 팔이 잘려나가고 여자도 목이 거의 잘린 사건입니다. 여자가 피살된 것은 아직 신문에 보도되지 않았을 겁니다. 조금 전에 피살체가 발견됐으니까요."

"풍뎅이 사건 말이군요."

"네, 그렇습니다."

"그 사건에 지금 찾고 있는 인물이 관련되어 있나요?"

"그렇지는 않을 겁니다."

"그럼 왜 그 사람을 찾는 거죠?"

병호는 화가 치밀었다. 그러나 목소리의 부드러움을 바꾸지는 않았다.

"참고인으로 그 사람을 한번 만나볼 필요가 있을 것 같아서 그럽니다."

"그런 정도 일이라면 아마 만나기 어려울 겁니다. 워낙 거물이라놔서요."

"누굽니까? 알고 있으면 좀 빨리 말씀해 주십시오."

"정확히 누구라고 집어서 말할 수는 없고…… 말씀하신 내용으로 봐서는 한성그룹의 한일성 회장이 아닌가 생각됩니다. 한성그룹에서 노조가 맨 처음 설립되었고…… 경제계에서 유별나게 행동하는 바람에 빈축을 사고 있는 사람이라면 한 회장이 제일 먼저 생각나는군요. 그는 요주의 인물로 우리도 주목하고 있는 인물입니다."

"왜 그를 주목하고 있습니까?"

"그의 사상이 의심스러워서 지요. 그에 대한 투고가 많이 들어오고 있어요. 그렇지 않아도 우리도 그에 대해 내사하고 있는 중입니다."

"그렇다면 그에 한관 자료가 많겠군요?"

"많지는 않고 좀 있긴 있지요."

"그걸 좀 볼 수 없을까요?"

"글쎄요. 워낙 극비사항이기 때문에……"

수화기를 내려놓고 공중전화 박스에서 나오면서 병호는 H-64의 H는 한성의 영문 머리글자일 것이라고 생각했다. 그렇다면 64는 무엇을 가리키는 것일까? 암호명은 곧 풀릴 것 같으면서도 풀리지 않고 그를 괴롭히고 있었다. 그는 차를 세워둔 쪽으로 걸어가다 말고 도로 공중전화 박스 쪽으로 돌아가 한성 경리과로 전화를 걸었다. 권 차장은 사건현장에서 돌아와 있었다. 그는 피살체를 목격했을 때 받은 충격에서 아직 헤어나지 못한 듯 쇠약한 목소리로 전화를 받았다.

"한 회장의 나이가 올해 몇입니까?"

"64세입니다."

제주도 서귀포 12월 28일 밤.

초저녁부터 내리던 눈은 시간이 흐르면서 점점 더 많이 내리고 있었다. 저녁 8시가 되자 모든 항공기의 이착륙이 금지되고 선박들의 운항도 중지되었다.

한일성 회장은 아까부터 창가에 서서 눈이 내리고 있는 모습을 지켜보고 있었다.

굵은 함박눈은 넓은 뜰과 귤 밭을 완전히 흰색으로 뒤덮고 있었고, 그 저편 바다 쪽은 눈과 어둠에 가려 아무 것도 보이지 않았다. 뜰을 가로질러 완만한 경사면을 이루고 있는 수천 평의 귤 밭을 지나고 나면 곧장 절벽에 이르게 되고, 그 아래 날카로운 암벽으로 되어 있는 낭떠러지에는 언제나 거센 파도가 몰려와 부딪치고 있다.

한 회장의 별장은 단층으로 되어 있는 통나무집이었다. 건평이 40여 평쯤 되어 별장으로 이용하기에는 아주 적합한 집이었다. 그리고 통나무집이 없는 한국에서는 좀 특이한 별장 건물이라고 할 수 있었다. 그런데도 그 집이 별로 외부에 알려지지 않은 것은 차도로부터 멀리 떨어져 있는데다 수목에 둘러싸여 있어 밖에서는 잘 보이지 않기 때문이었다.

통나무 별장이 지어진 것은 5년 전쯤이었다. 본래 그의 별장은 강원도 설악산 부근에 있었는데 5년 전쯤 제주도 서귀포 부근에다 땅을 사서 새로 별장을 지었던 것이다. 자연 상태의 것을 좋아하는 그는 캐나다에서 건축을 공부하고 돌아온 건축가에게 통나무집을 지어달라고 부탁했고, 그 건축가는 살균 처리된 수입 목으로 두어 달 만에 그 집을 만들어냈다. 투박스럽게 다듬어진 통나무로 조립해서 만드는 것이기 때문에 건축기간이 아주 짧기는 하지만 시멘트 건물보다는 훨씬 튼튼하고 단열과 보온 효과가 뛰어났다.

그는 그 통나무집을 아주 좋아해서 연말이면 언제나 그곳에 와서 며칠씩 묵다 가곤 했다.

거실에는 그 혼자만 있었다. 거실 한쪽 벽에 설치되어 있는 벽난로에서는 장작이 탁탁 소리를 내면서 타오르고 있었다. 창가에서 물러난 그는 벽난로가로 다가와 소파에 가만히 앉았다. 진한 녹색 가운 차림의 그는 중키에 조금 야윈 모습이었다. 그러나 가는 금테안경에 가려진 두 눈에서는 사물을 꿰뚫어보는 것 같은 빛이 일고 있었다. 그는 탁자 위에 조금 전 읽다 말고 놓아둔 책을 집어 들었다. 그것은 〈일본의 자살〉이라는 제목의 책이었다. 일본의 소장학자들의 모임인 〈그룹 1984년〉이 일본의 현황을 다각도로 분석해서 펴낸 그 책은 일본의 자체붕괴를 예고하고 있었다.

전후 경제부흥으로 선진국 대열에 올라선 일본은 기적 같은 그 경제성장 때문에 일본을 지탱해 온 가치관이 무너지면서 오히려 자멸에 빠지게 될 것이라는 그 내용에 그는 흥미를 느끼고 있었다.

그의 일본에 대한 관념은 처음부터 끝까지 적으로 일관되고 있었다. 일본과는 결코 다정한 이웃으로 지낼 수 없다는 것이 그의 생각이자 주장이었다. 때문에 일본과의 교류는 기본적으로 제1의 적국이라는 관념 하에서 출발해야 한다는 것이 그의 기본적인 생각이었다.

그는 기회 있을 때마다 자신의 그 같은 생각을 겉으로 드러내놓고 말하곤 했는데, 그것은 한창 무르익어가고 있는 한·일 밀월관계에 찬물을 끼얹는 발언이어서 친일 분자들을 불쾌하게 만들곤 했다. 때때로 그는 그런 발언들 때문에 경고도 받았고 협박도 받았지만 조금도 자신의 주장을 철회하거나 몸을 사리거나 하지 않았다.

거실의 전화벨이 울렸다. 옆방에 대기하고 있던 그의 비서가 뛰어나와 수화기를 집어 들었다. 비서는 매우 정중하게 전화를 받고 나서 굳은 표정으로 한 회장 쪽으로 다가왔다.

"대통령 비서실에서 회장님과 통화를 하고 싶답니다. 비서실장입니다."

한 회장은 책을 덮고 조금 놀란 표정으로 비서를 올려다보았다. 그러나 무슨 일이냐고 묻지는 않았다. 그는 탁자 위에 놓여 있는 무선전화기의 수화기를 집어 들었다. 귀에 익은 투박스러운 목소리가 수화기를 통해 들려왔다.

"한 회장이요? 아, 나 김 실장입니다."

교양미라고는 털끝만큼도 느껴지지 않는 목소리에 한 회장은 미간을 찌푸렸다. 대통령 비서실장과는 공식석상이나 파티 같은데서 더러 만나는 기회가 있었다. 그는 되도록 김 실장을 만나지 않으려고 피했지만 그렇게 마음대로 되지는 않았다.

"김 실장께서 웬일이십니까?"

그는 실장 밑에다 결코 '님' 자를 다는 법이 없다. 다른 사람들은 '실장님' 이라고 부르면서 다투어 비굴한 태도를 보이지만 그만은 언제나 그를 '실장' 이라고 부르고 있고 그 앞에서 굽실거리거나하지도 않는다.

"나 지금 제주도에 내려와 있어요."

혀 꼬부라진 소리로 보아 술 깨나 마신 모양이라고 한 회장은 생각했다.

"어디 계십니까?"

"거기서 가까운데 있어요. 각하와 함께 있어요. 며칠 동안 제주도에 머무르실 거예요."

"아, 그렇습니까."

한 회장은 가슴이 답답해져 왔다.

대통령 일행이 가까운 곳에 묵고 있다는 것은 정말 생각지도 못한 뜻밖의 일이었다. 그럴 줄 알았으면 이곳에 오지 않았을 것이라고 그는 생각했다.

대통령 별장이 남원 쪽 어딘가에 비밀리에 세워지고 있다는 말을 들은 적이 있었다. 그때는 그럴 수도 있으려니 하고 흘려 넘겼었는데 막상 대통령 일행이 그곳에 와 있다는 것을 알게 되자 그는 당황하지 않을 수 없었다.

"한 회장이 제주도에 와 있다는 말을 들으시고 각하께서 당장 한 회장을 부르라고 말씀하셨습니다."

"새로 지은 별장에 계십니까?"

그는 모른 체하고 물었다.

"네, 각하께서는 지금 술 한 잔 하고 계시니까 이쪽으로 바로 오세요."

"난 지금 몸이 좋지 않아서……"

"한 회장! 지금 무슨 소리를 하는 거예요? 각하께서 찾으시는데 빼는 겁니까?"

"아, 아닙니다. 빼는 게 아니라 갑자기 배탈이 나서 누워 있는 중입니다."

"잔소리 말고 빨리 와요! 인사만 하고 가더라도 빨리 와요! 한 회장, 생각 잘해요. 차를 곧 보내겠소."

한 회장이 뭐라고 말할 사이도 없이 전화는 일방적으로 끊어졌다.

"빌어먹을!"

그는 일어서면서 투덜거렸다. 눈이 포근히 내리는 이런 밤에 난로 가에 앉아 차를 마시며 책이나 보고 싶은 게 그의 소원이었다. 그럴 수 있는 기회란 정신없이 바쁘게 돌아가고 있는 그에게는 일년에 한 번 있을까 말까하다. 그런 기회를 빼앗다니! 그는 기분이 별로 좋지 않았다. 지금 그는 아무도 만나고 싶지 않았다. 상대가 누구건 간에.

"좀 나갔다 와야겠어. 대통령이 나를 찾나 봐."

"가까이 계신가 보죠?"

황비서가 조심스럽게 물었다. 한 회장은 고개를 끄덕이면서 가운을 벗었다.

황비서는 50이 넘은 깡마른 사내였다. 그는 25년 동안 한 회장 곁을 그림자처럼 따르고 있었다. 한 회장이 이 세상에서 가장 신임하는 사람이 있다면 그 사람이야말로 바로 황비서였다. 이상하게도 두 사람 다 홀아비였다. 그리고 서로 비슷하게 늙어가고 있었다. 사람들은 그들이 항상 붙어 지내기 때문에 서로 비슷해진 모양이라고 말하곤 했다.

30분도 지나지 않아 개 짖는 소리가 요란스럽게 나더니 경찰 패트롤카가 먼저 통나무집 앞에 나타났다. 그 뒤를 따라 눈을 허옇게 뒤집어쓴 검은 승용차가 미끄러져 들어왔다. 관리인과 두 마리의 개가 달려오는 것이 보였다.

개들이 차에서 내리는 사람들을 향해 미친 듯 짖어대기 시작했다. 관리인이 야단치자 그제서야 개들은 기세를 누그러뜨렸다. 경찰 패트롤카에서 내린 정복 경찰관 두 명이 차렷 자세를 취하고 있는 동안 검은 승용차에서 내린 두 명의 사나이가 통나무집 출입구 쪽으로 다가갔다. 출입구 앞에는 전등불이 환히 켜져 있었고, 그 앞에서 기다리고 있던 황비서가 낯선 사나이들을 향해 조금 고개를 숙여보였다.

"어서 오십시오."

"계십니까?"

앞선 사나이가 안쪽을 향해 턱짓을 해보였다.

"네, 기다리고 계십니다. 들어가시죠."

황비서가 문을 열어주자 그들은 서슴없이 안으로 들어섰다. 그들의 움직임에서는 찬바람 같은 것이 느껴졌다.

거실로 들어선 그들은 30대로 보였고, 하나같이 단정한 차림에 머리를 스포츠형으로 짧게 기르고 있었다. 한 회장은 외출복 차림으로 소파에 앉아 책을 읽고 있다가 그들이 들어서는 것을 보고 몸을 일으켰다.

"어서들 오시오. 김 실장이 보내서 오신 분들인가요?"

"그렇습니다. 모시고 오라는 분부입니다."

깍듯이 말하면서도 표정은 냉담했다. 표정이 굳어 있는 것은 한 회장도 마찬가지였다. 그는 아직도 김 실장의 건방진 말투 때문에 불쾌한 감정에서 벗어나지 못하고 있었다.

"잔소리 말고 빨리 와요! ……한 회장, 생각 잘해요……"

김 실장의 그 안하무인의 버르장머리 없는 말투가 아직도 귓가에 남아 있었다.

"갑시다."

한 회장이 출입구 쪽으로 걸어가자 대기하고 있던 황비서가 재빨리 검정 오버를 그에게 입혀주었다. 이윽고 그가 밖으로 나가자 안내자 가운데 한 명이 검은 승용차의 뒷문을 열면서

"타시죠."

하고 말했다. 그러나 한 회장은 그 차를 타는 것을 거부했다.

"나는 내 차를 타고 따라가겠소."

낯선 사내들은 약간 당황한 표정이다가 알겠다는 듯 고개를 끄덕였다. 통나무집 한편에 눈을 뒤집어쓴 채 서 있던 회색 지프가 한 회장 앞으로 굴러왔다. 그는 별장지에서는 언제나 지프를 즐겨 타곤 했다.

차 안은 히터를 켜놓았기 때문에 따뜻했다. 그가 앞자리에 올라타자 황비서는 뒷문으로 해서 차에 올랐다.

먼저 패트롤카가 출발하고 그 뒤를 검은 승용차와 지프 순으로 따라갔다. 길에는 이미 눈이 많이 쌓여 있었고 그 뒤로 계속 눈이 내리고 있었기 때문에 차들은 느릿느릿 굴러갔다.

한 회장은 오버 주머니 속에 두 손을 찌른 채 어둠 속에서 소용돌이치고 있는 눈보라를 바라보고 있었다. 차는 바닷가로 이어지는 도로 위를 달리고 있었지만 어둠 때문에 바다는 보이지 않았다. 그는 비서실장이라는 자를 될 수록 만나지 않으려고 피해 왔었다. 그러나 상대방은 언제나 그를 찾아내 방자한 태도로 말을 걸어오곤 했다. 결국 한 회장은 김 실장을 만나고 나면 기분 좋은 감정보다는 불쾌한 감정만이 찌꺼기처럼 남는 것이 다반사였다. 김 실장은 아직 50도 채 안 된 젊은 사람이었다. 그런

데도 불구하고 권력을 휘두르는 맛에 도취되어 누구한테나 방자하게 구는 것이었다. 한 회장은 그가 아주 싫었고 혐오스러운 생각마저 들었다.

대통령이 왜 나를 보자는 것일까? 그는 대통령을 만나는 것도 달갑지가 않았다. 다른 사람들은 대통령이 보자면 기다렸다는 듯이 달라가곤 하지만 그 만은 그렇지가 않았다. 경제인들 가운데 대통령을 기피하는 사람은 그 혼자뿐이었다.

20분쯤 지나자 앞서 가던 차들이 오른쪽으로 꺾어져 들어갔다. 조금 들어간 곳에 바리케이드가 쳐져 있었고 그 앞에는 기관단총을 든 군인들이 살벌한 모습으로 서 있었다. 뭐라고 외치는 소리가 들리더니 바리케이드가 치워지고 차들은 다시 앞으로 굴러갔다. 한 회장은 눈을 허옇게 뒤집어쓴 채 서 있는 군인들이 춥겠다고 생각했다.

바리케이드를 세 개나 통과해서야 일행은 대통령 별장 앞에 도달할 수 있었다. 어둠 속에서도 사방에 경호원들이 장승처럼 서 있는 모습이 보였다. 별장 앞은 더욱 삼엄했다. 별장 출입문 앞에는 기관단총을 든 사복차림의 경호원들이 눈을 번득이며 서 있었다. 누구라도 기세에 눌려 안에 들어가기도 전에 주눅이 들 것만 같았다.

바리케이드가 치워지고 문이 열렸다. 검은 승용차는 안으로 굴러들어갔지만 경찰 패트롤카와 지프는 문 앞에서 경호원에게 제지당했다. 경호요원이 지프를 타고는 별장 안으로 들어갈 수 없다고 말했다. 초대받아서 오는 길이라고 했지만 그것은 통하지가 않았다.

"차에서 내리십시오. 걸어가셔야 합니다."

그 목소리에는 사정 같은 것은 통하지 않는 무쇠 같은 차가움이 있었다. 한 회장은 차에서 내렸다. 황비서도 차에서 내려 그 뒤를 따르려고 했다. 그러자 경호원이 그를 제지했다.

"당신은 안 됩니다."

황비서는 주춤하고 서서 한 회장이 안으로 들어가는 모습을 지켜보기만 했다.

대문을 통과하자 안쪽에도 경호요원들이 서 있었다. 경호원 한 명이 그에게 경비초소를 가리켰다.

"비표를 받아서 왼쪽 가슴에 부착 하십시오."

한 회장은 경비초소 안으로 들어갔다. 안에는 두 사람이 있었는데 그중 한 명은 실내 중앙에 놓여 있는 책상 앞에 앉아 있었다. 건장한 몸집에 운동선수처럼 머리를 짧게 기른 그 사내는 목까지 올라오는 검정색 폴라셔츠만 입고 있었는데, 강철같이 단련되어 보이는 어깨 위에는 가죽으로 된 권총걸이가 걸려 있었고, 겨드랑이 밑에 들어가 있는 가죽집 속에는 소형 권총이 들어 있었다. 그런 모습만으로도 위압감을 주기에 충분했다.

건장한 사내는 만화책을 보다 말고 고개를 쳐들고 한 회장을 올려다보았다.

흉터가 있는 좁은 이마에 잔뜩 주름이 잡혔다.

"신분증을 주십시오."

사내가 사무적으로 무뚝뚝하게 말했다.

그는 대통령 이외에는 누구한테나 그렇게 대하도록 훈련을 받은 것 같았다.

"신분증 같은 거 안 가져 왔습니다. 난 대통령이 보자고 해서 온 사람이오."

사내의 이마에 잡힌 주름이 더욱 깊어졌다.

"각하라고 경칭을 쓰십시오. 그리고 신분증이 없으면 들어갈 수 없습니다."

"그럼 돌아가야겠군."

"그냥 통과 시키죠. 제가 모시고 왔습니다."

어느새 뒤따라 들어왔는지 한 회장을 안내했던 비서실 직원이 말했다. 권총을 찬 사내는 그를 흘겨보고 나서 일어섰다. 그리고 한 회장 앞으로 다가서더니 우악스럽게 생긴 손으로 그의 몸을 샅샅이 더듬으면서 툭툭 쳐본 다음 이상이 없다고 생각되었던지 그에게 비표를 내주었다.

"왼쪽 가슴 위에 부착하십시오."

한 회장이 그것을 주머니 속에 집어넣고 나가려고 하자 그 사내가 거친 목소리로 쏘아붙였다.

"가슴에 부착하라니까요!"

한 회장이 멈칫하면서 마지못해 비표를 주머니에서 꺼내자 비서실 직원이 그것을 빼앗듯이 받아서는 그의 왼쪽 가슴에 달아주었다.

"기분 나쁘게 생각하지 마십시오. 각하의 안전을 위해서 그러는 것이니까요."

밖으로 나왔을 때 비서실 직원이 말했다.

정원수 사이로 저만큼 백색의 이층집이 보였다. 네모지게 생긴 그 건물은 정원 여기저기에 서 있는 가로등과 안에서 흘러나오는 불빛들로 해서 아름답고 환상적으로 비쳐보였다.

정원수 사이로 난 길을 조금 걸어가자 시커먼 것이 튀어나와 으르렁거리는 소리를 냈다. 시커멓게 생긴 세 마리 개가 이를 드러내며 금방이라도 물어뜯을 듯이 그를 노려보고 있었다. 개들의 목에는 줄이 걸려 있었고, 그 줄 끝을 역시 시커멓게 생긴 사람들이 움켜쥐고 있었다. 그들은 눈만 나오는 털모자를 뒤집어쓰고 있었기 때문에 얼굴을 전혀 알아볼 수가 없었고, 옷차림도 까만색 일색이었다. 그리고 어깨에는 기관단총이 걸려 있었다. 잔뜩 위축이 된 한 회장은 은근히 부아가 치밀었다. 그래서

"이거 어디 겁나서 걸어가겠나."

하고 중얼거렸다.

그러자 돌아서려던 검은 복장의 사내 하나가 홱 돌아보면서 사납게 그를 노려보았다. 기관단총의 총구가 그를 향해 겨냥되어 있었고, 언제라도 발사할 수 있게 방아쇠에 손가락이 걸려 있는 것을 보고 그는 소름이 쭉 끼쳐왔다.

오른쪽은 벼랑이었고, 파도소리가 거칠게 들려오고 있었다. 바닷바람이 거세게 불어오고 있었고, 그 바람을 타고 굵은 눈송이들이 미친 듯 소용돌이치고 있었다. 별장 뒤쪽으로는 높이 치솟은 산의 검은 윤곽이 병풍처럼 펼쳐져 있었다. 기막히도록 좋은 장소에 별장을 지었다는 생각이 들었다.

대리석 계단을 올라간 그는 마침내 흰 대리석으로만 치장된 호화스러운 별장 출입구 앞에 멈춰 섰다. 출입구 안팎에도 경호요원들이 버티고 있었다. 그 출입구에는 전자감응장치가 되어 있는지 그가 안쪽으로 들어서자 삑삑거리는 소리와 함께 빨간

표시등이 머리 위에서 깜박거렸다. 안쪽에 서 있던 경호원이 우악스럽게 그의 코트를 벗긴 다음 아까보다 더 심하게 그의 몸을 구석구석 더듬었다. 비서실 직원의 뒤를 따라 두꺼운 카펫이 깔린 긴 복도를 따라 걸어가면서 그는 이마에 흐르는 진땀을 손등으로 문질렀다.

이윽고 그는 뿌옇게 흐려 보이는 유리문 앞에 도착했다. 그 유리문은 총탄이 뚫을 수 없을 정도로 두꺼웠고, 그 양쪽에도 두 명의 사내들이 버티고 서 있었다.

유리문이 자동으로 열리면서 안쪽으로부터 호탕한 웃음소리가 들려왔다. 익히 들어온 유명한 웃음소리였다.

그 웃음소리를 따라 다른 사람들의 조심스런 웃음소리들이 한데 어울려 들려왔다.

한 회장은 조심스럽게 안으로 들어섰다. 웃음소리가 돌연 뚝 그치더니 사람들의 시선이 일제히 그에게 쏠렸다. 검붉은 얼굴 가득히 웃음꽃이 피어 있던 대통령의 얼굴에서 서서히 웃음이 사라지고 있었다.

그는 작은 키에 무지무지하게 뚱뚱한 몸집을 가진 45세의 사니이였다. 너무 뚱뚱하기 때문에 키가 더욱 작아보였고, 그래서 걸어가는 모습이 드럼통 같다고 해서 국민들 사이에서는 드럼통이라는 별명으로 통하고 있었다. 생김새야 어떻든 45세의 나이에 한 나라의 최고 권좌에 앉아 있으니 특출한 인물임에는 틀림없었다.

그가 실제적으로 권력을 움켜쥔 것은 79년 5월이었다. 그러나 그때 바로 대통령의 자리에 오른 것은 아니었다. 먼저 국가재

건평의회라는 것을 만들어 놓고 1년 남짓 반대세력을 거세하는 등 집권의 틀을 다지다가 작년 8월15일 공식적으로 대통령의 자리에 올랐던 것이다.

그는 매우 권위주의적인 통치를 좋아했고, 거기에 아부하는 사이비 두뇌집단의 적극적인 협조로 그의 집권 초기는 별 탈 없이 무난히 지나가고 있는 듯했다. 그러나 아직도 계엄령은 실시되고 있었고, 국민들은 단지 두려움 때문에 입을 다문 채 침묵을 지키고 있을 뿐이었다. 그 침묵을 그는 자신에 대한 지지로 착각하고 있었고, 사이비 두뇌집단에 의해 미화된 〈위대한 통치자〉로 자신을 생각하고 있었다.

"아, 한 회장, 이리 와요."

드럼통이 토실토실하게 생긴 손을 쳐들었다. 한 회장이 그쪽으로 다가가 허리를 굽히자 그는 앉은 채로 왼손을 내밀어 악수를 청했다. 한 회장은 두 손으로 그의 살찐 손을 잡았다. 그의 손은 여자처럼 보드랍고 따뜻했다. 무시무시한 공포정치의 주역이 어쩌면 이렇게도 따스한 손을 가졌을까. 그와 악수를 나눌 때마다 한 회장은 그런 생각을 하곤 했다.

"여기 앉아요."

드럼통이 자기 곁에 직각으로 꺾인 자리를 가리켰다. 그 자리에 앉아 있던 사람이 황급히 일어나 자리를 내주었다. 그러자 그쪽 줄에 앉아 있던 사람들 모두가 몸을 움직여 한 칸씩 물러나 앉았다.

한 회장이 자리에 앉자 드럼통이 잔을 권했다.

"후래삼배라고 세 잔 거푸 들어요."

한 회장은 두 손으로 잔을 받아들고 상체를 앞으로 굽혔다. 자기도 모르게 그렇게 상체를 구부리면서 최대의 예의를 갖추었다. 드럼통이 들고 있는 술병을 보니 코냑 같았다. 드럼통은 글라스에다 그것을 잔뜩 따랐다. 그리고 턱짓을 해보였다.

"마셔요."

한 회장은 다시 한 번 고개를 숙여 보인 다음 잔을 입으로 가져갔다. 독한 술 냄새가 코를 찔렀다. 술을 못 마시는 그는 숨이 막힐 것만 같았다.

"겨울에 제주도에 와보니까 좋구먼……. 이제부터 겨울은 여기 와서 나야 겠어……. 한 회장 별장이 여기 있는 줄은 몰랐지……. 연말연시를 항상 여기서 보낸다면서요?"

"네, 오래 전부터 별일 없으면 연말연시 휴가를 이곳에서 보내왔습니다."

독한 술이 목구멍에 걸리는 바람에 그는 캑캑거렸다.

"한 회장 별장은 통나무로 지었다면서요? 아주 멋지다고 하던데……?"

"네, 통나무로 조그맣게 지었는데…… 멋지지는 않습니다."

"한번 구경 가야겠어."

"네, 오십시오. 대접할 것은 없지만……"

"통나무집 같은 데서는 통돼지 바비큐 같은 것이 어울리지. 하하하하하……"

갑자기 드럼통이 웃음을 터뜨리는 바람에 한 회장은 어리둥절했다. 무엇이 그렇게 우스운지 드럼통은 임신부처럼 솟아오른 배를 쓰다듬으면서 호탕하게 웃어젖히고, 그때까지 두 손을 모으고 얌전하게 앉아 있던 사람들도 억지로 그를 따라 웃음소리를 내는 것이었다. 한 회장도 하는 수 없이 입가에 미소를 지었다. 그러나 그것은 입맛이 쓴 미소였다.

탁자를 사이에 두고 두 줄로 서로 마주보며 앉아 있는 사람들의 면면을 보니 각계에서 대통령의 후광을 업고 힘을 과시하고 있는 사람들이 대부분이었다. 그들은 인형처럼 앉아 있었다. 드럼통이 웃으면 따라 웃었고, 그가 표정을 굳히면 따라서 얼굴이 굳어지는 것이었다. 표정 하나, 옷매무새 하나 흐트러짐이 없이 단정히 앉아 드럼통의 눈치만 살피고 있었다. 모두 해서 열서너 명쯤 되었다. 그들에 비해 드럼통은 전혀 딴판이었다. 그는 진홍의 가운차림이었고, 앞이 풀어헤쳐져 가슴의 털까지 내비치고 있었다.

벽난로에서 타오르고 있는 불길이 너울너울 춤을 출 때마다 그렇지 않아도 검붉은 드럼통의 살찐 얼굴이 붉으락푸르락해지고 있었다.

실내는 최고급의 외제품으로만 장식되어 있었다. 대기업 군을 경영하고 있는 한 회장이지만 원래가 검소한 생활을 즐겨하는 탓으로 호화롭고 사치스러운 것을 보면 거부감을 느끼곤 했다. 실내에는 짐승들을 박제해 둔 것이 유난히 많이 눈에 띄었다. 날개를 쫙 펴고 있는 대형 독수리를 비롯해서 사슴 · 꿩 · 거북 · 호랑이 · 펭귄 같은 것들이 마치 살아 있는 듯 여기저기에 자리를 잡고 있었다. 그중에서도 압권인 것은 흰털로 덮여 있는 북극곰이었다. 거구의 북극곰은 두발로 일어서 있었고 앞발은 무엇을 할퀴려는 듯 앞으로 뻗쳐 있었다. 머리가 천장에 닿을 듯 말 듯했다. 벽 한쪽에는 여러 가지 사냥총이 걸려 있었다. 요리사가 김이 무럭무럭 나는 요리를 운반해 왔다.

"한 회장, 이거 먹어 봐요. 내가 잡은 노루 고기니까. 낮에 산에 가서 큰 놈을 하나 잡았어요. 꿩 같은 것은 시시해서 눈에도 안 들어오는데 마침 이놈이 지나가더란 말이야. 첫발에 명중시켰지. 하하하하…… 잡고 보니까 만삭이야. 이거 봐, 새끼가 얼마나 됐어?"

요리장이 대답하려는 것을 경호실장이 잽싸게 가로챘다.

"제법 큰 놈이었습니다. 털까지 모두 난 것이 아마 출산 직전이었던 것 같습니다. 정말 그때 각하의 사격 솜씨는 신기에 가까웠습니다."

앉아 있는 사람들이 동의한다는 듯 일제히 고개를 끄덕였다. '만삭이 되어 움직이지도 못하는 놈을 쏴 죽인 거 아닙니까?' 하고 말하고 싶은 것을 한 회장은 꾹 눌러 참았다.

여기저기서 노루고기가 맛있다는 말이 튀어나오기 시작했다. 드럼통은 자기가 잡은 노루고기를 맛있게 먹어대고 있는 사람들을 흡족한 표정으로 쳐다보고 있었다. 그의 가느스름한 눈초리가 이윽고 한 회장 앞에서 머물렀다.

"한 회장은 왜 먹지 않아요? 식성이 까다로운가 보지?"

"아, 아닙니다. 고기를 별로 좋아하지 않아서……"

그는 고기 한 점을 얼른 집어 입속에 넣고 씹기 시작했다. 노린내가 몹시 났고 꼭 모래를 씹는 기분이었다.

"맛이 어때요?"

"맛이 좋습니다."

한 회장은 고기를 목구멍 속으로 꿀컥 삼켰다.

한동안 실내에서는 노루고기를 씹어대는 소리만 들려오고 있었다. 사람들은 그것이 몹시 맛있어 하는 표정을 지으면서 입을 열심히 놀려대고 있었다.

"한 회장은 한국 경제계의 트러블메이커라고 소문이 났던데…… 모두가 합심해서 일해야 할 이때 그래서야 되겠습니까?"

모두가 입놀림을 멈추고 그 말을 한 사람을 쳐다보았다. 모두가 말 한번 시원하게 잘했다는 그런 표정들이었다.

그 말을 꺼낸 사람은 비서실장이었다. 그는 바로 한 회장 맞은편에 자리 잡고 있었다. 사람들의 시선이 이번에는 드럼통 쪽으로 쏠렸다. 그의 반응을 보고서야 다음 행동을 취할 수가 있기 때문이었다. 얼굴이 유난히 흰 김 실장이 특히 드럼통의 눈치를 살폈다. 기름으로 번들거리는 검은 머리를 양쪽으로 갈라붙인 그는 아주 깔끔하고 빈틈이 없어보였다. 드럼통의 입가에 재미있어 하는 미소가 번지자 김 실장은 비로소 자신에 찬 표정으로 한 회장을 공격하기 시작했다.

"한 회장이 독불장군처럼 구니까 경제계 사람들의 불만이 아주 크단 말입니다. 그런 짓은 경제의 흐름을 차단시키고 국가 경제를 혼란에 빠뜨릴 수도 있으니까 앞으로는 잘 생각해서 언행을 조심하도록 하십시오. 권 회장, 내 말이 틀렸나요?"

아직 마흔도 채 안 된, 아버지를 잘 둔 덕분에 대기업의 회장이라는 자리에 오른 새파란 젊은이가 자세를 가다듬으면서 입을 열었다.

"외지에 심심찮게 가십거리로 나오고 있는 것을 봤습니다. 가십기사를 볼 때마다 우리 경제계의 치부를 보는 것 같아 별로 기분이 좋지 않았습니다."

그렇게 말해 놓고 나서 권 회장은 한 회장 쪽을 흘끔 쳐다보았다.

"그래 바로 그거야! 우리가 외지에 가십거리로 등장하면 되겠어요! 잘한 것도 못한다고 써 갈기는 판에 놈들한테 지저분한 꼴을 보여서 되겠어요."

드럼통은 입가에 여전히 재미있어 하는 미소를 띠고 있었다. 이번에는 모두가 한 회장을 주시했다. 그가 이제 입을 열어야할 차례였다.

"자, 한 잔 더 들어요. 쉬지 말고 쭉 들이키라구."

드럼통이 한 회장이 가까스로 비워낸 잔에 다시 코냑을 따랐다. 한 회장은 두 손으로 잔을 받으면서 가만히 몸을 떨었다. 첫 잔에 취기가 오른 그는 벌써 얼굴이 빨개져 있었다. 취기 탓인지 그는 도발적인 눈으로 맞은편에 앉아 있는 비서실장과 젊은 권 회장을 쏘아보았다. 그의 눈에는 김 실장도 권 회장도 애송이처럼 보였다.

"김 실장께서는 뭔가 크게 오해하고 계시는 것 같습니다. 제가 우리 경제계의 트러블메이커라니…… 그건 너무 지나친 말씀입니다. 어떤 근거에서 그런 말씀을 하시는 건지 전 도무지 이해가 안 되는군요."

김 실장이 손을 들어 그를 제지했다.

"세상이 다 아는 사실을 가지고 그렇게 잡아떼지 말아요! 여기 앉아 있는 사람들한테 물어봐요. 당신이 트러블메이커인지 아닌지 물어봐요! 내가 괜한 소리를 하는 줄 알아요!"

동의를 구하듯 그는 앉아 있는 사람들을 둘러보았다. 그와 시선이 마주치자 사람들은 당황한 표정을 지으면서 고개를 끄덕였다. 그것 보라는 듯이 김 실장은 가슴을 쭉 펴면서 한 회장을 바라보았다.

"이래도 내가 괜한 소리를 했다고 생각해요?"

"자기 주장을 이야기하는 사람을 트러블메이커라고 생각한다면 모두가 로봇처럼 입을 다물고 있어야 되겠군요. 누가 뭐라고 이야기하든 저는 제 자신을 트러블메이커라고 생각해 본 적이 없습니다. 그건 자기 안전만을 꾀하는 아첨꾼들이 지어낸 말일 겁니다."

일순 실내는 찬물을 끼얹은 듯 조용해졌다. 벽난로에서 장작불이 타오르면서 일어나는 탁탁거리는 소리만이 들려오고 있을 뿐이었다. 숨 막힐 듯한 침묵을 깬 사람은 드럼통이었다.

"흐흐흐흐…… 재미있는 말이야…… 흐흐흐흐……"

그는 웃고만 있었기 때문에 어떤 생각을 품고 있는지 알 수가 없었다.

"내가 아첨꾼이란 말이오? 당신 정말 말조심해! 너무 건방지단 말이야! 각하 앞에서 무슨 말버르장머리가 그래!"

김 실장이 벌떡 일어설 듯이 하면서 험한 눈으로 한 회장을 노려보았다.

그 곁에 앉아 있는 경호실장의 얼굴도 험상궂게 일그러져 있었다. 그의 얼굴은 언제나 검게 탄 구릿빛 얼굴이었다.

"김 실장 당신이야말로 말을 함부로 합니다. 비서실장답게 예의를 갖추십시오."

"뭐가 어쩌고 어째?"

비서실장이 두 눈을 부릅뜨면서 몸을 일으키려는 것을 드럼통이 막았다.

"됐어. 그만들 해. 한 회장. 따라오시오."

그는 몸을 일으키더니 나선형 계단 쪽으로 천천히 걸어갔다. 한 회장도 일어나 그 뒤를 따랐다. 맨 마지막으로 경호실장이 그들의 뒤를 따라붙었다. 그는 드럼통이 가는 곳이면 어디든지 그림자처럼 따라다니는 드럼통의 일부라고 할 수 있었다. 2층에도 넓은 거실이 있었다. 거실로 올라선 한 회장의 눈에 일본도가 보였다. 그것은 한쪽 벽의 중간쯤에 가로로 걸려 있었는데 조명을 받아 유난히 까만빛으로 빛나고 있었다. 드럼통이 검도 유단자라는 것은 이미 소문으로 들어 알고 있었지만, 하필이면 일본도가 벽에 걸려 있는 것을 보고 그는 기분이 언짢았다. 일본의 누군가로부터 선물로 받았을 것이라고 생각하면서 그는 드럼통을 쳐다보았다.

드럼통은 창가에 서 있있다. 그가 자리를 권하지 않았기 때문에 한 회장은 거실 중간에 머뭇거리며 서 있었다. 드럼통은 한 회장의 존재를 잊은 듯 한참 동안 창밖만 응시하고 있었다.

그 시간이 너무 길었기 때문에 한 회장은 우두커니 서서 지루함을 삭이고 있었다. 경호실장은 구석진 곳에 차렷 자세로 서 있었다. 그가 서 있는 곳은 조금 어두웠는데 맹수처럼 빛나는 두 눈은 한 회장으로부터 잠시도 떠나지 않고 있었다.

이윽고 드럼통이 몸을 돌려 한 회장 쪽을 힐끗 쳐다보더니 그에게 자기 쪽으로 오라는 듯 손짓을 해보였다. 마치 강아지를 부르듯이. 한 회장은 가만히 그쪽으로 다가갔다.

"마치 백만 대군이 몰려오는 것 같군요."

드럼통이 소용돌이치는 눈발을 턱으로 가리키면서 말했다. 그의 입에서는 심하게 술 냄새가 풍겼다.

"낮에 보면 더욱 볼만하겠습니다."

한 회장의 몸이 흔들렸다. 코냑을 거푸 세잔을 마셨기 때문에 그의 혀는 굳어져 있었고 점점 몸을 가누기가 어려워지고 있었다. 그는 조그만 실수도 있어서는 안 된다고 생각하면서 두 다리에 힘을 주었다.

"한 회장, 일본 쪽을 너무 자극하지 마시오."

한 회장은 술이 확 깨는 것 같았다. 그는 마른침을 삼키면서 드럼통을 쳐다보았다. 거구의 몸에서는 식식거리는 숨소리가 들려오고 있었다.

"일본을 무시하면 우리 경제는 살아날 길이 없어요. 그들과 손을 잡아야만 우리는 살아날 수 있어요."

드럼통이 팔짱을 끼었다. 마치 링에 오른 일본 씨름선수 같다는 생각이 들었다.

"제 생각은 그렇지 않습니다. 지금 우리 경제는 너무 일본 쪽에 편향되어 있습니다. 이런 상태가 계속되다가는 정말로 그들한테 예속화되고 맙니다. 제 2의 식민화가 되는 것은 시간문제입니다."

한 회장은 그렇게 말해 놓고 곧 후회했다. 그렇게 말해 버린 것은 순전히 술기운 때문이라고 그는 생각했지만 드럼통이 어떻게 받아들일지는 알 수 없는 일이었다.

드럼통은 그의 말에 충격을 받았는지 미동도 하지 않고 서 있었고, 경호실장이 몸을 움직이는 것이 보였다. 경호실장은 그 자리에서 몸이 근질근질한지 헛기침까지 해대면서 손발을 움직이고 있었다. 그는 자신이 간섭할 수 없는 것이 안타까운 모양이었다.

"김 실장 말이 맞는 모양이군. 한 회장 당신이 트러블메이커라는 것 말이오."

드럼통의 얼굴에서는 이미 미소가 사라져 있었다. 한 회장은 말이 튀어나오는 것을 참으면서 다음 말을 기다렸다.

"당신은 하나만 알지 둘을 몰라요. 호랑이를 잡으려면 호랑이 굴속에 들어가야 한다는 것 몰라요?"

"압니다. 잘 알고 있습니다."

"알고 있기만 하면 안 돼요. 그걸 써먹을 줄을 알아야 해요. 다시 말해……"

그는 도중에 심하게 트림을 했다. 서너 번 트림을 하고 나서 한 회장 앞에 버티고 섰다.

"……일본을 때려잡으려면 일본 안에 들어가야 한단 말이오. 당신은 일본을 경계하고 그 안에 들어가지 말고 뒤로 후퇴하라고 강조하는데 나는 당신 생각하고는 정반대란 말이야. 내 생각은 뒤로 물러나는 게 아니라 놈들 속에 들어가 놈들의 가장 중요한 부분…… 그 사타구니를 움켜잡고 비틀어버리자 이거야!"

그는 통통하게 생긴 손을 움켜쥐고 흔들어보였다. 한 회장은 한걸음 뒤로 물러섰다. 다혈질의 드럼통은 흥분하기 시작하면 제스처를 크게 쓰면서 목소리가 커진다. 한 회장은 잠자코 상대방의 말이 끝나기를 기다릴 수밖에 없었다. 상대방이 일단 말문을 열면 다른 사람한테는 말할 기회를 주지 않는다는 것을 그는 잘 알고 있었던 것이다.

"우리가 제 2의 식민지화가 된다고? 그 따위 바보 같은 말이 어디 있어? 그렇다면 내가 한국을 팔아먹는다는 말인가?"

"그런 말이 아니라……"

"닥쳐요! 내가 매국노란 말인가? 신 국가 건설을 위해 모두가 매진하고 있는데 거기에 찬물을 끼얹는 자는 용서할 수 없어! 그런 자는 반국가사범, 바로 반역자야!"

그는 한 회장의 반응을 살피려는 듯 잠시 말을 끊고 그의 얼굴을 들여다보았다. 한 회장은 꿀 먹은 벙어리처럼 잠자코 서 있었다. 그의 얼굴에는 아무런 표정도 나타나지 않았다. 그의 그런 태도가 드럼통을 더욱 격노시킨 것 같았다.

"당신은 패배주의자야! 일본이 겁이 나니까 도망치자는 거야! 나는 절대 그럴 수 없어! 우리가 일본한테 예속되는 게 아니라 일본이 우리한테 예속돼야 한다는 게 내 생각이야! 난 일본을 예속시킬 자신이 있어! 역사상 어느 누구도 일본을 예속시키지 못했지만 나는 예속시킬 수 있어! 나는 기어코 해보이고 말 테야! 두고 보라 구! 나는 해낼 수 있어!"

마침내 그는 두 주먹을 움켜쥐고 발을 굴렀다. 경호실장은 어쩔 줄 모르며 서 있었다.

"그건 그야말로……"

한 회장은 차마 다음 말을 꺼내지 못하고 목구멍 속으로 꿀꺽 삼켰다.

그건 정말 어리석은 생각이라는 말을 차마 꺼낼 수가 없었던 것이다.

"왜 말을 안 해요! 말 해 봐요. 그건 그야말로 어떻다는 거지! 일본을 도외시하고 살 수 있다고 생각해요? 먹든가 먹히든가 둘 중의 하나야! 그 밖에 다른 방법은 없어!"

시뻘겋게 달아오른 얼굴이 금방이라도 터질 것만 같았다. 공포를 느꼈지만 한 회장은 끝내 참지 못하고 입을 열었다. 그러나 조심스럽고 부드럽게 말을 꺼냈다.

"저는 제 3의 방법을 택하라고 권하고 싶습니다. 먹는 것도 아니고 먹히는 것도 아닌 방법 말입니다."

"그게 뭐요?"

"평화롭게 대등한 관계를 수립하는 것입니다. 예속을 탈피하고 그들이 넘볼 수 없게 국력을 키우고…… 그렇게 되면 대등한 관계를 유지할 수 있을 것입니다."

"그런 소극적인 방법으로는 안 돼!"

그가 고함을 버럭 지르는 바람에 한 회장은 깜짝 놀라 숨을 죽였다. 경호실장이 또 헛기침을 했다.

"그들을 이기려면 적극 공세를 펴야 돼! 기습공격을 하지 않으면 안 된단 말이야!"

그는 기습공격의 명수였다. 그가 정권을 잡은 것도 기습공격이라는 방법을 썼기 때문이었다.

"저는 대통령께서 일본을 너무 자극하지 말라고 말씀하시길래…… 그리고 일본을 무시하면 한국은 살아날 길이 없다고 말씀하시 길래 그 쪽에 계속 편향되는 정책을 고수하시겠다는 말씀인 줄 알고……"

"내 말은 쉽게 말해 호랑이를 잡으려면 호랑이 굴속에 들어가야 한다는 말이라니까요."

"그건 상호 모순되는 것 아닙니까? 모든 것을 일본 쪽에 유리하게 전개시키면서 호랑이를 잡겠다는 것은 굴속에 들어가 잡혀 먹히겠다는 것 아닙니까?"

아차 했지만 이미 늦은 뒤였다. 그러면서도 한편으로는 차라리 잘됐다는 생각이 들기도 했다. 그는 상대가 누구든 할 말은 하고야 마는 성미였다. 그래야만 직성이 풀리기 때문이었다. 그 때문에 비서실장 말마따나 문제를 일으키기도 하지만.

그가 보기에 드럼통의 말은 이만저만 모순되는 게 아니었다. 드럼통이 현재 일본에 대해 추구하고 있는 정책은 완전히 굴욕적이고 종속적인 것이라고 할 수 있었다. 그대로 가다가는 한국이 일본한테 예속화되는 것은 시간문제일 것 같았다.

이미 예속의 단계를 깊숙이 진입했다고 보아도 그다지 틀린 말은 아니었다. 그것은 호랑이 굴속에 들어가 호랑이한테 잡혀 먹히겠다는 것이었다. 그런데도 드럼통은 그 반대로 이야기하고 있었다. 그는 지금 거짓말을 하고 있든가 되는 대로 지껄이고 있는 것이 틀림없었다.

한 회장은 상대방의 무서운 눈길을 피해 벽에 걸려 있는 일본도를 바라보았다. 호랑이를 잡기 위해 저걸 저기다가 걸어놓은 모양이지. 속으로 빈정거리면서 그는 그것이 거기에 걸려 있는 것을 몹시 못마땅하게 생각했다. 저걸 신주 모시듯 저기다 저렇게 걸어 놓을 게 뭐람. 왜 하필이면 일본도야. 그때 벼락 치는 듯한 고함소리가 들려왔다.

"모순되는 게 아니야! 당신은 아무 것도 몰라! 모르면 입을 다물고 있을 것이지 너무 떠들어! 그리고 건방져! 나를 각하라고 부르지도 않아! 나를 각하라고 부르지 않는 사람은 당신 혼자뿐이야. 당신은 나를 무시하고 있어!"

"무시하는 게 아닙니다. 결코……"

"닥쳐! 입을 조심하라구. 나중에 나한테 무릎 꿇고 빌어도 소용없을 거야. 그때는 너무 늦어!"

그가 그의 앞을 걸어갈 때 비단 가운이 서걱서걱 스치는 소리가 났다. 그는 분노에 찬 얼굴을 높이 쳐든 채 급히 아래층으로 내려갔다.

한 회장은 멍하니 창가에 그대로 서 있었다. 잘못 처신했다는 생각이 들었지만 취기 때문인지는 몰라도 별로 후회되는 생각은 들지 않았다.

"도대체 당신이 뭔데 대통령 각하의 기분을 그렇게 상하게 하는 거요?"

한 회장은 몸을 돌렸다. 어느새 다가왔는지 거기에 경호실장이 서 있었다.

"각하의 뜻을 거스르는 놈은 그대로 둘 수 없어!"

그가 뭐라고 대꾸할 사이도 없이 경호실장은 그의 턱을 번개처럼 후려갈겼다.

"어이쿠!"

무방비 상태로 서 있던 한 회장은 보기 좋게 바닥 위로 나동그라졌다.

나동그라지면서도 그는 '아니, 이럴 수가 있을 수 있을까.' 하고 생각했다. 고통을 느끼기 전에 그는 먼저 경호실장이 자신한테 주먹을 휘둘렀다는 사실에 경악했다. 그리고 그는 단 한 번의 충격에 완전히 제압을 당하고 말았다. 저항이라는 것은 생각해 볼 수 없을 정도로 상대방 주먹의 힘은 무시무시하게 강했던 것이다. 그는 마치 쇠뭉치에 한대 얻어맞은 것 같은 충격을 느꼈던 것이다.

"개새끼! 앞으로 말조심하지 않으면 죽여 버릴 거야!"

욕지거리와 함께 이번에는 경호실장의 구둣발이 그의 복부를 올려 찼다. 비틀거리며 일어서려던 한 회장은 도로 무릎을 꺾으며 엎어졌다.

"이 나쁜 놈…… 왜 나를 때리는 거야?"

그는 바닥에 엎어진 채 손을 뻗어 상대방의 다리를 움켜잡으려고 했다.

"이 새끼, 아직도 정신을 못 차려?"

경호실장은 구둣발로 그의 등을 찍었다. 몇 번 그렇게 찍자 한 회장은 사지를 쭉 뻗었다.

"너 같은 건 쥐도 새도 모르게 없애버릴 수 있어! 각하 앞에서 다시 한번 까불면 그때 아주 죽여 버릴 거야!"

한 회장은 천천히 몸을 일으켰다. 그의 얼굴은 고통으로 일그러져 있었지만 이미 공포의 빛은 사라지고 없었다.

어느새 거기에는 비서실장도 올라와 있었다. 한 회장은 그들을 번갈아 쳐다보다가 재빨리 오른손을 들어 경호실장의 따귀를 후려쳤다. 별로 힘은 없었지만 그것은 감히 그 누구도 할 수 없는 짓이었다. 비서실장의 두 눈이 휘둥그레졌고, 경호실장의 얼굴은 마치 흙탕물을 뒤집어쓰기라도 한 듯 잔뜩 일그러져 있었다.

"이 새끼가 정말 뒈지고 싶어 환장했나?"

경호실장은 더 이상 시간을 끌기 싫다는 듯 강철 같은 주먹으로 한 회장의 얼굴 한가운데를 힘껏 갈겼다. 쿵하는 소리와 함께 한 회장은 뒤로 나자빠졌다. 아무리 내가 늙었기로서니 이렇게 당하고만 있을 수야 없지, 하고 생각하면서 그는 몸을 일으키려고 해보았지만 이상하게도 꿈속에서처럼 손가락 하나 움직일 수가 없었다.

"자, 이제 그만들 해요. 각하가 알면 곤란하게 되니까 그만들 자중해요."

비서실장의 그럴 듯한 말소리가 희미하게 들려왔다.

"자, 한 회장. 이러고 있으면 곤란하니까 일어나요. 그러게 내가 뭐랍디까. 입을 조심해야 한다고 그렇게 주의를 주었는데도 말을 듣지 않더니 결국 이런 꼴을 당하지 않았습니까."

그가 어깨를 툭툭 쳤지만 한 회장은 그대로 누워 있었다. 그때 어디서 나타났는지 건장한 경호원 한 명이 거칠게 잡아 일으켰다.

몸을 일으킨 그의 얼굴에는 깨진 안경이 걸려 있었다. 코에서 흘러나온 피로 그의 얼굴은 피투성이가 되어 있었다. 코도 눈두덩이도 부풀어 올라 있었고, 그 때문에 얼굴은 알아볼 수 없게

일그러져 있었다. 그런 그를 경호실장이 싸늘한 눈초리로 쏘아보면서

"집에 가서 많이 반성해."
하고 말했다.

비서실장의 눈에는 재미있다는 듯한 미소가 감돌고 있었다. 그는 밑으로 기울어진 한 회장의 얼굴을 턱 밑에 손을 받쳐 쳐들더니 혀를 찼다.

"쯧쯧, 애들처럼 이게 뭐람. 한 회장 정말 반성 많이 해야겠어요. 요즘이 어떤 세상이라고 그렇게 독불장군처럼 떠들고 다녀요. 그 입 때문에 언젠가는 한번 크게 당할 줄 알았는데…… 기어코 당하고야 말았군요. 쯧 쯧……. 집에 가서 따뜻한 물로 찜질을 하면 부기가 좀 가라앉을 거예요."

그가 손을 거두자 한 회장의 얼굴이 다시 밑으로 기울어졌다. 경호원이 그를 부축해서 비상구 쪽으로 끌다시피 데리고 갔다. 한 회장의 뒤를 몇 발자국 따르면서 비서실장이 그의 어깨를 툭툭 쳤다.

"이제 잘 알아서 하겠지만 앞으로는 각하의 비위를 거스르는 짓은 삼가세요. 그리고 〈한일경제백서〉인가 뭔가 하는 거…… 발표할 생각하지 말고 없애버려요. 만일 각하께서 그걸 아시면 큰일 날 테니까……"

비상구까지 따라온 비서실장은 거기서 걸음을 멈추었다. 그때까지 고개를 떨구고 있던 한 회장이 천천히 얼굴을 쳐들고 그를 돌아보았다. 부풀어 올라 거의 감겨지다 시피한 눈으로 말없이 그를 쳐다보다가 도로 고개를 떨군 채 계단을 하나 씩 내려가

기 시작했다.

비상계단은 아래층 거실을 통하지 않고 바로 밖으로 빠져나오도록 되어 있었다.

경호원은 별장 정문까지만 한 회장을 데려다주었다. 밖에서 그때까지 기다리고 있던 황비서가 그의 모습을 보고 놀라서 뛰어왔다.

황비서의 부축을 받아 차 안으로 들어가 앉자 그 제서야 그의 입에서 신음소리가 흘러나왔다.

"이게 어떻게 된 일입니까? 어떤 놈이 이랬습니까?"

황비서가 어쩔 줄을 몰라 하는 것을 보고 한 회장은 손을 흔들어 막았다.

지프를 타고 통나무집으로 가는 동안 한 회장은 비로소 심한 통증을 느끼기 시작했다. 콧잔등이며 눈두덩이 욱신거려왔고 어깨와 허리가 결리고 온몸이 쑤셔대기 시작했다. 그러나 그런 고통보다도 실망과 분노로 인해 가슴에서 끓어 오르는 고통이 더 컸다.

이제 남은 것은 투쟁뿐이라고 그는 생각했다. 지금까지는 그래도 타협의 여지는 있는 것이라고 생각해 왔었다. 그러니 이제 그는 그 타협의 여지마저도 있을 수 없는 것이라고 생각하게 되었다. 그 백색의 별장에 있는 자들은 결코 타협의 대상이 될 수 없는 무자비하고 무식한 인간들이었다. 그런 자들에 의해 이 나라가 다스려지고 있다는 것이 그는 한없이 서글펐다. 그자들을 하루빨리 축출하면 할수록 이 나라와 국민들한테는 이익이 될 것이라고 그는 생각했다. 그 시간이 1초라도 빨리 앞당겨질수록 좋은 것이다. 반대로 늦어지면 늦어질수록 이 나라와 국민들은 더욱 불행해지는 것이다.

통나무집에 도착한 그는 괴괴한 적막감에 다시 불안을 느꼈다. 개 짖는 소리도 들려오지 않았고, 반갑게 달려드는 개도 보이지 않았다. 관리인 한 명과 경호원 두 명이 말없이 그 앞에 나타나 고개를 숙이는데 보니 하나같이 모두 얼굴에 피멍이 들어 있었다.

"아니, 어떻게 된 일이야?"

황비서가 놀라서 물었다.

"총을 든 시커먼 옷을 입은 놈들이 나타나 무조건 두들겨 패고 개까지 쏴 죽였습니다."

관리인이 나무 밑을 가리켰다. 황비서가 그 쪽으로 달려가 가마니를 쳐들자 개 두 마리가 피투성이가 되어 쓰러져 있는 것이 보였다.

"개들이 짖어대니까 무조건 쏴 죽였습니다. 우리가 항의하자 개 패듯 때렸습니다."

군화발로 차고 개머리판으로 때리는 바람에 관리인 한 명은 머리가 터져 병원에 실려 갔다고 했다. 그들은 자신들의 신분도 밝히지 않았다고 했다.

"질문은 일체 허용되지 않았습니다. 묻기만 하면 때리는 바람에……"

"그놈들이 온 목적이 무엇이었지?"

"모르겠습니다. 집안을 샅샅이 뒤지고 나서 그냥 돌아갔습니다. 무엇을 찾는 것 같았습니다."

"몇 명이나 왔었지?"

"모두 12명이었습니다."

한 회장은 부축되어 안으로 들어갔다.

집안은 그야말로 난장판이 되어 있었다. 제자리에 제대로 놓여 있는 것은 하나도 없었다. 서랍 안에 들어 있던 것들은 모두 바닥에 널브러져 있고, 화분들은 하나 남김없이 산산조각이 나 있었다.

"하도 기가 막혀서 일단 회장님께 보이고 나서 치우려고 그대로 두었습니다."

관리인이 말했다.

한 회장은 잠시 실내를 둘러본 다음 바닥에 널려 있는 것들을 다치지 않으려고 조심스럽게 걸음을 옮겼다. 침입자들이 무엇을 찾으려고 집안을 수색했는지 그는 잘 알고 있었다. 그들이 찾고 있는 것은 '한일경제백서'의 원고임이 틀림없을 것이다. 그러나 그것은 안전한 곳에 보관되어 있었다. 더구나 원고를 두 벌 더 복사해서 따로따로 보관해 두었기 때문에 안전에 대해서는 걱정하지 않아도 되었다.

한 회장은 벽난로 앞으로 힘겹게 다가가 무너지듯 소파에 몸을 던졌다.

"병원에 가셔야 하지 않겠습니까?"

황비서가 근심어린 표정으로 말했다. 관리인과 경호원들도 불빛에 드러난 회장의 얼굴을 보고는 몹시 놀라고 있었다.

"병원에 뭐 하러 가. 그냥 소문이 날 텐데. 찜질이나 하게 수건에 따뜻한 물이나 적셔가지고 와요."

한 회장은 소파 위에 몸을 뉘더니 두 눈을 감아버린다.

그때 전화벨이 울렸다. 황비서가 전화를 받아 한참 동안 통화하더니 수화기를 내려놓고는 한 회장 쪽을 바라보았다.

"무슨 전화지?"

한 회장이 눈을 감은 채 물었다.

"댁에서 온 전화입니다. 댁에도 괴한들이 나타나 집안을 뒤진 모양입니다."

"집에 있는 개도 쏴 죽였나?"

황비서는 거기에 대답을 못하고 묵묵히 한 회장을 내려다보기만 했다.

"나쁜 놈들!"

한 회장은 신음처럼 중얼거리고 나서 잠자듯 조용해졌다.

얼핏 잠이 들었던 그는 목을 죄어오는 것 같은 압박감을 느끼고는 눈을 떴다. 그의 얼굴 위에는 따뜻한 물수건이 놓여 있었고, 옆에는 황비서가 근심어린 표정으로 앉아 있었다. 목을 죄어오는 것 같은 압박감은 구타를 당한데서 오는 불안감 때문에 생겨난 것이었다. 그는 등줄기를 타고 식은땀이 흐르는 것을 느꼈다. 자신이 두려움에 떨고 있다는 사실에 그는 화가 났다. 이들은 이제 드러내놓고 그의 목을 치려하고 있었다. 목적을 위해서는 수단방법을 가리지 않는 자들이었기 때문에 앞으로 무슨 짓을 할지 모른다. 죽이든가, 아니면 활동을 하지 못하게 병신으로 만들지도 모른다.

"내가 왜 이렇게 약해졌지?"

얼마 남지 않은 여생을 불안에 떨며 살 것인가. 그들에게 아첨하고 그들의 불의와 야합해서 살 것인가.

그때 다시 전화벨이 울렸다. 막 잠 속으로 빠져들려던 한 회장은 눈을 떴다. 전화를 받은 황비서가 상대방과 말하는 소리가 들려왔다.

"……네, 계십니다만 지금은 주무시기 때문에 바꿔드릴 수가 없습니다…… 말씀은 알겠습니다만 아침에 다시 전화를 걸어주시면 고맙겠습니다. 지금 몸도 편찮으시고…… 네? 뭐라고요? 네네…… 그렇다면…… 알겠습니다. 잠깐 기다려 보십시오."

황비서가 전화기를 들고 한 회장 쪽으로 다가왔다.

"서울에 있는 어떤 형사가 긴히 드릴 말씀이 있다고 합니다. 생사에 관계되는 아주 중요한 일이라고 하면서 지금 꼭 통화를 하고 싶답니다. 오병호 형사라고 합니다."

함정일지도 모른다고 생각되었지만 한 회장은 손을 뻗어 수화기를 받아들었다. 그리고 이쪽의 신분을 밝히자 조용하고 부드러운 목소리가 응답해 왔다.

"밤늦게 죄송합니다. 서울 H경찰서 형사계 오병호라고 합니다. 중요한 일로 말씀드릴 게 있어서 이렇게 실례를 무릅쓰고 전화를 걸었습니다."

벽에 걸려 있는 시계가 새벽 1시 25분을 가리키고 있었다. 조용하고 부드러운 목소리였지만 거기에는 긴장감이 흐르고 있는 것 같았다.

"중요한 일이란 게 뭡니까?"

"전화로 자세한 것은 말씀드릴 수 없고…… 저희가 어떤 정보를 입수했는데, 그 정보에 따르면 회장님의 목숨을 노리고 어떤 암살자가 행동을 개시했다고 합니다. 저희는 현재 그 암살자를 뒤쫓고 있습니다만, 만일의 경우에 대비해서 회장님께서도 자체 경호를 강화해 주시면 고맙겠습니다. 직접 만나 뵙고 말씀드리고 싶습니다만 폭설 때문에 교통편이 모두 끊겨 우선 전화로 이렇게 말씀드리는 겁니다."

한 회장은 천천히 상체를 일으켰다. 그는 이미 고통과 잠에서 깨어나 있었다.

"그 정보라는 게 근거가 있는 겁니까?"

상대방의 말을 어디까지 믿어야 할지를 몰라 한 회장은 그렇게 물었다.

"제 생각에는 근거가 있다고 생각합니다. 그럼 이만 실례하겠습니다. 몸조심하십시오."

진지하고 예의바른 목소리가 사라졌다.

한 회장은 찬물을 뒤집어쓴 것 같은 기분이었다.

"지금 서울 H서에 전화를 걸어 오병호라는 수사관이 정말 있는지 알아봐요. 빠른 시간 내에 알아봐요."

그의 지시를 받은 황비서는 즉시 서울로 전화를 걸었다.

H-64

밤새에 눈은 그쳐 있었다.

밤새도록 벽난로는 타오르고 있었고, 한 회장은 침실에 들지 않고 소파에 누워 선잠을 잤다. 그리고 그가 새벽에 눈을 떴을 때 황비서는 이미 보고할 자료를 갖추어 놓고 곁에서 대기하고 있었다.

"H서 형사계에 오병호라는 수사관이 근무하고 있는 것은 사실입니다. 형사계장이고 계급은 경감입니다. 강력 사건 전담 형사로 베테랑급 수사관으로 정평이 나 있다고 합니다. 여러 경로를 통해 알아본 결과 그 사람에 대한 평가는 한사시로 우수하다는 것이었습니다. 단점이 있다면, 너무 고집이 세고 타협할 줄을 모른다는 점이라고 합니다. 현재 맡고 있는 사건은 바로 손명기와 하길라 연쇄 살인 사건입니다. 그 사건 책임자입니다."

"그래?"

한 회장은 놀라운 표정을 지었다. 그의 상처는 지난 밤보다도 더욱 시커멓게 멍이 들어 있는 것 같았다. 그는 이미 손명기와 하길라가 피살체로 발견되었다는 보고를 받은 바 있었다.

"지난 밤 그 사람하고 직접 통화해 보았습니다. 확인하려고 전화를 걸었다고 하니까 자기가 한 말은 정말이라고 하면서 회장님을 잘 보호하라고 했습니다."

"이상한 사람이군."

한 회장은 유리창에 비친 자신의 얼굴을 쳐다보면서, 이런 흉한 몰골로는 당분간 외출할 수 없겠다고 생각했다.

아침 10시가 지났을 때 낯선 두 명의 남자가 통나무 별장에 나타났다. 지난 밤의 불상사 때문에 잔뜩 긴장되어 있던 경호원들이 그들을 입구에서 붙잡아 놓고 꼬치꼬치 용건을 캐묻고 신분증을 조사한 다음 황비서한테 먼저 그 사실을 보고했다. 황비서는 놀란 표정으로 뛰쳐나오더니 그들과 악수를 나눈 다음 그들을 밖에서 세워놓고 먼저 안으로 들어갔다.

"서울에서 형사들이 내려왔습니다. 지난 밤에 전화를 걸어왔던 오병호 경감입니다."

한 회장은 놀란 얼굴로 몸을 일으키려다가 허리의 통증 때문에 도로 주저앉았다.

"추운데 들어오라고 하지."

이윽고 두 명의 형사가 안으로 들어왔다. 한 명은 조금 마른 몸매에 메마른 얼굴이었고, 다른 한 명은 두꺼비 같은 인상에 몹시 뚱뚱해 보였다.

"지난 밤 실례했던 오병호입니다."

메마른 얼굴의 중년사내가 정중히 허리를 굽히면서 명함을 내밀었다.

"아, 앉으시오. 허리가 아파 일어설 수 없는 걸 양해하시오."

한 회장은 상대방의 손에서 따뜻함을 느꼈다.

형사들은 한 회장의 상처투성이의 얼굴을 보고는 상당히 놀라는 표정이었다. 난장판이 되었던 거실은 밤새에 어느 정도 정돈이 되었지만 그때까지도 찢어지고 할퀸 자국 같은 것들은 남아 있었다. 형사들은 직감적으로 밤새에 무슨 일이 벌어졌다는 것을 눈치 챘지만 굳이 캐묻지는 않았다. 처음부터 그런 것을 따져 물으면 실례라고 생각했기 때문이었다.

"어떻게 이렇게 빨리 오셨나요? 비행기가 다니나요?"

한 회장은 경계심을 늦추지 않은 채 물었다. 형사들이라면 틀림없이 어젯밤 그를 때린 자의 하수인들일 수밖에 없을 것이라고 그는 생각하고 있었다.

"다행히 아침부터 비행기가 다니더군요."

병호는 통나무로 지은 별장과 그 주인이 첫눈에 마음에 들었다. 많은 기업들을 거느리고 있는 재벌 총수답지 않게 앞에 앉아 있는 노신사는 소박하고 평범해 보였고 별장 역시 사치스러운 데라고는 한군데도 보이지 않았다. 그들이 앉아 있는 소파도 낡은 것이었다.

"코피 한 잔씩 들겠소?"

"네, 한 잔 주십시오."

심부름하는 사람이 코피를 끓여가지고 오는 줄 알았는데 그렇지가 않고, 한 회장이 직접 코피기구가 있는 곳으로 걸어가서는 코피를 만들기 시작했다.

"난 코피를 좋아해서 직접 끓여 마시지요. 코피는 자기 손으로 만들어 마셔야 제 맛이 나지요."

한쪽 벽 아래 통나무를 잘라 만든 긴 받침대 같은 것이 놓여 있었고, 그 위에 코피를 끓이는데 필요한 기구들이 널려 있었다. 몸이 불편한 것도 개의치 않고 그는 분쇄기에다 원두 코피를 한 주먹 집어넣고는 손잡이를 돌려댔다. 이윽고 코피 알이 모두 가루가 되어 나오자 그것을 찌꺼기를 거르는 필터에 담은 다음 그 위에다 뜨거운 물을 조심스럽게 부었다. 걸러진 코피가 유리 포트 안으로 흘러내리면서 실내에 코피향내가 퍼지기 시작했다. 그는 코피포트를 가지고와 잔에다 손수 코피를 가득 따랐다. 그때까지도 그는 형사들에게 찾아온 용건을 한 마디도 묻지 않았다. 마치 이웃 사람에게 대하듯 스스럼없이 코피를 따르면서 말했다.

"자, 들어보세요."

블랙으로 코피를 마시는 오 형사는 코피 잔을 입으로 가져가 보았다. 진한 향내가 입속 가득히 퍼지면서 가슴 속으로 따뜻한 기운이 퍼지기 시작했다.

"난 코피 끓여 마시는 게 취미예요."

그는 얼굴에 난 상처에도 불구하고 아주 편안한 모습이었다. 그의 그런 모습을 보면서 오 형사는 상대방이 좀처럼 감정을 얼굴에 드러내지 않는 사람일 것이라고 생각했다.

"이미 잘 아시겠지만…… 저희는 얼마 전에 발생한 살인 사건을 수사 중 입니다. 그 사건은 연쇄 살인 사건으로 확대됐습니다만…… 피살자가 불행히도 모두 한성 직원들인 점이 특징이라면 특징입니다."

병호가 조심스럽게 말을 꺼내자 한 회장은 말하지 않아도 알겠다는 듯 고개를 끄덕였다. 그는 무슨 말인가 할 듯 했지만 입을 열지 않고 그대로 침묵했다.

"그리고 그 두 사람이 5년 동안에 걸쳐 거액의 회사 돈을 횡령해온 공범들이라는 점이 공통점이라고 할 수 있습니다. 그들을 살해한 범인이 누구이고 그들이 왜 피살되었는지는 아직 명확히 알 수 없습니다."

한 회장은 표정 없이 앉아 있었다. 오 형사의 말을 듣는 것 같기도 하고 전혀 듣고 있지 않는 것 같기도 했다.

"그 연쇄 살인 사건을 수사하는 과정에서 저희는 회장님을 제거하려는 음모가 비밀리에 진행되고 있음을 포착하게 됐습니다. 그것이 아주 구체적으로 진행되고 있다는 증거를 저희는 잡았습니다."

회장의 얼굴에 미소가 나타났다. 형사의 말을 대수롭지 않게 여기는 것 같은 미소였다. 그는 미소를 띤 채 자기 얼굴을 가리켰다.

"내 얼굴을 보시오. 나를 죽이고 싶은 자들이 이 지경으로 만들어 놓은 거요. 나는 이렇게 항상 죽음 앞에 노출되어 있지요. 내 주위에는 자기들 말을 듣지 않으면 나를 죽이겠다는 자들이 많아요."

형사들은 놀란 눈으로 한 회장을 바라보았다.

"경호원들이 항상 회장님을 지키고 있지 않습니까?"

"지키기야 지키지요. 하지만 개인에 대한 경호라는 것은 한계가 있는 거 아닙니까."

형사들은 그의 말에 얼른 이해가 가지 않는다는 듯 멍한 표정을 지었다.

"이를테면 말이요, 국가 권력이 나에게 폭력을 행사하면 나의 경호원들은 속수무책 아니겠소? 내 경호원들이 거기에 대항하다가는 아마 뼈도 못 추리게 될 거요. 우리나라 국가 권력이란 그것을 움켜쥐고 있는 자들의 사유물처럼 되어 있거든요. 그러기 때문에 그것을 자기 소유물처럼 휘두르는 횡포가 아주 극심하단 말이오."

"무슨 말씀인지 알겠습니다."

병호는 고개를 끄덕였다.

"내 말을 알아듣겠소? 막강한 권력이나 수사권을 가지고 있는 당신 같은 사람들이 나를 죽이겠다고 덤벼든다면 나는 속수무책이란 말이오."

"네, 알겠습니다. 하지만 그럴 리가 있겠습니까? 국가 권력은 어디까지나 회장님을 보호해 드릴 텐데요."

한 회장은 미간을 찌푸렸다. 그렇지 않아도 상처로 일그러져 있는 그의 얼굴이 더욱 흉하게 일그러졌다.

"계엄령으로 유지되고 있는 이 정치 권력이 나 같은 사람을 왜 보호하겠소? 나 같은 말썽꾸러기가 그들한테는 골칫거리란 말이오."

"그럼 그 얼굴의 상처도 그들이 한 짓입니까?"

한 회장은 입을 다물었다. 그 물음에 대답하기가 난처하다는 듯 곤혹스러워 하는 표정이 얼굴에 나타났다.

"거기에 대해서는 묻지 말아주세요."

"집에까지 들어와 난동을 부린 모양이지요?"

병호는 부서진 액자며 도자기 같은 것들을 둘러보았다.

"내가 없는 사이에 그런 모양이오."

"그들이 누굽니까? 경찰이었나요? 아니면 군인이었나요?"

"그 어느 쪽도 아닌 것 같습니다."

그렇게 말한 사람은 황비서였다.

"직접 보셨나요?"

병호의 날카로운 시선을 받은 황비서는 조금 당황해 하는 것 같았다.

"직접 보지는 못했습니다. 회장님을 모시고 외출한 사이에 소동이 벌어졌던 모양입니다. 관리인 말을 들으니까 특수하게 훈련된 사람들 같았다고 합니다. 모두 검은 옷을 입고 있었고, 눈만 드러나는 털모자를 쓰고 있었기 때문에 얼굴은 알아볼 수 없었다고 합니다."

"소속을 밝히지도 않았나요?"

"특수기관에서 왔다고만 하더랍니다."

"그들이 찾아온 이유가 뭐였습니까?"

"뭔가를 찾는 것 같았다고 합니다."

황비서는 한 회장의 표정을 살피며 대답했다.

"그걸 찾았나요?"

"못 찾고 돌아갔답니다."

그때 한 회장이 몸을 일으켰다.

"밖에 나가서 바람을 좀 쏘입시다."

황비서가 재빨리 자리에서 일어서는 그의 어깨 위에 코트를 걸쳐주자 그는 앞장서서 밖으로 나갔다. 병호와 왕 형사는 잠자코 그 뒤를 따라갔다. 한 회장은 걷기가 불편한지 절뚝거리며 걸음을 옮겼다.

경사면을 조금 내려가자 벼랑이 나타났다. 거기서 그들은 걸음을 멈추고 바다를 바라보았다. 세 사람은 바닷바람을 가슴 깊숙이 들이마셨다. 바다에서는 바람이 몹시 불어오고 있었다. 견디기 어려울 만큼 차가운 바람은 아니었다. 벼랑 아래에는 날카로운 바위들이 솟아 있었고, 그 위로는 끊임없이 파도가 밀려와 부딪히고 있었다.

구름이 짙게 끼어 있었기 때문에 수평선은 보이지 않았다. 한 회장은 수평선 쪽을 고뇌에 찬 표정으로 바라보고 있다가 형사들 쪽으로 시선을 돌렸다.

"당신들은 누구의 지시를 받고 왔지요?"

병호는 비로소 한 회장이 그들을 의심하고 있음을 알았다.

"누구의 지시도 받지 않았습니다. 저희들 스스로의 결정에 따라 이곳에 온 겁니다."

"나는 모든 사람들을 믿을 수가 없게 됐어요. 내 눈에는 모든 사람들이 적으로 보여요."

"그것은 잘못된 생각입니다."

라고 말하려다가 병호는 그만두었다. 한 회장의 말에 공감이 갔기 때문이었다.

"한국은 어느 사이에 불신과 의혹과 적대감으로 가득 찬 나라가 돼 버렸어요. 희망이라곤 없이 치열한 경쟁만이 있어요. 꿈과 낭만은 사라진 지 오래예요."

"그래도 옛날보다는 잘 살게 되지 않았습니까?"
하고 왕형사가 말했다.

"잘 산다는 게 뭐요?"

한 회장의 입가에 냉소가 감돌았다.

"문명의 이기로 생활이 편리해졌다는 게 잘 사는 건가요? 편리하다는 것과 행복하다는 것은 쌍둥이 같지만 사실은 질적으로 아주 달라요. 거리에 넘쳐나는 자동차들을 보면서 행복감을 느끼는가요? 하늘을 가리는 빌딩군 속에서 당신은 행복감을 느끼는가요? 옛날 자동차가 별로 없는 아주 불편한 시절에 비포장도로 위를 느릿느릿 굴러가는 달구지를 보면 시간의 정체와 함께 나는 언제나 행복감을 느끼곤 했어요. 인스턴트 식품으로 아이들을 키우는 현대화 된 어머니보다 땔감으로 밥을 지어 우리들을 키운 어머니한테서 나는 더 어머니다움을 느끼고 행복을 찾을 수가 있었어요."

엄청난 부를 축적한 그의 입에서 그런 말이 흘러나올 것이라고는 생각지도 못했기 때문에 형사들은 적잖게 당황해 하고 있었다. 그는 말하는 것으로 보아서는 현실주의자가 아닌 낭만주의자 같았다.

"우리는 모든 것을 상실했어요. 이대로 가다가는 우리는 망할 겁니다."

형사들은 놀란 눈으로 그를 쳐다보았다.

"우리는 우리를 버틸 수 있는 정신적 가치가 없어요. 각가지 종교가 득세를 하고 있고 세계 최고로 신자들 수가 불어나고 있지만 그건 난세의 혹세무민에 불과해요. 그런 종교들이 이 나라를 구할 수는 없어요. 오히려 더 혼란에 빠뜨릴 뿐이에요. 권력과 결탁한 종교 지도자들을 보면 구역질이 나요. 종교가 워낙 득세하고 세력이 커지다 보니까 아무도 선불리 그것들을 비판하지 못하고 있지만…… 누군가가 칼을 빼들고 나와 그것들을 내려쳐야 해요. 이 나라가 온통 오염되기 전에 말이오."

신자들이 들으면 벌 떼처럼 들고 일어나겠다고 병호는 생각했다. 그러면서도 그는 한 회장의 말에 공감하고 있었다.

"당신들이 내 이야기를 상부에 그대로 보고해도 좋아요. 사람은 항상 맑은 공기를 마셔야 하듯이 자기가 옳다고 생각하는 바를 세상에다 대고 거침없이 이야기해야 한다고 생각해요. 그래야 우리의 정신도 맑아지니까요. 난 하고 싶은 말을 속에다 숨긴 채 벙어리처럼 살 수는 없어요. 그럴 바에는 차라리 죽어버리는 게 낫지요. 그 누구도 내 입을 막을 수는 없어요. 내 입을 막으려고 나에게 이렇게 폭력을 사용했지만 어리석은 짓이에요. 나는 입을 다물지 않을 거예요. 돌아가서 내 말을 그대로 보고하시오. 나는 절대로 입을 다물지 않을 거라고."

"저희는 그런 걸 보고하려고 여기에 온 게 아닙니다. 저희는 살인 사건 수사팀이고…… 수사과정에서 회장님의 안전이 위태롭다고 판단되었기에 이렇게……"

"알아요. 그래서 나를 안전한 곳에 격리시키겠다는 건가요? 정신병원 같은데다 말이오?"

"아, 아닙니다. 그건 오해이십니다. 저희들한테는 그런 권한도 없습니다."

병호는 한 회장의 의혹이 얼마나 뿌리 깊게 박혀 있는가를 절감할 수 있었다. 그 의혹을 걷어치우고 이쪽을 믿게 할 수 있는 방법을 생각해 보았지만 얼른 생각나지가 않는다. 그는 네 통의 편지를 꺼냈다.

"이 편지들을 한번 읽어 봐 주시겠습니까? 수신인도 발신인도 명확히 밝혀지지 않은 편지들입니다만…… 한번 눈여겨 볼 만한 것들입니다."

네 통의 편지들은 클립으로 한데 철해져 있었다. 한 회장은 첫 장을 읽으려다가 바람 때문에 읽기가 불편하자 그것을 들고 집안으로 들어갔다.

형사들은 그대로 밖에 남아 있었다. 한 회장이 그 편지들을 보고 나서도 그들에 대한 의혹을 풀지 않는다면 그들은 서울로 돌아갈 생각이었다.

거실로 들어가 벽난로 가에 앉은 한 회장은 무표정하게 편지에 눈을 주었다. 아무런 생각 없이 그것을 읽기 시작한 것인데, 처음부터 그것은 괴이한 내용을 드러내고 있었다.

이윽고 첫 장을 넘겼을 때 그의 표정은 호기심으로 가득 차 있었고, 시선은 편지에 못 박혀 있었다. 그리고 제3신을 읽기 시작하면서부터는 표정이 딱딱하게 굳어지고 있었나. 마침내 네 통의 편지를 모두 읽고 났을 때 그는 새파랗게 질린 표정을 하고 있었다. 편지를 들고 있는 손끝이 조금 떨리는 것 같았다. 잠시 후 그의 손에서 편지가 빠져나와 바닥에 떨어졌지만 그는 그것도 의식하지 못한 듯 한동안 멍하니 앉아 있었다. 대수롭지 않게 거의 무심코 들여다보았던 괴이한 편지들을 보고 난 지금 그는 굉장한 충격을 느끼고 있었다. 그 충격을 삭이려는 듯 그는 한동안 넋을 뺀 채 멍하니 앉아 있었다.

어느새 들어왔는지 황비서가 다가와 그의 발치에 떨어져 있는 편지를 집어 들었다. 그는 소리 없이 그림자처럼 움직이는 사내였다.

"좀 누우시죠. 자리를 봐드리겠습니다."

걱정스런 눈으로 그의 표정을 살피면서 그가 말했다. 한 회장은 충격에서 깨어난 듯 머리를 흔들면서 손을 뻗쳤다. 편지 위에 잠시 머물렀던 황비서의 시선이 당혹감을 감추지 못하면서 엇갈리는 것 같았다. 편지를 잠자코 받아든 한 회장은 다시 그것을 읽기 시작했다. 아까보다는 더 정성들여 꼼꼼히 읽어나갔다.

황비서는 자리를 뜨지 않은 채 조금 떨어진 곳에 서서 걱정스런 눈길로 한 회장을 바라보고 있었다.

이윽고 편지를 다시 한 번 읽고 난 한 회장은 납덩이처럼 굳어진 표정을 풀지 않은 채 목이 타는지 냉수 한 컵을 달라고 했다. 황비서가 물을 갖다 주자 그는 단숨에 들이켜고 나서 거칠게 숨을 몰아쉬었다.

황비서는 주인의 미묘한 움직임을 하나도 놓치지 않겠다는 듯 그를 주시하고 있었다. 무엇인가 알고 싶어 하는 강한 호기심이 황비서의 얼굴에 나타나 있었지만 그는 주인이 말하기 전에는 결코 먼저 묻는 법이 없었다.

오랜 세월을 그와 함께 한 몸처럼 지내온 한 회장은 특별한 것이 아닌 한 그에게 숨김없이 모든 것을 이야기해 주었고, 그와 상의함으로써 그의 지혜를 빌곤 했다. 한 회장이 볼 때 황비서는 지혜로운 사람이었던 것이다. 그의 지혜는 확실히 도움이 될 때가 많았다.

"이걸 한번 읽어 봐요. 형사들이 가져온 건데 읽을 수록 마음에 들지 않아."

한 회장은 편지를 황비서에게 내밀었다. 편지를 받아든 황비서는 선 채로 단숨에 그것을 읽었다. 그러고 나서 새파랗게 질린 표정으로 한 회장을 바라보았다.

"이건 괴상하기 짝이 없는 편지군요."

"그래. 아주 이상한 편지야."

"여기서 말하는 H-64는 회장님을 가리키는 것 아닙니까?"

"그런 것 같아."

"그리고 빠삐용이라는 인물은 손명기 부장을 말하는 것 같습니다. 인형이라고 부르는 여자는 손 부장과 함께 회사 공금을 횡령한 하길라 양이 틀림없는 것 같습니다."

침묵이 흘렀다. 두 사람은 제각기 생각에 잠겨 편지 내용을 생각하고 있었다.

"이걸 어떻게 해석해야 할까? 난 도무지 현실감 있게 받아들여지지가 않아. 제3의 사나이라는 자가 내 목숨을 노리고 있다는 것이 우습게만 생각된단 말이야."

한 회장은 미소를 지었지만 그것은 어쩐지 어색한 미소가 되고 말았다.

"제가 보기에는…… 이 편지 내용은 사실인 것 같습니다. 손 부장이 쓸데없이 이런 것을 쓴 것 같지는 않습니다. 그가 살해된 것이 이 편지가 사실이라는 것을 말해 주는 것 아닙니까? 편지에 보면 그는 자기에게 위험이 다가오고 있다는 것을 알고 있었습니다. 그는 제3의 사나이를 제일 무서워하고 있었습니다. 제3의 사나이가 그를 죽인 게 틀림없습니다. 하길라도 제3의 사나이의 손에 죽었을 가능성이 큽니다. 그가 하길라의 자료를 요청했다는 것이 바로 그것을 뜻합니다."

"형사들을 들어오라고 해. 이 편지를 입수하게 된 경위를 들어 봐야겠어."

거실로 다시 들어온 형사들은 추위에 얼어붙은 표정들을 하고 있었다.

"이 편지는 믿을 만한 겁니까?"

한 회장은 괴편지를 무릎 위에 올려놓았다. 오 형사는 옆에서 있는 황비서를 힐끗 쳐다보았다. 그는 자리를 비키려 하지 않고 그 자리에 버티고 있었다. 한 회장이 눈치를 채고 말했다.

"이 사람은 나하고 똑같이 생각해도 돼요. 분신이나 다름없으니까 마음 놓고 이야기해 봐요."

병호는 황비서가 마음에 안 들었지만 한 회장이 그렇게 말하는 데야 굳이 그를 나가달라고 할 수 없었다.

"저희들이 판단하기에는 이 편지 내용은 사실이라고 생각됩니다."

"이 편지들을 어떻게 입수하게 됐나요?"

"말씀을 드리자면 좀 깁니다."

병호는 머리와 팔이 잘려나간 시체를 발견하게 된 동기부터 이야기하기 시작했다. 풍뎅이 사건을 수사하는 과정에서 Y우체국 사서함을 찾게 된 경위, 거기에 와 있던 괴편지, 마침내 한성산업 경리과를 방문했던 일, 그리고 하길라의 죽음 등을 조용한 어조로 이야기해 주었다. 한 회장은 굳은 표정으로 끝까지 그 이야기를 들었다. 황비서는 얼어붙은 표정으로 서 있었다. 병호는 굳이 자신의 주장을 강요하려 들지 않았다.

오 형사는 지금까지의 수사내용을 상세히 이야기해 줌으로써 한 회장 스스로가 자신에게 다가온 위험을 깨달을 수 있도록 해 주었다.

"……일련의 이와 같은 사실들과 정황을 살펴볼 때 하길라 역시 제3의 사나이가 죽였을 가능성이 큽니다. 놈은 칼솜씨가 아주 뛰어난 것 같고…… 잔인무도한 것이 특징이라면 특징이랄 수 있습니다."

침묵이 흘렀다. 그 침묵이 견디기 어려운 듯 한 회장은 자리에서 일어나 벽난로 앞으로 다가갔다. 병호도 몸을 일으켜 한 회장 옆으로 움직였다.

"손명기가 어떻게 해서 그런 조직에 포섭되었는지는 알 수 없습니다만…… 자기가 모시던 상사를 암살하는데 동원되었다는 것은 불행한 일이 아닐 수 없습니다. 결국 그는 이용된 끝에 살해되고 말았습니다. 자신의 우려가 현실로 나타난 거지요."

"나쁜 놈 같으니! 그놈은 죽어도 쌉니다!"

하고 황비서가 뒤에서 말했다. 병호는 그쪽을 돌아보려다가 말았다.

"피치 못할 사정이 있었겠지요."

한 회장이 굵은 장작을 난로 속으로 던져 넣으며 말했다.

"물론 그럴 만한 사정이 있었겠지요. 그 사람은 29억 원이나 되는 회사 공금을 횡령했기 때문에 어차피 그 말로가 비극적으로 끝날 수밖에 없었겠지요."

병호의 말에 고개를 끄덕이면서 한 회장은 쇠꼬챙이로 불속을 헤집었다.

"난 죽음은 별로 두렵지 않아요. 언제라도 죽을 각오는 되어 있어요. 하지만 나는 암살자…… 아니, 도살자라고 하는 게 옳겠군. 도살자의 손에 죽는 건 싫어요. 아직 해야 할 일이 많이 남아 있고……"

"그놈을 막아야 합니다. 지금 그자를 추적하는 일과 회장님을 보호하는 일은 별개의 일이 아닙니다. 그 두 가지는 동일한 일이 되어 버렸습니다. 그자를 저지하는 일이 곧 회장님을 보호하는 일입니다."

"나는 악한테 지고 싶지 않아요! 악마의 손에는 죽고 싶지 않아요!"

한 회장이 큰 소리로 신경질적으로 말했기 때문에 병호는 속으로 깜짝 놀랐다.

"악한테 쓰러지느니 차라리 내 손으로 악을 처치하겠어요."

그가 거칠게 쇠꼬챙이로 불속을 헤집는 바람에 불꽃이 화려하게 피어올랐다.

"당연히 그러셔야죠. 악한테 진다는 건 말도 안 됩니다."

병호는 맞장구를 쳤다. 그 역시 한 회장과 같은 생각을 가지고 있었기 때문이다.

"우선 내 자존심이 허락지 않아요."

"그러실 테죠."

"내 주위에는 적들이 많아요. 내가 없어지기를 간절히 바라는 사람들이죠. 그들은 마약과 같은 존재들로 소리 없이 우리 사회를 부패시키고 있어요. 그들이 바라는 건 오로지 한 가지 뿐이에요. 자신들의 안전과 행복뿐이에요. 그것을 지키기 위해서라면 그들은 무슨 짓이라도 할 수 있는 자들이에요. 나라도 팔아먹을 수 있고 국민들을 저버릴 수도 있는 자들이에요. 따라서 그들이야말로 이 사회에서 가장 먼저 제거해야 할 대상들이지요. 그런 자들이 득세를 하고 있는 한 우리나라는 결코 발전될 수가 없어요. 하지만 그들은 세력이 너무 커요. 환부를 도려내기에는 너무 크게 곪아버렸어요. 난 혼자고 말이오. 그러니까 난 항상 수세에 몰려 있고 위험에 빠져 있어요. 하지만……"

한 회장은 쇠꼬챙이를 내려놓고 돌아섰다. 그리고 사나운 눈초리로 병호와 왕 형사를 번갈아 쳐다보았다.

"돌아가서 상부에 내가 말한 그대로 보고하시오. 난 어떤 위협에도 불구하고 절대 물러서지 않을 것이라고 말이오. 난 내가 하고 싶은 대로 할 것이고, 내가 계획한 대로 틀림없이 할 것이라고 말이오."

병호는 상대방의 두 눈에서 적의가 번득이는 것을 볼 수 있었다. 이 사람은 아직도 우리를 의심하고 있구나, 하고 그는 생각했다.

"보고할 필요도 없습니다. 여기서 우리가 나눈 이야기는 될수록 다른 사람들한테 알려서는 안 됩니다. 저희가 여기에 찾아온 것 자체도 비밀로 되어 있습니다. 이것은 매우 안전을 요하는 일이기 때문에 알고 있는 사람 수가 적을수록 좋습니다."

"하지만 경찰 조직의 속성상 상부에 모든 것을 보고해야지 않나요?"

"일이 완결된 다음에 보고할 생각입니다. 그 점은 신경 쓰지 않으셔도 됩니다."

"당신들은 여기에 찾아온 것 자체가 비밀이라고 하지만 그건 틀려요. 내 전화는 도청당하고 있을 거고…… 따라서 당신들이 여기에 온 것까지도 모두 알고 있을 거요. 당신이 정말 상부에 보고하지 않고 나에게 위험을 알려주기 위해 독자적으로 여기에 왔다 하더라도 말이오. 나는 지난 밤 내가 당한 치욕적인 경험에 비추어 내가 도청당하고 있고 감시당하고 있다는 것을 확신하게 됐어요."

병호는 아차 했다. 조심하지 않으면 안 되겠다고 생각했지만 이미 늦은 일이었다. 한 회장의 말을 듣고 보니 그것은 충분히 가능성이 있는 일이었다.

"미처 그 생각은 하지 못했습니다. 하지만 문제될 것이 없을 겁니다. 저는 어디까지나 공무를 수행중이니까요."

"흥, 공무를 수행중이라고요? 공무 아닌 게 어디 있나요? 내 얼굴을 이 지경으로 만들어놓은 자도 공무를 수행중인 자예요. 그자는 내 얼굴을 이렇게 만든 것도 공무의 하나라고 생각하고 있어요."

"그렇게 계속 의문을 제기하시면 문제 해결이 안 됩니다."

병호는 정색을 하고 말했다. 상대방을 대기업가로 보면 크게 보이지만 벌거벗은 한 명의 인간으로 보면 하잘 것 없는 왜소한 생명체로 보인다. 그 생명체는 지금 암살자의 흉기 앞에 노출되어 있다. 그는 그를 보호해야 할 의무를 느끼고 있었다.

"좋은 말씀이오. 하지만 난 이제 공무를 수행중인 사람들을 믿을 수가 없게 됐단 말이오. 섭섭하게 들리겠지만 그들은 나를 도살자로부터 보호해 줄 리가 없어요. 그들은 오히려 내가 죽임을 당하도록 나를 내버려 둘 거요."

"그럴 리가 있겠습니까."

한 회장은 머리를 흔들었다.

"당신은 몰라서 그래요. 내가 얼마나 저주의 대상인지 몰라서 그래요. 모두가 나를 미워하고 있어요. 정치인, 기업가, 그들한테 붙어서 기생하고 있는 지식인들이 모두 나를 증오하고 있어요. 내 주위에는 적들이 많아요."

"알고 있습니다."

"알고 있다면 내 말을 이해할 수 있겠군."

"사정이야 어떻든 우리는 살인범을 체포해야 합니다. 엄밀히 따져서 우리한테 회장님을 보호해야할 의무는 없습니다. 그러나 넓은 의미에서는 우리는 경찰이기 때문에 회장님의 목숨이 위태로운 것을 알고서도 모른 체할 수는 없습니다."

"내 걱정은 하지 마시오. 당신들한테 도움을 청하지는 않을테니까."

"도움을 청하지 않으셔도 우리는 당신을 보호해야 합니다. 그것이 곧 범인을 체포할 수 있는 방법이기도 하니까요."

한 회장은 움직임을 멈추고 오 형사를 가만히 응시했다. 도무지 형사처럼 보이지 않는 이 초라한 사나이한테서는 고집스러움과 함께 거역하기 어려운 어떤 신념 같은 것이 느껴지고 있었다. 그한테는 분명히 일반 수사관들과는 구별되는 독특한 분위기가 있었다. 이 사나이를 믿어도 될까. 편지 내용이나 그가 하는 말을 들어보면 일부러 꾸며낸 것 같지는 않다.

"어떻게 나를 보호하겠다는 거요? 설마 나를 두 겹 세 겹으로 둘러싸겠다는 것은 아니겠지요?"

한 회장의 목소리는 많이 누그러져 있었다. 그는 상대방의 조용하고 부드러운, 그러면서도 차가운 지성이 느껴지는 눈길이 처음으로 마음에 들었다.

"어떻게 할 것인가는 앞으로 차차 생각해 봐야겠죠."

"그렇게 미지근하게 대처하면 어떻게 그 도살자를 막을 수 있겠어요? 이왕 여기까지 내려오셨으면 발 벗고 나서야지요."

그렇게 말한 사람은 황비서였다. 형사들이 아무 대꾸도 하지 않자 그가 다시 말했다.

"제3의 사나인가 뭔가 하는 놈이 오늘 당장 침입할 수도 있지 않겠어요?"

"그럴 수도 있지요."

그때까지 한 마디도 하지 않고 있던 왕 형사가 대꾸했다. 그는 천천히 몸을 일으켰다.

"제3의 사나이가 회장님을 노리고 있다는 사실을 구체적으로 알려드렸다는 것만으로도 경호에 큰 도움이 될 겁니다."

"그것만 가지고는 안 되지요. 사실 우리 자체 내의 경호에는 한계가 있으니까요."

황비서는 그렇게 말하고 나서 한 회장 쪽을 힐끗 쳐다보았다. 한 회장은 동감이라는 듯 고개를 끄덕였다.

"회장님을 보호하기 위해서 경찰력을 동원해서 경비를 설 수 있는지는 저도 솔직히 말해 자신할 수 없습니다. 그렇게 하려면 상부의 허가를 받아야 하니까요."

병호의 말에 한 회장이 손을 내저었다.

"경찰이 경비를 서주는 것은 싫습니다. 그렇게 되면 너무 야단법석을 떠는 게 될 테고…… 결국은 웃음거리가 되고 말거요. 형식적인 경비에다 더욱이 웃음거리가 되는 건 정말 싫어요."

"알겠습니다. 저희도 그렇게 야단법석을 떠는 건 싫습니다. 아주 조용히 사건을 해결하고 싶습니다. 놈도 아주 조용히 나타날 테니까요."

"그놈에 대한 수사는 어느 정도까지 되어 있나요?"

"아직 윤곽조차 파악치 못하고 있는 상태입니다."

"그런 상태에서 어떻게 그자를 저지하겠다는 거지요?"

황비서가 힐난하듯 물었다.

"어떻게든 저지해야지요."

"아주 막연하군요."

황비서가 냉소어린 표정으로 말했다. 병호는 그가 경찰 수사력을 아주 우습게 여기고 있다고 생각했다. 불쾌한 생각이 들었지만 내색하지 않고 그는 물었다.

"여기 경비 상태는 어떻습니까?"

"경비 상태라야……"

한 회장이 황비서를 돌아보자 그가 대신 입을 열었다.

"경호원 두 명과 관리인 두 명…… 그리고 비서가 두 명 있지요. 경호원이 있다고는 하지만 무기도 없기 때문에…… 무기를 가진 놈이 들이닥치면 속수무책이지요."

병호는 잠시 생각해 보다가 다시 물었다.

"여기에는 언제까지 계실 겁니까?"

"1월 3일 오후까지 계실 예정입니다. 그날 저녁 6시 25분 비행기로 서울로 돌아가실 예정입니다."

"스케줄 작성해 놓은 것을 한 장 드려요."

하고 한 회장이 말했다. 황비서는 안으로 들어가더니 종이를 한 장 들고 나왔다. 그것은 1월 한 달 동안의 한 회장의 스케줄을 타이핑해 놓은 것이었다.

병호는 그것을 훑어보고 나서 한 회장에게 말을 걸었다.

"이 스케줄을 조정할 수는 없겠습니까?"

"어떻게 말입니까?"

"여기에 보면 사람들이 많이 드나드는 호텔에서…… 특히 H호텔에서 오찬을 많이 갖는 것으로 되어 있는데 그것을 취소할 수는 없겠습니까? 호텔은 범인이 침투하기가 용이하기 때문에 그렇습니다. 호텔에서는 거의 무방비 상태로 노출되게 마련입니다."

한 회장은 미소를 지으면서 고개를 흔들었다.

"취소할 수는 없어요. 특별한 사고가 없는 한 안 됩니다. 보다시피 내가 초청한 상대방들이 취소해도 좋을 만한 사람들이 아닙니다. 그건 어려워요."

"알겠습니다. 좀 나갔다 오겠습니다."

오 형사는 왕 형사를 데리고 밖으로 나왔다.

"좀 걷자구. 가슴이 터질 것 같아."

병호는 차가운 바람을 가슴 깊이 들이마셨다.

별장을 빠져나온 그들은 바닷가 쪽으로 내려갔다. 차가 다니지 않는 길에는 눈이 거의 무릎높이까지 쌓여 있었다. 그들은 바닷가에 이를 때까지 한 마디도 나누지 않고 말없이 걸음만 옮겼다. 파도가 밀려와 닿는 곳까지를 제외하고는 바닷가에도 눈이 많이 쌓여 있었다. 수평선은 구름에 가려 보이지 않았고, 시커먼 바위가 많이 돌출되어 있는 저쪽 바닷가에서는 갈매기 떼가 유난히 시끄럽게 울부짖으며 날고 있었다.

수평선 쪽으로부터 거대한 배 한 척이 나타났다가 곧 구름 속으로 사라져갔다. 왕 형사가 돌멩이를 하나 집어 들더니 갈매기 떼를 향해 그것을 힘껏 집어던졌다.

검은빛을 띠고 있는 바다와 백색의 대지는 너무도 뚜렷한 대비를 이루고 있었다. 눈과 모래가 섞인 바람이 갑자기 불어 닥치곤 했다. 오 형사는 심한 공복을 느꼈다. 그는 깨끗한 눈을 뭉쳐 입속으로 가져갔다.

그곳으로부터 통나무 별장은 꽤 급하게 이루어지고 있는 경사면의 위쪽에 자리 잡고 있었다. 그리고 나무에 가려 지붕 위만 조금보일 뿐이었다.

지붕 위로 연기가 피어오르고 있는 것이 보였다. 그들은 걸음을 멈추고 서서 약속이나 한 듯 통나무집 쪽을 바라보았다.

"저 사람은…… 절해고도에 갇혀 있는 것이나 다름없어."

하고 병호가 말했다.

"저 사람은 보호될 수 있을까요?"

"난 자신할 수 없어. 저 사람은 공권력의 보호를 받을 수 없다는 것을 자신이 잘 알고 있어. 권력을 쥐고 있는 지배자들로부터 미움을 사고 있단 말이야. 지배자들은 자신들의 권익을 지키기 위해 자신들의 영역에 도전하는 자를 가만 두지 않아. 그게 바로 우리의 역사였어. 그는 혼자서 고독한 투쟁을 하고 있는 거야. 아주 외로운 사나이지. 그에게 무기가 있다면…… 아직까지는 풍부한 경제력을 가지고 있다는 점이야. 하지만 그것도 언제 없어질지 모르지."

"지난 밤에 뭔가 있었던 모양이죠?"

"아주 심각한 일이 있었던 것 같아. 여기서 가까운 곳에 드럼통의 별장이 있는 거 알고 있나?"

"그렇습니까?"

왕 형사는 놀란 표정으로 주위를 휘둘러보았다. 그러나 드럼통의 별장으로 생각되는 것은 보이지 않았다.

"어딘가에 있을 거야."

"그러니까 경비가 그렇게 삼엄했군요."

그들은 아침에 그곳까지 올 때 여러 곳에서 검문검색을 받아야 했었다.

"대기업의 회장 얼굴을 저 지경으로 만들 수 있는 사람이 누구겠어? 난 한 사람밖에 없다고 생각해."

"그럼 그 사람이……"

왕은 소스라치게 놀란 눈으로 병호를 주시했다.

"그러니까 폭행을 당하고서도 아무 소리 못하고 있는 거 아니겠어."

그들은 바닷가에 서서 한동안 보이지 않는 수평선 쪽에 시선을 두고 있었다. 바다를 덮고 있는 구름은 더욱 검은 빛으로 변하고 있는 것 같았다.

"공권력으로 보호할 수 없다면 어떻게 해야 하죠? 그렇다고 그대로 방치해 둘 수도 없는 거 아닙니까?"

"그렇다고 우리가 붙어 다니며 보호할 수도 없는 일이지."

"글쎄, 말입니다."

"좋은 방법은……"

병호는 시끄럽게 울부짖으며 날고 있는 갈매기 떼를 눈으로 좇았다.

"……우리가 먼저 선수를 치는 거야. 제3의 사나이가 한 회장을 공격하기 전에 우리가 먼저 놈을 저지하는 거야. 공격이 최상의 방어가 되는 셈이지."

그들은 다시 걸음을 옮기기 시작했다.

"네, 그 방법밖에 없을 것 같습니다. 하지만 놈에 대한 자료가 전혀 없는데 어떻게 놈을 먼저 공격합니까?"

"그걸 나한테 물으면 어떡해?"

병호는 역정을 냈다.

그들은 몸을 돌려 위쪽으로 올라가기 시작했다.

"저기 보십시오! 지프 두 대가 서 있는데요."

왕 형사가 가리키는 곳을 보니 통나무집 입구에 검은색 지프 두 대가 서 있는 것이 보였다. 아까 그 집을 나올 때에는 보이지 않던 차들이었다.

"저건 특수기관의 차인 것 같은데요."

한 남자가 차 옆에서 서성거리고 있는 것도 보였다.

"방문객이 있는 모양이야. 지금 들어가는 건 좋지 않겠어."

그들은 통나무집 뒤쪽에 있는 산으로 올라갔다. 눈 속을 한참 동안 헤집고 다녔기 때문에 구두는 이미 질퍽하게 젖어 있었다. 계속 움직이지 않으면 발에 동상이라도 걸릴 것 같아 그들은 쉬지 않고 발을 움직였다.

산의 중턱에서는 바다가 한눈에 들어왔다. 통나무 별장도 빤히 내려다 보였다. 통나무 건물 바로 앞에도 한 사람이 서 있었고, 황비서가 그 사람과 이야기하고 있는 것이 보였다. 바람이 불어 닥치자 나뭇가지에 쌓여 있던 눈송이들이 그들의 머리 위로 꽃잎처럼 쏟아져 내렸다.

"빠삐용이 편지에 써놓은 것을 보면 제3의 사나이는 아주 조그만 사내인 모양이죠?"

"글쎄……"

병호는 열심히 통나무집을 내려다보고 있었다.

"그리고 칼솜씨가 뛰어난 놈 같은데요."

도전

네 명의 사나이들이 황비서를 둘러싸고 있었다. 그들은 검은 지프를 타고 온 사내들이었다. 그들은 자기들의 신분을 분명히 밝히지도 않았다. 다만 기관에서만 왔다고 간단히 말하고 설쳐대는 바람에 황비서는 감히 어느 기관이냐고 묻지도 못한 채 그들한테 둘러싸여 있었다. 검은 지프와 검은 가죽점퍼가 대신 그들의 신분을 말해 주고 있었다. 검은 가죽점퍼를 입고 검은 지프를 타고 다니면서 기관에서 왔다고 하면 모두가 지레짐작으로 알아서 대접해 주고 있었다. 한마디로 그들은 사회생활을 하는데 있어서 법과 질서 · 규범 같은 것을 초월한 존재들이었다.

"어디 간다고 하면서 갔어요?"

그들은 서울에서 내려온 형사들을 찾고 있었다.

"모르겠습니다. 어디 간다는 말도 없이 나갔습니다."

"이렇게 눈이 많이 쌓였는데 걸어갔단 말이오?"

"네, 걸어갔습니다."

"그럼 멀리 간 게 아닌가 보군."

형사들이 그곳에 나타난 것을 그들이 어떻게 알아냈는지는 알 수 없는 일이었다.

"그 사람들 여긴 왜 왔어요? 회장하고 무슨 이야기했어요?"

그들의 말투는 무식하고 거친 느낌이었다.

"왜 왔는지 그건 잘 모르겠습니다. 회장님하고만 이야기를 나누었기 때문에 전 알 수가 없습니다."

황비서는 딱 잡아떼었다. 그들은 회장을 만나보려고 했지만 회장이 만나주지 않는 바람에 황비서한테 이것저것 캐묻고 있었다.

"저 사람들은 뭐지?"

그때 한 사내가 모퉁이에서 소변을 보고 오다가 뒷산 쪽을 가리키며 말했다.

두 사람이 산 위에서 움직이고 있는 것이 뚜렷이 보였다.

"저 사람들은 누구지?"

머리숱이 적은, 지휘자로 보이는 자가 말했다. 그는 짙은 선글라스로 눈을 가리고 있었다.

"형사들인 것 같습니다."

황비서가 낭패한 표정으로 말했다.

"저기서 뭐하는 거지? 가서 데려와."

선글라스의 말이 끝나기 무섭게 두 명의 사내가 울 밖으로 잽싸게 빠져나갔다. 그들은 산 위에까지 올라가지 않고 아래쪽에서 형사들을 불렀다.

"이거 봐요! 이리 내려와요! 빨리 내려와요!"

그들이 움직일 기미를 보이지 않자 사내들은 더 큰 소리로 거칠게 그들을 불렀다.

"이봐요! 이리 내려오란 말이야! 빨리 내려오라니까요!"

워낙 위압적으로 소리치는 바람에 형사들은 주춤주춤 산에서 내려오기 시작했다.

"당신들 거기서 뭐하는 거야?"

형사들이 가까이 오자 한 명이 반말조로 물었다.

"왜 그러십니까? 우린 경찰인데요."

왕 형사가 불쾌한 표정으로 되묻자 그들은 눈을 부라렸다.

"따라와요."

"어, 어디서 오셨습니까?"

"알 만한 사람들이 그런 건 왜 물어."

한마디로 말문을 막아버리자 형사들은 어안이 벙벙해서 더 이상 묻지 않고 그들을 따라 울안으로 들어갔다.

"당신이 오병호요?"

선글라스가 담배를 꼬나문 채 병호를 턱으로 가리켰다.

"네, 그렇습니다."

병호는 상대방의 기름진 얼굴을 가만히 바라보았다. 검은 가죽점퍼가 꼭 갑옷 같다는 생각이 들었다.

"당신들 산 위에서 뭐했어요?"

"당신들은 누구지요?"

병호가 되묻는 바람에 공기가 험악해졌다. 그들은 흡사 맹수가 사냥감을 노리듯이 병호를 노려보았다.

"묻는 말에 대답해! 산에서 뭐했어?"

선글라스가 가소롭다는 듯 입가에 미소를 띠며 물었다.

"그냥 바람을 쐬고 있었습니다. 경치가 좋아서 바다를 바라보고 있었습니다."

"우리가 어디서 왔는지 꼭 말해야 되겠어? 그걸 말해야만 알겠어?"

선글라스가 이마에 주름을 지으며 병호에게 다시 물었다.

"이 양반, 머리가 꽤 둔한 모양이군. 머리가 그렇게 안 돌아가서 어떻게 형사 질을 해?"

다른 사내가 오 형사의 옆구리를 툭 쳤다. 가볍게 친 것 같은데 병호는 격심한 고통을 느꼈다.

"데리고 가."

선글라스의 말이 떨어지자 사내들은 형사들의 등을 떠밀었다. 병호는 통나무집 창가에 한 회장이 서 있는 것을 발견하고는 주춤했다. 한 회장은 창가에 서서 그들을 바라보고 있었다. 병호는 그가 어떤 생각을 하고 있을지 궁금했다.

사내들은 형사들을 지프에 나누어 태웠다. 그들은 마치 피의자를 다루듯 형사들을 거칠게 다루었다.

"이걸 끼어요. 벗으라고 할 때까지 벗으면 안 돼요."

차가 출발하자 사내 하나가 안경 같은 것을 병호에게 꺼내주었다. 병호는 시키는 대로 자신의 안경을 벗고 나서 그것을 끼었다. 그것은 앞과 옆이 완전히 차단되어 아무 것도 보이지 않는 특수 안경이었다. 보이는 것이라고는 캄캄한 어둠뿐이었다. 이게 무슨 짓이람. 가소로운 짓이로군. 병호는 떫은 감을 씹은 것 같은 기분을 느끼면서 가만히 한숨을 내쉬었다.

차 안에는 요란스러운 팝송이 흐르고 있었다. 아무도 그것을 끄려하지 않았고 그에게 말을 걸지도 않았다. 답답해서 견디기 어려웠지만 그는 꾹 참고 가만히 있었다. 그는 그런 식의 행위가 아무런 방해도 받지 않고 은밀히 이루어지고 있고, 그것을 집행하는 자들이 아무런 거리낌 없이 당당히 행동할 수 있는 그런 풍토가 몹시 한심한 생각이 들었다.

한참 후 차는 멈추어 섰고 그는 어느 건물 안으로 끌려들어갔는데 그때까지도 그의 눈에서는 그 특수 안경이 벗겨지지 않았다. 완전히 차단된 공간 속에 들어가서야 그에게 안경을 벗으라는 지시가 떨어졌다. 그는 그것을 벗고 자신의 안경을 끼었다. 왕 형사는 다른 방에 들어갔는지 보이지 않았다.

아무런 장식도 없는, 창문마저 폐쇄된 방안에는 낡은 책상만이 하나 덩그러니 놓여 있을 뿐이었다. 책상을 사이에 두고 의자가 서로 마주보게 놓여 있었고 책상 위로는 전등불빛이 쏟아져 내리고 있었다. 방바닥은 시멘트가 그대로 드러나 있었다.

그는 혼자 우두커니 서 있었다. 방음장치가 되어 있는지 아무 소리도 들려오지 않았다. 너무 조용해서 움직이기조차 조심스러웠다. 그때 갑자기 어디서 비명소리가 들려왔다. 고통에 못 이겨 울부짖는 여자의 비명소리였다. 피를 토하는 것 같은 그 비명소리에 병호는 오싹 소름이 돋았다. 그는 갑자기 소변이 마려웠다. 그러나 실내에는 화장실이 없었다. 그는 두리번거리다가 출입구 쪽으로 가 보았다. 문에 막 손을 대는 순간 어디선가

"그대로 서 있어! 움직이지 말고 책상 앞에 서 있어!"

하는 마이크소리가 들려왔다.

그는 깜짝 놀라 책상 앞으로 돌아왔다. 그러고 보니 천장 구

석에 카메라가 설치되어 있는 것이 보였다. 자신의 움직임 하나하나가 감시당하고 있는 것을 알고 그는 어이가 없었다. 왜 자신이 그런 대접을 받아야 하는지 알 수가 없었다. 그는 비참한 기분을 느끼면서 소년처럼 서 있었다. 벌을 준 선생님을 돌아오기를 기다리고 있는 소년처럼. 문이 열리더니 두 사람이 들어왔다. 선글라스를 낀 머리숱이 적은 그 사내와 힘깨나 쓸 것 같은 거한이었다.

선글라스는 책상 위에다 파일 철을 거칠게 내던지더니 그 위에 털썩 주저앉았다. 거한은 병호의 뒤로 돌아가서 섰다. 병호는 뒤가 켕겼지만 돌아보지는 않았다. 선글라스는 담배를 한 대 피워 물고 나서 이마에 깊은 주름살을 지으면서 병호를 올려다보았다.

"거기 앉아!"

아무리 보아도 그보다는 젊을 것 같은 사내의 거침없는 반말짓거리에 병호는 어이가 없었지만, 그의 말을 거역함으로써 빚어질 소란이 싫었기 때문에 시키는 대로 잠자코 의자 위에 앉았다. 선글라스의 뒤에는 눈이 보이지 않는 거대한 힘이 도사리고 있다. 그래서 그 힘을 믿고 선글라스는 이처럼 오만하게 나올 수가 있는 것이다. 그 생리를 너무도 잘 알고 있는 병호는 구역질이 나는 것을 참으면서 무표정하게 상대방을 바라보았다.

"당신, 제주도에는 뭐 하러 내려왔어? 용무가 뭐야? 한 회장은 왜 만났어? 만나서 무슨 이야기를 했어? 다 알고 있으니까 하나도 숨기지 말고 이야기해봐. 살인 사건 수사하다말고 뭐 하러 내려왔어?"

병호는 선글라스가 이미 자신에 관한 것을 모두 파악하고 있음을 알았다. 그리고 서울에서 한 회장과 가졌던 전화통화가 도청 당했음을 알았다. 알고 덤비는 것이니 거짓말을 할 수도 없게 되었다. 적당히 얼버무릴 수밖에 없다고 그는 생각했다.

"살인 사건 수사과정에서 한 회장에 관한 것이 나왔기 때문에 그것을 알아보기 위해 내려온 겁니다."

"그게 뭐야?"

"어떤 자가 한 회장을 해치려고 한다는 정보를 입수했습니다. 그래서 한 회장도 그것을 알고 있는지 알아보려고 한 겁니다. 모르고 있으면 그것을 알려주려고 한 겁니다."

"한 회장을 해치려고 하는 자가 누구야? 그리고 그런 정보는 어떻게 입수했어?"

선글라스는 계속 담배를 꼬나물고 있었다. 담뱃재가 책상 위에 떨어지기를 기다렸다가 병호는 입을 열었다.

"누가 해치려고 하는지 그건 아직 알 수가 없습니다. 회사에 앙심을 품고 있는 자일 거라고만 생각하고 있습니다. 그런 정보를 알게 된 것은 이름을 밝히지 않은 어떤 여자가 수사본부로 전화를 걸어왔기 때문입니다. 그 여자 말이 자기가 사귀고 있는 남자가 입버릇처럼 한 회장을 죽이겠다고 했다는 겁니다."

"그 남자가 누구야?"

"그건 알 수가 없습니다. 물어보니까 대답하지 않고 전화를 끊어버렸습니다."

"거짓말하지 마!"

선글라스가 화를 내며 앞으로 상체를 기울이자 뒤에 서 있던 거한이 기침을 했다. 병호는 뒤가 켕겨 목이 절로 움츠러들려고 했다.

"여자가 그런 전화를 걸어왔을 때는 남자이름을 밝혔을 거 아니야?"

선글라스는 주먹으로 책상을 후려쳤다.

"과거에 한성에 근무한 적이 있는 사람이라고 하면서 이름만은 밝히지 않았습니다."

그때 다시 여자의 비명소리가 들려왔다. 아까보다 더 처절한 비명소리였다.

"저 기집애, 왜 저렇게 엄살이야?"

선글라스가 비명소리가 들려오는 쪽을 향해 이맛살을 찌푸려 보였다.

"당신 지금 거짓말하고 있는 거지?"

"아닙니다."

"거짓말하면 안 돼. 거짓말한 것이 밝혀지면 어떻게 된다는 거 알고 있겠지?"

선글라스는 볼펜을 집어 들더니 그것으로 목을 자르는 시늉을 해보였다. 병호는 알겠다는 듯 고개를 끄덕였다.

"한 회장도 그것을 알고 있었나?"

"모르고 있었습니다."

"그 말을 해줬더니 뭐라고 해?"

"대수롭지 않게 여기는 것 같았습니다. 자기 주위에는 적이 많기 때문에 자기는 언제나 테러를 당할 각오가 되어 있다고 했습니다."

"또 뭐라고 했어? 한 회장하고 나눈 이야기를 하나도 빠뜨리지 말고 이야기해봐. 하나도 빼먹지 말란 말이야."

"저기, 화장실에 좀 다녀올 수 없을까요?"

"제기랄…… 큰 거야 작은 거야?"

"작은 겁니다."

선글라스가 눈짓을 하자 뒤에 서 있던 거한이 병호의 어깨를 툭 쳤다.

거한은 병호의 뒤를 바싹 따라왔다. 긴 복도를 따라가다가 방향이 바뀔 때마다 거한은 뒤에서 그의 어깨를 툭 치곤했다.

이윽고 화장실 앞에 이르렀을 때 그는 주춤하고 섰다. 화장실에서 나오던 한 사내가 비틀거리며 쓰러지려고 했기 때문이었다. 그는 젊은 남자였는데 얼굴이 온통 피멍인데다 눈과 코와 입이 제자리에 있지 않고 모두 뒤틀려 있었기 때문에 끔찍하기 짝이 없었다. 그는 제대로 걷지도 못하고 있었다. 그러나 그의 뒤에 붙어서 있는 다른 사내는 그를 부축해 주려고도 하지 않았다. 오히려 그의 엉덩이를 걷어차면서 빨리 걸으라고 재촉하는 것이었다.

병호는 화장실 안으로 들어가 소변기 앞에 나가서서 바지의 지퍼를 내렸다. 거한도 옆에 있는 소변기 앞에 다가섰다. 머리 위 높은 곳에 조그만 창문이 하나 있었는데 그 창문을 통해 밝은 빛이 흘러들어오고 있었다. 거기에는 굵은 쇠창살이 박혀 있었지만 그 창문을 통해 보이는 잿빛 하늘이 그렇게 신선해 보일 수가 없었다.

"아까 그 사람은 왜 그렇게 됐습니까?"

어리석은 질문인 줄 알면서도 병호는 거한에게 말을 걸어보았다. 예상했던 대로 거한은 아무 대꾸도 하지 않았다. 다시 방 안으로 돌아올 때까지도 그한테서는 한마디의 말도 들을 수가 없었다. 그는 마치 말없는 로봇 같았다.

"한 회장하고 주고받은 내용을 하나도 빼먹지 말고 이야기해 보란 말이야."

선글라스가 또 그를 재촉했다.

병호는 문득 왕 형사가 걱정이 되었다. 고집이 센 그는 자신은 아무 말도 듣지 못했다고 끝까지 잡아 땔 것이다. 사전에 서로 말을 맞추었다면 입을 열 수도 있겠지만 그렇게 하지를 못했기 때문에 그는 서로의 진술이 틀리게 될까봐 결코 입을 열지 않을 것이다. 그가 곤욕을 치르고 있을 것만 같아 병호는 걱정이 되었다.

"한 회장한테 경호를 강화하라고 했더니 참고하겠다고 했습니다. 하지만 누군가가 마음만 먹으면 자기를 얼마든지 공격할 수 있을 것이라고 했습니다. 자기는 한 곳에 틀어박혀 있지 않고 여기저기 돌아다니기 때문에 많은 사람들 앞에 무방비상태로 노출 될 때가 많고, 그래서 마음만 먹으면 얼마든지 자기를 공격할 수 있을 것이라고 했습니다. 그러면서 하는 말이…… 그래도 경찰한테 보호를 요청하고 싶은 마음은 추호도 없다고 했습니다. 경찰이 다른 일을 하는데도 바쁠 텐데 염치없게 자기 같은 하찮은 존재를 지켜달라고 요청할 수는 없다고 했습니다. 걱정해 주는 것은 고맙지만 자기 일은 자기가 알아서 할 테니까 경찰에서 걱정하지 말라고 했습니다. 여느 사람들하고는 좀 다른 데가 있었습니다. 그런 말을 듣고도 조금도 동요하지도 않고 아주 의연해 보였습니다."

"얼마 받았어?"

병호는 상대방이 무슨 말을 하고 있는 것인지 몰라 그를 멍하니 쳐다보기만 했다.

"얼마 받았느냐 말이야?"

"무슨 말인지 잘 모르겠군요."

"그런 귀중한 정보를 알려주었으니까 한 회장이 봉투 하나쯤 줬을 거 아니야. 대재벌인데 푼돈을 줬을 리는 없고 두둑하게 줬을 거 아니야."

맙소사 어떻게 그런 생각을 할 수 있단 말인가. 이 사람은 생각하는 것이 보통 사람들하고는 다른 모양이라고 병호는 생각했다. 나는 생각해 본 적도 없는 것을 생각해낸 것을 보면 머리 구조가 특수한 모양이다.

"그런 건 받지 않았습니다."

병호는 불쾌한 어조로 대답했다. 선글라스가 번득였다.

"거짓말하지 마. 문제 삼지 않을 테니까 솔직히 말해봐. 얼마 받았어?"

"받지 않았습니다. 단 한 푼도…… 받은 것이라고는 코피 한 잔 뿐이었습니다."

병호는 너무 한심한 나머지 한숨을 푹 내쉬었다. 그러나 상대방은 도무지 믿으려 들지 않았다.

"경찰에서는 거짓말이 통할지 몰라도 여기서는 그런 게 통하지 않아. 알겠어? 여기서는 절대 안 통한단 말이야. 살인 사건을 수사하던 형사가 제주도까지 뭣 하러 왔겠어? 한 회장에게 정보를 알려주고 국물이라도 얻어먹을까 하고 내려온 게 아니야? 전화로 알려줘도 충분할 텐데 일부러 여기까지 내려온 건 이걸 바라고 온 게 아니야?

상대방은 손가락 두개로 동그라미를 만들어보였다. 그것을 보자 병호는 수치심으로 숨이 막힐 것 같았다.

"솔직히 털어놓지 뭘 그래. 상대방은 재벌 그룹 회장이야. 그런 중요한 정보를 알려줬는데 시시하게 푼돈을 줬겠어? 얼마 받았어?"

"그런 건 받지 않았습니다. 그리고 그런 걸 바라고 여기에 내려온 건 아닙니다. 아무리 형사라고 하지만 그런 식으로 말하지 마십시오."

그가 불쾌한 표정으로 강하게 나가자 상대방은 조금 놀라는 것 같았다. 그는 한참 동안 병호를 노려보더니,

"손 좀 봐야 알겠어? 여기가 어딘 줄 알고 큰소리치는 거야!"

하고 소리쳤다.

"여기가 어딘지는 모르지만 사람을 모욕하지 마십시오. 그런 식으로 말해도 되는 겁니까?"

선글라스의 입에서 담배가 굴러 떨어졌다. 그는 벌떡 몸을 일으키더니 주먹으로 책상을 치면서 버럭 고함을 질렀다.

"이 새끼, 손 좀 봐줘!"

그의 말이 떨어지기가 무섭게 뒤에 서 있던 거한이 병호의 목덜미를 움켜잡았다. 순간 병호의 몸이 들썩하는 것 같더니 시멘트 바닥 위로 의자 째 나동그라졌다. 병호가 몸을 일으키려 하자

거한은 이번에는 그의 멱살을 움켜잡았다. 그의 무쇠 같은 주먹이 병호의 복부를 올려쳤다. 병호는 신음소리와 함께 뒤로 나가떨어졌다.

병호는 몹시 고통스러웠지만 그보다는 그와 같은 폭력이 공공연히 행사되고 있다는 사실에 더욱 큰 아픔을 느꼈다. 동시에 맞서 싸울 수 없는 자신의 무력감에 비참한 생각마저 들었다. 거한이 구둣발로 그의 등을 걷어차자 병호는 숨이 끊어지는 것만 같았다. 거한의 힘은 거의 완벽에 가까울 정도로 대단해서 그에게 저항한다는 것은 생각지도 못했다. 병호가 거의 의식을 잃은 채 쓰러져 있자 그 제서야 거한은 움직임을 멈추었다.

"일어나!"

하고 선글라스가 말했다.

병호는 상대방의 명령을 희미하게 들었지만 일어날 수가 없었다. 두 번째 명령을 듣고서야 그는 바닥에 떨어진 안경을 집어 들고 비틀거리며 일어나 의자에 앉았다. 안경은 깨지지 않았지만 대가 휘어져 있었다. 그것을 바로잡은 다음 그는 안경을 다시 코에 걸었다.

"이제 여기가 어딘 줄 알겠어?"

선글라스가 가죽점퍼의 지퍼를 열었다. 권총밴드가 보였다. 병호는 역겨운 생각이 들어 고개를 돌렸다.

"모르겠습니다."

"더 맞아야 알겠어?"

병호는 왕 형사를 생각했다.

"얼마 받았어?"

"받지 않았습니다."

"그자가 그렇게 노랭이란 말야? 그런 정보를 알려줬는데도 한 푼도 주지 않았단 말이야? 차비는 줬겠지?"

"아뇨."

"지독한 노랭이군. 그럼 괜히 내려온 거 아니야?"

"그렇게 생각지 않습니다."

"그건 그렇고…… 더 이상 한 회장을 만나거나 그 사람하고 연락을 취하거나 하지 마. 쉽게 말해서 그 사람을 위해서 뛰지 말란 말이야. 알겠어?"

"이유가 뭡니까?"

그는 상대방을 보지 않고 말했다.

"이유는 알 필요 없어. 이건 명령이야. 한 회장에 관한 건 우리영역이니까 당신이 침범하지 마. 당신은 살인 사건이나 해결해. 알았어?"

"알겠습니다."

병호는 내키지 않았지만 고개를 끄덕여 주었다. 솔직히 말해 그는 더 이상 맞고 싶지 않았다. 그리고 어서 빨리 그곳에서 나가고 싶었다.

"참고로 말해 두는데…… 한 회장 그자는 요주의 인물이야. 보호할 가치가 없는 인물이란 말이야. 그러니까 그렇게 알고 그 사람 곁에 얼씬거리지 마. 그게 당신의 신상에 좋을 거야. 얼씬거리다가 괜히 맞아죽으면 당신만 손해야."

병호는 선글라스의 명령에 따를 생각은 추호도 없었다. 그는 이미 두 사람을 죽이고 이제 마지막으로 한 회장을 노리고 있는 제3의 사나이를 기필코 붙잡고야 말겠다고, 서울로 가는 비행기 속에서 자신에게 굳게 다짐하고 있었다. 그는 굳은 결의에 차 있었다. 그 같은 굳은 결의는 선글라스 일당에게 폭행을 당했기 때문에 생겨난 것이었다. 결국 선글라스는 병호의 결의만 굳혀 놓고 만 셈이었다.

서울로 가는 비행기는 빈자리 하나 없이 승객들로 가득 들어차 있었다. 오 형사와 왕 형사는 나란히 앉아 있었다. 그들은 모두 심각하고 굳은 표정이었다. 오 형사는 얻어맞기는 했지만 얼굴은 다치지 않았기 때문에 겉으로 말짱해 보였지만 왕 형사는 얼굴을 집중적으로 맞았는지 콧잔등이 부풀어 오르고 한쪽 눈두덩도 시퍼렇게 부어 있었다. 그리고 한쪽 안경알에는 금이 가 있었다.

"이 세상을 지배하는 것은 무엇입니까? 폭력입니까 아니면 정의입니까?"

비행기가 활주로를 떠나 일정한 고도를 유지했을 때 그때까지 무겁게 침묵을 지키고 있던 왕 형사가 불쑥 질문을 던져왔다. 그는 극심한 회의에 빠져 있는 것처럼 보였다. 병호는 뭐라고 대답해야 할지 몰라 잠자코 그를 바라보기만 했다.

"폭력을 쓰는 자를 죽이고 싶었습니다."

작은 소리로 말했지만 그것은 분노에 찬 목소리였다.

"잊어 버려. 그런 건 빨리 잊을수록 좋아."

"어떻게 그걸 잊을 수가 있습니까? 전 결코 그 일을 잊을 수가 없습니다."

병호 자신도 그것만은 결코 잊을 수가 없을 것 같았다.

"우리 앞에 엄청난 장애물이 있다는 것을 알게 됐어. 그들은 단순한 폭력집단이 아니야. 국가 권력을 등에 업고 있는 조직이야. 그렇다고 해서 물러설 수는 없어. 기술적으로 그 장애물을 피해가야 해."

"결국 그들이 바라는 것은 한 회장에게 접근하지 말라는 것이었습니다. 한 회장이 얼마나 외로운 처지에 놓여 있는가를 알게 됐습니다."

"그가 테러를 당하도록 내버려둔다는 것은 죄악이야. 모르고 있었다면 또 몰라도……"

병호는 현기증을 느끼고 눈을 감았다. 비행기가 갑자기 심하게 흔들리고 있었다. 그는 지금 미지의 세계를 향해 날아가고 있는 것 같은 기분을 느꼈다. 미지의 세계—그것은 혼돈과 두려움을 느끼게 하는 세계였다.

12월 31일 밤, 서울.

"아, 안 돼요!"

여자가 소리쳤지만 이미 야수로 돌변한 사내는 조금도 공격을 늦추지 않았다. 그는 마지막 남은 여자의 손바닥만 한 삼각팬티를 확 잡아챘다. 찢어진 팬티조각이 그의 손끝에 걸렸다가 바닥에 떨어졌다. 그는 술 냄새를 몹시 풍기고 있었다. 그 입으로 그는 소리치는 여자의 입을 덮쳤다.

그들은 아파트 거실의 고급 카펫 위에서 몸싸움을 벌이고 있었다. 코피 한 잔을 대접하기 위해 잠깐 들어왔다 가라고 집안으로 남자를 불러들인 것이 화근이었다. 남자는 여자가 끓여준 코피를 마시다 말고 그녀를 덮쳤던 것이다.

"안 돼요! 안 돼요! 이러지 마세요!"

"결혼하면 될 거 아니야! 넌 내 거야!"

사내는 여자의 다급하고 애처로운 목소리를 깔아뭉개면서 그 육중한 몸을 그녀의 조그만 몸뚱이 위에다 거침없이 실었다.

여자는 워낙 힘이 약했고 거기에 비해 남자는 맹수처럼 힘이 좋았다. 처음부터 그것은 게임이 안 되는 싸움이었다.

"혜라, 사랑해!"

그것은 거짓말이었다. 그러나 그는 거침없이 거짓말을 할 수 있는 위인이었다.

"혜라, 날 사랑하지 않아?"

"사랑해요! 하지만 안 돼요! 결혼할 때까지만 참아요! 저를 사랑한다면 참아줘요!"

"난 기다릴 수 없어!"

양두이는 마지막 공격을 시도했다. 연약한 아가씨는 온 힘을 다해 그를 밀어냈다. 두이는 자신의 아랫도리를 모두 벗었다. 웃옷까지 벗을 시간 여유도 없을 뿐 아니라 그럴 필요도 느끼지 않았던 것이다. 일단 여자를 손아귀에 넣는 것이 중요한 일이었다. 이 기회를 그는 6개월 동안 기다려 왔었다. 그동안은 그야말로 신사처럼 아주 정중히 그녀를 대해 왔었다. 여자는 그의 신사다운 세련된 매너에 완전히 끌려 있었고 마음을 놓고 있다가 오늘밤 마침내 기습공격을 받은 것이다.

연약한 여자이긴 했지만 온힘을 다해 저항하면서 미꾸라지처럼 몸을 빼내는 데는 아무리 힘센 사내라 해도 마음대로 그녀를 다룰 수가 없었다. 화가 난 그는 마지막 방법을 시도해 보기로 마음먹었다. 그것은 다른 아가씨들에게 많이 써먹어본 방법이었다. 열의 아홉은 그 방법에 두 손을 들고 순순히 몸을 맡겼었다. 그는 주먹을 단단히 움켜쥔 다음 으스러지지 않을 정도로 여자의 턱을 후려쳤다. 그래도 저항을 계속하면 두 번째에는 옆구리를 때릴 생각이었다.

주혜라의 입에서

"윽!"

하는 짧은 신음소리가 흘러나왔다.

단 한방에 그녀는 아주 우스꽝스러울 정도로 쉽게 저항을 포기했다. 아니, 저항을 포기한 게 아니라 온몸에서 힘이 빠져버린 것 같았다. 마치 팔다리가 마비된 듯 그녀는 사내가 요리하는 대로 몸을 내맡기고 있었다.

죽은 듯이 눈을 감은 채 뻗어 있는 여자를 내려다보는 사내의 입가에 잔인한 미소가 떠올랐다. 그녀의 가슴이 격렬하게 뛰고 있는 것을 보고 사내는 안심하고 그녀의 몸속으로 깊숙이 밀고 들어갔다. 혜라의 입이 벌어지면서 다시 고통스러운 신음소리가 흘러 나왔다. 그러나 사내는 그런 것에 개의치 않고 무자비하게 그녀를 밀어붙였다.

사내한테는 그녀를 손아귀에 넣어야 할 분명한 이유가 있었다. 그녀와 결혼하게 되면 부잣집의 사위가 되기 때문이다. 그가 알아본 바에 의하면 그녀의 집안은 시시한 부잣집이 아니었다. 그녀의 아버지는 부산에서 해운업과 백화점, 그리고 극장 등을 경영하고 있는 알부자였다. 서울에도 그는 호텔을 비롯해서 몇 개의 빌딩을 소유하고 있었다.

혜라는 오빠네 집에 살고 있었다. 그녀의 오빠는 건달이나 다름없는 위인으로 아버지의 사업을 돕기보다는 돈을 탕진하는데 더 열을 올리는 사내였다. 그래서 아버지의 눈 밖에 난 그는 서울에 있는 부동산이나 관리하며 지내고 있었다.

혜라의 형제라고는 그런 오빠가 한 명 있을 뿐이었다. 부잣집 외딸로 세상물정을 모르고 자란 그녀는 대학에서 서양화를 전공했는데, 아버지의 반대로 프랑스 유학이 좌절되는 바람에 지금은 대학원에 다니고 있었다.

오빠네 식구가 연말연시를 맞아 여행을 떠나는 바람에 아파트에는 그녀 혼자만 남아 있었다. 오빠 내외가 함께 가자고 했지만 그녀는 애인과의 데이트가 더 좋았기 때문에 그대로 아파트에 눌러 앉았던 것이다.

12월 31일 저녁을 애인과 함께 시내에서 보내다가 집에 돌아온 것은 11시가 좀 지나서였다. 그녀는 그가 거의 강제이다시피 먹인 술 때문에 어느 정도 취기가 올라 있기도 했고 망년의 밤이 주는 이쉬움에 잔뜩 들떠 있기도 했었다. 아파트 단지 앞 골목길에서 뜨거운 키스를 나눈 다음 그대로 그와 헤어진다는 것이 너무 아쉬웠다.

하필이면 눈까지 내리고 있었다. 그녀는 막 돌아서 가는 남자를 향해 집에 가서 코피 한 잔 하지 않겠느냐고 물었다. 그 말을 듣는 순간 그의 두 눈이 어둠 속에서 빛났다. 그녀는 집에 아무도 없으니 안심해도 된다고 그를 안심시키기까지 했다.

그녀는 정말 그에게 코피 한 잔만 대접하고 제야의 종소리를 듣고 나서 그를 보낼 생각이었다. 그런데 그녀의 생각과는 달리 그는 코피를 마시다 말고 야수로 돌변해서 그녀를 덮쳤던 것이다. 켜놓은 텔레비전 수상기에서 제야의 종소리가 들려오자 사내는 기다렸다는 듯이 마지막 힘을 그녀의 몸속에다 쏟아 넣었다. 그리고 아주 완전무결하게 끝냈다고 생각되자 마침내 여자를 타 누르고 있던 육중한 몸을 천천히 일으켜 세웠다. 그의 입가에는 더할 수 없이 만족한 미소가 감돌고 있었다.

그녀는 숫처녀였다. 카펫을 망쳐놓은 핏자국을 내려다보면서 그는 은근한 목소리로 말했다.

"아팠지? 좀 지나면 괜찮을 거야. 여자라면 누구나가 다 겪는 거니까 걱정하지 마."

그의 말이 떨어지자마자 혜라는 울음을 터뜨렸다. 그가 뒤로 돌아가 끌어안자 그녀는 그의 품에 안기면서 더욱 서럽게 울었다. 그는 욕실로 들어가 가볍게 씻고 나서 그녀를 안고 침실로 들어갔다. 침대 위에 그녀를 뉘어놓고 두 번째 관계를 가지려고 하자 그녀가 놀란 눈으로 그를 올려다보았다. 그러나 아까처럼 그를 밀어내지는 않았다. 오히려 그를 받아들이는 자세를 취했고, 관계가 끝났을 때에도 울거나 하지 않았다.

그가 그녀와 헤어져 아파트 밖으로 나갔을 때 그녀는 잠옷 바람으로 베란다로 나가 그가 어둠 속으로 사라질 때까지 거기에서 있었다.

그는 빈곤의 때가 흐르고 있는 계단을 천천히 올라가면서 이

놈의 아파트에서 떠날 날도 멀지 않았다고 생각했다. 지금 그의 수중에는 2억 원이라는 현금이 들어 있었고 이제 부잣집 딸까지 손아귀에 넣고 난 참이었다. 모든 것이 그에게 유리하게 돌아가고 있었고, 그는 거기에 만족하고 있었다. 이제 남은 것은 동거하는 여인을 치워버리는 일이었다. 그의 아들까지 낳은 그녀를 정리하지 않으면 뒤에 가서 말썽이 될 소지가 있기 때문이었다. 그런데 그 동거녀라는 것이 고분고분하지가 않았다. 그는 집에 들어가는 것이 너무도 싫었다.

깡마르고 조그만 여인은 그때까지 자지 않고 기다리고 있다가 문을 열어 주었다. 양두이는 오늘밤에는 끝장을 내야겠다고 마음먹었다. 위자료를 가장 적게 줄 수 있는 방법을 생각하면서 그는 그녀 앞을 지나 방안으로 들어갔다. 요즘에는 안방에서 그녀와 함께 자지 않고 옆방에서 따로 자고 있었다.

"식사하세요. 아직 저도 먹지 않았어요."

주방 쪽에서 아무 감정도 느껴지지 않는 기계적인 목소리가 들려왔다. 그는 못들은 척하고 옷을 벗었다.

"식사하라니까요! 집에 들어와서 먹겠다고 해서 기다렸단 말이에요."

그녀의 조금 더 큰 목소리가 들려왔다. 아침에 집에서 나갈 때 집에 일찍 들어와 올해의 마지막 밤을 함께 지내겠다고 약속했었다.

"안 먹어. 먹고 왔어."

그는 조금도 거리낌 없이 말했다.

"뭐라구요?"

"먹고 왔다니까. 좀 기다리다 안 오면 먹고 잘 것이지 뭐 하러 기다려."

그는 완전히 벌거벗은 몸으로 방에서 나와 욕실 쪽으로 걸어갔다. 그러자 그녀가 잽싸게 그의 앞을 가로막았다. 차가운 두 눈이 그를 뚫어질듯 쏘아보았다.

"그걸 말이라고 하는 거예요?"

그녀의 속눈썹이 파르르 떨리고 있었다. 갈 때까지 간 그들은 조금도 양보하려 들지를 않았다.

"비켜!"

그가 그녀를 밀어내려고 하자 그녀는 거칠게 그의 손을 뿌리쳤다.

"누구하고 식사했어요?"

"말할 수 없어. 저리 비켜! 샤워 좀 하고 나서 이야기해."

그가 세게 밀어내자 그녀는 쓰러질 듯 비틀거리다가 도로 욕실 문 앞을 가로막고 서서 그를 노려보았다.

"누구하고 식사했어요?"

"아가씨하고 식사했다. 왜?"

그는 뻔뻔스럽게 턱을 앞으로 내밀었다.

"흥, 이제 본색을 드러내는군요."

"이렇게 된 마당에 서로를 위해서 솔직한 게 좋지 않겠어?"

"솔직히 말해 보세요. 저는 항상 솔직했으니까 당신이나 솔직히 말해 보세요."

그녀의 두 눈에서는 푸른빛이 감도는 것 같았다.

"서로의 감정을 숨기지 말고 솔직히 털어놓자 이거야. 애정도 없는 동거생활은 무의미하지 않아?"

"무의미하니까 어쩌자는 거예요?"

"꼭 말해야 알겠어? 눈치 빠르니까 다 알 거 아니야?"

그의 말에 그녀의 몸이 바들바들 떨리기 시작했다. 얼굴은 핏기 하나 없이 창백해져 있었고, 두 눈은 분노로 활활 타오르고 있는 듯했다.

"단물 다 빨아먹고 나서 헤어지자는 거군요."

"난 단물 빨아먹은 거 없어. 내가 거머리인줄 알아?"

"거머리지. 여자들 단물이나 빨아먹는 거머리지. 단물이 안 나오면 거침없이 배신하는 거머리!"

"말조심해!"

그때까지 사내의 입가에는 능글능글 웃음이 감돌고 있었다. 도미가 지금까지 그에게 단물을 모두 빨아 먹힌 것은 사실이었다. 그녀가 그를 만난 것은 대학을 졸업하고 직장에 다닐 때였다. 친구를 만나러 갔다가 약속 장소에 친구와 함께 앉아 있는 그를 소개받았는데 첫눈에 그녀는 자신의 마음이 흔들리는 것을 느꼈다. 그만큼 친구와 데이트중인 그 사내는 멋져보였던 것이다. 사내 역시 그녀를 쳐다보는 시선이 심상치가 않아 보였다. 친구가 화장실에 가기 위해 잠깐 자리를 비운 사이에 그는 그녀에게 명함을 한 장 건네주면서 꼭 한번 연락해 달라고 말했다. 그리고 그녀의 전화번호를 물었고, 그녀는 망설이다가 직장 전화번호를 일러 주었다.

며칠 후 그에게서 직장으로 전화가 걸려왔고, 그것을 계기로 그녀는 친구를 따돌리고 그 사내와 데이트를 시작했다. 그녀의 아버지는 인쇄업으로 돈을 좀 벌었는데 갑자기 위암선고를 받고 자리에 눕게 되자 서둘러 주변을 정리했다. 그가 가장 신경을 쓴 것은 자식들에게 고루 재산을 분배해 주는 것이었다. 그는 슬하에 아들 하나와 딸 둘을 두었는데 도미는 그중 막내였다. 그는 아들에게는 어머니를 잘 모시라는 유언과 함께 재산의 4분의 2를, 그리고 두 딸들한테는 4분의 1씩을 나누어주고 얼마 후에 세상을 떠났다.

도미는 결혼한 오빠와 함께 살았는데, 집안에서 소개해 주는 혼처를 무시하고 양두이 쪽에다 자신의 미래를 맡기기로 마음을 굳혔다. 그리고 기회를 보고 있다가 집을 나와 동거생활에 들어갔다. 곧 결혼식을 올리자는 두이의 달콤한 유혹에 이끌려 그가 하자는 대로 자신을 내맡겼던 것이다. 그러나 결혼식은 차일피일 뒤로 미루어졌고, 그동안 그녀가 아버지로부터 물려받은 재산은 사내가 말하는 사업자금으로 모두 흘러들어가더니 지금은 흔적도 없이 증발되고 말았다. 그녀는 이제 갈 데도 없었고 수중에 가진 것도 없었다. 가진 것이라고는 아직 이름도 짓지 못한 아들이 하나 있을 뿐이었다.

"헤어지는 게 좋겠어. 혼인신고도 안 돼 있으니까 법적으로 정리할 것도 없어."

사내는 마치 가벼운 업무처리를 지시하는 것처럼 말했다.

"아기는요?"

"데리고 가. 싫으면 남 줘버리든지."

그의 말이 채 끝나기도 전에 그의 뺨에서 갑자기 철썩하는 소리가 났다.

"나쁜 자식!"

그녀는 분노에 차서 소리쳤다.

도미에게 따귀를 세차게 얻어맞은 사내의 안색이 홱 변했다. 두 번째 날아오는 여자의 손을 그는 잽싸게 움켜잡고 비틀었다. 그녀가 고통으로 얼굴이 일그러지면서 몸을 뒤틀자 그는 무릎으로 그녀의 등짝을 내질렀다.

"개 같은 년! 어디다 손찌검이야!"

그녀는 바닥에 머리를 세게 부딪치면서 고꾸라졌다. 화가 풀리지 않은 그는 그녀를 다시 한 번 냅다 걷어찼다.

"나가! 꺼지라 구! 꼴도 보기 싫으니까 당장 꺼져!"

그는 무자비하게 그녀의 허벅지를 내리 밟았다.

"그래! 갈 거니까 내 돈 내놔! 내 돈 내놓으란 말야!"

그녀는 비틀거리며 일어나 흘러내린 머리카락 사이로 무섭게 그를 노려보았다.

"꼭 마귀 같군."

"악마! 내 돈 내놔!"

"네 돈이 어딨어. 시끄럽게 굴어봐야 소용없어. 조용히 물러가겠다면 위자료 정도 주겠어. 이 아파드도 주겠어. 그렇지만 시끄럽게 굴면 국물도 없어. 내가 돈이 없다는 거 너도 잘 알잖아. 위자료도 여기저기서 빚을 내지 않으면 안 돼."

"흥, 이런 아파트는 공짜로 줘도 싫어. 통장에 있는 돈은 뭐야? 2억 원이나 있던데 그 돈은 뭐야? 날 속일 수 있다고 생각하면 오산이야. 내 돈 내놔!"

사내는 두 눈을 부릅뜨고 그녀를 노려보다가 허둥지둥 작은 방으로 달려가 비닐장판의 한쪽 귀퉁이를 들춰보았다. 그 안에 숨겨두었던 통장들이 하나도 보이지 않았다. 2억 원을 다섯 개의 통장에 나누어 예금해 두었는데 그것이 송두리째 없어진 것이다. 통장과 함께 숨겨두었던 파일도 보이지 않았다. 귀신같은 년이라고 생각하면서 뛰쳐나갔다.

"통장 어디다 뒀어? 얻어맞기 전에 내놔!"

"내 놓을 수 없어."

"그걸 네가 가지고 있다고 해서 돈을 찾을 수 있는 것도 아니야. 도장도 있어야 하고 비밀번호도 알아야 해. 내놔!"

"줄 수 없어. 그동안 내 돈 가져간 거 모두 토해내면 2억 원도 넘어."

"이런 빌어먹을 년!"

그는 주먹으로 힘껏 그녀의 얼굴을 후려쳤다. 손에 와 닿는 충격이 꽤 크다고 생각한 순간 그녀가 쿵하고 뒤로 나가떨어졌다. 그는 거친 숨을 몰아쉬다가 욕실로 들어갔다.

도미는 가물가물해지는 의식을 놓치지 않으려고 기를 쓰면서 천천히 몸을 일으켰다. 다리가 후들거려 몸을 지탱하기가 힘들었다. 그녀는 몸을 돌려 욕실 쪽을 바라보았다. 샤워물소리가 들려오고 있었고, 조금 열려 있는 문틈으로 그가 온몸에 물을 받고 있는 모습이 보였다. 그녀는 물끄러미 그 모습을 바라보고 있다가 주방 쪽으로 몸을 움직였다. 벽에 걸려 있는 거울에 자신의 모습이 비치자 그녀는 잠시 움직임을 멈추고 거울을 들여다보았다. 그에게 얻어맞은 오른쪽 눈두덩이 시퍼렇게 부어올라 있었고, 그 때문에 눈동자는 거의 보이지가 않았다.

코에서는 계속해서 피가 흘러내리고 있었다. 흉하게 일그러진 자신의 모습을 한쪽 눈으로 멍하니 쳐다보고 있다가 그녀는 싱크대 앞으로 다가가 그 위에 놓여 있는 식칼을 집어 들었다. 그것을 움켜쥐자 이상하게도 거기에 대한 확신과 신뢰감으로 마음이 편안해지는 것 같았다. 어떤 문제에 대한 마지막 결정은 죽음 같은 평온함을 주는 모양이었다. 그 결정이 옳은 것이든 그른 것이든 간에.

욕실로 들어서기 전에 그녀는 안방 문 앞에서 걸음을 멈추었다. 갑자기 아기의 자지러질듯 한 울음소리가 들려왔던 것이다. 깊이 잠들어 있을 줄 알았던 아기의 울음소리는 그녀를 당황하게 만들었다. 그것은 마치 그녀의 옷자락을 붙잡고 늘어지는 손길처럼 느껴졌다. 그러나 그녀는 멈출 수 없다고 생각했다.

그녀가 욕실로 들어서기 위해 그 문을 열었을 때 사내는 머리를 감고 있었다. 샴푸 거품이 머리를 허옇게 덮고 있었고, 샤워기에서는 가는 물줄기가 세차게 뿜어져 내리고 있었다. 허우대가 큰 그의 벌거벗은 뒷모습은 남자답게 아주 탄탄하고 미끈해 보였다. 여자치고 그 몸에 반하지 않은 사람이 없었다. 한때는 그녀도 그 몸에 반해서 이성을 잃었었다. 그러나 지금은 그렇지가 않았다. 그녀에게 있어서 그것은 지금 혐오의 대상일 뿐이었다. 그녀는 그의 등 뒤로 가까이 다가섰다.

그가 두 손으로 머리를 마구 휘젓는 바람에 물줄기가 그녀의 머리 위로도 쏟아졌다. 그녀는 숨을 깊이 들이마셨다가 그것을 토해내면서 있는 힘을 다해 식칼을 그의 등에다 꽂았다. 그 칼은 그녀의 어머니가 사용하던 것이었기 때문에 닳고 닳아져 있었다. 그녀는 집을 나오면서 어머니의 손때가 묻은 그 식칼만을 달랑 들고 나왔었다. 왜 집을 나올 때 그것만 들고 나왔는지 그때는 자신도 이해가 잘 안되었는데 지금은 그 이유를 좀 알 것 같은 생각이 들었다.

식칼은 손잡이 있는 데까지 깊이 들어가 박혔다. 워낙 깊이 순간적으로 들어가 박히는 바람에 사내는 미처 비명도 지르지 못한 채 몸을 뒤틀면서 뒤로 물러섰다. 그녀도 놀라서 뒤로 물러나왔다. 사내는 천천히 몸을 돌려 그녀를 쳐다보았다. 얼굴 위로 거품이 흘러내리고 있었기 때문에 그는 제대로 눈을 뜨지 못하고 있었다. 그는 손을 뒤로 뻗어 등에 박힌 칼을 뽑으려고 했지만 손이 잘 닿지 않고 너무 고통스러웠던지 손을 도로 늘어뜨렸다.

"네가 나를…… 난 안 죽어…… 난 죽지 않아……"

그는 여자를 노려보면서 욕실에서 나왔다. 그는 제대로 걸음도 옮기지 못하고 있었다. 그는 쓰러지지 않으려고 손으로 벽을 짚으면서 그녀 쪽으로 비틀비틀 걸어왔다.

"오지 말아요!"

겁이 난 그녀는 구석으로 몰리다가 식탁의자를 집어 들었다. 그리고 그것으로 사내의 몸을 밀었다.

"난…… 난…… 안 죽어…… 너부터 죽어야 해…… 너…… 너부터……"

혀 꼬부라진 소리로 중얼거리던 사내는 갑자기 괴성을 지르면서 그녀를 향해 돌진해 왔다. 그녀가 의자로 그의 몸을 찌르면서 재빨리 옆으로 피하자 그는 식탁 위로 엎어졌다. 등에 박힌 칼 밑으로 검붉은 피가 흘러내리고 있었다. 그가 상체를 일으키면서 돌아섰다. 그의 몸에서 경련이 일고 있었다. 입이 굳어졌는지 더 이상 아무 말도 흘러나오지 않았다. 눈의 초점도 흐려져 있었다. 두 손을 앞으로 쳐들고 그녀를 잡을 듯이 흐물흐물 걸어오던 그는 마침내 무릎을 꺾더니 앞으로 쿵 하고 쓰러졌다.

두 손을 갈고랑이처럼 해서 바닥을 긁어대며 그는 격심하게 몸을 떨어댔다. 도미는 구석에 붙어 서서 얼어붙은 눈으로 사내가 죽어가는 것을 지켜보고 있었다. 등에서 흘러내리는 피가 바닥을 적시고 있었다. 사내의 거친 숨소리가 점점 길어지고 있었다. 그녀는 비로소 아기의 울음소리를 들었다. 그녀는 방안으로 뛰어들어 안으로 문을 잠그고 나서 우는 아기를 끌어안았다. 아기는 좀처럼 울음을 그치지 않았다. 마치 아빠의 죽음을 알기라도 하는 듯.

겨우 아기의 울음을 그치게 해놓고 그녀가 거실로 나왔을 때 모든 움직임은 정지해 있었다. 움직임이 있다면 그때까지도 사내의 등에서 피가 흘러내리고 있다는 것뿐이었다. 사내는 미동도 하지 않고 있었다. 그녀는 시체를 물끄러미 내려다보다가 장식장 쪽으로 걸어가 전화 수화기를 집어 들었다. 그녀의 움직임은 놀라울 정도로 침착하고 조용했다.

그녀는 범죄신고 번호인 112를 돌렸다. 그리고 신호가 떨어지면서 남자 목소리가 들려오자 주저하지 않고 말했다.

"사람이 죽었으니까 빨리 좀 와주세요."

"잠깐! 자세히 좀 말씀해 주십시오. 사고로 죽은 겁니까, 아니면……"

"제가 죽였어요. 살인 사건이니까 신고하는 거예요."

"전화거시는 분이 직접 죽였다 이 말입니까?"

상대방 남자는 꽤나 놀라는 어조로 물었다.

"그렇다니까요."

"주소와 성함을 말씀해 주십시오."

도미는 주소와 자신의 이름을 말하고 나서 다시 방안으로 들어가 발작적으로 아기를 끌어안았다. 아기와 헤어질 시간이 다가오고 있다는 생각에 그녀는 견딜 수가 없었다. 이 아기를 누가 기른단 말인가. 아기의 장래는 어떻게 될까. 그 생각을 하니 가슴이 미어지는 것 같았다. 이름도 아직 지어주지 못한 아기는 절박한 상황을 느꼈는지 다시 울어대기 시작했다. 우선 아기를 배불리 먹여두어야 한다고 생각한 그녀는 아기를 도로 내려놓고 주방으로 가서 보온병 속의 따뜻한 물을 우유병 속에 따른 다음 그 안에다 분유를 풀었다. 건강하고 먹성이 좋은 아기는 젖꼭지를 입에 대자마자 즉시 울음을 그치고 열심히 그것을 빨아대기 시작했다. 돌이 지난 아기는 집안의 불행과는 상관없이 탐스럽게 자라고 있었다.

순식간에 우유 한 병을 모두 비우고 난 아기는 만족한 표정으로 엄마를 바라보았다. 아기는 한 손을 들어 엄마의 얼굴을 만졌다. 엄마의 메마른 뺨 위로 흘러내리고 있는 눈물이 아기의 손을 적셨다. 아기는 따뜻한 물기가 좋은지 자꾸만 눈물로 얼룩진 그녀의 뺨을 만져댔다. 그녀는 더 이상 참을 수 없다는 듯 아기를 와락 끌어안고 울음을 터뜨렸다. 그녀가 정신없이 울고 있을 때 초인종 소리가 들려왔다. 소스라치게 놀란 그녀는 당황해 하다가 사이가 좋지 않은 오빠에게 전화를 걸었다. 자다 깬 그녀의 오빠는 잠에 취한 목소리로 웬일이냐고 물었다.

"오빠…… 죄송해요…… 빨리 좀 와주세요…… 아기를 잘 부탁해요…… 제가 그 사람을 죽였어요."

그녀는 흐느끼면서 전화를 끊었다. 그리고 현관으로 나가 자물쇠 장치를 돌렸다. 문이 거칠게 열리면서 경찰관의 모습이 보였다. 그녀는 뒷걸음질로 물러나다가 얼른 안방으로 뛰어 들어가 안으로 문을 잠근 다음 아기를 껴안았다. 여러 사람들이 집안으로 들어오는 소리가 나더니 이윽고 방문을 두드리는 소리가 들려왔다.

"문 열어요! 문을 열지 않으면 부수고 들어갈 테니까 빨리 열어요!"

두드리는 바람에 문이 떨어져나갈 듯이 덜컹거렸지만 그녀는 겁에 질려 아기만 꼭 끌어안고 있었다. 아기도 놀라 다시 울어대기 시작했다.

굳이 방문을 열어줄 필요도 없었다. 베란다로 통하는 문이 드르륵 열리더니 한 사내가 방안으로 뛰어 들어왔다. 옆방을 통해 베란다로 나온 것 같았다. 그는 살기등등한 눈으로 그녀를 한번 노려보더니 방문부터 열었다. 문이 활짝 열리면서 사내들이 우르르 몰려들어왔다. 놀란 아기가 자지러지게 울어댔다.

"댁이 전화로 신고했습니까?"

나이 들어 보이는 사내가 물었다. 도미는 고개를 천천히 끄덕였다.

"저 사람, 당신이 죽였습니까?"

그녀는 또 고개를 끄덕였다.

"누굽니까?"

"아기 아빠예요."

나이든 사내는 상처로 찌그러진 그녀의 얼굴을 가만히 바라보더니 사정을 알만하다는 듯 고개를 끄덕였다.

"얼굴이 왜 그래요? 남편한테 얻어맞았군요?"

형사가 수갑을 들고 다가서자 그녀는 다시 울음을 터뜨리면서 아기를 빼앗기지 않으려고 꼭 끌어안았다.

"안 돼요! 오빠가 올 때까지만 기다려줘요!"

"오빠가 오기로 돼 있나요?"

"네, 오빠한테 연락을 취했어요."

"그럼 그때까지 봐주지. 하지만 엉뚱한 짓할 생각은 말아요."

나이든 형사는 열려있는 베란다 쪽 문을 잠그게 했다. 그리고 그녀에게 감시를 붙였다.

"무슨 짓할지 모르니까 잘 감시해. 베란다로 뛰어내릴지도 모른단 말이야."

정복 경찰관들은 한편에 서 있기만 했고, 사복들이 주로 움직였다. 그들은 그런 시체를 많이 보아온 듯 아무렇지도 않은 표정들이었고, 농담도 지껄여가면서 기계적으로 움직였다.

"하도 얻어맞다가 견디지 못하고 화가 나서 찌른 모양이야. 쥐새끼도 궁지에 몰리면 고양이를 문다구. 마누라 함부로 때리지 마. 잠든 사이에 칼을 휘두를지도 모르니까."

나이든 사복의 말에 젊은 형사들이 소리 없이 웃었다.

"자고로 여자는 조심해야죠. 잘 다루면 양약이고 잘못 다루면 독약이라지 않습니까."

형사 한 명이 등에 박힌 식칼 손잡이를 건드려 보았다. 그것은 어찌나 단단히 박혔는지 끄떡도 하지 않았다.

1월 2일.

그러니까 도미는 1월 1일 새벽에 사람을 살해한 것이었다. 하필이면 1월 1일이냐고 경찰관들은 그녀를 유치장 안에 가두면서 혀를 끌끌 찼다. 흥미를 느끼고 일부러 그녀를 구경하러 오는 사람도 있었다. 구석진 독방에 갇힌 그녀는 아기와 함께 있고 싶어 했지만 그것은 허락되지 않았다. 그녀의 아기는 오빠가 이미 데려가고 없었다. 그녀는 동거 남자를 살해한데 대해 조금도 죄책감을 느끼거나 하지 않았다. 그녀는 오히려 자신의 그 같은 결정에 대해 후련해 하는 표정이었고, 오로지 아기와 헤어지게 된 것만을 슬퍼했다.

수첩 속의 여자

같은 날 아침 병호는 과장의 부름을 받고 본서로 갔다.

박 과장은 늙어서 어깨까지 꾸부정한 사나이였다. 머리가 거의 빠지고 도수 높은 안경까지 끼고 있는 그는 수사계통에서만 40년 넘게 일해 온 것을 자랑스럽게 이야기하곤 했다. 아마 일제시대 때부터 형사로 일해 온 것 같았는데, 정년퇴직을 눈앞에 둔 요즘에 와서는 부쩍 더 그 사실을 자랑하고 다녔다.

"풍뎅이 사건은 어떻게 됐어요?"

"아직 오리무중입니다."

병호는 과장에게 수사결과를 구체적으로 이야기하고 싶지가 않았다. 따져 물으면 하는 수 없이 이야기하겠지만, 그 전에는 자진해서 입을 열고 싶은 마음이 없었다.

"제주도에 다녀왔다면서? 콜록콜록……"

가래 끓는 것 같은 기침소리가 몹시 귀에 거슬렸다.

"네, 다녀왔습니다."

"한 회장은 왜 만났어요? 한 회장 만난 것 때문에 꽤나 시끄럽게 됐다는 거 알고 있어요?"

"알다가도 모르겠군요. 수사상 필요해서 만난 건데 그게 왜 문제가 되는지 도무지 알 수가 없군요."

박 과장은 돋보기안경 너머로 병호를 힐끗 쳐다보았다.

"한 회장이 블랙리스트에 올라 있다는 거 몰라요?"

"금시초문인데요. 블랙리스트에 올라 있다고 해서 만나서는 안 된다는 이유라도 있습니까?"

"이런 답답한 친구 있나. 한 회장은 기피인물이란 말이야. 좀 더 구체적으로 말하면…… 반체제 인물로 눈의 가시처럼 여기고 있는 사람이란 말이야. 그런 자를 만나려면 사전에 상부에 용건을 보고해야 해요. 허락이 떨어지면 만나야 한단 말이야."

병호는 더 이상 상식적인 말은 통하지 않는다고 생각했다. 상식에 지배되는 것을 꺼리는 상황이라면 숫제 상대하지 않고 입을 다물어버리는 편이 낫다.

"누가 한 회장의 목을 노리고 있는 게 사실인가?"

"그런 것 같습니다만 아직 확실하지는 않습니다."

"그 사람은 자기가 알아서 경호하고 있으니까 이쪽에서 굳이 지켜줄 것까지는 없어. 그쪽에서 정식 요청해온 것도 아니고."

병호는 속으로 적이 놀랐지만 겉으로 내색은 하지 않았다. 경찰의 기본 방침은 한 회장을 암살자의 손앞에 그대로 방치해 두겠다는 것이었다. 그는 곤혹스러웠고 분노를 느꼈다. 그것은 말도 안 되는 소리였다.

"서장은 이번 사건에서 오 계장을 완전히 제외시키라고 했지만 내가 설득을 시켰어요. 한 회장을 더 이상 절대 만나지 않겠다는 약속을 받아내겠다고 말이오. 약속할 수 있어요?"

이건 완전히 협박인데 하고 병호는 생각했다. 맡고 있는 사건에서 손을 떼게 하는 것이야말로 형사한테는 가장 모욕적이고 기를 죽이는 일이다. 그런 다음에는 틀림없이 변두리로 내쫓길 것이다.

"한 회장을 만나지 않고는 사건을 해결할 수 없습니다. 풍뎅이 사건과 연관이 있기 때문에 그러는 겁니다."

"이유야 어떻든 한 회장을 만나지 말아요. 정 그렇다면 그 사건에서 손을 떼요!"

병호는 그 방에서 뛰쳐나오고 싶은 것을 겨우 참으며 앉아 있었다. 한동안 긴 침묵이 흐른 뒤 그가 고개를 끄덕였다.

"알겠습니다. 그 사람을 만나지 않겠습니다."

"나하고 약속하는 거예요."

"약속합니다."

병호는 몸을 일으켰다. 마치 화장실에 들어갔다 나오는 기분이었다.

본서를 나온 그는 이웃에 있는 J서를 찾아갔다. 한성산업에서 손명기 건으로 부딪쳤던 장 형사가 그를 기다리고 있다가 반갑게 맞아들였다. 그는 한쪽으로 병호를 데리고 가더니 은밀한 목소리로 이렇게 말했다.

"어제 새벽에 동거하던 남자를 칼로 찔러 죽인 여자입니다. 계장님이 맡고 계신 사건이 생각나서 연락드린 겁니다. 여자를 만나 보시겠습니까?"

병호가 유치장 안으로 들어가 도미가 갇혀 있는 독방 옆에 다가 섰을 때 그녀는 무릎 위에 얼굴을 처박은 채 앉아 있었다.

여자는 유난히 조그마해 보였다. 그렇지 않아도 작은 몸이 잔뜩 위축되어 있는 바람에 더욱 작아 보였다. 저렇게 조그마한 여자가 어떻게 남자를 칼로 찔러 죽였을까 하고 병호는 생각했다.

"이봐, 고개 들어봐."

장 형사의 거칠게 쏘아붙이는 말에 그녀가 천천히 얼굴을 쳐들었다. 그녀의 얼굴은 눈물로 얼룩져 있었다. 두 눈은 퀭해 보였고, 얼굴은 메마른 폐허를 연상케 해주고 있었다. 그녀는 무표정하게 남자들을 올려다보았다.

"이쪽으로 와 봐요."

장 형사가 손짓을 하자 그녀는 천천히 몸을 일으켜 그들 쪽으로 가만히 다가왔다. 쇠창살을 사이에 두고 그들은 잠시 서로를 쳐다보았다.

"식사를 하지 않습니다. 세끼나 굶었습니다."

유치장을 지키는 경찰관이 다가와 말했다.

"이 여자한테는 먹는다는 것이 의미가 없겠지. 면회를 좀 해야겠어."

경찰관이 철책 문을 열고 그녀를 나오게 했다.

"아이만 찾고 있습니다."

경찰관이 그녀의 가는 손목에 수갑을 채우며 말했다.

"돌 지난 어린 아들이 하나 있죠."

장 형사가 병호한테 말했다. 그들은 그녀를 별실로 데리고 갔다. 장 형사는 그에게 자료를 넘겨주고 밖으로 사라졌다. 병호는 대형 봉투 속에 들어 있는 자료들을 꺼내보았다. 그것들은 피살된 양두이의 유품들이었다.

파일을 펼쳐보던 병호의 두 눈이 놀라움으로 커졌다. 그것은 한일성 회장에 대한 자료들이었다. 거기에는 그를 여러 각도에서 찍은 컬러 사진들도 들어 있었다. 파일의 내용은 신상명세, 하루 일과, 1개월간의 일정표, 참고사항 등으로 나누어져 있었다. 그중에서 참고사항이 그 자료의 목적을 말해주고 있었다. 참고사항은 한 회장의 경호상태를 비교적 자세히 말해주고 있었고, 경호상태가 가장 허술한 시간까지 적시하고 있었다.

"이건 암살용이야!"

병호는 낮게 소리치면서 여자를 노려보았다. 그가 갑자기 격하게 말했기 때문에 그녀는 조금 놀란 표정으로 무슨 뜻인지를 몰라 그를 쳐다보기만 했다. 파일의 내용들은 타이프로 친 것이었다. 자세히 들여다보니 그것은 원본 같았다. 빠삐용이 제3의 사나이에게 넘겼다는 자료라는 게 바로 이것이 아닐까? 이것이 왜 여기에 있는 것일까?

그는 통장을 집어 들었다. 통장은 모두 다섯 개나 되었다.

다섯 개의 통장에는 4천만 원씩이 예금되어 있었다. 모두 합쳐 2억 원이라는 거액이었다. 다섯 개의 통장은 모두 다른 은행에서 발행된 것들이었고, 예금일자는 하나같이 지난 해 연말인 12월 26일로 되어 있었다. 2억 원을 여러 은행에 분산시켜 예금한 것이 분명했다.

경찰수사팀이 Z라고 부르는 30대 초반의 그 미남도 지난 12월 26일 하루 사이에 G은행 12개 지점을 돌면서 같은 은행 H 지점에서 발행한 1천만 원짜리 자기앞수표 20장을 모두 찾아갔었다. 같은 날짜에 같은 액수를 찾아간 것이다. 그렇다면 인물도 같은 인물이 아닐까? Z는 돈을 찾으면서 한편으로는 그 즉시 그것을 다른 은행에 예금시킨 것이 아닐까?

병호는 Z의 몽타주를 꺼냈다. 그리고 피살자의 유품들 가운데서 주민등록증을 골라냈다. 거기에 붙어 있는 증명사진과 몽타주가 비슷해 보였다.

"양두이 씨의 가방 가운데 혹시 검정색 007가방이 있습니까?"

도미는 그를 외면한 채 고개를 끄덕였다. 병호는 밖으로 나가 자동판매기에서 코피 두 잔을 뽑아가지고 돌아왔다. 그는 서두르지 않고 부드럽게 그녀를 대했다.

"자, 코피 한 잔 들어봐요."

그녀는 움직이지 않고 밑으로 시선을 떨어뜨리고 있었다. 종이컵에서는 하얀 김이 피어오르고 있었다. 병호는 코피를 한 모금 마셨다.

"마셔 봐요."

그녀가 갑자기 얼굴을 쳐들고 그를 쳐다보았다.

"아기를 만나보게 해줘요. 유치장 안에 있을 때만이라도 함께 있고 싶어요. 부탁이에요. 아기만 만나게 해주면 제가 알고 있는 것은 모두 사실대로 말씀드리겠어요."

병호는 그녀에게 다시 코피를 권했다. 그녀는 코피 잔을 두 손으로 조심스럽게 받쳐 들었다.

"아기를 만나게 해줄 수는 있어요. 하지만 저 안에서 아기를 데리고 있겠다는 건 좀 어려운 일이군요. 무엇보다도 저 안은 아기를 데리고 있기에는 너무 추워요. 아기는 금방 감기에 걸릴 테고, 감기에 걸린 아기를 계속 데리고 있을 수는 없지 않습니까. 그리고 당신은 사람을 해쳤기 때문에 사람을 접근시키는 것이 금지되었어요. 무슨 일을 저지를지 모르기 때문이지요. 내 생각 같아서는 당신 요구를 들어주고 싶지만 사정이 그렇지가 못하군요. 결국 당신이 참는 수밖에 없어요."

그의 말에 이해가 되는지 그녀는 가만히 코피 잔을 입으로 가져갔다.

그녀는 코피를 한 모금 마시고 나서 말했다.

"아기를 만나게만 해줘요. 여기 있을 때까지만 이라도 매일 한번 씩 만날 수 있게 해줘요. 데리고 있게 해달라고 하지는 않겠어요."

"매일 만나게 해줄 수는 있을 거예요. 이 경찰서는 내가 근무하는 곳이 아니지만…… 아기를 만날 수 있게 내가 최대한 노력해 보지요."

그녀는 병호의 진심을 읽으려는 듯 그의 표정을 살피다가 다시 코피를 한 모금 마셨다. 그녀는 그의 말을 믿는 표정이었다.

"양두이 씨를 사랑했나요?"

그 물음에 그녀는 한동안 멀거니 허공을 바라보고 있다가 천천히 고개를 저었다.

"증오했어요. 그는 저를 파멸시켰어요."

회한의 그림자가 그녀의 얼굴 위를 스쳐가는 듯했다.

"그렇다면 그 사람을 감싸줄 필요는 없겠군요?"

그녀는 고개를 끄덕였다.

"양두이는 평소에 짙은 감색 저고리에 회색 바지 차림을 즐겨 입었나요?"

"즐겨 입지는 않았지만 가끔씩 그런 차림을 하고 다녔어요."

지난 12월 26일 G은행 12개 지점을 돌면서 2억 원을 챙겨 간, 경찰이 Z라고 부르는 인물은 목격자들인 은행원들의 증언에 의하면 나이 30대 초반에 키는 175cm 정도라고 했고, 옷차림은 짙은 감색 저고리에 회색 바지를 입고 있었다고 했다. 생김새는 미남형으로 전체적으로 세련되고 깨끗한 인상이었고, 검정색 007가방을 휴대하고 있었다고 했다.

"이 파일은 어떻게 해서 입수한 건가요? 그리고 여기에 입금되어 있는 2억 원은 어떻게 해서 생긴 돈인가요?"

"모르겠어요. 그 사람이 이야기해 주지 않았기 때문에 거기에 대해서는 아무 것도 아는 게 없어요."

그녀가 그것들을 발견한 것은 며칠 뒤 작은 방의 비닐장판 밑에서였다.

"그 사람이 수표를 챙기는 것을 봤어요. 얼핏 봤는데 수표가 수십 장이나 되는 것 같았어요."

"그게 언제였나요?"

그녀는 한참 생각을 더듬어보고 나서 대답했다.

"지난 12월 25일 밤이었을 거예요. 아니…… 26일 새벽이었어요. 자정이 지나서 들어왔으니까요."

26일 새벽이면 손명기가 피살되었을 시간이라고 병호는 생각했다.

도미는 그날 새벽 양두이한테 구타를 당했기 때문에 날짜와 시간을 어느 정도 기억하고 있었던 것이다.

그녀는 양두이한테 거액이 생길 데가 없다는 것을 잘 알고 있었다. 그는 그야말로 무위도식하는 인간이었다. 겉으로는 기업체의 사장 행세를 하고 있었지만 그것은 위장에 지나지 않았다. 여러 명이 공동으로 사용하는 사무실에 전용 전화기 한 대만을 설치해 놓고 이름은 그럴 듯하게 〈오리엔트 교역〉이라고 붙여 놓고 있었다. 명색이 실적 하나 없는 오퍼상이었다.

한 달에 몇 만원만 주면 전용 전화기와 여비서, 그리고 칸막이가 되어 있는 책상을 하나 제공해 주는 그런 사무실이었다. 밖에서 어떤 사람이 그 전화로 전화를 걸면 틀림없이 여비서가 전화를 받아서는 상냥한 목소리로

"오리엔트 교역입니다."

하고 말하는 것이었다.

그 사무실에는 그런 식으로 회사 이름을 걸어놓은 사람이 여러 명이나 되었다.

도미가 양두이를 처음 알게 되었을 때에도 그는 오리엔트 교역의 사장이었었다. 카투사 출신인 그가 오다가다 만난 외국인을 데리고 다니며 그녀 앞에서 영어로 지껄이는 바람에, 그녀는 그가 외국 바이어를 상대하는 줄로만 알고 눈이 휘둥그레지기까지 했었다.

돈이 생길 데가 없는 그가 거액을 손에 쥐고 있다는 것은 사기를 쳤던가, 그밖에 불법적인 방법으로 그것을 손에 넣었다는 것을 의미했다. 그렇지 않아도 아버지한테서 배당받은 유산을 그에게 속아 모두 잃고 난 그녀는 그것을 몹시 억울하게 생각하

고 있던 터였기 때문에 어떻게든 그의 손에 들어온 거액을 보고 그냥 모른 체할 수가 없었다.

어차피 그와는 헤어질 수밖에 없다는 것을 벌써부터 생각하고 있었기 때문에 그녀는 다만 얼마라도 되찾고 싶었다. 그래서 그가 외출하고 난 다음부터 집안을 온통 뒤지기 시작했다. 그리고 며칠 만에 비닐장판 밑에서 거액이 예금되어 있는 통장들과 파일을 찾아냈던 것이다. 그 위에는 낡은 소파가 한개 놓여 있었기 때문에 그 아래 비닐장판 밑에 그것들이 숨겨져 있을 것이라고는 미처 생각지도 못했었고, 그래서 찾는 데 그렇게 여러 날이 걸렸던 것이다.

그러나 그녀는 그의 인장만은 찾을 수가 없었다. 영리한 그는 인장을 따로 숨겨두었던 것이다. 그밖에도 예금을 찾으려면 비밀번호를 알아야 했다. 결국 그녀는 그의 예금을 찾는 데에는 실패하고 말았다.

살인 사건이 발생하고 경찰이 현장에 들이닥쳐 그녀를 연행해 가려고 했을 때 그녀는 숨겨둔 통장들과 파일을 꺼내놓았다. 어차피 그녀의 힘으로 예금을 찾지 못할 바에는 공개적으로 그것을 찾고 싶었던 것이다.

양두이가 죽었으니까 그 예금의 계승자는 당연히 자신이 되는 것이라고 생각했기 때문이었다. 자신이 현실적으로 불가능하면 아들한테 그것이 귀속되어도 좋다고 생각했던 것이다. 법적으로 결혼한 사이는 아니지만 동거 사실이 확인되고 자식까지 있는 것이 인정되면 그 예금을 찾는 것은 그다지 어려운 일이 아닐 것이라는 것이 그녀의 생각이었다. 그리고 그녀는 경찰에 협조하는 의미로 그 이상한 파일까지 내놓았던 것이다.

경찰은 그녀의 말을 듣고 나서 그 예금을 찾는데 필요한 양두이의 인장을 찾아보았다. 그들은 숨겨진 것을 찾아내는데 전문가들이었기 때문에 온 집안을 샅샅이 뒤지는 그들을 보고 그것이 곧 발견될 것으로 생각했었다. 그러나 그것은 좀처럼 발견되지 않았다. 마침내 경찰은 그것을 찾는 것을 포기했고, 그녀는 경찰서로 연행되어 왔던 것이다.

코피 한 잔을 모두 마시고 난 그녀는 비로소 공복을 느끼고 다시 한 잔을 더 마시고 싶었다.

"코피 한 잔 더 마실 수 없을까요?"

온화하게 생긴 형사는 미소를 지으며 코피 한 잔을 다시 뽑아왔다. 그녀는 두 손으로 그것을 받아 맛있게 마셨다.

"그러니까 당신은 어떻게 해서 이 돈과 파일이 양두이 씨의 손에 들어왔는지 그 경위를 전혀 모르겠다 이거군요?"

"네, 전혀 몰라요. 그 사람은 아무 것도 이야기해 주지 않았어요. 저하고는 대화를 끊고 산 지 오래됐어요."

그녀가 양두이를 살해하게 된 경위를 이야기하기 시작했을 때 그녀는 흐느껴 울었다. 그러나 그녀는 곧 눈물을 닦고 나서 담담하게 이야기를 계속했다. 그녀의 이야기를 모두 듣고 난 그는 그녀에게서 더 이상 들을 것이 없다고 판단했다.

그녀를 유치장으로 돌려보내고 난 그는 거기에 그대로 죽치고 앉아 양두이의 수첩을 뒤적였다.

그는 건달 생활을 했으면서도 기록에는 정성을 들인 것 같았다. 아주 성실한 사람이 기록해 놓은 것처럼 수첩의 내용은 일목

요연하게 꼼꼼히 적혀 있었다. 글씨도 아주 세련되어 보였다.

수첩의 앞부분에는 많은 사람들의 이름과 전화번호가 적혀 있었는데 그 가운데 상당수가 여자들의 이름이었다. 중간부분에는 만날 사람들의 이름과 약속날짜, 시간 그리고 장소 등이 적혀 있었다. 만날 사람들의 이름은 거의 성이나 이름, 또는 영어 약자로 표기되어 있었다. 그 가운데 HR이라는 약자가 제일 많았다.

HR이 제일 많다는 것은 그 인물과 가장 많이 만났다는 것을 의미한다. 그는 지난 12월 25일과 26일의 약속을 찾아보았다. 양두이는 25일에도 HR을 만나고 있었다. 26일자 란에는 아무도 만나지 않고 있었다. 25일자 란에는 다음과 같은 내용이 적혀 있었다.

"12시. Y호텔 코피숍. 황 사장/오후 5시. 개선문. HR"

HR과 만나는 시간은 주로 저녁때였고 장소는 개선문이었다.

HR은 어쩐지 여자일 것 같은 생각이 들었다. 개선문은 찻집이 아니면 카페 또는 레스토랑일 가능성이 많다.

그는 수첩을 뒤적여 보았다. 예상했던 대로 개선문이라는 이름과 함께 전화번호가 적혀 있었다.

그는 형사계 사무실로 자리를 옮긴 다음 즉시 개선문으로 전화를 걸어보았다. 한참 벨이 울린 뒤에야 잠에 취한 목소리가 들려왔다.

두드려도 반응이 없자 문 형사는 발로 문을 찼다. 키가 멀대같이 큰 조 형사는 〈개선문〉 간판을 멀거니 쳐다보고 있었다. 개선문은 카페였다.

문이 열리더니 머리가 헝클어진 청년이 얼굴을 내밀었다. 잔뜩 찌푸린 상이었다.

"아직 문 안 열었어요. 1시부터 여니까 그때 오세요."

문을 도로 닫으려는 것을 문 형사가 막았다. 그는 껌을 짝짝 씹어대면서 신분증을 내밀었다.

"잠깐 기다리세요."

청년은 문을 열어둔 채 안으로 뛰어 들어갔다. 형사들은 기다리지 않고 곧장 안으로 들어갔다. 희미한 불빛 속에 벌거벗은 아가씨가 소파에서 몸을 일으키는 것이 보였다.

그녀는 낯선 두 사람을 발견하고는 놀라서 담요로 몸을 감싸고는 화장실 쪽으로 뛰어갔다. 형사들은 무표정하게 실내를 둘러보다가 소파에 털썩 주저앉았다. 아늑하고 세련된 분위기를 지닌 카페였다. 아까의 그 청년이 조심스럽게 그들 쪽으로 다가왔다.

"웨이턴가?"

"네, 그렇습니다."

"너무 어두워. 불을 좀 밝게 켜봐."

웨이터는 카운터 쪽으로 달려가더니 스위치를 올렸다. 실내가 대낮같이 밝아졌다. 문 형사는 그에게 양두이의 사진을 꺼내 보였다.

"이 사람 여기 단골인가?"

웨이터는 금방 그 사진을 알아보았다.

"네, 여기 자주 오시는 손님입니다."

"여기서 누구를 자주 만났나?"

"어떤 조그만 아가씨하고 항상 만났습니다."

"몇 살이나 된 아가씨였지?"

"스물다섯 살 정도 되는 아가씨였습니다."

"그 아가씨 이름은 모르나?"

"이름은 모르겠습니다."

문 형사는 수사본부로 즉시 전화를 걸었다. 여 형사 유화시가 전화를 받아서 그것을 병호에게 넘겼다.

"개선문에 와 있습니다. HR은 여자가 틀림없습니다. 양두이는 여기에 자주 오는 손님으로 여기서 항상 어떤 아가씨를 만났답니다."

"지난 12월 31일에도 두 사람이 만났는지 알아봐. 저녁 6시 경에 말이야."

"끊지 말고 기다리십시오."

문 형사는 웨이터 쪽을 돌아보았다.

"지난 12월 31일 밤에도 두 사람이 만났었나? 저녁 6시 경에 말이야."

웨이터는 생각해 보고 나서 대답했다.

"네, 그날 저녁에도 왔었습니다."

"틀림없나?"

"네, 틀림없습니다."

문 형사는 병호에게 그 말을 그대로 전했다.

"알았어. 돌아와."

여 형사 유화시는 남자와 여자를 따로 분류해서 적어놓고 있었다. 남자인지 여자인지 구분이 잘 안 되는 이름은 따로 적어두었는데 그쪽은 몇 명 되지가 않았다. 그것들은 양두이의 수첩에 적혀 있는 이름들을 분류한 것이었다.

그녀가 분류해 놓은 여자들의 이름은 무려 1백 개 가까이나 되었다.

"HR은 여자야. 이중에서 HR을 찾아봐요. 일일이 다 전화를 걸어볼 수도 없잖아."

"양두이란 사람…… 대단한 플레이보이였나 보죠?"

유화시는 흥미 있어 하는 반응을 보이며 물었다.

"플레이보이라기보다는 제비족 같은 인물이었지."

"그야말로 많은 여자들을 울렸겠군요. 죄 값을 치러서 다행이에요."

"그렇다고 천당 간 것은 아니겠지."

"저는 HR을 이렇게 봐요. 그 여자의 이름이 만일 두 글자라면 H는 성이 분명해요. 하지만 이름이 두 글자인 경우는 그렇게 흔하지가 않아요. 그래서 저는 일단 그 여자의 이름을 세 글자로 보고 생각해 보고 싶어요. 이름이 세 글자인 경우 HR은 성을 뺀 두 글자만의 약자가 분명해요. 그러니까 성을 뺀 이름 두 글자만을 HR로 표기했다고 생각해요."

병호는 유화시를 흥미 있는 눈으로 쳐다보았다.

"그래, 그 말은 맞을 거야. 이 수첩에 적혀 있는 이름들을 보면 이름이 두 자인 사람은 한 사람뿐이야. 남자이름인데 곽 찬이라는 이름이야. HR은 그 이름에 맞지도 않아. 자, 계속해 봐."

"저는 H보다는 R에 더 주의를 기울이고 싶어요. R란 이름은

ㄹ로 끝난다는 것을 의미해요. 여자들 이름 가운데 ㄹ로 끝나는 이름들이 더러 있기는 한데 그렇게 흔하지 않아요. 여기에 보면 ㄹ로 끝나는 이름이 4명이 있어요."

그녀는 밑줄을 그어놓은 4명의 이름들을 병호에게 보였다. 그녀들의 이름은 양수라 · 윤후라 · 박길래 · 주혜라 등이었다.

"이 가운데 중간에 있는 이름자가 H에 부합되는 사람은 윤후라와 주혜라 두 사람이이에요. 어떻게 생각하세요?"

"그렇군. 아주 근사해."

병호는 그녀의 어깨를 가볍게 두드렸다. 그녀는 풍성한 머리채를 쓸어 넘기면서 그를 보고 미소를 지었다.

"자리만 지키고 앉아 있으니까 답답해서 죽겠어요. 제가 이 아가씨들을 만나 볼 수 있게 해줘요."

"여자는 같은 여자가 만나보는 게 좋겠지. 하지만 혼자서는 안 돼. 내가 엄호를 해주지."

"알았어요. 먼저 전화부터 걸어보겠어요."

그녀는 먼저 윤후라에게 전화를 걸어보았다. 전화를 받은 사람은 나이 들어 보이는 부인이었다.

"안녕하세요? 저 후라 친구인 데요…… 후라 있으면 좀 바꿔 주세요."

화시는 밝은 목소리로 쾌활하게 말했다. 정말 후라의 친구나 되는 것처럼.

"후라 여기 살지 않아요."

"아, 그렇습니까. 전 외국에 나가 있다가 얼마 전에 귀국했어요. 그래서 후라가 거기에 지금도 살고 있는 줄만 알았어요. 죄송합니다."

"그래서 모르는가 보군. 우리 후라는 두 달 전에 결혼해서 지금 대구에 내려가 살고 있어요. 사위가 검사라서……"

그녀는 자기 딸이 얼마나 훌륭한 남자와 결혼하게 됐는가를 장황하게 늘어놓기 시작했다. 유화시는 얼굴을 찡그린 채 그녀의 이야기를 듣고 있다가 후라의 대구 집 전화번호를 알아낸 다음 전화를 끊었다.

"윤후라는 현재 대구에 살고 있고…… 검사의 마나님이라는데요."

"대구까지 전화 걸어 볼 필요는 없겠군."

"네, 그럴 것 같아요. 주혜라가 맞아떨어지면 좋겠어요. 어쩐지 예감이 적중할 것 같아요."

그녀는 주혜라의 전화번호에 전화를 걸었다. 젊은 여인이 전화를 받더니 퉁명스러운 어조로 혜라는 지금 집에 없다고 했다. 슈퍼마켓에 무엇을 사러갔는데 곧 들어올 거라고 재빨리 지껄인 다음 그녀는 일방적으로 전화를 끊었다.

15분 후에 화시는 주혜라의 집에 다시 전화를 걸어보았다. 이번에는 주혜라가 직접 전화를 받았다. 화시는 본인임을 확인한 다음 부드러운 어조로 말문을 열었다.

"실례지만 혹시 양두이라는 분을 아시는가해서 전화를 걸어보았습니다. 잘못 걸었다면 실례했습니다."

그녀가 전화를 끊을 듯하자 상대방은 당황해 하는 것 같았다.

"왜, 왜 그러시는가요? 실례지만 누, 누구신가요?"

유화시는 병호를 향해 회심의 미소를 지어보였다.

"주혜라 씨, 먼저 제가 묻는 말에 답변해 주셔야겠어요. 양두이 씨를 잘 아시는가요?"

"네, 잘 알아요. 대, 댁은 누구신가요? 무슨 일로 그러시는가요?"

때가 묻지 않은 깨끗한 목소리는 떨고 있는 듯했다.

"여긴 경찰이에요. 양두이 씨한테 중요한 일이 생겨서 전화를 걸었어요. 전화로 이야기할 수는 없고 혜라 씨를 직접 만나서 이야기하겠어요."

"무, 무슨 일인데요?"

경찰이라는 말에 혜라의 목소리는 사뭇 떨려나오고 있었다.

"전화상으로는 말할 수가 없어요. 두려워할 것은 없어요. 혼자 나오기가 뭣하면 누구와 함께 나와도 좋아요. 아주 급하고 중요한 일이에요."

유화시는 마지막에 위압적으로 만날 장소와 시간을 일방적으로 결정한 다음 전화를 끊었다.

주혜라는 약속시간보다 20분 늦게 호텔 문을 밀고 안으로 들어섰다. 그녀는 창백하고 두려운 표정이었지만 누구를 달고 나오지 않은 혼자 몸이었다.

전화를 걸어온 여자는 코피숍 탁자 위에 립스틱을 세워놓고 있겠다고 했었다. 삼류호텔의 그 코피숍은 별로 크지가 않았고 손님도 별로 없었기 때문에 탁자 위에 립스틱을 세워두고 앉아 있는 그 여인은 금방 눈에 띄었다. 생각보다 그녀는 대단한 미인이었다.

혹시 잘못 본 게 아닌가 생각하면서 혜라는 그 미녀에게 다가서서 말을 걸었다.

"혹시 전화 걸었던……"

"아, 네, 주혜라 씨군요. 늦으셨군요. 자, 앉으세요."

그녀는 세련된 매너로 일어나서 혜라에게 자리를 권했다.

자리에 앉은 혜라가 상대방이 아무리 봐도 도무지 경찰관 같지 않다고 생각하고 있는데, 그녀가 명함을 디밀었다.

"H경찰서 형사계에 있어요."

명함을 받아든 혜라는 그것을 찬찬히 들여다보았다. 거기에는 '형사 유화시' 라고 적혀 있었다.

"여자 형사도 있나요?"

혜라는 새로운 느낌으로 상대방을 바라보면서 물었다.

"그럼요. 있고말고요. 사건이 하도 다양해지다보니까 남자보다도 여자 손이 더 필요한 경우가 많아지고 있어요. 앞으로는 젊고 유능한 여자들이 수사계통에 많이 투입될 거예요. 이렇게 나오시라고 해서 미안해요. 실례지만 지금 무슨 일을 하고 계시는가요?"

"Y여대 대학원에서 서양화를 공부하고 있어요."

"아, 그런가요."

두려움과 궁금증이 엇갈리고 있는 표정을 보면서 화시는 그녀가 너무도 깨끗한 처녀라는 생각이 들었다. 그녀는 이 세상에 악이 존재한다는 것을 모르고 있는 것 같은 그런 얼굴을 지니고 있었다. 매혹적일 정도의 미녀는 아니었지만 그녀한테는 아무나 지닐 수 없는 청순미가 있었다. 그녀는 양두이의 죽음을 아직 모르고 있는 것 같았다. 양두이가 피살된 사건이 아직 신문에 보도되지 않았으니 그녀가 모르고 있는 것도 무리는 아니라는 생각이 들었다.

"양두이 씨한테 중요한 일이 생기셨다고 했는데…… 무슨 일인가요?"

화시가 뜸을 들이자 그녀가 더 이상 기다리지 못하고 물었다. 화시는 그녀의 청순미에 손상을 줄 것만 같아 얼른 양두이의 죽음을 알려줄 수가 없었다. 그 사실은 될 수록 가장 늦게 알려주어야겠다고 생각하면서 그녀는 오른쪽으로 시선을 돌렸다.

조금 떨어진 곳에는 오 경감이 앉아 있었다. 그는 딴 데를 보는 척하면서 그녀들 쪽에서 시선을 떼지 않고 있었다. 화시가 고개를 끄덕하자 그는 기다렸다는 듯이 일어나 그녀들 쪽으로 다가왔다.

"실례합니다."

병호가 고개를 끄덕하면서 자리에 앉자 화시가 그를 혜라에게 소개했다.

"제가 모시고 있는 경감님이에요."

남자 형사가 다가와 앉자 혜라는 금방 얼어붙은 표정이 되어 그를 쳐다보았다. 병호는 그녀에게 미소를 지어보였다. 그리고 두 여자가 나누는 대화를 듣기만 하겠다는 태도를 취하면서 잠자코 그녀들이 입을 열기를 기다렸다.

"실례지만…… 양두이 씨하고는 어떤 사이신가요?"

화시의 물음에 그녀는 얼굴이 붉어지면서 얼른 대답을 못하고 머뭇거리기만 했다. 화시는 여자만이 지니고 있는 예민한 감성으로 양두이와 혜라 사이가 보통관계가 아니었음을 눈치 챌 수가 있었다.

"그냥 좀 알고 지내는 사이였어요."

혜라가 기어들어가는 목소리로 대답했다.

"그냥 알고 지내는 사이가 아니라 혹시 두 서람이 애인 사이가 아닌가요?"

혜라의 시선이 밑으로 향했다. 그녀는 무릎 위에 놓여 있는 핸드백 줄을 만지작거리기 시작했다. 앞에 놓인 찻잔에는 손도 대지 않고 있었다.

"결혼까지 약속한 사이인가요?"

그녀는 한참 동안 침묵을 지키며 망서리고 있다가 가까스로 입을 열었다.

"아직 모르겠어요."

"그 남자를 알게 된 지는 얼마나 됐나요?"

"약 6개월쯤 됐어요. 그분한테 무슨 일이 생겼는지 말씀해 주세요."

병호는 그녀의 눈이 마치 사슴의 눈 같다고 생각했다.

"그보다 먼저 제 질문에 대답해 주세요. 지난 12월 31일 밤에 양두이 씨를 만났나요?"

혜라는 고개를 끄덕이면서 온몸이 오그라드는 것 같은 전율을 느꼈다. 그날 밤 양두이한테 강제로 몸을 빼앗긴 사실이 마치 발각되기라도 한 듯 그녀는 얼굴을 붉히면서 어쩔 줄을 몰라 했다. 그 일이 있고부터 양두이한테서는 연락이 없었다. 그녀는 그의 전화를 애타게 기다리고 있던 중이었다. 그에게 몸을 주고 난 지금 그녀는 그가 하자는 대로 할 생각이었다. 그렇게 할 마음의 준비가 이미 되어 있었던 것이다.

"31일 저녁 6시 개선문에서 두 사람이 만나지 않았나요?"

여 형사가 시간과 장소를 정확히 지적해내자 혜라는 자못 놀라는 표정이 되었다. 경찰은 이미 모든 것을 알고 있으면서 묻는 것 같았다. 그녀는 고개를 끄덕였다.

"그 사람하고 헤어진 건 몇 시쯤이었나요?"

그날 밤 그는 그녀의 몸을 두 번 유린하고 나서 돌아갔었다. 그녀는 숨이 막힐 것만 같았다.

"새벽 2시경이었어요."

유화시는 고개를 끄덕이면서 백 속에서 수첩을 하나 꺼냈다.

"이 수첩을 본 적이 있어요? 양두이 씨 수첩인데……"

그것은 혜라의 눈에 익은 수첩이었다. 양두이는 어디에 전화 걸 데가 있으면 그것을 꺼내 들여다보곤 했었다.

"네, 본 적이 있어요."

화시는 수첩을 들여다보면서 말했다.

"지난 12월 25일에도 개선문에서 양두이 씨를 만났나요? 여기에 그렇게 적혀 있는데……?"

혜라는 가만히 생각해 보았다. 크리스마스이브인 12월 24일에도 그를 만났었고 그 다음날에도 그와 데이트를 즐겼었다. 그는 수첩에다 뭐라고 적어놓았을까? 그리고 왜 경찰이 그의 수첩을 가지고 있는 것일까?

"네, 25일 저녁 때 만났어요."

"몇 시에 만나 몇 시에 헤어졌나요?"

혜라는 기억을 더듬어야 했다. 그녀는 잠시 생각해 보다가 대답했다.

"저녁 5시경에 만나서 이튿날 새벽 2시경에 헤어졌어요."

경감이 물었다.

"그날 함께 있을 때 양두이 씨가 혹시 다른 사람들을 만나지는 않았나요? 잠깐 사이라도 말입니다."

"아뇨, 아무도 만나지 않았어요."

그녀는 또렷한 목소리로 대답했다. 경감이라는 사람의 목소리는 부드러웠다. 그녀는 마음이 조금 안정되는 것을 느꼈다.

"그렇다면 무엇인가 들고 다니지는 않았나요?"

"아뇨. 아무 것도……"

그녀가 고개를 내젓는데 곧 그녀 앞에 서류봉투가 하나 놓여졌다.

봉투 겉면에는 '한성산업주식회사' 라는 회사 이름이 인쇄되어 있었다.

"혹시 이 봉투를 보지 못하셨나요?"

그녀는 숨을 죽인 채 그것을 가만히 바라보았다.

그것을 바라보는 그녀의 두 눈이 점점 커지는 듯했다. 마침내 그녀의 고개가 끄덕여졌다.

"네, 본 것 같아요. 이, 이건…… 그분 것이 아닐 거예요."

그녀는 그날 밤 골목에 떨어져 있던 봉투를 양두이가 집어 들던 장면을 생각했다. 그때 그녀는 얼핏 그 봉투 겉면에 적혀 있는 회사 이름을 본 것 같았고, 그 이름이 한성산업주식회사였음을 비로소 생각해낼 수가 있었던 것이다.

"확실한 것은 잘 몰라도 그날 밤 헤어지기 직전 골목에 떨어져 있던 것을 주운 걸 거예요. 그건……"

그녀는 생각을 더듬기 시작했다. 아주 분명한 장면 하나가 스크린처럼 그녀 앞을 스쳐 지나갔다.

"그날 밤 납치된 사람이 떨어뜨렸던 걸 거예요."

그녀의 밑도 끝도 없이 하는 말에 형사들은 바짝 긴장했다.

"납치된 사람이라니요? 누가 납치됐다는 거죠? 처음부터 자세히 이야기해 봐요. 하나도 빼놓지 말고 자세히 말해 봐요."

유화시가 다독거리듯이 말하자 그녀는 생각에 잠긴 표정으로 입을 열었다.

"그때 집으로 막 돌아오던 참이었어요. 집 앞에 있는 골목까지 양두이 씨가 바래다줬어요. 그때가 새벽 2시쯤 됐을 거예요. 어떤 남자가 술에 취해 비틀거리며 골목으로 들어오더니……"

그녀는 말하기 난처하다는 듯 손등으로 입을 가렸다. 형사들이 재촉하는 눈길을 보내자 그녀는 다시 말을 이어나갔다.

"……그 사람이 벽에다 소변을 봤어요. 그 골목으로 들어온 걸 보니까 저와 같은 아파트 단지에 사는 사람 같았어요. 그때 승용차가 한 대 나타났어요. 그 차안에는 남자들이 여러 명 타고 있었어요. 차안에 있던 사람이 그 술 취한 사람한테 욕을 했어요. 벽에다 소변을 본다고 욕을 한 것 같았어요. 그러니까 그 술 취한 사람도 같이 욕을 했어요. 그 사람이 소변을 보고 나서 아파트 단지 쪽으로 걸어가니까…… 차가 따라갔어요. 그리고 차에서 세 사람이 내리더니…… 그 술 취한 사람을 마구 때렸어요. 그 사람은 반항도 하지 못하고 그냥 맞기만 했어요. 그리고 그 차에 실려 갔어요."

"그 사람들이 그 남자를 때리기만 한 게 아니고 차에 싣고 갔다 이 말입니까?"

병호가 눈을 크게 뜨고 물었다. 혜라는 고개를 끄덕였다.

"네, 그랬어요. 강제로 싣고 갔어요. 그 사람은 너무 맞아서 꼼짝할 수가 없었어요."

"왜 싣고 갔죠?"

"글쎄, 그건 잘 모르겠어요."

"혹시 병원에 싣고 간 게 아닌가요?"

하고 화시가 물었다.

"아니었을 거예요. 병원에 데려갈 생각이었다면 아주 조심스럽게 그 사람을 다루었을 텐데 짐짝처럼 그 사람을 차에다 던져 넣었거든요."

"그 자리에 양두이 씨하고 함께 있었나요?"

"네, 저희는 숨어서 봤어요. 차가 떠난 뒤에 처마 밑에서 나와 보니까 길바닥에 봉투가 하나 떨어져 있었어요. 그걸 먼저 발견한 건 저였어요. 제가 그걸 가리키니까 양두이 씨가 그쪽으로 가서 그걸 집어왔어요. 제가 얼핏 보니까 한성산업주식회사라는 글자가 보였어요."

"어떻게 그렇게 정확히 기억하죠?"

화시는 의심스런 눈초리로 상대방을 바라보았다.

"저는 한번 듣거나 본 건 잘 잊어먹지 않아요."

"기억력이 비상한가 보군요. 그래서 어떻게 됐어요?"

"양두이 씨가 봉투 안을 들여다보더니 서류 같다고 했어요.

그리고 자기가 경찰에 신고하겠다고 하면서 그걸 가져갔어요. 그분이 경찰에 신고했을 거예요. 그래서 그 봉투가 경찰에 갔을 거예요."

"그 사람은 경찰에 신고하지 않았습니다."
하고 병호가 말했다.

"그럴 리가…… 경찰에 바로 신고한다고 했었는데……"

"하지 않았습니다."

"그럼 어떻게 이 봉투를……"

"차차 말씀드리죠. 그 술 취한 남자를 납치해 간 사람들의 모습을 기억할 수 있겠습니까?"

"어두운 골목이었기 때문에 생긴 모습을 자세히 볼 수는 없었어요. 그리고 그 사람들은 바쁘게 움직였기 때문에 잘 볼 수가 없었어요. 하지만 일 처리하는 게 매우 능숙한 사람들 같았어요. 사람을 때리는 것도, 차에 싣는 것도 아주 능숙해 보였어요. 그리고 그 차 말인데 검은색 승용차로 차번호는…… 서울1라 506X호로 기억하고 있어요. 수첩에 적어두었어요."

그녀는 자신의 기억력을 확인하기 위해 백 속에서 수첩을 꺼내 들여다보았다.

"맞아요. 506X호가 틀림없어요."

형사들은 그녀의 비상한 기억력에 속으로 감탄했다.

"그 납치된 사람의 모습은 기억할 수 있겠습니까?"

"잘 보지 못했어요. 베이지색 코트 차림에 키는 중간 정도 되었고 중년남자 같았어요."

병호는 자리에서 일어나 공중전화가 있는 곳으로 걸어가 수사본부로 전화를 걸었다.

“왕 형사, 급히 좀 알아볼 게 있어. 서울1라 506X호 차량에 대해서 알아봐.”

전화를 걸고 나서 자리로 돌아간 그는 이제 주혜라에게 양두이의 죽음을 알려야겠다고 생각했다. 그의 그런 생각을 읽기라도 한 듯 그녀가 말했다.

“양두이 씨가 어떻게 됐는지 이제 말씀해 주세요. 그분이 무슨 나쁜 짓이라도 했나요?”

“그게 아닙니다. 아직 소식 못 들으셨나요?”

병호는 난처한 얼굴로 그녀를 바라보다가 하는 수 없다는 듯 가지고 있던 신문을 그녀 앞에 내밀었다.

“오늘 석간신문인데…… 이 기사를 한번 보십시오.”

그는 사회면에 실린 살인 사건 기사를 손가락으로 짚어보였다. 그것은 조그맣게 취급된 사건 기사였지만 거기에는 범인인 도미의 사진이 실려 있었다.

—배신당한 동거 여인이 남자살해—

기사 제목은 설명적이고 자극적이었다.

기사를 읽고 있는 혜라의 안색이 핏기 하나 없이 창백해지고 있었다. 이윽고 그녀의 손에서 신문지가 떨어지더니 그녀는 두 손으로 얼굴을 가리면서 자리에서 뛰쳐 일어났다.

“혜라씨, 진정해요!”

화시가 덩달아 일어나면서 말했지만 혜라는 코피숍을 가로질러 화장실 쪽으로 뛰어갔다.

“밖에서 기다리고 있을 테니까 데리고 나와.”

병호는 계산을 치르고 먼저 밖으로 나와 차에서 그녀들이 나오기를 기다렸다.

한참이 지나서야 주혜라는 화시한테 부축되어 나타났다. 그녀는 고개를 숙인 채 손수건으로 얼굴을 가린 모습으로 걸어왔다. 그녀들이 차의 뒷좌석에 올라탔을 때 병호는 백미러로 혜라 쪽을 힐끗 쳐다보았다. 그녀의 두 눈은 눈물에 젖어 있었고, 그녀는 감정을 못 이겨 계속 가늘게 떨고 있었다. 그러나 처음보다는 많이 감정이 가라앉은 듯했다.

"납치사건이 있었던 그 골목으로 우리를 좀 안내해 주시겠습니까?"

병호는 냉정한 목소리로 말했고, 그는 괜히 화가 나 있었다. 혜라는 들릴 듯 말 듯 한 목소리로 목적지를 말했고, 그것을 화시가 좀 더 큰소리로 병호에게 말해 주었다. 병호는 차도 가운데로 차를 몰아나갔다.

"양두이 씨한테 동거하던 여인이 있었다는 거…… 그게 사실인가요?"

10분쯤 차가 달렸을 때 혜라가 가라앉은 목소리로 물었다.

"그건 사실입니다."

병호는 무뚝뚝하게 대답했다.

"그 남자를 빨리 잊는 게 좋을 거예요."

화시가 그녀의 손을 잡아주면서 말했다.

자신이 그동안 농락당하고 있었다는 것을 알게 된 주혜라는 참담한 기분으로부터 벗어나려고 무진 애를 쓰고 있었다. 양두이의 죽음에 대해서는 조금도 애통한 마음이 들지 않았다. 그 대신 그녀는 자신의 어리석음에 대한 자각에서 오는 고통 때문에 심한 몸살이라도 앓을 것만 같았다.

"마음이 괴로우실 텐데 자꾸만 이런 질문을 해서 미안합니다. 우리는 수사에 시간을 다투고 있기 때문에 그렇습니다. 그날 밤…… 그러니까 지난 12월 25일 저녁때부터 이튿날 새벽에 헤어질 때까지 사이에 양두이 씨가 2억 원이라는 거금을 가지고 있는 것을 보지 못하셨나요?"

차가 건널목 앞에 섰을 때 병호가 물었다.

"보지 못했어요."

혜라는 고통을 참으며 가만히 대답했다. 그녀는 형사들을 도와줘서는 안 될 이유가 없다고 생각했다.

"우리가 조사한 바에 의하면 양두이 씨는 26일 새벽 집에 도착 했을 때 2억 원을 몸에 지니고 있었습니다. 천만 원짜리 수표 스무 장이었습니다. 동거하는 여인이 그가 그것을 헤아리는 것을 목격했다는 겁니다. 혹시 골목에서 주운 그 서류봉투 속에 그 수표가 들어 있었던 게 아닙니까?"

"전 그 봉투 속을 보지 못했어요. 그 사람이 서류만 들어 있는 것 같다고 해서 그런 줄로만 알았어요."

병호는 고개를 끄덕이면서 다시 차를 출발시켰다.

그의 생각에 지난 12월 26일 새벽에 납치된 사람은 아무래도 손명기일 것 같았다. 그날 밤 그는 한성산업의 서류봉투 속에 한일성 회장에 관한 자료와 은행에서 인출한 2억 원의 수표 등을 넣어 가지고 가다가 골목에서 납치당했을 것이다. 납치당한 그는 잔혹하게 살해당해 야산에 버려졌을 것이고, 다음날 새벽에 두 팔이 잘려 나가고 머리가 없는 시체로 발견되었던 것이다. 범인들은 그를 납치할 때 그가 서류봉투를 떨어뜨린 것을 알지 못했던 것 같다.

그런데 주혜라의 진술은 정말 믿어도 되는 것일까? 양두이와 그녀는 그 납치사건의 범인들과 관계가 있는 인물들이 아닐까? 그렇지는 않겠지. 적어도 주혜라 만은 관계가 없는 것 같다. 왜냐하면 관계가 있다면 굳이 그 납치사건을 우리한테 이야기해 줄 필요가 없지 않은가. 그러나 이 아가씨에 대해 조사해 볼 필요는 있겠지.

일행이 목적지에 도착했을 때 주혜라는 충격에서 어느 정도 벗어나 있었다. 병호는 골목 어귀에 차를 세워놓고 주혜라를 따라 골목 안으로 들어섰다.

"그 사람은 여기 서 있었어요."

혜라는 시멘트벽을 가리켰다. 거기에는 붉은 페인트로 이렇게 씌어 있었다.

'여기다 오줌을 누는 자는 개새끼다'

"그 사람이 여기 서서 소변을 보고 있을 때 차도 쪽에서 차가 한 대 나타났어요. 그 차는 이 앞에까지 와서……"

그녀는 그때의 상황을 다시 자세히 설명했다. 그리고 그 서류봉투가 떨어져 있던 곳도 정확히 지적해 보였다.

"그때 두 분은 어디에 있었습니까?"

그녀는 수치심에 얼굴이 붉어졌지만 그날 밤 양두이의 품에 안겨 그와 뜨겁게 입맞춤을 나누던 곳을 형사들에게 가리켜보였다.

"저기 붉은 벽돌집 대문 앞에 서 있었어요. 그날 밤 불이 꺼져 있었기 때문에 거기는 몹시 어두웠어요."

그 집 대문은 처마 안쪽으로 깊숙이 자리 잡고 있었기 때문에 몸을 숨기기에 안성맞춤으로 보였다. 그들이 골목을 돌아가자 아파트 단지가 보였다. 가구 수가 꽤 많아 보이는 고급 아파트 단지였다.

"단지 정문은 반대쪽에 있어요. 우리 집은 이쪽에 있기 때문에 저는 항상 후문을 이용하고 있어요."

그녀는 R아파트 105동 906호에 살고 있었다.

"납치된 그 남자가 이 아파트 단지에 살고 있는 것 같다고 아까 말씀하셨는데 어떤 이유로 그렇게 생각하셨나요?"

"그때 시간이 새벽 2시경이었잖아요. 그 시간에 아파트 단지 앞 골목에 나타난 사람이라면 도둑하고 귀가중인 주민밖에 더 있겠어요? 그리고 그 사람은 소변을 보고 나서 아파트 쪽으로 걸어갔어요. 비틀거리며 걸어가는 것을 그 사람들이 막아선 거예요."

주혜라의 말은 아주 타당하게 들렸다.

"감사합니다. 충격이 크셨을 텐데 이렇게 붙잡고 괴롭혀드려 미안합니다. 일단 댁에 가서 쉬십시오. 우리는 할 일이 있으니까 주위를 좀 살펴보겠습니다. 혹시 댁에 들르든가 전화 걸 일이 생길지도 모르니까 외출하지 말고 댁에서 기다려 주시면 고맙겠습니다."

주혜라가 아파트 단지 안으로 사라지자 병호는 화시를 돌아보았다.

"저 아가씨…… 어떻게 생각해?"

"거짓말하는 것 같지는 않아요. 아주 순수해 보여요. 사랑의 열병을 앓고 있다가 그것이 무참히 깨지자 어쩔 줄을 모르고 있어요. 하지만 곧 괜찮아질 거예요. 남자에 대한 불신이 앞으로 이성 관계에서 문제가 되겠지만 그건 우리가 상관할 일이 아니겠죠. 매력적인 아가씨예요. 양두이하고는 깊은 관계에까지 들어갔던 모양이에요. 혹시 모르죠. 임신까지 했는지도……"

"지금부터 혜라네 집에 대해서 좀 알아봐요. 난 파출소에 좀 다녀올 테니까. 저기 어린이 놀이터에서 이따가 만나요."

실종신고

파출소는 R아파트 단지 정문에서 가까운 곳에 자리 잡고 있었다. 단지를 가로질러 정문으로 빠져나온 병호는 오르막길 아래에 서 있는 파출소를 찾아갔다.

소장은 아주 젊어보였다. 병호가 신분을 밝히자 그는 그에게 거수경례를 했다.

"존함은 익히 들어서 잘 알고 있습니다."

하고 그는 말했다.

병호의 수사력은 널리 알려져 있었기 때문에 젊은 파출소 소장은 금방 그를 알아보았던 것이다. 소장은 그에게 자리를 권한다. 차를 대접한다 하고 부산을 떨었다. 병호는 수사본부에 전화를 걸어본 다음 다방 레지가 날라 온 코피를 마셨다.

"세상이 어수선하죠?"

소장의 물음에 병호는 머리를 흔들었다.

"요즘 같으면 정말 다른 나라에 가서 살고 싶어요."

"풍뎅이 사건은 어떻게 됐습니까?"

파출소 소장은 병호가 풍뎅이 사건을 맡고 있는 것까지 알고 있었다.

"갈수록 뭐가 뭔지 모르겠어요. 여기 혹시 실종신고 들어온 거 없나요?"

"서너 건 있습니다. 보여드릴까요?"

"좀 봅시다."

소장은 실종신고 접수 철을 가지고 와서 병호 앞에 펴놓았다.

"풍뎅이 사건 때문에 오셨군요?"

소장은 자기 관할 구역에서 건수가 생길지도 모른다고 생각했는지 눈을 반짝이며 물었다. 병호는 잠자코 파일을 들여다보았다.

실종신고 접수 건수는 모두 세 건이었다. 하나는 어린이가 실종된 사건이었다. 여덟 살 먹은 남자 어린이인데 6개월 전에 실종된 것으로 되어 있었다.

"잘 사는 부잣집 아이인데 돈을 요구하지 않는 것으로 보아 돈을 노린 유괴 사건 같지는 않습니다. 지금까지 집에 전화 한 통화 없습니다."

소장이 친절히 설명해 주었다. 병호는 귀엽게 생긴 남자 아이의 사진을 들여다보다가 다음으로 넘어갔다.

두 번째 것은 열아홉 살 먹은 여학생의 실종 사건이었다. 그녀 역시 두 달 전에 실종되었는데 지금까지 아무런 연락이 없다고 소장은 말했다. 사진의 얼굴은 아주 예쁜 모습이었다.

"아무래도 납치되어 어딘가에 팔려간 것 같습니다. 여학생 아버지는 직장까지 때려치우고 딸을 찾아다니고 있습니다."

마지막 세 번째 신고 건은 40대 남자가 사라진 사건이었다. 병호는 바짝 긴장해서 실종자의 인적사항부터 들여다보았다.

1. 이름: 서기태(徐起泰)
2. 생년월일: 1936년 5월 10일 생
3. 주민등록번호: 360510-108652X
4. 본적: 강원도 춘천시 X동 312번지
5. 주소: 서울 강남구 Y동 R아파트 102동 505,
   전화: 568-559X
6. 직업: 요식업
7. 가족관계: 부인 홍미애, 딸 서지화 등 2명
8. 실종연월일: 1981년 12월 25일부터 26일 사이

병호는 실종 접수서류에 붙어 있는 사진을 들여다보았다. 그것은 상체를 찍은 손바닥만 한 컬러 사진이었는데, 사진의 주인공은 요식업자치고는 중후하게 생긴 신사의 모습을 보여주고 있었다.

"이 사람은 어떤 사람입니까?"

"강남에서 큰 레스토랑을 경영하고 있는 사람입니다. 돈을 아주 잘 버는 걸로 소문이 나 있습니다. 사람도 아주 예의바르고 성실합니다."

서류 위쪽에는 실종신고 접수일이 12월 28일로 되어 있었다. 병호는 서류를 넘겨보았다. 그것이 마지막이었다. 더 이상 접수되어 있는 것은 없는 것 같았다.

"이것뿐입니까?"

"네, 그게 전부입니다."

소장은 병호의 실망하는 듯 한 표정을 살피면서 말했다.

"혹시 여기 주민 중에 손명기라는 사람은 없나요?"

"손명기라구요? 잠깐 기다려보십시오."

소장이 서류함 쪽으로 가서 허리를 굽히고 있는 동안 병호는 서기태의 서류를 다시 한 번 들여다보았다. 서기태의 이름 대신 거기에 손명기의 이름이 적혀 있어야 옳았다. 그런데 의외의 인물이 적혀 있었다. 그는 아무래도 이해할 수 없다는 표정으로 고개를 갸우뚱했다.

"그런 사람은 없는 것 같은데요."

소장이 돌아와서 말했다.

"주민들 이름을 쉽게 찾을 수 있도록 가나다순으로 정리해 놓았는데 손명기라는 이름은 없습니다."

병호는 고개를 끄덕이면서 몸을 일으켰다.

"서기태라는 사람한테서는 아무 연락도 없습니까?"

"아무 연락도 없는 모양입니다."

"이 주소가 맞나요?"

"네, 주소는 맞습니다. 그 집에 가시겠다면 제가 안내해 드리겠습니다."

"아, 그럴 필요 없습니다."

"금방이면 됩니다."

"아니, 괜찮아요."

그는 아직 아무 결정도 못 내리고 있었던 것이다.

파출소를 나온 그는 102동 쪽으로 천천히 걸어갔다.

도중에 그는 발길을 돌려 도로 파출소로 갔다. 그리고 소장에게 서기태의 실종신고 접수서류를 세 부만 복사해 달라고 부탁했다. 파출소에는 복사기가 없었기 때문에 경찰관 한 명이 그 서류를 들고 가까운 곳에 있는 동사무소로 달려갔다. 잠시 후 그는 그것을 다섯 부나 복사해 가지고 돌아왔다. 복사된 서류에는 서기태의 사진도 함께 복사되어 있었다.

파출소를 나온 병호는 다시 102동 쪽으로 향했다. 그는 생각에 잠겨 아주 천천히 걸어갔다.

서기태가 지난 12월 26일 새벽에 R아파트 단지로 들어가는 골목에서 납치된 사람인지는 알 수 없지만 몇 가지 점에서 그 납치된 남자, 즉 손명기로 생각되는 인물과 비슷한 데가 있다.

첫째, 그가 납치된 시점이 손명기가 실종되어 살해된 시점과 거의 비슷하다는 점이다. 둘째는 두 사람의 연령과 생김새가 비슷한 점이다. 셋째는 가장 중요한 점으로, 납치된 장소가 R아파트 부근이고 그 문제의 한성산업 서류봉투가 떨어져 있었던 곳도 R아파트 부근이었다는 점이었다.

여기서 다음과 같은 의문점이 생긴다.

지난 12월 26일 새벽에 납치된 사람이 과연 손명기냐, 아니면 서기태냐 하는 점이다. 만일 서기태라면 그는 이번 사건과 어떤 관계가 있는 인물일까? 생각할수록 더욱더 그 깊이를 알 수 없는 수렁 속으로 빠져드는 것만 같은 느낌이다.

서기태는 이번 사건과 아무 관계도 없는 전혀 별개의 인물일까? 서기태의 아파트 앞에 이르러 망설이던 그는 심호흡을 한 다음 초인종을 눌렀다.

안에서 바쁘게 다가오는 소리가 나더니 문이 거칠게 열렸다. 젊은 여자가 밖을 내다보더니 실망하는 표정으로 방문객을 쳐다보았다.

"어떻게 오셨는가요?"

"경찰입니다."

여인은 병호가 내미는 신분증은 쳐다보지도 않은 채 뒤로 물러섰다.

"여기가 서기태 씨 댁 맞습니까?"

"네, 맞아요."

"실례지만 홍미애 씨 되십니까?"

"네, 들어오세요."

그녀는 경찰관을 맞아들이는데 이골이 난 목소리로 말했다.

병호는 조심스럽게 안으로 들어섰다.

아파트 내부는 흐트러진 구석 하나 없이 깨끗하게 정돈되어 있었다. 여인의 깨끗한 인상과 집안 분위기가 비슷하다고 생각하면서 그는 거실로 들어가 그녀가 권하는 자리에 가서 앉았다. 홍미애는 서른 안팎으로 보이는 미녀였다. 교양미가 엿보이는 그녀는 몹시 초췌한 모습이었다. 46세인 서기태와 비교하면 나이차이가 많이 나는 것 같다고 생각하면서 병호는 검정 치마 위에 스웨터를 걸친 평범한 차림의 여인을 가만히 바라보았다.

"서 선생님한테서는 아직 아무 연락이 없습니까?"

그녀는 그의 말이 끝나기 무섭게 고개를 흔들더니 손끝으로 눈물을 찍었다. 그녀가 소리 없이 우는 바람에 병호는 잠시 난처해서 침묵을 지켰다. 이윽고 그녀가 한숨을 내쉬면서 중얼거리듯이 말했다.

"아무래도 불길해요. 이렇게 연락이 없을 수가 없어요. 이런 적이 없었는데 아무래도 이상해요. 꼭 죽은 것만 같은 생각이 들어요."

그렇게 말하고 난 그녀는 생각하는 것만으로도 소름이 끼치는지 몸을 떨었다.

"그럴 리가 있겠습니까. 곧 돌아오시겠지요."

"경찰은 아직도 아무 단서도 못 잡았나요?"

"죄송합니다."

"경찰은 형식적으로 신고만 접수하고 아무런 노력도 기울이지 않는 것 같아요. 어떻게 그럴 수가 있어요?"

병호는 부끄러움을 느꼈다.

"죄송합니다. 워낙 사건이 폭주하다보니까요."

"경찰은 항상 그런 식으로 말하죠. 이젠 듣기 싫어요."

"미안합니다. 주인되시는 분에 대해서 좀 더 자세한 것을 알고 싶습니다."

그녀는 일어나 주방 쪽으로 가더니 주스 두 잔을 가져왔다. 그녀는 어느새 단정한 표정으로 돌아가 있었다.

"제가 너무 무례한 말씀을 드렸나 봐요. 죄송해요."

"아닙니다. 당연한 말씀이죠."

병호는 주스 잔을 입으로 가져갔다.

"그분은 아주 평범한 가장이에요. 아주 가정적이고 자상한 분이에요."

"두 분이 결혼하신 건 언제였습니까?"

"8년 전이었어요."

병호가 생각했던 대로 두 사람은 나이 차이가 많았다. 8년 전 두 사람이 결혼했을 때 그녀는 21세였고 남자는 38세였었다. 무려 17년이나 나이 차이가 났다. 결혼 이듬해 그녀는 딸 하나를 낳았고, 그 이후에는 자식을 낳을 수가 없게 되었다. 남자 쪽의 정자를 생산하는 기관에 이상이 생겼기 때문이었다. 그러나 두 사람의 부부관계는 행복하기만 했다.

"레스토랑을 경영하신다고 들었는데…… 그건 잘 되고 있습니까?"

"네, 그런대로 잘 돼가고 있어요."

그 양식전문의 레스토랑을 차린 것은 3년 전이라고 했다. 레스토랑을 차리게 된 것은 서기태가 갑자기 회사를 그만두게 되었기 때문이었다. 경험이 없었기 때문에 처음에는 고전했으나 정성을 들인 결과 1년이 지나서부터는 손님들이 많이 찾아오게 되어 경영상태가 좋아졌다. 전화위복이라고나 할까 서기태는 두 번 다시 직장에 들어갈 생각을 하지 않게 되었다.

"마지막으로 다니던 직장은 어디였습니까?"

"M이었어요."

M이라면 국내 굴지의 기업군을 거느리고 있는 재벌 그룹의 대명사 같은 이름이었다.

"M에는 많은 회사가 있는데 구체적으로 어느 회사에 다녔습니까?"

"잘은 모르지만…… 국내외의 부동산을 관리 취급하고 개발하는 것을 주목적으로 하고 있는 회사로 알고 있어요."

"왜 회사를 그만두셨나요? 갑자기 그만두셨다고 했는데……"

"이유는 잘 모르겠어요."

그녀가 당황해하는 것을 보고 병호는 그녀가 그 이유를 알고 있을 것이라고 생각했다. 그러나 그것을 캐묻지는 않았다.

"주인께서 마지막으로 집을 나가신 게 언제였습니까?"

"12월 25일 아침나절이었어요."

"그때 집을 나가서 지금까지 아무 연락도 없이 돌아오지 않았습니까?"

"네, 아무 연락도 없어요. 전화도 한번 걸어오지 않았어요."

"마지막으로 집을 나가신 날 어디로 가신다고 하면서 나가셨나요? 레스토랑으로 나가셨나요?"

"아뇨, 레스토랑에는 나가시지 않았어요. 거기에는 잘 가시지 않아요."

"그럼 어디로 간다고 했습니까?"

"별 말씀 없이 나가셨어요. 항상 어디 가신다는 말씀 없이 나가시니까 그러려니 했어요."

"레스토랑에 잘 가시지 않는다면…… 그럼 서 선생님은 무슨 일로 소일하고 계시는가요?"

"글쎄요."

여기서 그녀는 얼른 대답을 하지 못한 채 한동안 침묵을 지켰다. 이윽고 그녀는 지금까지와는 달리 아주 느리고 자신 없는 어조로 말했다.

"글쎄요……. 그이는 특별히 하시는 일은 없었어요…… 하지만 집에 계시는 경우는 거의 없었어요. 언제나 아침에 나가시면 밤늦게 돌아오시곤 했어요…… 하는 일없이 바쁜 사람이라고나 할까요."

하는 일없이 아침부터 집을 나가 밤늦게야 집으로 돌아오는 서기태는 밖에서 무슨 일로 시간을 보냈을까? 막연하게 베일에 싸인 인물이라는 생각이 들었지만 그는 그에 대해서 더 이상 아무 것도 알아낼 수가 없었다. 놀라울 정도로 홍미애는 그녀의 남편에 대해 아는 것이 거의 없었다.

그녀가 그에 대해서 알고 있는 것이라고는 그가 자기의 남편이라는 것, 그리고 그가 하는 일없이 하루 종일 밖에서 지낸다는 것 정도였다. 남편을 너무 믿고 있었든가 아니면 그가 하는 일에 대해 별로 관심이 없었든가 둘 중의 하나였다. 그녀는 그가 밖에서 어떻게 하루를 지내는지 물어보지도 않았고 그 역시 거기에 대해서는 아무 말도 하지 않았다.

홍미애는 식당 일로 몹시 바쁜 몸이었다. 지금은 남편의 실종 때문에 집안에 죽치고 있지만 그전까지는 식당 일을 감독하고 관리하느라고 밤늦게까지 레스토랑에서 시간을 보내는 것이 일과였다. 그 대신 집안 일과 딸아이는 가정부가 도맡아서 처리해 주었다. 남편의 실종으로 집안이 어수선해지자 그녀는 딸아이를 가정부와 함께 친정으로 보냈다.

레스토랑이 잘 되는 바람에 그녀는 돈 버는 재미로 시간가는 줄 모르고 일했고, 그러다보니 자연 남편에 대해서는 관심을 기울일 여유가 없었다고 실토했다.

"최근에 서 선생한테 말 못할 무슨 걱정이 생긴 것 같지 않았습니까? 이상한 낌새 같은 것을 느끼시지 않았습니까?"

"아뇨. 전혀……"

"서 선생은 술을 많이 마시는 편입니까?"

"네, 거의 매일 취해서 들어오시는 편이에요. 처음에는 그것 때문에 좀 다투기도 했지만 이젠 면역이 돼서 서로 모른 체 지내왔어요."

"서 선생이 마지막으로 입고 나간 차림은 어떤 것이었나요?"

"베이지색 코트에 쥐색 양복 차림이었어요. 안에는 목까지 올라오는 흰색 폴라 셔츠를 입고 나갔어요. 춥다고 하면서 그것을 꺼내 입었어요."

"몸에 무슨 특징 같은 것은 없습니까?"

"특징이라면……"

그녀는 잠시 생각해 보고 나서 말을 이었다.

"그이 몸에 별 특징은 없고…… 여기 아랫배에 맹장염 수술 자국이 있어요."

그녀는 손으로 배를 가리켜 보였다.

"또 다른 특징은 없습니까?"

병호는 숨을 죽이고 상대방을 바라보았다.

"오른쪽 엄지발가락이 까만 색깔이에요."

병호는 현기증을 느꼈다.

"엄지발가락이 까만 색깔인가요. 아니면 엄지발톱이 까만 색깔인가요?"

"엄지발톱이에요. 엄지발톱이 새카맣게 죽어 있어요."

이럴 수가……. 병호는 한동안 멍하니 앉아 있었다. 그는 풍뎅이 사건의 피살체를 생각하고 있었다. 이럴 수가 있을까? 그는 얼른 수첩을 꺼내 풍뎅이 사건의 피살체에 대한 기록을 들여다보았다. 나이 45세 안팎, 혈액형 AB형, 키 175센티미터, 몸무게 65킬로그램 정도, 오른쪽 엄지발가락 발톱 검은색, 복부에 맹장염 수술 자국…….

풍뎅이 사건의 피살체는 지금까지 손명기인 줄 알았다. 그것이 손명기의 것이 아니고 서기태의 시체였단 말인가! 홍미애가 말해준 서기태의 신체상 특징은 풍뎅이 사건의 피살체에서 확인된 특징과 일치하고 있다. 그 피살체가 서기태라면…… 그렇다면 손명기는? 손명기는 죽지 않고 살아 있다는 말이 된다. 병호는 벌떡 몸을 일으켰다.

"실례지만 지금 저와 함께 어디 좀 다녀와 주셔야겠습니다. 확인할 게 있으니까요."

홍미애는 긴장해서 그를 쳐다보았다.

"뭘 확인하는 건데요?"

"어떤 중년 남자의 시신입니다."

어차피 심한 충격을 받을 바에는 미리부터 각오하고 있도록 언질을 주는 게 낫겠다싶어 그는 냉정한 어조로 말했다. 홍미애는 금방 표정이 창백해지면서 그를 쳐다보다가 더 이상 묻지 않고 잠자코 몸을 일으켰다.

밖으로 나온 병호는 어린이 놀이터 쪽으로 가 보았다. 유화시는 먼저 와서 기다리고 있었다. 병호는 홍미애를 떼어놓고 화시 쪽으로 다가갔다.

"저 여자 누구예요?"

"서기태 부인이야."

"미인인데요."

"어떻게 됐어?"

"주혜라는 깨끗한 아가씨 같아요. 부산에서도 알아주는 부잣집 딸인데 지금 오빠네 집에서 살고 있어요. 대학원에 다니고 있는 것도 사실이고요. 경감님 안색이 왜 그래요?"

"문제가 생겼어. 수사가 원점으로 돌아가게 됐어."

"아니, 왜요?"

"손명기는 죽지 않고 살아 있어."

그는 성난 눈으로 구름이 낮게 드리운 하늘을 올려다보았다.

"어머나, 정말이에요?"

화시의 두 눈이 등잔만 하게 커졌다. 병호는 한숨을 내쉬면서 고개를 끄덕였다.

"아직 더 확인해 봐야겠지만 거의 확실한 것 같아. 풍뎅이 사건의 피살자는 저 여자의 남편인 것 같아. 완전히 잘못 짚었어. 속아 넘어간 거야."

"어쩌면 그럴 수가…… 그럼 어떻게 되는 거죠?"

"나도 모르겠어. 뭐가 어떻게 돌아가는지 나도 잘 모르겠어. 꼭 농락당한 기분이야."

그는 가만히 말했지만 화시는 오 경감이 분노에 차 있음을 눈치 챌 수가 있었다.

"저 여자한테 이야기 했어요?"

"아직 이야기하지 않았어. 시신을 직접 확인해 달라고 부탁했는데…… 눈치는 채고 있을 거야. 하지만 그걸 보면 충격이 클 거야. 거기까지 가는 동안 대충 이야기해 줘야겠어. 그러면 충격을 다소 완화시킬 수가 있을 거야"

"제가 이야기해 보겠어요. 그런데 그 피살체가 저 여자의 남편이라는 건 어떻게 단정할 수가 있죠?"

"단정하는 건 아니야. 하지만 저 여자가 말한 남편의 신체특징하고 그 피살체의 특징하고 서로 맞아떨어지고 있어."

"어떤 점이 말인가요?"

"두 가지 점이 일치하고 있는 것 같아. 맹장염 수술자국과 엄지발가락 발톱이 까만 점이 일치하고 있어. 우연의 일치라고 보기에는 너무 심하지 않아?"

"그렇군요."

유화시는 홍미애와 함께 오 경감의 콜롬보 차의 뒷좌석에 들어가 앉았다.

차가 출발하자 그녀는 조심스럽게 말을 꺼냈다.

"마음의 준비를 단단히 해두시는 게 좋을 거예요."

홍미애가 고개를 홱 돌려 화시를 쏘아보았다.

"그게 무슨 말씀이죠? 그분이 돌아가셨나요?"

"아직 확실한 말씀은 드릴 수가 없어요. 하지만 최악의 경우에 대비해 두시는 게 좋을 거예요."

홍미애는 격렬하게 머리를 흔들었다. 그녀의 두 눈에는 어느새 눈물이 가득 괴어 있었다.

"그건 말도 안 돼요. 그럴 리가 없어요. 말도 안 돼요."

화시는 손을 뻗어 그녀의 손을 잡아주었다. 그녀의 손은 의외로 따뜻했다.

"우리도 그렇지 않기를 바라고 있어요. 하지만 현실은 냉정하다는 것을 아셔야 해요."

"아니에요. 그렇지 않아요. 그분이 만일 돌아가셨으면…… 전 살 수가 없어요. 저도 죽을 거예요."

홍미애는 흐느껴 울었다.

문 형사가 운전하는 빨간색의 소형 승용차는 강남의 호화 주택가를 이리저리 돌아다니다가 마침내 담장이 유난히 높아 보이는 어느 2층집 앞에서 멈춰 섰다. 문 형사가 차에서 뛰어내려 그 집의 문패를 살피더니 왕 형사를 향해 고개를 끄덕였다.

"맞아?"

왕 형사가 차 밖으로 나오면서 물었다.

"네, 맞습니다."

문패의 이름은 엄기상(嚴基相)이었다.

"으리으리하군."

집을 둘러보면서 왕 형사가 중얼거렸다.

"정말 으리으리한데요. 나는 언제 이런 집에서 살아보지."

담 위에는 끝이 날카로운 철근이 일정한 간격으로 박혀 있었고 그것도 모자라 그 위로는 가시 철망이 둘러쳐져 있었다. 문 형사가 차임벨을 눌렀다. 한참 눌러대자 젊은 여자의 목소리가 인터폰을 통해 흘러나왔다.

"누구세요?"

"경찰입니다."

철제 대문 위 양편에는 감시 카메라가 달려 있었다.

"무슨 일로 오셨어요?"

"뭐 좀 물어볼 게 있어서 왔습니다."

"잠깐 기다리세요."

문은 쉽게 열릴 것 같지 않았다. 형사들은 투덜거렸다. 다시 인터폰을 통해 목소리가 흘러나왔다.

"뭘 물어보시려구 그러는데요?"

"여기서 이런 식으로 말씀드릴 수는 없습니다. 직접 만나 뵙고 말씀드리겠습니다. 아주 중요한 일입니다."

"잠깐 기다리세요."

말하는 것으로 보아 그 집의 가정부쯤 되는 것 같았다.

이윽고 대문 안쪽에 인기척이 났다. 그러나 문은 얼른 열리지 않았다.

"사모님 말씀이 신분증을 확인하고 문을 열어드리래요."

"빌어먹을……"

문 형사는 투덜거리면서 신분증을 꺼냈다.

"신분증을 우편함에 넣어주세요."

문 형사는 신분증을 우편함 구멍에다 떨어뜨려 주었다.

"누구한테나 이래요. 미안해요."

우편함을 여는 소리가 들리더니 인기척이 사라졌다. 신분증을 들고 안으로 들어가 보고를 하는 모양이었다. 문 형사는 대문 앞에다 침을 칵하고 뱉었다. 그러나 왕 형사는 무표정하게 서 있었다. 한참 후 다시 인기척이 들리더니 마침내 대문이 열렸다.

"들어오세요."

문을 열어준 사람은 가정부로 보이는 젊은 아가씨였다.

중년의 뚱뚱한 여인이 거실에서 형사들을 맞았다. 그녀는 탁자위에 놓아둔 신분증을 문 형사 쪽으로 밀었다. 문 형사는 그것을 집어 호주머니 속에 넣었다.

"경찰에서 무슨 일로 오셨나요?"

그녀는 아주 오만한 표정으로 물었다.

"혹시 이 댁에 번호가 서울1라 506X호인 차가 있습니까?"

"네, 있어요. 그 차 때문에 오셨나요?"

"네, 차주가 엄기상 씨 맞습니까?"

"네, 우리 집 바깥양반이에요. 그렇지 않아도 그 차 말썽이 많아서 팔아버릴 생각이에요. 기분 나빠서 못 타겠어요."

"왜…… 그 차에 무슨 문제라도 있습니까?"

"도둑놈들이 몰고 다녔는데 무슨 기분으로 타겠어요."

"도둑놈들이 몰고 다니다니요?"

그녀는 의심스러운 눈으로 형사들을 쳐다보더니 주방에다 대고 차 좀 가져오라고 소리 질렀다.

"아니, 그럼 그 차에 대해서 모르고 오셨나요?"

"무슨 말씀인지…… 저희는 어떤 사건을 수사하다가 여기까지 오게 된 겁니다."

"그렇다면 그 도둑놈들이 우리 차를 몰고 다니면서 말썽을 부린 모양이군요. 그래서 오신 거 아니에요?"

"말썽은 말썽입니다만……"

주인 여자의 말에 따르면 그 차는 도난당했다가 되찾은 지 며칠 밖에 되지 않는다고 했다.

"언제 어디서 도난당했나요?"

"지난 12월 24일에 W호텔 주차장에서 도난당했어요. 우리 주인양반하고 디너쇼에 참석했다가 나와 보니까 차가 없어졌지 뭐예요. 그날 마침 우리 기사가 자기 아버지가 죽는 바람에 갑자기 고향에 내려갔어요. 그래서 우리 집 양반이 직접 차를 몰고 갔지 뭐예요. 기사만 있었어도 도난당하지 않았을 텐데 재수가 없느라고 그날 하필 기사가 고향에 내려간 사이에 그런 일이 생긴 거예요."

"경찰에 신고했었나요?"

"그럼요. 그날 바로 신고했었지요."

형사들은 실망하는 빛이 담긴 시선을 서로 주고받았다.

"차를 찾은 것은 언제였습니까?"

"그러니까 일주일쯤 지난 12월 30일인가 12월 31일인가 그쯤해서 찾았어요. 경찰에서 연락이 와서 우리 기사가 가서 몰고 왔어요."

"그 차는 지금 어디 있습니까?"

"차고에 있어요. 기분이 나빠 타지 않고 차고에 처박아 뒀어요. 우리는 차가 두 대거든요."

그녀는 자랑스럽게 말했다.

"바깥주인께서는 무슨 일을 하십니까?"

"사업하고 계세요."

"무슨 사업입니까?"

"건축업이에요."

문 형사는 그녀가 말해 주는 엄기상의 회사 이름과 전화번호를 수첩에다 적었다. 왕 형사는 본부로 전화를 걸어 지난 12월 24일 접수된 도난차량 신고 가운데 서울1라 506X호가 있는지 알아봐 달라고 지시했다. 그리고 5분 후에 그가 다시 본부로 전화를 걸자 전화를 받은 형사는 그 차의 도난신고가 지난 12월 24일에 접수된 것은 사실이고, 12월 30일에 그 차가 발견되어 주인한테 되돌아갔다고 말했다.

왕 형사와 문 형사는 거실을 나와 정원 한편에 붙어 있는 차고로 갔다.

그들은 차고의 불을 켜고 나서 거기에 세워져 있는 검은색 승용차를 자세히 살펴보았다.

그 차는 잔뜩 먼지를 뒤집어쓰고 있었다. 너무 더럽혀져 있었기 때문에 얼른 보기에는 낡은 차처럼 보였지만 자세히 살펴보니 구입한 지 얼마 안 된 새 차 같았다. 국내에서 생산되는 승용차 가운데 최고급 차종으로 알려져 있는 것이었다. 주행거리를 보니 아직 5만 킬로미터도 넘지 않고 있었다.

오른쪽 옆구리가 심하게 긁히고 움푹 들어가 있는 것이 범인들의 짓 같았다. 좌석에 덮어씌워진 시트는 흰색이었는데 그것 역시 더럽혀져 있었다.

그들은 차 문을 열고 내부를 찬찬히 살펴보았다. 뒷좌석 시트에는 얼룩이 져 있었는데 아무래도 핏자국 같아 보였다. 왕 형사는 손톱 끝으로 그것을 긁어 보았다. 그리고 떨어져 나온 부스러기를 집어 들고 살펴보던 그는 고개를 끄덕였다.

"이건 핏자국이야."

"납치될 때 흘린 게 아닐까요?"

"이 부분을 잘라가든가 시트를 아예 벗겨갔으면 좋겠어. 정밀검사를 해봐야겠어."

"이거 보십시오. 지독하죠?"

문 형사가 차 바닥을 가리켰다. 바닥에는 담배꽁초가 널려 있었고, 그것들은 하나같이 구둣발에 짓밟혀져 있었다. 범인들이 피우다 버린 것 같았다. 형사들은 그것을 하나하나 집어냈다.

바닥에 버려져 있는 것은 담배꽁초뿐이 아니었다. 구겨진 빈 담뱃갑 · 빈 성냥갑 · 껌 같은 것들도 함께 버려져 있었다. 왕 형사는 앞 유리창 밑에 버려져 있는 종잇조각을 집어 들었다. 그것은 주차권이었다. 그것을 발행한 곳은 A호텔 관리실이었다. 왕 형사는 빈 성냥갑을 살펴보았다. 거기에는 라스베가스라는 나이트클럽 상호가 인쇄되어 있었는데 그 나이트클럽의 소재지는 A호텔 지하에 있었다.

"이걸 어떻게 생각하나?"

왕 형사는 주차권과 빈 성냥갑을 문 형사한테 보였다.

"주차권이 발급된 날짜는 12월 25일이군요. 시긴은 밤 9시 30분인데요."

"놈들은 라스베가스에 단골로 드나드는지도 몰라. 이 성냥갑을 보라 구. 빈 갑인데다 아주 닳아빠졌어. 하루 이틀 가지고 다닌 성냥이 아니야."

"여기 또 하나 있습니다."

문 형사가 바닥에서 또 한 장의 주차권을 집어 들었다.

"이건 12월 26일 밤 10시에 발급한 건데요."

"재수 좋으면 라스베가스에서 한 잔 하게 될지도 모르겠군."

"제발 그렇게 되기를 빌겠습니다."

문 형사는 뒷좌석으로 들어가 시트를 벗기기 시작했다.

유화시는 시체실 복도에서 더 이상 한 발짝도 움직이려 들지 않았다. 풍뎅이 사건의 피살체를 구경한다는 것은 생각만으로도 끔찍한 일이었기 때문에 그녀는 병호가 함께 들어가자는 말에 고개를 절레절레 흔들었다.

홍미애 역시 겁에 질려 있기는 마찬가지였다. 그러나 그녀는 자신이 직접 피살체를 확인해야 할 의무가 있었기 때문에 하는 수 없이 병호의 뒤를 따라붙었다.

피살체는 그때까지 냉동 상태에서 잘 보관되어 있었기 때문에 그것을 확인시키는 데는 별로 어려움이 없었다. 안내자가 시신을 박스 속에서 끌어낸 다음 뒤로 물러나자 병호는 홍미애를 가까이 오게 했다. 홍미애는 두 손으로 입을 가린 채 조심스럽게 시신 곁으로 다가왔다.

"무서워할 것 없어요."

시신은 비닐커버에 덮여 있었다. 그것을 한꺼번에 젖힐 수가 없어 병호는 아래쪽부터 걷어 올렸다.

"여길 보십시오."

그는 오른쪽 엄지발가락을 손가락으로 가리켰다. 그것은 발톱 부분이 시커멓게 변색되어 있었다.

발가락을 바라보는 홍미애의 눈이 더욱 검어지는 것 같았다. 병호는 숨을 죽이고 그녀의 표정을 살폈다. 이윽고 그녀가 두 손으로 눈을 가렸다.

"어떻습니까? 다릅니까?"

그녀는 떨면서 고개를 흔들었다.

"맞습니까?"

그녀는 고개를 끄덕였다.

"틀림없습니까?"

병호는 되풀이해서 물었다.

"네, 맞아요."

그녀의 목소리는 거의 들리지 않았다.

"그럼 여기를 좀 확인해 주십시오."

그는 배 있는 데까지 시트를 걷어 올렸다. 시신은 벌거벗겨진 상태에 있었다. 그녀는 눈을 가리고 있던 손을 조금 내리면서 병호가 가리키는 맹장염 수술자국을 바라보았다.

"그분이 틀림없어요!"

그녀는 다시 두 손으로 얼굴을 감싸면서 울음을 터뜨렸다.

"다시 한 번 봐주십시오. 괴로우시겠지만 다시 한 번 확인해 주십시오."

그녀는 손가락을 벌리고 그 사이로 시신의 수술자국을 내려다보았다.

그리고 나서 더욱 큰소리로 울었다.

시트를 배 있는 데까지 올렸기 때문에 성기가 그대로 드러나 있었다. 그것은 이상하게도 별로 수축되어 있지가 않았다. 그리고 귀두부분이 포경수술을 하지 않았는지 두꺼운 껍질에 싸여 있었다. 피살체의 성기부분을 그가 그렇게 자세히 살펴보기는 처음이었다.

"얼굴을 좀 보여주세요."

홍미애가 눈물을 닦으면서 나직한 소리로 말했다.

"얼굴은 보여드릴 수가 없습니다."

병호는 난처한 표정으로 그녀를 쳐다보았다.

"왜요? 얼굴을 봐야 할 거 아니에요?"

그녀의 손이 시트를 잡았다. 병호는 그 손을 밀어냈다.

"안 됩니다."

"전 이미 각오하고 왔어요. 얼굴이 몰라보게 상했다 해도 전 괜찮아요. 전 알아볼 수 있어요."

병호는 머리를 가로저었다.

"미리 말씀드려야하는 건데…… 사실은 머리가 없습니다. 그래서……"

"머리가 없다니요?"

그녀는 도무지 무슨 말인지 모르겠다는 듯 그를 쳐다보았다. 병호는 머리 부분을 가리켰다.

"보십시오. 머리가 있다면 둥글게 솟아 있어야 하는데 시트가 움푹 꺼져 있지 않습니까?"

그녀는 병호가 가리키는 곳을 뚫어지게 바라보았다.

그녀의 온몸이 파리하게 얼어붙는 것 같았다. 그녀는 뒷걸음질을 쳤다. 병호는 그녀를 붙잡아주고 싶었지만 마음먹은 대로 되지가 않았다. 그녀는 온몸을 떨어대면서 머리를 자꾸만 흔들어대다가 갑자기 앞으로 달려들어 시신 위에 얼굴을 묻었다. 격렬히 몸부림치면서 흐느끼는 그녀를 병호는 그저 멀거니 쳐다보기만 했다. 그녀는 커버를 위쪽으로 더 젖히면서 남편의 손을 더듬어 잡으려고 했다 그러다 보니 거의 어깨 있는 데까지 커버를 젖히게 되었다. 그리고 마침내 팔이 잘려나가고 없는 것을 알자 커버를 아예 홱 젖혀버렸다.

"악!"

그녀는 외마디 비명을 지르면서 뒤로 주춤주춤 물러나다가 쓰러질 듯 문을 열고 밖으로 나갔다. 밖에서 기다리고 있던 유화시가 금방이라도 무너져 내릴 듯 비틀거리는 그녀를 보고 얼른 다가와 부축했다.

병호는 그녀를 집으로 돌려보내고 싶었지만 그 전에 한 가지 더 확인시킬 것이 남아 있었다. 그래서 그녀를 데리고 수사본부로 향했다.

홍미애는 수사본부에 닿을 때까지 내내 흐느껴 울기만 했다. 너무 비통하게 울어댔기 때문에 형사들은 말을 붙일 수가 없었다. 그러나 수사본부에 닿자 그녀는 언제 그랬냐 싶게 잠잠해졌다. 병호는 캐비닛 속에서 피해자의 유품들을 꺼내 책상 위에 올려놓았다. 유품이라야 옷가지가 전부였다.

"이걸 좀 봐주십시오. 피살자가 입고 있던 옷들입니다."

그녀는 감색 양복과 그 밖의 옷가지들을 살펴보고 나서 고개를 흔들었다.

"이건 아니에요. 그분은 쥐색 양복을 입고 나가셨어요. 넥타이도 매지 않고 폴라셔츠를 안에다 입고 나가셨어요."

"이 가운데 서 선생 것이 있나요?"

"하나도 없어요."

그녀는 아주 분명한 어조로 대답했다.

"알겠습니다."

홍미애가 나가고 나자 뒤이어 왕 형사와 문 형사가 들어왔다.

"납치에 이용된 차는 도난당한 차였습니다."

왕 형사가 병호에게 엄기상의 집을 방문했던 결과를 이야기했다.

"돌아오는 길에 엄기상도 만나보았습니다. 엄씨는 건설회사 사장이었습니다. 이번 사건하고 관계는 없는 것 같았습니다."

문 형사가 도난차량의 시트와 그 밖의 자질구레한 것들을 책상 위에 올려놓았다.

"이걸 보십시오. 이건 핏자국이 분명합니다. 혈액검사를 할 수 있지 않을까 해서 가져왔습니다."

문 형사는 시트에 묻어 있는 말라붙은 핏자국을 가리켜보였다. 그러고 나서 그는 신문지에 싼 것을 펴보였다. 그 안에는 담배꽁초를 비롯해서 구겨진 담뱃갑, 껌을 싼 포장지 같은 것들이 수북이 들어 있었다. 병호는 미간을 찌푸리면서 그것들을 잠깐 바라보다가 시선을 돌려버렸다.

"차를 도난당한 것은 언제였지?"

"지난 12월 24일 밤 W호텔 주차장에서 도난당했답니다. 부부가 함께 디너쇼인지 뭔지에 참석했다가 나와 보니까 차가 없어졌답니다. 그래서 그날 밤 즉시 경찰에 도난신고를 했답니다. 알아보니까 12월 24일자로 도난신고가 접수되어 있었습니다."

병호는 쓸쓸한 표정을 지었다.

"결국 얻어온 것은 담배꽁초밖에 없잖아?"

화시가 입을 가리고 웃었다.

"중요한 것이 있습니다. 이걸 한번 봐주십시오."

문 형사는 얼굴을 붉히면서 마지막으로 빈 성냥갑과 주차권 두 장을 꺼냈다.

"이것들 역시 차 바닥에 떨어져 있었습니다. 이 성냥은 A호텔 지하에 있는 나이트클럽 라스베가스에서 만든 성냥입니다. 속이 비어 있고 닳은 것으로 보아 용의자들이 가지고 다닌 지 오래된 것 같습니다. 그리고 이 두 장의 주차권 역시 A호텔 관리실에서 발행한 것들입니다. 한 장은 지난 12월 25일 밤 9시 30분에 발급한 것이고 다른 한 장은 그 다음날인 26일 밤 10시에 발급한 겁니다. 여기에 발급일자와 시간이 정확히 기재되어 있지 않습니까."

병호는 빈 성냥갑과 두 장의 주차권을 찬찬히 살펴보았다.

납치범들은 12월 25일 밤을 라스베가스에서 보내다가 자정이 지나 강남 Y동에 있는 R아파트 부근으로 가서 잠복하고 있다가 서기태를 납치했을 것이라고 병호는 생각했다. 그런 다음 그들은 손명기의 옷으로 갈아입히고 나서 그를 잔혹하게 살해했다. 그리고 그날 밤에도 훔친 차를 A호텔 주차장에 세워놓고 라스베가스에서 지냈다.…… 이와 같은 추리에는 잘못이 없는 것일까?

"놈들은 라스베가스를 무대로 노는 놈들 같습니다. 놈들이 손명기 살해범들인 것은 의심할 여지가 없는 것 같습니다."

아까 전화를 통해 병호로부터 대강 도난 차량과 이번 사건과의 관계에 대해 이야기를 들었던 문 형사는 그때까지도 피살자가 손명기인 줄로 알고 있었다.

"죽은 사람은 손명기가 아니고 서기태라는 사람이에요."

유화시가 자신만만한 투로 말했다. 형사들은 어리둥절한 표정이 되었다.

"아니, 그게 정말입니까? 그 풍뎅이가 손명기가 아니고 서기태라는 말입니까?"

문 형사의 껌 씹는 소리가 더욱 빨라지고 있었다. 병호는 무겁게 고개를 끄덕였다. 그것을 보고 유화시는 매우 자신만만한 어조로 주혜라와 서기태의 집을 방문했던 이야기를 그들에게 들려주었다. 이야기를 듣고 난 남자들은 한대 얻어맞은 것 같은 표정으로 멀뚱히 앉아 있었다.

"완전히 헛물만 켰군요."

신음처럼 그렇게 중얼거린 사람은 왕 형사였다.

"조금 전에 서기태 씨의 부인이 다녀갔어요. 여기 있는 옷가지는 남편의 것이 아니래요."

화시가 말했다.

"그렇다면 풍뎅이 시신은 서기태라는 사람의 것이고 옷가지는 손명기의 것이란 말인가?"

문 형사가 물었다.

"그렇죠. 그러니까 서기태의 시신에다 손명기의 옷을 입혀 놓은 거죠."

"그럼 손명기는 어떻게 됐지?"

"그 사람은 죽지 않았겠죠 뭐."

"기가 막히군. 완전히 당했지 뭐야."

병호는 부하들의 얼굴이 허탈과 분노로 일그러지는 것을 바라보다가 천천히 입을 열었다.

"처음부터 다시 시작해야 할 것 같아. 원점으로 돌아가서 말이야. 손명기는 살아 있을 거야."

그는 몸을 일으켜 실내를 왔다 갔다 했다. 생각에 잠겨 움직이고 있는 그를 지켜보다가 왕 형사가 물었다.

"그의 짓일까요?"

"글쎄, 아직은 모르겠어. 마치 게임을 하고 있는 기분이야. 이상한 게임을 말이야. 이상한 편지하며…… 제3의 사나이…… 빠삐용…… 한 회장 등. ……꼭 드라마를 보고 있는 것 같아."

그는 난로 위에서 끓고 있는 주전자를 들어 잔에다 보리차를 따랐다.

"서기태라는 인물에 대해 조사해 봐. 그 사람이 이번 사건과 어떤 연관성이 있는지 알아봐야 해."

그는 뜨거운 보리차를 조심스럽게 입속으로 흘려 넣었다.

"그리고 손명기의 집을 찾아내야 해. 그의 가족들도 찾아내야해. 손명기가 살아 있다면 그 가족들과 연락이 있을 거야."

그는 찻잔을 내려놓고 나서 전화기 앞으로 다가섰다. 그리고 신중하게 다이얼을 돌렸다.

〈1권 끝 · 2권에 계속〉

김성종

중국 제남 시에서 태어났고 전남 구례에서 성장기를 보냈다.
구례 농고와 연세대학교 정외과를 졸업한 후 주로
언론 매체에서 종사하다가 전업 작가로 전업.
1969년 조선일보 신춘문예 단편소설 「경찰관」이 당선.
1971년 현대문학 소설 추천 완료.
1974년 한국일보 장편소설 공모에 「최후의 증인」 당선.
장편 대하소설 「여명의 눈동자」(전10권)는 TV드라마로 방영
장편 추리소설로는 「제 5열」, 「부랑의 강」 등 50여 편의 작품을 발표하였다.

제 3의 사나이 1권

김성종 장편추리소설

초판발행	2008년 10월 25일
초판1 쇄	2008년 10월 25일
저자	金聖鍾
발행인	金仁鍾
발행처	도서출판 남도
등록일자	1978년 6월 26일(제1-73호)
주소	134-023 서울 강동구 천호동 451 산경빌딩 비동 5층 3-1호
전화	02-488-2923
팩스	02-473-0481
E-mail	namdoco@hanafos.com

정가_ 11,000원

ISBN 978-89-7265-564-0

ISBN 978-89-7265-563-3(세트)

◉ 파본이나 잘못된 책은 교환하여 드립니다.

◉ 이 책은 1990년 수목출판사에서 발행했습니다.